奥菲莉亚的伤痕

[美]约翰·莱斯克拉特 著
周鹰 杨振宇 译

THE OPHELIA
CUT
John Lescroart

重庆出版集团 重庆出版社

版贸核渝字（2014）第23号
THE OPHELIA CUT
By John Lescroart
Copyright©2013 The Lescroart Corporation
This edition arranged with The Karpfinger Agency
through Andrew Nurnberg Associates International Limited

本书简体中文版权通过安德鲁·纳伯格联合国际有限公司引进，由重庆出版社在中国大陆地区独家发行。

图书在版编目（CIP）数据

奥菲莉亚的伤痕 /（美）莱斯克拉特著；周鹰，杨振宇译. —重庆：重庆出版社，2014.8
 书名原文:The Ophelia cut
 ISBN 978-7-229-07904-8

Ⅰ.①奥… Ⅱ.①莱… ②周… ③杨… Ⅲ.①推理小说—美国—现代 Ⅳ.①I712.45
中国版本图书馆CIP数据核字(2014)第083739号

奥菲利亚的伤痕
AOFEILIYA DE SHANGHEN

[美] 约翰·莱斯克拉特 著　周鹰 杨振宇 译

出 版 人：罗小卫
责任编辑：罗玉平　郭莹莹
责任校对：郑葱
封面设计：艾瑞斯数字工作室 clark943@qq.com
版式设计：谙恒记工作室

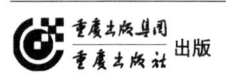

重庆出版集团
重庆出版社 出版

重庆长江二路205号 邮政编码：400016 http://www.cqph.com
重庆升光电力印务有限公司印刷
重庆出版集团图书发行有限公司发行
E-MAIL:fxchu@cqph.com　邮购电话:023-68809452
重庆出版社天猫旗舰店
cqcbs.tmall.com

全国新华书店经销

开本:890 mm×1 240 mm　1/32　印章:13.75　字数:367千
2014年8月第1版　2014年8月第1版第1次印刷
ISBN 978-7-229-07904-8
定价:35.00元

如有印装质量问题，请向本集团图书发行有限公司调换：023-68706683

版权所有　侵权必究

目 录

序 ··· 1

第一部分 ·· **11**

   【第一章】·· 11
   【第二章】·· 23
   【第三章】·· 32
   【第四章】·· 39
   【第五章】·· 50
   【第六章】·· 59
   【第七章】·· 67
   【第八章】·· 78
   【第九章】·· 86
   【第十章】·· 93

第二部分 ·· **103**

   【第十一章】·· 103
   【第十二章】·· 111
   【第十三章】·· 122
   【第十四章】·· 132
   【第十五章】·· 140
   【第十六章】·· 148

第三部分 ·· **157**

   【第十七章】·· 157
   【第十八章】·· 168
   【第十九章】·· 179
   【第二十章】·· 188
   【第二十一章】·· 199

【第二十二章】·········210
【第二十三章】·········221

第四部分·········**229**

【第二十四章】·········229
【第二十五章】·········238
【第二十六章】·········249
【第二十七章】·········260
【第二十八章】·········268
【第二十九章】·········284
【第三十章】·········293
【第三十一章】·········303
【第三十二章】·········315
【第三十三章】·········328
【第三十四章】·········339
【第三十五章】·········348
【第三十六章】·········355
【第三十七章】·········361
【第三十八章】·········368
【第三十九章】·········377

第五部分·········**385**

【第四十章】·········385
【第四十一章】·········390
【第四十二章】·········400
【第四十三章】·········413
【第四十四章】·········423
【第四十五章】·········429
【尾声】·········432

鸣谢·········**435**

序

安东尼·泽维尔·里奇从不设闹钟，因为他不需要。午睡十五分钟后，他在阴暗的屋子里睁开眼，静躺了几分钟，让自己慢慢清醒过来。床边的时钟上显示：14:30。

里奇三十一岁，已在纽约市警察局工作了八年，现在是一名警司。他独自居住在布鲁克林一座漂亮的赤褐色砂岩公寓楼的负一层里。斜上方靠人行道侧有几扇窗户，光照充足，让他宽敞的客厅没有地窖的感觉。里奇为自己的住处自豪，因而一直让它保持着整洁。在过去三年多的时间里，他收集了一些好的东西：一张明黄色和亮蓝色相间的波斯地毯；几幅色彩艳丽的当代绘画，已经升值了不少。他还买了一张棕色皮沙发，两张低矮的现代风格扶手椅，还有一张古旧的大理石台面咖啡桌。客厅的一面墙上挂着当代绘画，对面墙上是一排嵌入式书架，摆放着他的藏书、CD和收藏的密纹唱片，还有一台唱机、两台尽管过时却效果很好的雷菲尔德音响，以及一台大屏幕平板电视。他这个年纪的纽约警察没有多少生活得如此舒适。

他刚刚重新装修了位于公寓后半部分的厨房，添置了不锈钢煤气炉、冰箱和花岗石工作台面。水槽旁，高科技的冷酒器发出轻微的嗡嗡声，静静地工作着，里面放着三十六瓶酒。厨房毗邻卧室，也就是他刚刚醒来的地方。

他的确需要午睡。头一天晚上，他和其他大约二十名警察一起出去，在马里奥餐厅共进晚餐，庆祝格雷格·谢泼德队长退休。过去五年来，他一直在谢泼德手下干活。队长在局里有很好的人缘。他们凌晨四点才离开酒吧。黎明时分，里奇起床完成他每周一次的七英里跑步。之后，他洗衣服，去干洗店取回衣物，买了一些日用品，和表哥维克多以及表嫂贝特一起吃午饭。但是，他今晚还有大事要做：处理一些事务，然后在家吃饭，也许第一次和他交往了一个月的美女安德烈娅·伯纳迪上床。她八点来。午睡可以帮助他消除疲劳。

他沐浴、剃须、称重——一直不变的180磅。十分钟后，他已穿上休闲裤、网球鞋、运动衫，以抵御九月微微的寒意。出门之前，他还会套上厚重的灰色连帽衫，在头上扣上针织帽，还得将帽子拉下盖住耳朵，但不是为了御寒。

他坐在床上，打开手机，一时心血来潮，决定翻翻照片。他盯着他为特里·赖特拍的照片，刹那间，仿佛回到六个月前。特里·赖特是他的警察同行，也是他的前女友。

一阵悔恨之意涌上心头。当初和她分手时，他是怎么想的呢？诚然，安德烈娅是个美人，浑身透出安妮·海瑟薇（美国电影和舞台剧演员，凭借《公主日记》一举成名——译者注）的韵味。但他过去的女友个个都是美人——眼下他正处于单身男人的黄金时代，可以无休止地挑选下去。

不过，尽管竞争如此激烈，特里仍然名列前茅。现在，他正凝视着手机屏幕上她的笑脸。和安妮·海瑟薇相比，她更像斯嘉丽·约翰逊（美国影星——译者注），由于更成熟，所以更性感热辣。安德烈娅还不到二十五岁，（他猜）仍然有很多需要学习的。特里三十二岁，根据他的经验，特里在这方面已经非常娴熟。加上她的自嘲能力，让她显得特别可爱。更难得的是，特里还能逗他笑。

里奇是坚持一夫一妻制的人。总的说来，他喜欢追求的过程，还有最初的几个星期，有时甚至几个月的亲密性关系。但兴奋过去，欲望得到满足之后，女人总是让他感觉乏味，特里·赖特也不例外。他总对自己说，他就是这样的男人。他不想为这事担忧。不过此刻，多翻看几张特里的照片，尤其他们在特克斯和凯科斯群岛度周末时拍的那张她身穿半裸比基尼的快照后……

天啦。

他开始感觉"性奋"起来。

也许他应该再给特里打电话。他们的分手很不易——流了很多泪，发了很多怒，但她无法否认他们之间存在的吸引力。他们的真爱哪里去了？他们的誓言呢？分手那天的情景又浮现出来。那是很糟糕的一天。

不过，他觉得自己完全有把握和她破镜重圆。他可以准备一段时间，让他和安德烈娅的关系在几个月内自行了断，然后他再给特里打电话。毫无疑问，她开始一定会拒绝，但他自信可以让她服软。这主意的确不错。让时间发挥治愈魔力。然后他便开始行动。

他摇摇头，让自己从白日梦中清醒过来。毕竟，他还有工作要做。他合上相册，将手机扣在床头柜上，抓起连帽衫，向门外走去。

在离他家大约五个街区的地方，里奇有一个小储物间。储物间在一栋低矮的砖房里，大约有八十个单元，房子前面就是一个公共停车场——停车一天收费 8 美元！不过今天是周六，刚过下午五点，停车场里只有三辆车。他用钥匙打开左手边的门，走进那座建筑物。他打开顶灯，顺着走道走了大约三分之一的距离，来到自己的储物间前。和平常一样，这地方一个人影都没有。

输入自己的玛斯特锁密码和储物间内置密码锁的密码后，他打开储物间的门。里面有四个架子，上面的物品摆放得和他家里的东西一样整齐。最上面的架子上有一个装满百元大钞的鞋盒，一共是 33 700 美元。他在门后贴了一张横格纸，在纸上准确地记录下每次存取的数字。旁边的架子上，他存放着几盒子弹和一盒手术用乳胶手套。下面的两个架子上放的都是枪——有些登记过（当然不是用他的名字），有些没登记。枪的口径和型号各异。这些枪都是他这些年工作中顺手捡来的，一共有七支。

他动作敏捷地抽出他的新宠：一支鲁格 LCR 左轮手枪，弹容是 5 发 0.357 英寸子弹和一支不到两英寸的短枪管，非常方便隐藏。他打开旋转弹膛，将子弹一一装入，然后啪地一声将一切归于原位。五颗已足够。其实，一颗就满足他的需要。但为了万无一失，他通常会开两枪。如果他需要五颗以上的子弹，那他可能会丢掉小命。

他把枪放进连帽衫前面的衣袋中，抓起一双乳胶手套，顺便查看一下那个鞋盒，看看那堆钞票是否有异样。然后，他再次向走道两头张望，没看到一个人。他关上储物间，先锁上内置密码锁，再锁上自己的玛斯特锁。

詹姆斯·迪·马可不想让夏天就这么过去，也不想放过最后一次烧烤的机会。现在，机会来了。这是九月的最后一个周末。天气预报说，下周有雨，也许还有雨夹雪。气温将下降到华氏 30 度以下。因此，他昨天就买了四条很肥的牛里脊，今天早上起床后立即开始腌制，味道一定好极了。

韦伯烤炉让整个科尼岛上弥漫着烤肉的香味。詹姆斯、卡拉和街那头来的约翰逊夫妇正坐在后院里，喝着第二壶玛格丽塔酒。他们都穿着宽松长裤和运动衫，但谁也不觉得冷。太阳至少再过半小时才会落下。他们已经摆好姿势，准备好好享受最后几缕阳光。

詹姆斯四十五岁，尽管这听上去不太真实，但他的确觉得自己已经时来运转。他并不会自诩这是通过他自己的努力得来的，尽管他已经学会怎样把游戏玩得更好，学会利用他年轻时完全无法把握的机会。当然，他还不是特德斯奇先生圈子里的核心人物之一，加上他和特德斯奇先生没有半点血缘关系，也许永远不会是。但是，随着特德斯奇先生退出赃物处理和贩毒行当，在人肉买卖行业取得成功，他也小有建树，从司机到送货员,现在管理着皇后区整个街区的公寓——按摩院的委婉说法。

就是在这里,詹姆斯开始意识到特德斯奇先生为他提供了额外的发财机会。事情本身很简单。不过,尽管他知道从理论上讲这只是瞒报收入,但严格地说或多或少也是一种轻罪:上报的收入比他从姑娘们那里实际收取的数目稍少一点。他这样做已经很长时间了,而且很成功。这让他渐渐开始相信,特德斯奇先生其实是默许这种行为的。他的助理们就是以这种方式提高收入和生活质量的。他也不会为此苛责他们。这些年来,这样的额外收入让詹姆斯有能力让卡拉一直过得开心舒适:每年一次游轮环游,购置些高档的珠宝首饰。也许最重要的是,他们又买了一栋房子,就是这座离海边只有几个街区的房子。

他从后院里听到大门的门铃响了。他喝下最后几滴玛格丽塔酒,从椅子上站起来,将酒杯放到露台桌子上,问:"有谁需要我帮你们拿点什么回来吗?"

他走进走廊。透过大门的玻璃,他能看到来访者的轮廓。太阳已经西沉,在那人身后发出绚烂的红光。但詹姆斯走近时,看出那是一位表情友好的年轻白人。他打开门,在夕阳中眯起眼睛,说:"有什么可以帮你的吗?"

"希望如此。"年轻人脸上绽放出灿烂的笑容,"打扰一下,我想找詹姆斯·迪·马可。"

"我就是。"

年轻人仍然笑着:"特德斯奇先生让我告诉你'汝不可盗窃(《圣经》的《十诫》篇——译者注)'。"

詹姆斯顿时吓得脸色发青,同时也若有所悟。

里奇没有迟疑。"噢,还有最后一件事。"他说着拔出鲁格手枪,举起来,动作娴熟地将枪管抵到詹姆斯·迪·马可下巴下,连发两枪。

四十五分钟后,里奇已经把那支枪锁进他的储物间内,回来的路上经过地铁站时,他还顺便将乳胶手套和弹壳扔进了垃圾箱。他走下通往他的公寓的四级台阶，拿出钥匙插进锁眼，开始将门推开。

他刚刚转动门把手，一双强壮的手就从背后捉住他，用力将他向门推去。门被砰地一声撞开，他被摔在地板上，三个人把他按在地上，他的脸埋进了那张波斯地毯里。几秒钟后，他就停止了挣扎——反抗显然是徒劳的。一个缓慢而镇静的声音说："托尼，我们有四个人，都带着武器，都很危险。顺便说一下，托尼，你已经被逮捕了。但我们来这里其实是来和你交涉的。如果你坐着，我们谈起来会更轻松愉快。你想坐起来吗？"

里奇抬起头，看到一个男人正坐在他厨房里的餐桌边，面前放着一瓶打开的葡萄酒和几个杯子，其中一个玻璃杯里已经盛了半杯。"当然。"他说，"我坐起来。我们来聊聊。"

"别玩猫腻。"那个男人把手伸到外套下，亮出枪，"不开玩笑。"

"我明白。"

"很好。"男人向他的同伴们点点头，按在里奇背上的手松开。"请派一个人去守着门。"

里奇慢慢站起来。他环顾四周，确认有三个人，和他个头相当，而且都是硬手。"你们想要什么？"他问餐桌边的人。

"请坐。"那个人指着另一张餐椅说。

"你他妈是谁？"

那人生硬地笑笑："啊，对了，还没介绍呢。"他把手伸进衣袋，掏出一个钱夹，打开钱夹，露出徽章。"托尼，我们是联邦法警的一个执法小队。我叫弗兰克·拉度，我推想，你我以后会成为好朋友。请坐下。我给你倒杯酒吧？我估计你很快就想喝点，或者说需要喝点什么的。"

"我不知道你在说些什么。"

拉度啧啧两声："托尼，请。不成敬意。"他走上前来，拿起酒瓶，往里奇杯子里倒了一些。"来，喝点。这本来也是你的酒。喝了会感觉好受些。"

里奇端起杯子，喝了一口酒："好啦，开始吧。"

"现在，你可以告诉我们你对马丁·特德斯奇了解多少了。"

里奇迟疑地扫了一眼厨房，目光最后回到拉度身上："他是汉普顿的葡萄酒收藏家和商人。他经常举办派对。"

"你为那些派对提供保安服务。"

里奇点点头："有时会。那又怎样？一半的警察都做兼职。"

"也许是这样，但他们一般不会变成雇主的哥们儿，对吗？"

"我不是特德斯奇的哥们儿。"

"不是吗？"

"当然不是。如果你们今天为这事而来，那你们弄错了。"

拉度摇摇头："你让我失望了，托尼。你是警察。你知道逮捕是怎么回事。你们不会没有任何准备，没有任何证据就抓人。是这样吧？因此，我们到这里来，而且还是四个人——相信我，这支队伍的人数比这个大得多——而你却表现得好像我们什么都不知道似的。我们当然知道。你完了，伙计。你只有两条路：第一条，你供出特德斯奇；第二条，从今晚开始，你就到监狱里去度过你那不会太长的余生。"

拉度又喝了一小口酒，放下杯子。"听着，你是我们找了至少两年的突破口。我们知道你和特德斯奇联系紧密。我们有照片、录音、录像，应有尽有。我们知道你已经为他工作五年，认识他手下每一位重要人物。我们需要你指证这些人，以便我们让他们受到应有的惩罚。"

里奇放声大笑："就算假设你说的是事实，我为什么要照你说的去做呢？"

"因为不然的话……我觉得我已经说得很清楚……不然的话，你就得一辈子坐牢。"

"什么罪名？"

拉度又笑着摇摇头："托尼，我跟你实话实说。我们还不确定你杀过多少人。不过，你储物间门上的存取清单应该能为我们提供一些线索。"拉度又点点头。"储物间？啊哈，对，我们知道你的储物间。事实上，我们此刻已经拿到里面的全部东西，可以作为证据。你刚刚离开，我的同事就拿到这些东西了。嗯，大约二十分钟前。"

为了拖延时间，里奇端起自己的杯子，喝完里面的酒。

"来，再倒一点。我已经把你的注意力吸引过来了，对吗？我们刚刚谈到你杀过多少人。对我们有利的是，我们不需要太多尸体，只需要一具。"

"你的意思是说，你们有证据证明我杀过人？"

"当然，托尼，不好意思，我还必须说，我们不仅有证据，而且有很多。"

"因为我有个储物间？"

"不仅仅是那些，但那是开始。七支枪的弹道测试相吻合，但天知道它们杀过多少人。三万多现金。还有弹药。"拉度举起一只手，"我知道你在想什么。这些都是间接证据。可能没有你租用那个储物间的记录。但我们过去四个月来，一直在拍摄那个储物间的开启情况，显而易见那是你的。"

里奇重新坐直："我想和律师谈。"

拉度咯咯笑起来："去死吧，托尼，我在给你生的机会，你却说什么屁话要找律师。你去找律师，进监狱，等着受审吧，特德斯奇先生会让你死在牢房里的。我向你保证，这肯定会发生，你也知道会这样。因此，我们还是别在这儿说什么律师了吧。我可以一直向你提供终身保护。你帮我们指证，然后开始新生活。你明白了吗？"

但里奇把双臂抱在胸前，靠到椅背上："我没杀过人，我要律师。"

拉度望着他的同伴们。他们已经在起居室坐下了。"你们能相信这个家伙吗？"他把手伸进衣袋，掏出一部手机，又对里奇说，"托尼，这玩意儿的录像效果清晰得很。自己看看吧。对，凑近一点。看看吧。"

美国法警拉度按下一个按钮，显示屏亮起来。里奇看到自己顺着一条人行道往前走。他的血一下子冲上头顶。他意识到，这是詹姆斯·迪·马可居住的那个街区。他看到自己在一道大门前停下脚步，走上那条很短的小路，敲响正门。他等着，门打开。然后，摄像机近景拍摄他和迪·马可。拉度说得没错。录像的清晰度非常好。

里奇目不转睛地盯着手机屏幕。时间仿佛永远停在了那一刻，尽管那件事情的整个过程还不到三十秒钟。片刻的交谈，然后他拔出枪抵在迪·马可的下巴下。当他坐在餐椅上，看到迪·马可在响亮的枪声中倒下时，他的整个身体条件反射地颤抖了一下。

现在他正转身离开，他们拍到了里奇的正面，他的脸几乎充满了整个屏幕。最后，他终于背离镜头，懒洋洋地跑掉了。

里奇惊呆了，他摇着头不敢相信："你们有人跟踪我？"

"托尼，在过去的四个月里，我们有一打的人二十四小时跟踪你。我不妨告诉你，这是一个大行动，你是其中的一步。我们早在你到达储物间之前就得到了消息，并迅速采取了行动。结果，我得说，你没有让我们失望。"

"你们明明知道要发生什么却只是摄像？你们知道我要杀那个家伙？你们可以阻止我，救他的命，却没有采取任何行动？你们他妈的是什么人？"

"告诉你，我们他妈的是干正事的人。百分之一百！我们都是。实际上，我们真的需要你毙了那可怜的笨蛋。我相信，你能理解这一点。"法警喝了一小口酒，又咂了咂嘴，"嘿，想开点。这个世界本就残酷。无论他是什么人，他都罪有应得。我们也达到了自己的目的。这才是最重要的。"

里奇走向前，又给自己倒了些酒，一口气喝下一半。他的双手在颤抖。

"所以，"拉度说，"你不要再说什么从没杀过人这样的废话。我们已经拍到你杀人。你将为此完蛋，除非你愿意陪我们玩下去。我再说一遍，你现在已经非常危险了。"

里奇又伸手去拿酒："你们怎么注意到我的？不介意我问这个吧？"

"你记得你甩掉的特里·莱特吗？你的警察同行。"

"该死的。怎么会是特里？"

"也许你以后会看开点。刚开始时，她很怨恨，后来她开始纳闷你这儿怎么会有这多高档货，你怎么总是有闲钱。这让她以警察的思维来思考。你这一切是哪里来的？当然，她也知道你给特德斯奇干些兼职。她知道你是风纪警察；她知道特德斯奇操控着许多女孩。一切就开始清晰起来，尽管她不清楚具体是怎么的，但她来找到我们。"他带着淡定的胜利者笑容摊开双手，"然后就发生了今晚的事。"

"那我们现在怎么办？"

"嗯，恐怕从现在起，你要消失。"

"仅此而已？"

"差不多吧。我们今晚将你从这里带走，马上就走，把你安排到一个安全的地方。然后，我们得到你的初步证词，用你的新身份把你安置到一个新的地方。然后，当我们需要你回来作证时，你必须随叫随到。这样大的案子大概需要几年时间梳理证据，在此期间，你可以过你的生活。"

"我作证之后呢？"

"那要看你自己的意思，但你最好还是待在保护计划里。"

"永远？"

"直到永远。但这是你自己的选择。你成家了吗？有亲属吗？"

"没有。只有表兄和表嫂，但都不是特别亲近。"

"那就应该比较简单了。我的意思是，你可以下决心了。"

"你们给我一个新身份，就这么简单？"

"这样很简单。你会看到的。我们喝的这酒叫什么名字？味道不错。"

"索拉亚。"里奇说，"产自意大利。《葡萄酒鉴赏家》杂志几年前把这酒评为年度佳酿。"

拉度把一根手指放进他的酒杯，示意里奇靠近一点。"安东尼·泽维尔·里奇，"他说着用蘸了酒的手指点了点里奇的额头，"我以此酒为你洗礼赐名：托尼·索拉亚。从现在起，你想在哪里生活？"

托尼·索拉亚想了想，然后点点头说："我听说旧金山不错。"

第一部分

【第一章】

　　摩西·麦奎尔早就想单独见见迪斯马斯·哈迪。

　　于是,他出乎意料地造访了哈迪在三十四大道的家。此刻,在这个阴沉沉的十一月星期天下午,两个人正匆匆沿着基利大道向海滩走去。摩西不想让他唯一的妹妹,哈迪的妻子弗朗妮担心。但他自己却是心烦意乱。

　　那天早上,旧金山的第二大报纸——《信使报》上登载了一篇文章,是一个名叫谢拉·马瑞纳斯的专栏作家写的。这是系列文章中的一部分,主题是本市未破的犯罪案件。这篇文章回顾了六年前一个被叫做"坞边惨案"的事件,五个人在70号码头的枪战中被杀,包括本市重案组组长巴里·格尔森。

　　这篇文章让麦奎尔极度震惊。他觉得哈迪的感受也会一样。

　　"人们不会无缘无故叫她可恶的马瑞纳斯的。"哈迪说,"没有人读她的文章,摩西。我不会担心这件事的。"

　　"我读她的文章。还有许多人读她的文章。她提到了你的名字。"

尽管哈迪感到一阵恐惧，脊背发麻，还是强作镇静："她提到你了吗？"

"没有。"

"亚伯、吉娜，和其他人呢？"

"提到了弗里曼。"

"如果我没弄错的话，戴维·弗里曼已经死了。他不可能说话了。对吗？"

麦奎尔继续走了几步，然后停下来，"别告诉我你没把这件事记在脑子里。"他说。

哈迪停下脚步，深吸了一口气："它无时无刻不在我的脑子里，摩西，我从来没有忘记过。但我担心的不是我们做过什么。那事我们别无选择。我每天担惊受怕的是事情可能败露。"

"你有没有想过，如果我们当初……可能要好一点。我是说，我其实已经读过一篇那样的文章，我只是在等着最后的结果。"

"你的意思是说，我们当初应该将这件事公诸于众？答案很简单：永远不可能。你甚至不应该冒出这样的念头。那将会毁掉很多人的生活，包括你自己的。"

"好吧。但这样无休止地生活在担心中，害怕哪天事情败露——"

"——也远比面临生死抉择要好。你不要自欺欺人了。"哈迪又开始走起来，把摩西甩在后面。走了几步后，他问："你感到内疚？"

麦奎尔摇摇头："没有。这就是我觉得不会那么糟的原因。如果人们知道究竟发生了什么，他们会明白我们别无选择。那是纯粹的正当防卫。"

"的确如此，但不让其他人来做这样的结论或许会更好。我们知道。我们终生背着这个重负。这就够了。"

"但那件事情折磨着我。这就是我想说的。"

"那件事情折磨着我们所有的人，摩西。我希望它不曾发生过，但说这些于事无补。"这次是哈迪停住了脚步，"你以为我没做过噩梦吗？我本来在看一场该死的球赛，突然就回到过去，在那个码头上醒来，发现凯夫拉防弹衣上中了一枪。如果我没有穿那件防弹背心，我就死了，你没意识到吗？你认为这印象会不深刻吗？"

"这也正是我要说的。我们保守着秘密，其实就是在说，这事见不得光。而我们知道，事实并非如此。"

"不对。完全错误。我们想说的是，无论这事对或错，我们都不能告诉任何人——永远不能——因为没有人会理解我们。而且，正如我们现在都知道的一样，我们的一切都将结束。"哈迪犹豫了一下，然后继续，"你这是糟糕的'十二步骤'言论。我不关心他们一直以来都给你说了些什么，也不关心他们为何把每个问题都暴露在光天化日之下，让你可以谈论它们，分析你的感觉。这不是每个问题的解决方法。有时解决问题的方法——相信我——就是你只需要闭嘴和忍耐。"

任何针对"嗜酒者互戒协会"（A.A 计划，简称 A.A，"十二个步骤"是互戒协会个人戒酒方案的核心——译者注）的批评，哪怕是轻微的，麦奎尔都会护短，从来如此。"但谈论问题拯救了我的生活。"他振振有词，"也许你也应该尝试一下。你可能会得到惊喜。"

"我痛恨惊喜。"

"嗯，是的，任何事都需要时间和空间。"

"未必。"哈迪说，"就算在其他情况下是，此时此刻也不是。"

十一月第二周星期二半下午，旧金山重案组负责人亚伯·格利特斯基警督从管理层会议返回。他桌上的电话提示灯不停闪烁着。他收到一条语音信息，是他最好的朋友发来的。他朋友是个叫迪斯马斯·哈迪的律师，邀请他晚上六点半到山姆烧烤店参加哥们儿聚会。哈迪在那里预定了一个四座的雅间,他说需要格利特斯基,并且要在六点半准时到场。神神秘秘的,哈迪的行事风格就是这样。

格利特斯基通常和家人一起吃饭。收到这条信息后,他意识到自己已经记不起上次与朋友聚会是什么时候了。再想想,他与哈迪也差不多有一个月没见过面了。由于他们的家庭生活方式不同,近两年他们的会面时间就一点一点地被牺牲掉了。格利特斯基和崔娅正在养他们的第二批孩子,一个五岁,一个七岁;哈迪和弗朗妮已经空巢,不需要再忙孩子的事。

在重案组的办公室里,格利特斯基坐在办公桌旁,拿起电话,刚要给哈迪说他时间匆忙不能赴约,又突然停下来,叹息一声,放下电话。十秒钟后,他又想到该给妻子打个电话,问她是否介意他去赴约。他再次拿起电话,愣愣地看着听筒,仿佛那是一个陌生的东西,最终还是将电话放回了原位。

崔娅是地方检察官维斯·法雷尔的私人秘书。他们的办公室就在两段楼梯下的法院。就算格利特斯基走最长的路线——沿着过道走到电梯,下了电梯再走过道去她的办公室——她离他站着的地方大约也只有两百步远。

还是室内梯楼更快。不出一分钟,他就到了那里。

"嗨!"看到格利特斯基从门口进来,崔娅惊讶地从电脑后面站起来。但她发现他的脸色不对,刚刚绽放的笑容立即消失,"怎么了?"

"什么怎么了?"

"我不知道。"

"那你为什么那样问我?"

"你突然冒出来,还皱着眉头……"

"我皱眉表示'一切都好'。"

"给你个建议。也许你应该换上一副'一切都好'的笑容,别人都是这么干的。"

"对我来说,面带微笑的确是强人所难。有时我也觉得整天皱着眉头不好,但这对我的工作很有效。"他走向前,站到她办公桌对面,"好吧,注意了。准备好了吗?"他亮了一下牙齿,立马又恢复到面无表情。"这样行不行?"

"或许需要练习一下,动作稍微放慢一点,就笑容可掬了。"

"我会继续努力。"

崔娅的表情柔和起来。她和丈夫一样,父亲是犹太人,母亲是黑人。她长着一张混血儿的脸:黑人和白人的基因,可能某些方面还有点太平洋岛民的基因。她高五英尺十英寸,大骨架,身材强壮,浑身上下散发出令人敬畏的气势。现在,她把手伸过桌子,抚摸着丈夫的脸颊。"请问,"她说,"我怎么会如此荣幸地得到你的亲自拜访?"

"我接到一个电话,迪兹(迪斯马斯的简称——译者注)打来的。他约我到山姆烧烤店吃晚饭。我觉得这事应该由你来决定。"

她毫不迟疑地说:"我觉得这是个好主意。你不必问我的。"

"我知道。我只是觉得你和孩子们……"

"拜托。就一个晚上也不行吗?去好好高兴一下吧。你不去看望朋友,他们就不再是你的朋友了。你不想失去迪兹吧。有什么特别的事情吗?"

"没有。我猜,就是几个哥们儿聚一聚。"

"去吧。"

"你太好了。"他绕到桌子那边,吻吻妻子,"我欠你一个人情。"

在山姆烧烤的雅间里,三位即将共进晚餐的伙伴喝着饮品等待格利特斯基。迪斯马斯·哈迪刚开始喝第一杯马丁尼。他的律师搭档吉娜·柔克坐在他身旁，正在把玩着她的酒杯，杯子里是奥本苏格兰威士忌，里面的冰早就融化了。桌子的另一边，他们的对面，是哈迪的大舅子摩西·麦奎尔。他正晃动着他的苏打水，使其在杯子里不停转圈。

"你真的戒酒了？从哪天开始？"吉娜问他。

麦奎尔点点头。"记不清是哪天，应该是那天过后不久，但已经戒了六年。"

"这是好事，值得庆祝一下。"哈迪说。

"这话应该对你自己说。"摩西说。

"戒酒难吗？"吉娜问。

摩西咕哝一声，大概想表示他在笑。"只是白天比较难过。"然后，他又转向哈迪，"迪兹，现在我们还困在这件事里，我觉得庆祝这个词不恰当。用纪念或许比较合适。"

"我也同意用纪念。"吉娜把嘴放到杯子边，又抿了一小口威士忌，"我觉得我来这里更多是为了纪念戴维。"

"我会为了戴维干一杯的。"哈迪说，"随时都可以。但是，请不要忘记有死去的，也有活着的，我们都还在这儿活着。所以不管你们想把它叫什么——纪念也好庆祝也罢——我得说，都值得举杯庆祝。摩西，你就象征性地表示一下吧，因为你可能的确不想举一杯真材实料的酒，破你的戒。"

"谢谢你提醒我。"

哈迪点点头。"乐意效劳。"

正在这时，格利特斯基撩开雅间门帘。他魁伟的身体把门堵得严严实实的："就是这个地方？"

"他终于到了。"哈迪说。

麦奎尔将自己的椅子向后推了推，腾出空间，示意格利特斯基坐在他旁边。但是，这位警督却没动。他站在原地，也就是门口，很明显对什么感到惊讶。他脸上的表情变换了几下，没有一个是"一切都好"的微笑。他还用力咬着牙齿。

麦奎尔又把椅子向后移了移。"找个位子，亚伯。"他说，"把你那身肉放下来。"

警督表情放松，嘴唇上的伤疤慢慢突了出来。他又迟疑了片刻，微微耸拉下肩膀，一字一顿地说："这不是个好主意。我不能这么做。"

"亚伯！"哈迪说。

但格利特斯基摇了摇头，早已向后退去，并随手拉闭门帘。

实际上，他们去那里既不是为了庆祝，也不是为了纪念。两天前，到海滩散步的路上，哈迪和摩西谈话之后，想到这可能是个好主意：将所有"坞边惨案"的幸存者聚集起来，然后他、吉娜和格利特斯基联合起来说服摩西，让他再次保证他的承诺——他们所有人的承诺——终身保持沉默。尽管亚伯意外地生硬离开，却无意间用行动强调了这个承诺的重要性。他甚至不打算和这些知情人士讨论这事。

吉娜保护性地把手放到麦奎尔的手臂上，从桌子上方向他俯过身去："如果你真的需要讨论这件事——安排个地方——你随时都可以去我那里。"

"吉娜，"哈迪警告地说，"我不认为……"，

但她没让他说出反对的话："不。摩西说得对，我们没必要让这件事永远尘封下去。我曾无数次想说说这事。我们大家肯定都一样。而且有些事，比如像马瑞斯的专栏文章那样的事，一定会冒出来，然后我们的压力就会增大。我觉得我们互相通通气，减小压力，没有什么不好。"

哈迪摇摇头，完全不同意："然后我们就会让这事变成老生常谈。但甚至在这个私密小空间里，我也不想提这事儿。"

"好吧，迪兹，那你就不必要提了。你已经得到我的允许。你按你

的思路行事吧，我知道你无论如何也会那样去做的。我只是想告诉摩西，如果他想讨论这事，我随时恭候。"

麦奎尔表情严肃地把手放到吉娜手上，向她点了点头，说："我也正想这么说。"

哈迪扫视二人："要是亚伯刚才没走就好了。他态度鲜明。他会投我一票的。"

吉娜宽容地朝他笑了笑，说："那也仅仅是平局。"

格利特斯基住在一套两层楼的公寓套房里，就在雷克街那边的一个街区里，街区尽头是普西迪军事基地的南端边界，边界上树木茂盛。午夜刚过，他家客厅里唯一的光线是外面路灯的灯光，透过房子前面的飘窗照射进来。

他裹着睡衣，坐在阅读椅里，双手紧握着放在大腿上。他下意识地感受着这个家偶尔会有的一些不如意——暖气断断续续，一个孩子在他单元房后部的某个地方翻来翻去，城里的某个地壳断层移动一毫米，木地板随之吱嘎作响。

耳边传来均匀的脚步声，接着是布料柔和的沙沙声。他把目光转向通往卧室的过道。一个身影出现。崔娅站了片刻，没有移动。然后她说："你不回床上睡了吗？"

"我不想一直让你睡不着。"

"你的好心没起什么作用。"

"我吵到你了？"

"你就这样坐在那儿会吵着我？"

"我不知道。可能我叹气或者怎么了。"

"不。这不是我睡不着的原因。我感觉你心里有事。"她在他对面的长沙发上坐下，"你愿意谈谈吗？"

他从椅子里举起一只手臂,又任由它垂下:"六年来,我们四个人从未同时出现在一个地方,这是有原因的。这不是我的臆想,你知道。"

"不。当然不是。我从来没那样想过。我自己也记得非常清楚。"

"我的意思是,崔娅,我是警察。我不与其他警察对射,即使他们是巡逻别动队(旧金山的一支私人保安队伍,常常辅助警察进行巡逻任务——译者注)的协警。可格尔森死了。他可是重案组组长。我们杀了他。我们杀了他们所有人。"

"他们也杀了人。别忘了戴维·弗里曼。"

"我没有忘。一分钟也没有忘记过。我从来没说过他们不是罪有应得,他们所有人。如果迪兹、吉娜和摩西晚来两分钟,他们可能把我也给了结了。我对此深信不疑。真的,我们没有选择。的确如此,但这并不能改变事实。"他叹口气,"我不知道他们怎么想的,竟然在山姆烧烤聚会。麦奎尔,好吧,我能理解。他本来就不靠谱。但是迪兹和吉娜?他们可是律师,应该更明智些。"

"也许他们只想让过去的过去,以为这已经不再是个问题。"

格利特斯基沮丧地长叹一声:"他们不能那样想。他们知道不是那么回事。法律面前人人平等,谋杀就是谋杀。"

"那是杀人,亚伯,不是谋杀。"

"那究竟是什么真的不重要。我们没有坚持原则,原本我们可以能得到公正的审判。"

"他们——"

他的声音变得严厉起来:"崔娅,我们不能说,一点都不能。这事从来没发生过。他们怎么就想不到这点呢?"他举起双手紧紧抱着脑袋,仿佛那是个足球,"天啊,我的脑子快要炸了。"

她走过去,坐在椅子的扶手上,握住他的手:"深呼吸。"她说,"会好的。"

他靠到她身上:"他们怎么能确定没有人在山姆烧烤的雅间里装窃听器?"

"也可能在那些比目鱼身上安装了耳麦。"她说。

"你就笑吧,但那也不是不可能。"

"绝对不可能,这你必须承认。我倒是真的认为他们不应该再去想这件事。你了解迪兹。他就喜欢搞事情,标榜自己。"

"但这不应该是他可以搞的事情之一。这应该是他带进坟墓的事情。还有麦奎尔……"

"他怎么了?"

"祈求上帝让他不要再次醉酒。"

她把他的头搂紧一点:"这种话题真伤脑筋。你还不如明天打电话给迪兹,约他谈谈。"

"不能在电话里说。"

"对。打消这个念头吧。可能被窃听。那就到克里斯场公园里面去见他。"

"你在取笑我。"

"有一点。走吧,回床上去睡。"

摩西·麦奎尔在他公寓厨房里的塑料贴面桌子旁,把玩着吉尼斯品脱玻璃酒杯——里面装的是水。在山姆烧烤吃晚饭时,他只喝了红莓汁和苏打水,晚饭后还喝了些咖啡。哈迪和吉娜喝着弗朗格里哥睡前酒时,他只喝了些水。他和苏珊的公寓里没有保存烈酒,只有一些葡萄酒,但摩西本来也不喜欢葡萄酒,所以这通常不是问题。

他也不是没想过去喝一口葡萄酒。

但是他知道,如果他屈服于这不会停止的酒瘾,给自己倒一杯货真价实的酒,会面临什么危险。他知道自己喝了酒会变得合群、友好、喋喋不休,本该憋在心里的话会从他嘴里冒出来。至少有两次，他差点就要提起六年前的那次枪战，好不容易才控制住自己。两次已经太多了。这会让太多人陷入危险之中，这里面有朋友也有家人。他再也不能冒这样的危险。因此，他突然完全戒酒，并且参加了"嗜酒者互戒协会"。

他想，都是这该死的秘密惹的祸。如果他没有秘密，尤其是那个秘密，他现在就可以喝上一杯。实话实说，绝大多数时间，他能克制酒瘾。但在《信使报》上那篇文章注销之后，尽管迪兹和吉娜尽了最大的努力，他却一直神经紧张。他想喝一口——去他妈的，他需要酒精让自己平静下来。苏珊已经睡着。家里没有人听他吐露秘密。这样就安全了。

他看看手表。如果他能再坚持四个多小时不喝，就能去参加早上六点的会了。

但是，小半杯葡萄酒也无伤大雅，不是吗？

正当他推开椅子站起来时，他听到有人在开前门，然后低声问："嘿？有人没睡吗？"

是他二十三岁的女儿，布丽塔妮。

摩西转过屋角，进入客厅："嗨。只有我这个老家伙。你回来干什么？"

"我想念我的房间了，可以吗？"

"当然可以。"

"我的公寓不错，但总是没有家的感觉。"

"是的。我知道那种感觉。你可以搬回来住，你知道的。"

她叹息一声："我不这样想。我只是偶尔在晚上会感到孤独。"

"好吧。但我的承诺随时有效。你这是从哪里来？"

"外面。"

"能说具体点吗？"

她微微耸了耸肩："就是外面，老爸，和某个男人在一起。"

"他有名字吗？"

"不完全清楚。"她说，"这不是问题，而且你也不要觉得你必须保护我。"

摩西感觉自己的牙根咬紧了。但愿上帝不会让他为女儿担心："我没有保护的意思，这只是父亲善意的唠叨。你跑回来，还说要在你住过的房间里寻找安慰，我感觉可能有什么不愉快的事发生。"

"不。我很高兴。我很好。"

"我很高兴听到你这样说，更高兴见到你。来，抱一下，什么也不问，好吗？"

她耸了耸肩："我不觉得这有什么不好。"

【第二章】

二月的第一天，星期三，一个男子推门进入皮特咖啡店。这已经是他连续第四天在这里出现。

布丽塔妮只能猜到他是某种专业人员——西装革履，干净利落的短发，漂亮浓密，几乎都是金色的；她看他越多，越意识到，这家伙就外貌而言，几乎完美无缺——下巴中间一道美人沟，迷死人的笑容，身材健美。

一个少有的抢手货。

布丽塔妮今天在咖啡店后部按磅卖咖啡豆，未磨的或磨碎的。过去的三天里，她都在前台，为顾客点饮料或者煮咖啡。他是和另外几位与他年龄相仿的人一起走进咖啡店的，人人西装革履。他点了一杯拿铁，然后背靠墙坐了下来。她好几次发现他在偷偷打量她。

当然，这也说明她也时不时地在偷偷看他。

昨天当他点了饮品后，她说："没问题。但我能看看你的身份证吗？"

他正要拿钱包，又停下来，歪着头："为什么？"

"开个玩笑。我差点就得逞了，不是吗？"

他愣了一下，直直地看着她，然后说："只要你愿意，你可以随时拿我开心。但与此同时，我还是要我一贯的拿铁。"

"一杯拿铁，这就来。"

这次，他是一个人。刚刚迈进咖啡店，他便扫视了一遍前台后面的服务员，脸上期待的表情随之消失。

布丽塔妮很想挥手吸引他的注意，但她分身乏术。她正在为另一位顾客准备法式烘焙咖啡，当她终于忙完转过身时，他已经排在她的柜台前等候着。

"你们可以和顾客出去吗？"他问。

"工作时间不可以。"

"我是说下班后。"

"我想没有规定禁止这样。有这要求的顾客是谁呢?"

"正是在下。"

"哈。可是,我有个规定,在彼此不知道姓名的情况下,我是不会和任何人约会的。"

"这个规定很好。我叫瑞克·杰萨普。"

"布丽塔妮·麦奎尔。"她把手伸过柜台,握住他的手。"嗨。"

"嗨。"他松开她的手,犹豫着,"那么……?"

"嗯?"

"那么,你愿意到什么地方玩玩吗?"

"我考虑一下。嗯,行。什么时候?"

"今天?明天?星期五?"

"除了拿铁你还喝其他东西吗?"

"偶尔喝点。"

"你知道林肯街的'小三叶草'吗?"

"当然。"

"那就星期五七点左右,怎么样?"

"好的。我会准时到达。"

那天下午四点四十五分,比布丽塔妮年长两岁的表姐,也就是被亲友们昵称为贝克的瑞贝卡·哈迪正坐在高凳上,身处城里历史最悠久的酒吧中。酒吧里空荡荡的,只有一个人独自在里屋玩飞镖。吧台里面,布丽塔妮的父亲摩西正往调酒器里面撒些苦精,然后转身从酒架上拿下一个盛着淡绿色液体的扁酒瓶,接着小心地用量杯倒出定量的酒。"美妙的苦艾酒'王者归来'!"他吧喝着,"虽然我调的酒曾有许多问题和失败,但我要多说一句,看到家族里的年轻一代喜欢它,我很自豪。

呵呵，事实上，他们喜爱所有的鸡尾酒。"

"鸡尾酒超赞！"瑞贝卡回应道，"特别是萨泽拉克鸡尾酒，我喝一晚也不腻。事实上，别告诉我爸，我真的这样喝过。不过，我不推荐这样做。"

"是啊，你应该谨慎些，特别是喝这种烧喉咙的家伙。"

"我已经学到教训啦，或者说至少我正在学习。"

"这是个过程。"麦奎尔把调酒器倒过来，将里面摇匀的酒浆倒入一个平底鸡尾酒杯。他又向杯子里挤了几滴柠檬汁，才把酒杯放在吧台上。"请用。"

瑞贝卡拿起酒杯，无声而快速地举杯向他致敬，接着抿了一口。"完美无缺！"她评论道，接着又补充说："我早就该知道的。"

"知道什么？"

"知道你是调酒大师。"

麦奎尔满是皱纹的脸上绽放出笑意，露出多次被打断的鼻子下方的牙齿："亲爱的，经过四十年的酒保生涯，我确信我对调酒算是粗通门道了。不过关于其他事情，就另当别论了。"

"你指的是？什么要另当别论？"

他举起一只手，表情又变得严肃而清醒起来："没什么。"他耸耸肩。"反正不是酒保的事儿。"他又补充一句。"也不是女儿们的事儿。"

瑞贝卡的嘴边聚起一丝笑容："摩西舅舅，你的女儿们都很优秀。"

"是的，我知道。每个人都这么说。但也许你还记得，艾丽卡已经从加州大学洛杉矶分校退学，现在人在泰国，到底该回家还是工作，还是做任何其他事情，完全没有明晰的计划，而布丽塔妮……"

"布丽塔妮很好。"

"我知道，我知道。"他又说，"不过她在咖啡馆打工，顶着工程学士的学历挣着最低工资。"

"那至少也是个工作啊,舅舅。你知道如今有多少人没有工作吗?比如说,我。"

"你还在读法学院,贝克,这不一样。你毕业后就会找到工作的——我的意思是,一份像样的工作。"

"那可不一定。"她小酌一口鸡尾酒,"时代不同了,有了法学学位也不能自动得到工作。布丽塔妮已经把简历发出去了,会有合适的工作出现的。她在找呢。"

"在我看来,她大多是在找男人。"

"嗯,追求她的人的确排着长队。"瑞贝卡承认说。接着,她又乐起来,"不过都不用等多久。"

摩西愁眉苦脸地说:"我担心的就是这个。"

瑞贝卡伸出手,碰碰她舅舅放在吧台上的手:"我知道。不过说真的,我并不担心她。我经常见到她,她很好。现在她是有点脱轨,不过她才二十三岁。这个年纪她的任务就是探索人生,不是吗?"

"是啊,她年长聪慧的表姐说得好。"

"年长倒是真的。"瑞贝卡看看手表,"我爸妈今天不是该到这儿来吗?今天是周三,对吧?"

"的确是周三。"对哈迪夫妇来说,约会之夜是一场神圣的仪式。迪斯马斯和弗朗妮会在饭前的"鸡尾酒时间"到三叶草来小酌一两杯。然后,他们通常会在城里的一家餐馆打发当晚余下的时光。"嗯,"麦奎尔说,"我的意思是,你父母会邀请你共度他们的约会之夜。但即使我和布丽塔妮的妈妈有约,布丽塔妮也绝不会愿意跟我们在一起。不过话说回来,我们夫妻的确很少约会。"

"您忽略了一点,"瑞贝卡说,"我父母只会邀请我到这里喝酒,到此为止。不会再请我去他们要去的下个地方。"

"不过,如果他们邀请你,你还是会去的,对吧?"

"嗯，当然。但他们不会邀请我的。"

"不管怎样，"麦奎尔说，"这就是你家和我家的不同。"

事实上，布丽塔妮并不像贝克向麦奎尔暗示的那样脚踏实地地在探索。从加州理工州立大学毕业后的八个月中，她在六个追求者之间左右逢源，这还不包括他父亲不知道的很多随意的勾搭。布丽塔妮把这半打的倒霉蛋玩得团团转，让他们都以为自己有机会成为正式的男朋友。这其中持续时间最长的是她母亲的一位大提琴学生，本·费恩斯坦。他热心、风趣、智慧、英俊，喜欢打扑克，骑自行车，热爱音乐。摩西觉得很不错。不过他也只撑了三个星期，布丽塔妮就决定另寻良伴了。

用她的话来说——她不想耽误这样可爱的小伙子。

布丽塔妮之所以能这样行事而不惹上麻烦，是因为她有令人魂牵梦萦的美貌。她身高一米七三，体型凹凸有致，她父亲不止一次听到她那些刻薄的朋友们称她为"芭比娃娃"。光这充满肉欲的身材就足够引来大队的裙下之臣了，而且作为黑人和爱尔兰白人的混血儿，上天还把最精致的脸庞赐予了她。比例完美的颧骨，细致润滑的皮肤如同精雕细琢的威尼斯大理石一般；黑发如瀑，把她那绿色的眼眸衬托得闪闪发亮；笔挺的鹰鼻还有自然微翘的嘴唇。这一切不是"美丽"一词足以形容出来的。

有时，不经意间，摩西也会惊叹于女儿的惊人美貌。他的妻子很美，他也不算难看，但女儿布丽塔妮的美貌简直让人如痴如醉。她大一的时候，一张随意拍摄的笑颜封面照，就让加州理工州立大学的招生小册子被抢夺一空。接着她还多达三次拒绝了去好莱坞试镜的邀请，因为在布丽塔妮心目中，那些事都是轻浮而不严肃的。她曾告诉她父亲，也许她的确相貌非凡，但她是严肃认真的人，主修工程学，而且成绩不错。而那些人仅仅是想利用她的脸来拍肥皂剧。

她拥有的，不只是漂亮的脸蛋。如果这些人都看不到这点，那就让他们都去见鬼去吧。

此时此刻，带着微微的酒劲，趁着大批酒客还没到来的空当，布丽塔妮坐在小三叶草酒吧吧台尽头，与她长期倍受煎熬的父亲喝酒谈心。摩西深爱自己的女儿，但正如他告诉贝克的那样——他担心她，担心她待人接物的选择，担心她的生活方式。

天啊，他担心得要死。

她又跟一个新认识的家伙对上眼了。摩西在内心数了数，他们只见过四次面。

"即使隔着柜台，我都能感觉到我们之间的化学反应。我觉得他可能就是我的真命天子。"

客人不多，摩西拉过一张高凳子，坐在吧台后面，"真命天子，你认真的吗？"他语气懊丧地问。

"有时候你能感觉到的。"

"如果我没记错的话，不久之前，本也是你的真命天子。"

"本是个好人，爸。但我们不合拍。"

"布丽特（布丽塔妮的昵称），不合拍的原因是你为了那谁甩了他。那家伙叫啥来着？"

"保罗。"

"对对，就是保罗，他又坚持了多久？一个月？"

"嗯，情况不同。"

"好吧，我开放心态，不带偏见。那下一个又叫啥？"

"瑞克。"

"他除了喝拿铁咖啡外还做什么？"

"你的意思是？"

摩西强忍住才没有翻白眼："我的意思是，他有正经的工作吗？有像样的生活吗？你知道他的任何事情吗？你知道他住哪里？在哪儿上班？他结婚了吗？"

"没有。我确信他没有结婚。手上没有戒指，行为也不像结了婚的。"

"结了婚的人行为会有不同？"

"是啊，很不一样，真的。你看得出来，或者说我能分辨出来。他未婚。"

"好吧。"

"我就不知道你为什么这么消极。"

摩西神情沮丧："因为你可怜的老爸关心你，这就是原因。你跟个男人见了三四面，就突然决定让他进入你的生活。而你却完全不了解他。他完全有可能是个斧头杀人狂，你却一点不知情。"

"得了吧，爸爸。"布丽塔妮叹口气，"你不用搞得这么戏剧化。你看，他穿着西装打着领带。他有同龄的朋友圈子，这就可以看出很多东西了。他有幽默感，而且他英俊得不可思议。你还需要什么呀？"

他没理会布丽塔妮不屑的眼神，说："我需要深度，智慧，敏感，品味。我就随便列举这几样吧。"

"你不了解他。"

摩西不可抑制地笑起来："你这就说到点子上了，布丽特，你——不——了——解——他。"

"我会了解的。"

"是的。我知道你会。"他叹口气，"这样吧，布丽特。我不是特别在意这个家伙。我只是关心你。我想，我最担心的是你受到伤害。你已经成年了，有自己的权利，但你仍是我的孩子。难道我希望你安然无恙就如此惹人厌吗？"

"不是的，我喜欢你关心我，我爱您。"

"我也爱你。"

布丽塔妮把她的卡斯摩鸡尾酒一饮而尽:"也许我不该对你说这些,也许我分享得太多了。"

"对我说多少都不过度。我想成为你生活中的一分子。对于你对我的信任,我很欣慰。我只是担心你这样会折腾出闹剧。长远来看,这些闹剧并不会像人们想象的那么有趣。"

"总比无趣好。"

"有时也许的确如此,但并不是一成不变的。此外闹剧的反面不一定就是无趣。也可能是满足。希望你能从这方面看问题。追求一些平和安稳的生活。"

"说不定瑞克就是这样的人。"

"也许吧。"摩西说道,"要是那样就好了。"

"但是你并这么认为。"

摩西耸耸肩,又叹息道:"他到底怎样完全不确定。我同意,我老了,你有自己的权利。但是我想说的是,在把某人称为'真命天子'之前,你得先好好了解一下他。你对他还一无所知。怎能就把他当成你可能的归宿呢?你这样希望大失望也大,而我不愿看你失望,而且是一次又一次失望。"

她点了点头:"找到我的真命天子后,我就不会这样了。这就是我的目标。"

"生命中可不止这一件事儿,我知道你了解这一点,可生活不仅仅是找个好男人这么简单。"

"别给妈妈说这些。"

"好吧,好吧,虽然这样有些不公平。我和你妈妈一直都很幸运。"他吸了口气,又呼出来,"但是,你找寻完美真命天子的同时,生活过得怎样呢?"

"这就是我们想要的生活,爸。有时候它有些吓人,有些时候是有些闹剧。我能坦然面对的，真的，很坦然。"

摩西将双臂交叉抱在胸前。

"这是干吗？"布丽塔妮问。

摩西回答："没啥，你说得对。我保护欲太强了。这是你的生活。你应该按你的想法生活。我只是不想看你受伤害。"

听到这话，布丽塔妮终于彻底放松了下来。她的头偏向一方，嘴边漾起温和的微笑："我不是脆弱的奥菲利亚（莎士比亚名剧《哈姆雷特》中主人公王子哈姆雷特的爱人，在宫廷倾轧中哈姆雷特误杀了在幕布后偷听的奥菲利亚的父亲，随后被流放，奥菲利亚悲痛欲绝，神志不清，溺水而亡——译者注）。你还记得以前吗，我和艾丽卡都还小，我们伤心的时候，你总会对我们说《试着记住》里的歌词？"

摩西点点头。"是《没受过伤的心是空洞的》那首歌吧。"

"对，就是那首歌。很有哲理，爸爸。你看伤害的结果是什么？一点点伤痛最终会变成好事儿。"

"只要伤痛被限制在一点点。"摩西回答。

"超过了一点点，"布丽塔妮说，"我就把它打得屁滚尿流。"

"这才像我的女儿。"她父亲赞道，"不过你最好还是悠着点。"

【第三章】

迪斯马斯·哈迪下定决心减去十分之一的体重，虽然没有明确的理由。年届六十的他一直坚持在天气好的时候去街上散步，偶尔也会去健身房做有氧运动，但是他的理想体重是103磅，他认为这需要极端手段才行——既自虐同时又有成就感。

这种方法符合他的性格——说好听点叫"勇于挑战"。作为律师，他的职业生涯中几乎没有失败，同时他还是飞镖高手，善于潜水，棋艺高超，牌艺精湛，就连拼字游戏也少有敌手（唯一能打败他的是他的儿子文森特，这让他一肚子的怨气。）他就像杰米·巴菲特唱的那样："站着的最后一人"——事实上他也常常如此。他雇的私人侦探怀特·亨特比他年轻近二十岁，是个运动好手，然而哈迪常常在飞镖、篮球或是壁球对阵中依靠顽强的毅力取胜。

于是，他把降低BMI指数（身体质量指数）作为新的挑战，希望恢复到他35岁时的体重和感觉。

他可不是担心要死了或是什么才这样的。

不过今天他对这种极端方式有些犹豫了。他站在沙滩上，就在海洋公园湾的海豚俱乐部前。他的前方，波涛汹涌的绿色海水一直延伸到数百米开外的防波堤。在这个封闭水域，一系列浮标构成了一条游泳带。

气温和水温都只有12摄氏度，他为此穿上了潜水衣。时钟刚刚过上午十点，云雾还未散去，俱乐部开始向公众开放。

一个三十岁左右的健壮男子穿着一条泳裤出现在他一旁。哈迪侧眼看看，压下心中对所有比他年轻的人的嫉妒和忿恨，心想没有人能穿着条泳裤就在12度的水里游泳。然而，该男子看上去似乎并没遭到寒冷的侵袭。的确如此，他脚步轻快，对着哈迪微微一笑，说："不要想太多，直接走到水里就是。"

"我倒是想有个跳台什么的,可以痛快入水。"

"第一次吧?"年轻人问。

"真这么明显吗?"

"我刚开始换衣服的时候你就站在这里了。如果是常客,直接就下去了。"

"我会下去的,我只是在等待上帝给我个指示。"

"嗨,别怪我催促你,我们都曾这样过。但是,这样站着很冷啊。那就抱歉了,我先走一步。"说完,年轻人大步跨出,几步就跳入水中,然后用流畅的自由泳向远处游去。

"显摆。"哈迪自言自语。接着他举步向前,冷得直吸气,仿佛冷水已经灌进他的潜水衣。走了几步,海水已到他腰间。

他一个潜泳,接着开始划水。

年轻人在浮标泳道里游了哈迪两倍的距离,不过他们几乎是同时上岸的。哈迪用力咬紧牙关,不让牙齿咯咯作响。他一屁股坐在更衣室里,连换潜水衣的力气都没有了。这时背对的门开了,那个年轻的美男子再次出现。"怎么样?"他问。哈迪点点头,摇摇头,又点点头。他的脸已经麻木,所以他也不知道他那友好的微笑是否露出来了:"水暖点就好了。"

"你会适应的,我以前从没想过我能,而现在我已经习以为常。起来,赶快动动,很快你就会感觉暖洋洋的。"

哈迪抬头看过去,满眼的懊丧:"暖洋洋距离我还有数光年远。"

"你会暖和的。"男子说道。接着在一丝犹豫后,他伸出手:"我叫托尼。"

哈迪伸手,报复似地发力一握:"迪斯马斯。"

托尼昂起头。"好贼?"(迪斯马斯是与耶稣一起被钉死的两个贼

之一,因为当场向耶稣忏悔——第一个忏悔者,而被称为好贼——译者注)

"就是他,大多数人都不知道我名字的来历。"

"是啊,不过安东尼·索拉亚——即鄙人——一年级的时候可是教堂的辅祭。那时候我对各种圣人非常着迷,特别是约瑟夫(耶稣的父亲——译者注)和迪斯马斯,第一个和第二个上天堂的人。

"我一直认为迪斯马斯是第一个。"

"在约瑟夫之前?哥们儿,我可不这么认为,约瑟夫死后,上帝不可能让他在地狱与其他人一起等着吧?所以上帝一定是先让他入天堂的。另外,上帝让他娶了处女怀孕的圣母玛利亚,而且不能有怨言,这样的话,他肯定觉得上帝是欠他一份人情的。如果不让他首先进天堂,他肯定要闹腾的。"

哈迪不由露齿一笑。"我们去那儿的时候一定要把这事儿问清楚。"

虽然哈迪早有心理准备,但他根据他女儿瑞贝卡给他的地址到达使命街时,他还是犹豫了。无论怎么看,这栋房子与其他在地产危机之后的几年里废弃的建筑都没什么两样。曾经摆满诱人商品的橱窗现在被涂成阴沉的亚光黑,从半开半闭的前门可以看到里面黑漆漆的接待区。好吧,哈迪觉得这里的确是风水宝地——如果想被打劫的话。

然而地址的确就是这个地方。

就在他还站在那儿观察环境的时候,七个肤色各异的年轻人出现在街角,没有一丝犹豫地推开半掩的门走了进去。哈迪跟着他们进入了昏暗的接待室,刚好看到最后一人消失在里间的门后。门咔嗒一声锁上了。

哈迪走到那门前,四处打量,觉得自己穿着西装既愚蠢又可疑。不过,他还是敲门三次。门中央一人高处一个两英寸直径的圆孔里闪出红色的光。接着,孔里出现一只眼睛,空洞的声音响起:"有事吗?"

"小提琴。"哈迪回答——这是暗号。

门又咔嗒响了一下,然后打开。门后漏出昏暗的红光,只见一位面容和善,身着皮衣的年轻人坐在凳子上。

"欢迎来到燃烧罗马酒吧。"他说,"下楼梯请小心。"

这个提醒很有必要,往下的楼梯在一个小平台处左拐,沉入更深的黑暗之中。第二段楼梯只有一个红色灯泡,放出微弱的光芒落在台阶上。哈迪往下走,发现楼梯尽头又有一扇门,门缝中漏出的光线勾勒出门的轮廓。

他打开门,大吃一惊,因为他来到了一个迷人的地方。这里是一个采光良好,装潢典雅的酒吧,而不是一个乱糟糟的车库。天花板很高,四周都是实在的砖墙。一个结实的深色木质吧台从一处墙角一直延伸到对面;约翰·梅尔的歌声从音响中传出,音量远没有哈迪预想的那样震耳欲聋。

哈迪穿过人群走向妻子和女儿。她们看起来同样迷人——两人都是一头红发,穿着紧身上衣,塑身牛仔裤,脚上穿着长靴。母女面前摆着玻璃酒杯,面对面坐着,斜向着吧台,因此直到哈迪走到桌前才被发现。哈迪说:"一个需要暗号才能进来的地方,谁不爱呢?"四周都是酒客,他把外套套在小桌旁的椅子靠背上。"不过'小提琴'有点太明显了吧?"

弗朗妮亲亲他的脸颊,贝克回答道:"暗号每天换的。"

"如果对不上真的就不能进来?"弗朗妮问。

贝克满脸的不可置信:"谁会不知道呢?暗号就挂在他们的网站上。"

"如果你手边没有电脑呢?"哈迪问。

贝克疑惑的表情没有变化:"你可以手机上google啊。"她把一只手放在父亲的臂膀上,"不要说'如果你没有手机呢?'"

"好吧,我同意人人都有手机,但是如果你的手机没法google呢?"

女儿望向母亲:"他是在开玩笑吧?"

弗朗妮拍拍哈迪的手："他其他方面还是挺聪明的。"她说。

"我只是想到了许多走在使命街上的可怜人，因为没有密码而无法进来排解饥渴。"

"排解！"瑞贝卡说，"老爸才用的老土词。"

"但也是个好词。"他说，"也许他们该用这个词作为明天的暗号。与此同时，我要点些东西排解我的饥渴。是等侍者过来还是我去吧台点？"

"都行。还是去吧台吧，这样才有完整体验。"

"体验什么？"

"他们的招牌鸡尾酒。这里的调酒师非常赞。"

"调酒师？"哈迪问，"这是女儿才会用的新潮词。不过调酒师与酒保有什么区别？"

"老爸，调酒师能发明新的酒品，能制作自己的苦酒、香料、添加剂，诸如此类的。我想你应该会喜欢的。他们这里有一种把杜松子酒、苦酒和罗勒混合的鸡尾酒，你一定喜欢。"

"罗勒草？"

"还有其他叫罗勒的？"弗朗妮问。

"如果我只是想要简简单单的啤酒或是马丁尼呢？"

"这里马丁尼用的橄榄都是调酒师自己腌制的，很棒。不过要注意有些烂得有洞了。"

"真恶心。"哈迪说。接着弗朗妮说："我们可不能给摩西说有这样的地方。他肯定会暴跳如雷的。"

就在此时，一位笑容倾城的美貌女侍者来到他们桌旁，将一条餐巾放在哈迪面前。

"麦凯兰12。"哈迪说。作为语法完美主义者，他又补上一词："纯的。"

从卫生间回来时，哈迪路过吧台角落的调酒师工作站，一长列的青年甚至少年正排队等候。他到这里后才喝完一杯酒，然而现在排队的人群已经看不到尽头了。音乐的音量被调大了。酒吧开始跳跃起来。哈迪看了一眼右边，看到一个酒保正摇着调酒瓶。他停步一愣，认出这个年轻人正是他在海豚俱乐部见过的托尼。

真是好巧。

他穿过人堆向自己的桌子走去，走到妻女可以听到的地方时，他大声喊道："他们什么时候把饮酒年龄降到十四岁了？"

突然，酒吧门打开，几个男人进来，迅速凑到最近的房间角落里。这吸引了哈迪的注意。紧接着，又有数人跟着走进来。哈迪一眼就看出他们是警察，急忙退后几步，看看他们要干什么。第三队人进来，路过他，走向他身后的酒吧办公室。

最后一群制服警察压进来，同时便衣们也亮出自己的警徽。第一个制服进来七到八秒之后，瑞贝卡才反应过来，一把抓住父亲的手臂："发生了什么事？他们为谁而来？"

一个殿后的便衣进来，杵在门口，扫视人群。他回答了贝克的疑问。一声尖锐的哨声打断了人们的窃窃私语，他的声音压下了音乐："请注意！旧金山警察！这个酒吧被查封了！请保持冷静，依次离开。"

"这是我这辈子见过最愚蠢的事儿。"餐馆里，哈迪一边切着他的鸭肉一边对弗朗妮说。

"一群白痴，完全是小题大做。向未成年人卖酒？好吧，等到酒吧打烊，想抓谁不就抓谁了？算他们运气好，没人被吓出心脏病，或是以为有炸弹或是火灾而发生踩踏事件。要知道那么多人完全有可能场面失控的。"

"我以为一开始这事儿就已经失控了。"

"你说对了。"哈迪咀嚼着，然后咽下食物，重重地叹口气。

"一群傻逼。"

弗朗妮放下餐叉："他们那样风风火火地进来，控制酒吧，好像所有的人都是十恶不赦的凶犯，真是不可理喻！"

"是啊，你说到点子上了。"哈迪说，"虽然说恶白小而大。但是你二十一岁前喝点酒，接着就会去抢银行或是绑票吗？他们搞得这如同白昼之后是黑夜——理所当然的一样。"

弗朗妮点头赞同："我的意思是，他们把未成年喝点酒搞得像什么重罪似的，他们真的决定严打未成年人饮酒？"

"至少我们不赞同。"哈迪答道，"要知道，这会撕裂社会的。别忘了，他们还要查封酒吧，拘捕酒保。"

"说实话，损人不利己。只能提高失业率——到多少——百分之十五？让更多人失业？这有何益？"

"问得好。"

"就是啊，但是为什么搞得这么兴师动众？我无法相信任何官员会放任警察这样瞎搞。"

"弗朗妮，这不是放任警察瞎搞，而是要警察这样瞎搞。"

"这也太吓人了吧？"弗朗妮问，"要不是贝克带了身份证，她也会被逮的。"

"感谢上帝，他们没有对年轻人下手。不过那些酒保就倒霉了。天啦，他们会被以重罪从犯的名义起诉的。他们怎么可能知道谁是未成年人？进酒吧说暗号的时候检查了身份证。人们进到吧台，酒保侍酒，你猜咋的？身份证是假的。这怪谁？现在这些倒霉蛋就在法院被定成向未成年人贩酒的从犯了。真是滑稽。"

"尤其想到你自己有时也是个酒保。"

"就是！"哈迪回应道。

【第四章】

如同全美许多其他法律事务所一样，哈迪的事务所在过去几年里发生了剧烈的变化。商业地产以及相关行业的业务已经萎缩到可以忽略不计，其他行业也萎靡不振。建筑建设和商业领域的收入——曾经是公司的生命线——现在几乎干涸。四年前最多时有19位律师的弗里曼＆哈迪＆柔克律师事务所如今只剩下7位，大多数都是从事原告诉讼以及罪案辩护的律师。其中辩护律师做的都是辩护酒驾、小偷小摸以及小剂量毒品交易这类案件——司法系统中最低端的。更糟糕的是，事务所的四位创始人中，弗里曼已经去世；法雷尔因为当选旧金山地区检察官而退出公司；柔克现在大半时间都花在写书上面。

哈迪独自支撑着。

没人知道，哈迪常常考虑进一步裁员，把他的接待兼秘书，一年四季都虎着脸、死板苦相的菲莉斯也送走。她在这个事务所建立之前就跟着戴维·弗里曼了。哈迪没法心安理得地赶她走，但这也不阻碍他每天盘算着如何让她人间蒸发。

比如今早，哈迪刚游完泳，来到公司。时间正好11点半。菲莉斯站在电梯口，双手交于胸前，一只脚拍着地面，正在那儿等着他。仿佛老师堵住一个肆无忌惮迟到的学生。

哈迪挤出一个乐观的微笑："早啊，菲莉斯，多么美妙的早上啊。你还好吗？"

"先生，把现在称为早上已经很勉强了。"菲莉斯回答，"好几个电话找您。"

"很重要吗？"

"我不能确定，先生。不过这是个法律事务所，人们来电通常是给我们送业务，大体看来应该称之为重要吧？至少我是这样认为的。其中一个是艾德·本森打来的。"

本森是高等法院的主任书记，他的来电引起了哈迪的重视："艾德·本森找我？他说了是什么事吗？"

"是关于他们正着手解决的一系列利益冲突案件的。他说如果你能在今天上午到法院去一趟，他会当欠了你个人情。"她停下来叹口气，"但是现在太迟了，我在你的手机上留了短信的。"

哈迪从口袋里拿出手机一看，不由得不好意思起来。"有时我忘了打开这该死的东西。"他按下手机顶部的电源键，"你看，哎呀，你瞧瞧，这就是你发的短信。我还是赶紧打个电话给他吧，免得迟上加迟。"

这是一个典型的利益冲突案件。公共辩护律师只能辩护众多被告酒保中的一个，因为当两人被捕的时候，通常都会相互推卸责任。一位律师，或是一个事务所（具体到本案就是公共辩护律师），不能同时代理两位被告。而在这个案子里有一打的被告，除了一个之外，其他被告都必须由法院指派的私营律师来代理。这不是一对一的利益冲突，而是一堆相互交织的利益冲突。

在业务不景气的时候，这样的案子简直就是上帝送的礼物，因为这是法院付钱，就算付得不及时，至少也不会赖账。因此一旦有利益冲突案件，法官们并不愁找不到律师来代理辩护。但是要同时找到一打辩护律师的确不太容易。艾德·本森在电话里这样给哈迪解释道："迪兹，你看了 ABC 电视台关于昨晚清扫行动的报道了吧？政府放狠话出来，要严打我市当下的未成年人饮酒问题。"

"更精彩。"哈迪说，"我还亲身经历了。没见过更白痴的行动了。"

"回头给我说说。"本森说，"好吧，我们逮了十二个人，今晨传讯了所有的人。他们大多数是初犯，非常不满，现在这里几乎没有律师想代理这类冲突案件。"

"你想让我打电话联系联系?"哈迪询问道,"看看谁有空?"
"越多越好。"
"艾德,我尽力而为。"
"给我弄十五人就差不多了。"

安东尼·索拉亚在拘留所里度过了一个不眠之夜,接着又被指控犯下重罪——向未成年人销售酒精饮料。然后,他与其他调酒师一起被保释。此刻的他与海豚俱乐部生龙活虎的泳者或是燃烧罗马酒吧里左右逢源的调酒师判若两人。时间已经过了下午两点,在法院街对面的"希腊人卢"餐馆里,他滑入哈迪对面的座位。这是一栋古老的半地下建筑,主要客户都与司法有关:警察、律师以及他们的客户、亲戚、陪审员、秘书、社工、记者等等。这儿早上六点开门,凌晨两点关门,其间人流不息。

他们都要了安科尔·斯蒂姆啤酒。

"我该怎么感谢您?更不用说怎么回报您?"托尼问道。

"你不需要。"哈迪回答,"辩护费用由市政府出。我对这些案子能走到审判阶段表示怀疑,不过那样的话,我的事务所能赚好几千美元呢。说起来,是我欠你人情。不过就我个人感觉,这些傻逼不会把事儿闹到开庭的地步。"

"您不这么认为?"

他们的酒上来了,哈迪喝了一口:"我们不能打包票,但是我想地区检察官不会紧咬不放的。最多,他会把重罪减到轻罪,判你干些社区义务劳动,然后撤销控告,了结案子。"

"那么为什么搞得这么兴师动众?"

"问题就在这儿。有人想从中捞取政治利益。市政主管中有人,我猜是利亚姆·古德曼想竞选市长。那个笨蛋。"哈迪抬抬眼镜。"你看起来需要休息一下。"

托尼点点头:"您眼力很准。"他叹口气,"好消息是我这下没了工作,可以想睡多久就睡多久。"

"我倒不担心你的工作问题。"哈迪说,"如果你的酒吧最近不能重开,我能让你在我开的酒吧先干着。在燃烧罗马重新开张前,让你糊口。"

"如果还能重开的话。"索拉亚晃着酒杯说,"你还有个酒吧?"

哈迪耸耸肩,咧嘴一笑:"我把我的事务所作为事业。不过我的确还有个酒吧。准确地说是酒吧的四分之一。小三叶草酒吧,就在那边大街上。"

在法院外目送托尼·索拉亚搭出租车离开后,哈迪重回法院,通过金属探测器,犹豫着是先去五楼拜访亚伯·格利特斯基还是先去三楼见地区检察官。最后他选择让大厅里拥挤的电梯来决定——如果有人按了三楼键,他就先去见维斯·法雷尔;如果没有,他就顺着人流去格利特斯基那儿。

一分钟后,他走在悠长的走廊上,路过一个个办公室。大概四十年以前,他刚刚开始工作的时候,曾在这里担任过助理地区检察官。像以前一样,他再次惊叹于这里的一成不变——无论外观、气味还是感觉都是如此。

窗口的书记员向法雷尔的秘书报告了哈迪的来访。崔娅·格利特斯基让他立刻进去。哈迪听到左边的门一声蜂鸣之后打开。他走进门,又一次驻足。

沉重的安全门后面是一条走道,两边挤满了办公隔间。比起之前的走廊,这里唤起了哈迪更多的回忆。走道中断,两位面色严峻的姑娘正在窃窃私语。她们看上去仿佛还没到法定工作年龄,然而却似乎在密谋大事，也许她们真的是呢！一个正装男子站在一扇办公间门口，突然对他一笑，然而又戛然而止。哈迪背后的大门再次打开，他还没完全转过身来，就差点撞上老冤家保罗·斯蒂尔。他们曾各自代表原被告在法庭上两度交手，最近一次就是两个月之前。斯蒂尔再次惨败。

斯蒂尔停下脚步，难以掩饰他的意外和敌意："哈迪先生。"

哈迪点点头："保罗，你好啊。"哈迪伸出手，斯蒂尔生硬地握住。

"我能帮你什么忙吗？"显然，看见辩护律师哈迪无人陪同，站在公诉人办公室的过道里，让斯蒂尔心神不宁。是来做间谍的吧？"我只是有话要与法雷尔先生说，他曾是我的合伙人。"

"是啊，我知道。那么请便，找得到路吧？"他的意思是：赶快走你的路，不要在不属于你的地方晃荡，玷污我们神圣的过道。

哈迪试着在语气中带上一丝歉意。不过他是有权利站在这儿，如果这让斯蒂尔感到不快，这是他的问题。哈迪指着个方向说："我走这边。"

斯蒂尔挤出一个瘆人的笑容："见到你很高兴。"

当哈迪站在法雷尔的接待室里崔娅的办公桌前时，她抬起头来，眼光离开键盘，露出一个诚挚的微笑："迪兹！"她推开椅子，绕过桌子，轻轻拥抱他，亲切地问候他一切是否安好。

"都好，不过我刚才碰到保罗·斯蒂尔。我觉得他把我们上次的法庭交锋当做私人恩怨了。"

崔娅问："他觉得那有什么用吗？"

"我猜会让他很有工作动力。不过……"

"迪兹，大家叫他'大丑脸'可不是没有缘由的。不要让他影响你的心情。"

"噢，当然不会。没人能影响到我。我可是辩护律师，没心没肺的主。"哈迪把头偏向法雷尔的门，问："陛下在里面吗？"

崔娅压低嗓音。"我刚刚叫醒他，说你来了。"

"太好啦。"

"他说让你马上进去。"

"真的?"

"这是他的原话。"

"我感觉好多了。"哈迪走到门前,又转身看着她,"好像我还有感觉似的。"

担任地区检察官近两年来,维斯·法雷尔已经添置了不少家具,足以给这间办公室烙上他的个人印记。比如说,他不喜欢办公桌,认为这会让人产生不必要的距离感。于是,法雷尔在房间四周安放了几张图书馆木桌。靠窗的桌上随意地摆放着电脑、打印机、传真机、固定电话和数叠文件夹。窗户对面墙边的桌子上摆着一台大屏幕平板电视,前面散放着许多折叠椅,有点像个小影院。办公室的布置还采用了不少游戏主题——一张桌上足球台摆在屋子中央;书架上挂着一个玩具篮筐;门边小桌上放有一副国际象棋,一旁的墙上挂着飞镖盘——这是哈迪送的礼物。法雷尔把书架下面的柜台变成一个完全非法、酒品齐全的水吧(法院内是不允许任何酒精饮料存在的)。酒吧里有小冰箱,水槽和电炉,有烈酒、葡萄酒、啤酒还有高级咖啡机以及各类茶包。上任数周后,在崔娅的催促下,法雷尔才买了些像样的椅子、沙发和咖啡桌。于是有了两处功能完善的会客区域——一处桌椅是不锈钢的;另一处是皮革沙发——这样可以根据来人的喜好接待访客。

哈迪进来的时候,法雷尔正在水槽边洗脸醒神。他穿着棕色的宽松长裤,脚上的高尔夫球鞋磨损严重,破烂不堪。没有西装也没打领带。他的白衬衣半敞着,可以看到里面的T恤,哈迪把这个作为见面的话头。"鼓点声……让我们隆重推出今天的暗号是……"他这样说着打招呼。

法雷尔迟疑了一下,放下毛巾,向他欣然地点头,又解开两颗扣子,敞开衬衫，下面的T恤上印着：史密斯＆维森："点—击"的发明人。

哈迪很清楚老朋友收藏T恤的嗜好，点头表示赞赏。

"如果没有这些东西了，你咋办啊？"

法雷尔摇摇头："绝不可能！主题T恤市场生生不息。在粉丝群里面，我一天就能搞到六到八件。就算明天开始不买新的，也够我穿到七十五岁了。"他开始扣上衬衫的扣子。"那么，近来可好？工作上有啥事儿？"

"一切都好。菲莉斯要我向你问好。"

"啊，菲莉斯。我从来没想过我会想她。"

"你还想念菲莉斯？"

"实际上，不是特别想。我想我是在怀念过去那些无忧无虑的岁月。那时候，菲莉斯就是每天遇到的最大麻烦了。在这里，每过十五分钟就有人来烦我。相比之下，菲莉斯简直就是圣女。"

"于是你就在这里打瞌睡，躲开他们？"

"嘿！"法雷尔竖指抗议，"我今天四点十五就起床了，小睡一下可不是偷懒。相信我，就算我打了一下盹，也是他妈的完成了一天的任务之后。"

"你做的事儿，不会刚好与昨晚突击检查酒吧有关吧？"

法雷尔把眼睛眯成一条缝："事实上，就是这事儿。你也牵涉进来了？"

哈迪点点头："几个小时前，艾德·本森打电话要我帮忙找律师解决利益冲突问题。作为公民，我当仁不让地承担起我的社会责任。"

"为此，我代表所有公仆，感谢您的奉献。"

"好了，说实话吧。这些倒霉蛋都是被你提起公诉的吧？就为了未成年人饮酒？"

"相信我，这不是我的主意。"

"那么我们该感谢谁?"

"我猜你已经知道了,是我们广受爱戴的市政主管利亚姆·古德曼。"

哈迪坐在沙发扶手上:"我早猜到多半是他。我只是有点意外,你竟然签发了逮捕令。"

法雷尔连连摆手:"我们别开始谈政治。古德曼需要逮捕重犯这样的场面,迪兹。我还是放过你,不给你讲我和他的对话了吧。怀疑这事的幕后指使者是古德曼的人今晚就疑窦全消了。他会占满所有的新闻节目,无论本地的还是全国的,把所有的功劳都揽到他身上。"法雷尔走到足球桌旁,拿起球,放在桌上,摆好位置,然后猛然扭动把手。得分!

法雷尔看着哈迪:"他好像嫌旧金山的问题还不够多似的。你知道吗,昨晚又有三起谋杀。三起!我还不知道发生了多少起斗殴、入室盗窃、毒品交易还有抢劫和伤害行为,都是不同程度的重案。这事打电话找我干吗?打击未成年人饮酒!简直就是开玩笑。"

"逮了十二个人。"哈迪说。

"不用你说,从警长到市长,再到我亲爱的女友,所有的人都在对我说这事儿。市政府为什么会关注这事儿?为什么之前没有一点风声?对于这种小事儿,是不是有点小题大做了?我真的要起诉这些酒保吗?不过话又说回来,我为什么不起诉他们呢?毕竟他们的确触犯了我发誓捍卫的法律。与此同时,我也跟大家一样对这件事的来龙去脉不太清楚。不过,古德曼先生倒是把逮捕他们的真实原因给我说了。据我所知,这是他的主意。"

"那么古德曼为了让这一切发生都做了些什么呢?"

"我有个更好的问题:我为什么要从事这份工作?"法雷尔拉过一张椅子坐在哈迪对面,"古德曼?他已经上任五个月了,而他在报纸上完全没有曝光度。相信我,他马上就要解决这个问题了。我猜测,他认识ABC电视台特别报道组的高层,是他们为他想出了突击检查这样的主意。是真是假，我们很快就会知道的。"

"那时你会怎么做？"

法雷尔挤出一个疲惫的笑容："你想问我是否会死抠法条对那些酒保穷追猛打吗？去她妈的，我才不会呢。但我也不得不推进这个案件。这正是其中的微妙之处。古德曼把我逼得进退不得。如果我以人力物力不足为由拒绝起诉，我就是放任违法行为的发生——不光是卖酒给孩子，还是为贩毒、盗窃以及其他犯罪行为提供温床。但是，由于我部的确缺乏资金和人手，我不得不集中资源针对更严重的罪行，如果我不这么做，公众对我的满意度必然下跌，这是一定的！这就是我的托词。"

"聪明。"

"操蛋。"

"的确是。"哈迪回答，"我有个客户现在正因为可能的重罪定罪和量刑入狱而抓狂呢。你想问那家伙是个酒保吧？是的。酒吧门口有人检查身份证。你给我说说，一个酒保怎么知道酒客的身份证是真是假？"

"我听到你的辩护了。"法雷尔说，"我们清楚这事儿不会有什么实际进展。不过，如果我说我对他们全部既往不咎，那我也是没法跟ABC、古德曼以及公众交代的。从你的角度来看，最好的结果就是耐心等待，等风声过去。"

"耐心等待，所有的事儿都会消逝的，维斯。"

"是啊，抱歉，帮不了你更多了。"

格利特斯基正坐在办公桌前看书。听到哈迪的敲门声，他抬起头来，面无表情，仿佛没有认出哈迪来。他犹豫片刻之后，抿紧嘴唇，由此昭显出他们之间的裂痕。接着，他的肩膀松弛下来，他合上书，靠到椅背上："迪兹，有何贵干？"

哈迪站在门口说道："我刚刚在楼下碰到你老婆了，让我想起你还活蹦乱跳的，于是我想我该过来看看，给你的一天带来些阳光。"

格利特斯基望向左侧的窗户，外面天色阴沉："你没带来阳光啊。"

哈迪向前走了几步："有时需要等上一会儿，阳光的力量才能起效。大下午的，你在这里读什么？我猜这是违反某些规定的吧？"

格利特斯假装惊讶地看着桌上的书："斯蒂夫·乔布斯的书，当然是允许的。我有什么能帮到你的吗？"

"没有。我只是来打个招呼。也许你也注意到了，你我最近没怎么见面。"

格利特斯基靠后坐定，接着说："麻烦你把门关上。"

哈迪依言关门，然后拖过一把折叠椅，坐到格利特斯基的书桌前。

"你还是个讨厌鬼。"他说。

"我只是很担心而已。"

"亚伯，"哈迪低声说道，"事情已经过去六年了。"

格利特斯基坐在椅子上，双手抱腹："这正是让我担心的，迪兹。你们三个都在想，'嘿，事情过去六年了。我们安然无恙。没人在意。没人想起。'猜猜怎么着？"他叹了口气，"即使此时此地，在你我之间，这个内容也不能谈。"

"不谈，我们从没谈过那个事情。"

"很高兴听到这样的话。"格利特斯基坐直身子，把双手枕在脑后，"迪兹，求你了，主啊。"

"那么，那天晚上……"

格利特斯基连忙打断他的话："谁也不要再想这事儿了。这不是那种可以在聊天中提及的事，毕竟已经过去六年，是很久以前的事了。祈求上帝别让你那舅子说漏了嘴。我好像现在就听到他在那酒吧里向某个酒客把事情和盘托出……"

"亚伯！摩西已经多年滴酒未沾了。"

格利特斯基压低声音："他是个酒鬼，迪兹。这是他自己也承认的。想着他每天都在给形形色色的人倒酒，你知道这让我有多紧张吗？他只需几杯苏格兰威士忌下肚，我的未来就彻底完蛋了。"

哈迪跷起二郎腿："亚伯，你不觉得你这样太小题大做？"

"不，我觉得这不过分，这是很有可能的。"

哈迪不由得叹了口气："我会给他说的，倒不是因为他需要提醒。这样你会感觉好些吗？"

"说实话，难说。如果一切照常，我也不担心他会在日常生活中说漏嘴。不过如果发生了什么，他感到压力过大而开始喝酒……"

"他不会走到那个地步的。"

"这是最著名的遗言。"格利特斯基把双臂抱在胸前，怒视着朋友，"实际上，你不要跟摩西谈这件事，还是留给他自己解决吧。我们只有祈祷他不要说漏嘴。其实，我们应该祈祷我们所有人这辈子都不要说漏嘴。吉娜靠得住，但她在写书。万一哪天她醒来觉得这是个好的故事情节？万一我们中的谁成了虔诚的教徒，需要公开忏悔？在电影里，这一切都很容易——你干掉了坏人，获得荣誉，然后就不再去想。可现在的情况不是那样。完全不同。"

"好吧，我不担心摩西和你怎么做。弗朗妮买了一大块牛排，要我周日来做。我想知道到时候你们是否有空来帮我们解决它。摩西不会来的。"

格利特斯基脸上露出一丝难以揣摩的笑容："你知道我多久没吃一顿牛肉大餐了吗？"

"应该很久了吧。"

"回答正确。"

"需要我们带点什么？"

哈迪咧嘴一笑。"把你的家人以及大家了解并喜爱的乐天性格带来就行了。"

【第五章】

从2008年起，利亚姆·古德曼和他现在的律师助手瑞克·杰萨普就开始与乔恩·罗合作。那时古德曼还没竞选成为市政主管委员会的委员，而是私营律师，为罗先生提供法律协助，帮助他重新划分他在市区的十处房产。这些房产中的六处都是多户型公寓，作为住宅单元主要出租给韩裔住户，自罗的祖父1960年代开始修建这些房子以来，已经有四十多年。旧金山早年的房租限价法令非常严苛，利润极其有限。要不是房价上涨迅速，投资建出租房几乎无利可图。不过房价一直上涨，而且趋势似乎也一直如此。

80年代后期，罗的父亲抵押了房产，得到三百万美元的贷款，之后又投资修建四栋楼房，租给新来的韩国移民。这些租客的确意味着大笔的收入。然而罗的房客，特别是住在老房子里面的住户，已经是三代或四代移民，这些住户的每月租金不足一千美元，而后建的套房单间和公寓的租金已经达到每月两千到四千美元。

但是，法条毫不含糊：只要房子里有人住，每年租金上涨率不能超过1%。

到了2008年，乔恩·罗自己也遇到了资金困难。金融危机和地产泡沫的崩溃使他的房产价值下跌了三分之二。与此同时，一些房客——因为失业裁员或是本来就穷——开始停止支付本来就极低的房租。理论上，罗可以驱逐这些房客，但这太费时费财，况且旧金山法官还常常拒绝签发驱逐令。就算罗搞到了驱逐令，他还得让警长同意强制执行，这其中有大堆的障碍。与此同时，他还要偿还他父亲的贷款，而收的租金完全是入不敷出。

应该有更好的办法。

于是，他的律师利亚姆·古德曼给他想出个办法。古德曼的办法乔恩·罗其实并不陌生：把这些公寓从住宅转为按摩院。这些按摩院里工作的都是近年移民美国的韩裔女性。她们为挣大钱的前景而来：在美国从事服务员或模特等稳定合法的工作。然而实际上，这些年轻的姑娘来到这里，就已经欠下经纪人数千美元的债务——为她们的旅行、相关文书以及在美安置所花的费用。

为了还债，经纪人——或者说是她们的主人——强迫她们到按摩院出卖肉体。她们每周工作六天，每天接待多达十二位客人。房东要从每份嫖资中抽走五十美元以及一半的小费（1～400美元，根据嫖客的满意程度）。她们怀着对自由的向往承受着一切，而这自由通常却被证明是虚无缥缈的。虽然姑娘们苦不堪言，乔恩·罗却爱死了这买卖，因为他的资金问题得到一劳永逸的解决。在经济一片萧条之中，权力部门对卖淫行为睁一只眼闭一只眼。官员们也都选择无视这所谓的"没有受害者的犯罪"。更糟的是，从2004年开始，对按摩院的行政管辖权从警察局转到了卫生局。卫生局的职责是检查商业设施的卫生情况，向警察报告可能的卖淫行为不在其职权范围之内。一个随意丢弃的安全套违反了卫生条例，但不足以招来风纪组警察。此外，对于按摩院里的性行为，警察也无力惩治，除非被当场抓到现金转手。

总之，这是个在旧金山开妓院的好时代。利亚姆·古德曼在法律和管理上的帮助，让乔恩·罗摆脱了资金困境。乔恩·罗为此感恩戴德。因此，当利亚姆·古德曼竞选市政主管时，他不但慷慨解囊，还游说腾德尔洛茵区（Tenderloin）和唐人街（这两处都是有组织犯罪高发区——译者注）的商业友人共同伸出援手。

这周针对酒吧和未成年饮酒行动的缘由大约要追溯到两个月前。那时联邦执法部门毫无预兆地突击检查了旧金山的按摩院。扫荡的结果是：从十个按摩院里逮捕了大概一百名女按摩师——多数是韩国裔。这让市长乐兰德·克兰福德非常难堪。市长惊骇地发现城里的按摩院里竟然如此乌烟瘴气。于是，他召集了卫生局和警察局的人员组成特勤组，展开对全市按摩院的大清查，严厉打击卖淫。

一个月前，在一次媒体全程直播的行动中，克兰福德市长在巡查特勤组以及大批记者的簇拥下，埋伏在一条没有名字的狭窄小巷里，一旁就是在卫生局登记注册，乔恩·罗拥有的"金色梦乡"按摩院。一位亚裔便衣警察走过去按响门铃。当金属安全门打开之时，那位便衣立即用胶带黏住门锁，接着市长一行鱼贯而入，在大厅里将一个正在"办事儿"的男子抓了个现行。

毫不意外，这搞得按摩院鸡飞狗跳。最后，克兰福德忍无可忍，当场宣布要向性交易开战。不幸的是，这些信誓旦旦的宣言事后完全化为乌有，陪同克兰福德的巡查官辩称"金色梦乡"不过是有些通风不良；雇员穿着失礼；商业建筑挪做居住用；用床代替按摩桌等等。由于没人看到金钱交易，同时无论客人还是按摩女都三缄其口，因此就算是那场众目睽睽之下的"现场直播"，也没法被指控为卖淫嫖娼。

一周以后，一位行政法法官——利亚姆·古德曼的妻子过去在法律界的搭档莫瑞·斯文德尔——拒绝撤销罗先生按摩院的营业执照。而"金色梦乡"的按摩女也没有一人站出来指控她们的老板——传言说她们都曾遭到威胁，不得不保持沉默。与此同时，联邦执法部门对最初被捕的一百名按摩女的指控也不了了之。那十家按摩院照常营业。

尽管旧金山的卖淫问题毫无改善，但是性交易被摆上台面，成为全市讨论的热点问题。克兰福德把这事儿揽在自己身上，因为他对这场跨国人道主义危机的重视可以为他赢得女性和亚裔选民的支持，进而转化为成百上千张选票，助他更进一步，迈入州政府。现在巡查特勤组的工作力度越来越强，迟早会对乔恩·罗和他的同路人的业务造成负面影响。

利亚姆·古德曼不得不未雨绸缪。他清楚普通选民的注意力顷刻之间就能转移。他同样清楚城市执法部门的人力和财力都非常有限,如果他能调动部分警力去做其他事,那么打击性交易的特勤组将不得不花更长的时间才能收集到足以定罪的证据。此外,如果克兰福德明年成功进军加州州府萨克拉门托,那么市长的空缺需要一位资历丰富,名气卓然的人士来填补,比如说古德曼,但前提是他的名字在新闻中出现得更为频繁。一旦利亚姆登上市长宝座,反性交易特勤组就可以彻底销声匿迹了。

上周,他读到一条不幸的消息:一个酒驾青少年闯红灯撞死一对年轻夫妇,他们是从波伊西来这里蜜月旅行的新婚夫妇。

他想:对,就是这个,未成年人饮酒。拿这个开刀还有个好处:这些聚集在中高端酒吧里的未成年人,主要是来自中产和上流阶级的白人,所以动他们不会被贴上种族主义的标签。种族主义常常成为执法者打击贩毒的障碍——因为贩毒活动通常发生在贫民区和少数族裔社区。

未成年人饮酒。这就是转移公众注意力的入场券。

古德曼结束了在旧金山市政厅阶梯平台上举行的新闻发布会。在场的记者来自《纪事报》、《信使报》以及本地电台、有线电视台和网络媒体。他以那对不幸遇难的波伊西夫妇作为开场白,然后公布统计数字表明,由未成年人饮酒造成的交通事故以及其他犯罪行为正在增加,而酒吧成为毒品的集散中心;他还顺便提了一下伪造身份证的活动可能会威胁国家安全。"我们是一座包容的城市,"他在答记者问后总结道,"我们也完全有理由为此自豪。但是,我们也不能容忍威胁人民生命财产和公众安全的犯罪活动。"

他转身离开记者群,走向他的办公室时,自我感觉良好。看到乔恩·罗站在他办公室门前,古德曼原以为他是来祝贺的,恭贺他这一手漂亮的声东击西。然而,罗的脸上没有一丝欣喜,没有一丝满意。

古德曼重整一下表情，先笑了笑，然后一脸严肃地说："乔恩，有什么心事？"

"进去再说？"罗回答。

办公室里有两间给辅助人员用的小房间，现在是周五傍晚，办公室里没有其他人。小房间后面就是古德曼可以俯瞰范·内斯街和歌剧院的办公室。其中的陈设传统中带着些奢华——红色的皮椅和桃花心木桌放在一条波斯地毯上；文件柜、书架和壁柜占据了墙边的空间。

罗走到窗边，把双手背到身后。他身材矮胖，穿着定制的蓝色西装，肩膀一起一伏，似乎正在思索。最后，他终于转过身来，面对古德曼。"正如你说的那样，我的确有心事。"古德曼点点头，"我愿意倾听。我觉得进展很好，但如果有什么遗漏的话……"

罗举起一只手："不是关于这个的。这事进展很好。这个用酒精转移视线的战略很不错。我是想跟你谈谈你的人。"

"我的人？我的选民？"

"不是，是在你办公室里工作的年轻人。那些实习生。"

古德曼面露诧异："他们怎么了？"

"你有多少实习生？"

"每天都不同，有些是志愿者，有些是我雇的，有兼职也有全职，一般六个左右。至少三个，外加我的秘书。怎么问这个？"

"全是男的？"

"有一个女的。加上我的秘书黛安，以及一个新的临时工，来自伯克利。他们怎么了？"

"那好，就是有四个男的。其中一个……"罗顿了顿，呼了口气，"其中一个去了我的按摩院，享受了服务却不付服务费。这还不是最糟的。当姑娘们抱怨的时候，他出口威胁。甚至还出手打了一个姑娘。"

"哪个实习生？"

"我不知道。说来你会觉得好笑,姑娘们说她们分辨不出来,客人们都长得差不多。实际上她们是害怕说出来。她们不想惹麻烦,夹在我和你之间不好做人。所以我问的时候,她们都说不知道。都说自己也是听说的。最后我问首先传出消息的姑娘,她也说她是听说的,没有看到。"

"那你怎么知道是我这里的某人?"

"我就是知道。"罗耸耸肩,"利亚姆,我不是来兴师问罪的。我不是要你交人,我只是告诉你,你的手下有这种人,我不能让这样的行为继续下去。阻止这样的行为是我的职责。必须停止。利亚姆,我不想我的姑娘受到这样的骚扰。她们提供服务,她们理应得到报酬,然后给我份子钱。大家皆大欢喜。如果你不能阻止,让问题继续存在,那就需要我来动手了。不过我还是希望你自己解决,不要让此类事件再次发生,不要搞得你我都不愉快。"

古德曼清楚这些话中的含义。他退后一步,将臀部靠到桌角上:"我还是有些怀疑,乔恩。"他举起一只手,"当然,我信任你。你从你的姑娘们那儿听来这些,然后你来告知我。解决事情就该这样。但是,任何人都可以自称是我的手下。"

罗点头同意:"请不要低估这问题的严重性。本来打击酒吧的计划进展顺利,你今天应该很高兴的。但是很抱歉,我必须给你谈这件事。我已经查清这件事,我不能不保护我的姑娘们。"

"当然。如果真是我的人,我会查清是谁,然后立即让他滚蛋。我保证。"

"那样就好,"罗说,"至少要这样处置。"

托尼·索拉亚回到自己的住处——曼森附近埃利斯街上三楼的小公寓。这栋楼房一旁就是臭名昭著、危机四伏的腾德尔洛茵区。他洗了个澡,然后在折叠床上睡了四个小时,醒来时既饥饿又担心。

这个公寓非常小。长不过十二英尺，宽只有八英尺。墙上镶着个小柜台，上面有个水槽，一旁是个小冰箱。折叠床放下来的时候，这些都被盖住了。柜台上面，内嵌的橱柜里放着杯盘，四个月前他刚来的时候就是如此。另外两个橱柜里放着各种罐头食品、咖啡、快餐面和意大利面。墙壁和柜台的颜色都是发白的黄色，有几点棕色的水渍作为点缀。房间的一边是一个破烂的茶几和一盏台灯，另一边有房间里唯一的一把椅子，一张看不出材质的黑色沙发躺在窗户下面。他没有电视。剩下的空间被狭小的衣柜和卫生间占据了。

索拉亚在床上翻了个身，光着脚踩到地上，站起来。他把床抬起，收折到墙上，关上上方的门。房间立即宽敞了许多。他上厕所，刷牙，花两分钟洗了个澡。

折叠餐桌就在冰箱对面的边墙上。出浴之后十分钟，他已经坐在桌前，面前是一碗丁缇·摩尔牌炖牛肉，是他在炉子上热的，与之搭配的是一罐16盎司的银子弹牌啤酒。他已经换上干净的牛仔裤，穿上登山鞋，套上新潮的名牌针织套衫。

清洗餐具后，他坐到桌子旁，拿出手机，接通一个保存在"收藏"里的号码。

回铃响了两声后，他听到："托尼，你怎么样了？"

"你好，弗兰克。我还好。我想你还没在报纸上看到我的名字吧。"

"没有，怎么啦？你又发明了一种高级鸡尾酒？"

"这次不是。"

"你可不能让你的名字出现在报纸上，托尼。无论是现在或将来。更不能有照片，上帝保佑。"

"我也希望如此，我不记得报上有任何图片。"

"这样还好。如果有图的话的确非常糟。"

"我懂你的意思。我依稀记得最初就说定了这个。这不是我能控制的，但我不认为报上有任何图片。"

"那就好。"一阵沉默。"发生什么事了？"托尼把事情的来龙去脉告诉了他。他刚说完，弗兰克就问道："这律师是谁？"

"我早上游泳的时候遇到的。"

"他知道吗？"

"不，我不觉得他有知道的必要。"

"那么他怎么会来保释你？"

"运气好吧。我想他只是个好人，希望能帮助我。"

"好吧。我就当这个人是律师行当里不多见的好人。"弗兰克阴沉地笑了一声，"好，还有什么问题？"

"还有个问题就是，我失业了。"

电话中传来弗兰克叹气的回音："你想让我怎么帮你？"

"目前还没想到。我想先等等，看看酒吧会不会重开。哈迪——就是那个律师，说几天之后燃烧罗马就有可能重开。反正我可以玩上一两周，如果到时候还不开门，我就得另找工作了。"

"那行。"弗兰克说，"我会帮你留意的。你还想找酒保的工作吗？"

"我有酒保的工作经验，找起来应该会轻松些。哈迪让我先到他的酒吧干着。"

"这个好人律师还有个酒吧，而且还说愿意雇你？"

"听起来的确很奇怪。"

"要我说，这简直就是神迹。这哥们是不是还有翅膀？"

"这个我倒没看到。"

"上帝啊，那好。"短暂的停顿，"那么，他们扫描了你的指纹没有？"

"那当然。"

又是一声叹气："那么我得找那边的人说说。如果他们把你的指纹放到全国指纹数据库里……"他没把话说下去。

"我知道，弗兰克，这也是我为什么打电话找你的原因。我想这事你应该知晓。"

"我的确必须知道，托尼，如果你的身份暴露了，猜是谁倒霉？你的朋友，执行联邦证人保护计划的美国法警。"

"这也不是我的错啊，弗兰克。"

"难道不是你给那些孩子倒的酒？"

"是我倒的酒，但我咋知道他们是否到了饮酒年龄？他们是有身份证的。还在酒吧门口盖了章确认过。这可不是我的错。"

"的确不是，但也不是什么好事儿。"

"是啊。"索拉亚表示同意，"一点也不好。"

【第六章】

布丽塔妮开始怀疑以后可能都会如此。

那晚她在三叶草酒吧等候瑞克，与老爸和贝克一起打发时光。然后瑞克出现了，西装领带，就跟他出现在皮特咖啡店时一样风流倜傥。他看到她，眼睛一亮。然后，瑞克、布丽塔妮、贝克一同到里屋，他们一边玩飞镖一边喝威士忌，气氛融洽。布丽塔妮以为今晚会非常顺利，她清楚自己想占有瑞克·杰萨普的一切——今晚，明天，一直到她厌倦为止。

那是肯定九点左右，她已喝了几杯卡斯摩鸡尾酒，同时也进一步了解了瑞克。好消息是，他有正经的职业，是利亚姆·古德曼的秘书长；他二十七岁，未婚，也没结过婚。不太好的是，他不喜欢猫狗，也不喜欢乡村音乐，虽然他也能勉强接受……

"……泰勒·斯威夫特（美国著名美少女歌手——译者注）。"

"她已不再唱乡村歌曲了。"贝克说。

"哪里。"布丽塔妮插话，"她唱的是乡村，但不是土鳖乡村。"

"要我说的话，"瑞克说，"乡村都是土鳖。所以说泰勒·斯威夫特还好。因为她唱的不算是乡村了。比如"——他望向布丽塔妮——"现在放的是谁的歌？"

"凯莉·安德伍德（2005年美国偶像选秀冠军，歌曲多有乡村音乐风格——译者注）。"

"就是他，彻头彻尾的乡村音乐，彻头彻尾的土鳖愚蠢。'上帝啊，请为我掌握方向盘。'"瑞克有些得意忘形，"放过我吧，车还是自己开！别把方向盘给上帝！上帝怎么会知道怎么开车？她真的以为在古代以色列有汽车？我真想赏她一拳。"

"不能打女人。"贝克说。

"有时不得不打。"瑞克面无表情，一脸严肃地盯着贝克。过了一秒后，他才迸出促狭的笑容，继续说道："但是，乡村音乐？老实话，完全是垃圾。"

"你怎么能这样说！"布丽塔妮打断他们，"凯莉绝不是垃圾。更不用提布莱德了。"

"谁是布莱德？"

"竟然问'谁是布莱德？！'竟然不知道布莱德·佩斯里？不知他是世界上最好的吉他手？我们都知道，他还是歌手和词作家。"

"不清楚，抱歉。他就是唱'虱子'的那个家伙吧？'我想为你找虱子'？"

"一首好歌。"

杰萨普摇头："垃圾。"

"布雷克·谢尔顿呢？"

他翻白眼："不咋地。"

"米兰达·兰伯特？"

"拜托。"

"不会吧！肯尼呢？"

瑞克望着贝克："这是在玩说名字游戏吗？"然后，他转回布丽塔妮，"肯尼？"

"肯尼·切斯尼？没听说过？"

最后，瑞克嘴角一翘："好吧，他关于沙滩的歌，还行。不过我也就点评到此了。至少也要等到我喝点酒再说。说到这儿，我要怎么做才能喝到酒啊！酒保呢？"

在卫生间里，贝克一边洗手一边说："我只能说，幸好我俩的老爸都没在场听到他说'有时不得不打女人'。"

"那是开玩笑。"

"你确定？我不觉得好笑。难道你一点都没感觉到他的自以为是吗？"

"为啥？就因为他不喜欢乡村音乐？"

"不是，因为他对事对人的态度。"

"他有主见，贝克。那是好事。"

"有主见也得看是什么样的主见吧？你觉得呢？我不得不说，他要你去再买一轮酒的言行让我不满。结果你还真去买了。"

"贝克，我人好嘛。我去给我们弄些酒。没啥大不了的。"

"我也不知道该怎样说。布丽塔妮，你过于自信，也不够耐心。没错，他很英俊，但他是玩政治的，我敢说他从来都是志得意满。至少，他是那种予取予求的人。你不这样觉得吗？"

"我觉得某人有点嫉妒了。"

正在擦干双手的贝克转过脸去："我是说真的，布丽特。"

"您的女儿很美。"杰萨普对麦奎尔说。

麦奎尔倚靠在吧台上，身体前倾，面向这位周五晚上还穿着正装打着领带的年轻人："她的确很美。"他赞同道，"她人也很好。你们是怎么认识的？再说说。"

"我每天都会到皮特咖啡馆，我们就聊上了。一事接一事，我们就走到现在了。"

"那么你们准备走到哪里去？"

"这还不确定。希望是个我们可以相互交流，进一步了解的地方。"

"这是个好的开始。"

杰萨普脸上闪过一丝得意的笑："必须交流。"他说，"这是关键。"

麦奎尔的眼睛眯成一条线。这家伙想用这种陈词滥调来打发他？他不置可否地点点头："无可辩驳。"

"她邀请我在这里见面。"杰萨普继续说,"这很酷。第一晚约会就来向她父亲问个好。这不是一般人的做法。有脾气。我喜欢。常言道,没胆量,无荣耀。"

"我还不知道我有那么吓人。"摩西回答。

"不是因为您的个性,而是第一次约会就见家长这样的主意。显然她以她的家庭为豪。我喜欢这样。"

"你对她了解更深后,会知道她有更多值得喜欢的优点。她真的很优秀。不过我是她的父亲。除了表扬我还能说她什么?"

"你也可以什么也不说。你可以说她曾不服管教,而且现在也是。你也可以说我要小心,她会给我带来麻烦。"

"不。"麦奎尔回应,"我不会那样说。我会比较淡然地看待她的约会对象。你会知道的。说到她,她就来了……"看着女儿和贝克走过来,他点头致意。

"与您谈话很愉快。"杰萨普一边说一边隔着吧台伸出手。

"我会照顾好您女儿的。"

布丽塔妮和瑞克打算吃点东西,然后再去跳舞或是去喝更多的酒。不过老实说,布丽塔妮猜想他们不会去跳舞,甚至不会吃东西,而是直接去瑞克的住处。不是她的住处。她从来不在自己的地方与男人厮混。

于是,他们携手走出三叶草酒吧。在大门口,布丽塔妮遇到了姑父迪斯马斯和一个叫托尼的男子。这个男人的魅力简直惊天地泣鬼神。一瞬间,瑞克看起来不过是个小屁孩。比起这个刚认识的男人,瑞克的西装领带是如此的装腔作势,如此的生硬勉强。大家握手问好,布丽塔妮拥抱迪兹姑父,了解到托尼是到这里来见她父亲的,或许还会在这里兼份差。这样的话,贝克——她在燃烧罗马还跟托尼有一面之缘——就会在这里跟他在一起,谁知道他们俩会发展到什么地步?

然而布丽塔妮现在却什么也做不了。她此刻正要和瑞克离开，如果她硬要待在托尼身边，甚至调调情，让托尼知道这个瑞克是个新家伙，根本没有发展到认真的程度，这会显得非常尴尬。

现在是周六早上，在瑞克的公寓里。布丽塔妮躺在床上，睡眼惺忪。瑞克刚刚从浴室里出来，一丝不挂。他溜上床的时候，布丽塔妮正在盘算如何脱身。不能把整天甚至整个周末两天都耗在这里。

他侧身在她背后慢慢挪动。她可以感觉到他呼出的气吹在她的耳下的颈脖上。她不由想到为什么总是这样：男人得到他们渴望的东西后总是又看到其他东西，总是想要更多。

瑞克精心准备了一份早餐，放在小桌上，正中还放了一束鲜花。有新鲜水果——盛在白碗里的草莓、蓝莓和菠萝——还有分别盛在两个多彩的大号马克杯里的橙汁和香浓咖啡。当布丽塔妮出浴的时候，瑞克正穿着拳击短裤，哼着小曲在炉子旁忙碌。她的头发湿漉漉的，身上穿着有里兹卡尔顿酒店标志的浴袍。这是他从衣橱里拿来给她用的。显然，这是特意为这样的早晨准备的。

她坐到桌前，喝着咖啡，拿起一条培根，咬了一口。她瞟了他一眼。他非常自信，穿着内裤展示他结实的背部，六块腹肌以及人鱼线。

他转过头，正好与她目光相接："你还好吗？"

"好。"

"只是好？"

"好就很不错了。"她回答。

"的确。"他说，"我是超级好。知道为什么吗？因为你太棒了。昨晚真的太棒了。今早也是。"他指指餐桌。"不要客气。"

"谢谢。我不会客气。"

"煎蛋还要两分钟才好。我是煎蛋的天才,荷包蛋是我的绝学。加了布莱奶酪和蘑菇。"

布丽塔妮不耐烦地说:"我等不及了。"

他拍了一下大腿,眼睛眯成一条缝:"有什么不对吗?"

"没有,我说过我很好。你不记得了吗?"

"我记得。"

"那就好。"

"好吧。如果你还有什么需要的话……"

她压低声音,盯着他,用一种警告的口吻说:"瑞克。"

"我只是想确认你很高兴。"

"再这样一分钟,我就不会高兴了。"她说。

"好吧,我知道了,我不问了。"

"这样最好。"

他把盘子端上桌子,然后坐到她对面,上身仍然不着片缕。看起来,他的自信又回来了:"如果这不是你这辈子吃过的最好吃的荷包蛋,我双倍赔偿。"

"这辈子?我这一生?"

"前所未有。"他说。

她用叉子边切了一小块,放到嘴里:"哇哦。"

他目光灼灼:"我刚才怎么说的?"

"A^+。"她一边说一边在桌子上做着手势,"一切都很棒。真心话。"

就餐过程中,他们陷入沉默。饭毕,瑞克放下叉子,把手伸过餐桌,碰碰她浴袍的衣袖。

"干吗?"她问。

"没什么。我知道我们会很好。"

她勉强挤出一个笑容,心中懊恼,不由感到一阵悲凉。

他完全误读了她的笑容,以为那是对他志得意满的鼓励,不由咧嘴淫笑:"你还想干点别的什么吗?"

"别的什么?"

意识到他的所指时,布丽塔妮大怒,口中的煎蛋也变得恶心,她猛地站起来。

"你能相信他有多傲慢吗?我是说,他居然问我还想干点别的什么。我们上了下床,难道那就是我唯一的爱好?我就那么浅薄?瑞克·杰萨普可以直接下地狱了!"

布丽塔妮坐在哈斯丁斯法学院宿舍里贝克的床上。布丽塔妮还穿着昨晚的衣服,她没有回她的住处。

贝克坐在书桌边,同情表妹的遭遇,尽管她已经告诫过布丽塔妮。

"也许他不是那个意思。"她安慰道。

"贝克,除了这个意思还有啥意思?你应该看看他那副嘴脸,好像他是如此性感,跟他玩了几轮是我三生有幸。"

"现在你玩几轮了呀。"

布丽塔妮抬起头,"如果你想知道准确数字的话,是三次,不过我说的重点不在这里。"

"也许重点在于你不该跟陌生男人回家。也许你应该先多了解他们后再跟他们深交。"

"你是对的,你是对的。我都不知道我怎么会让这种破事在我身上发生。"

"噢,别自责了。不过,你的确招蜂引蝶。"

"我吗?"

贝克直直地看着她:"我们这样说吧,布丽特,你觉得男人们只是垂涎你的美貌而不是爱你本人。也许你该考虑发扬你的其他优点。"

布丽塔妮冷笑一声："我有什么优点？"

"呃……也许从耐心开始。这也许就可以解决你的问题了。你说你不想浪费你的美貌，但是青春不常在。"

"好吧。只是我没有耐心。这肯定不是我的优点。所有东西我现在都想要。"

"结果怎么样？"

布丽塔妮耸耸肩："你说得对。但如果我明天就死了呢？"

"不太可能吧。就算真的明日即亡，那你又能怎么样？此时此地，你还有这样的平静日子，这样不好吗？"

布丽塔妮的肩膀耷拉下去一两吋。她的长发遮住了她的脸庞。

"你在哭吗？"瑞贝卡问道。布丽塔妮摇了摇头，但是却没有抬起头来。贝克叹息一声，从桌边站起来，坐到床边，把表妹揽入怀中："好了，都会好起来的。"

布丽塔妮靠在她怀里。"我真是一团糟。"她说。

【第七章】

贝克穿着牛仔裤，套着哈斯丁斯法学院的运动衫，坐在父母家厨房里的吧台旁。吧台那边，她母亲正在将切成片的大蒜塞进牛前背肉的切口中，接着这些肉将会被放入烤箱。

贝克："你确定大蒜放够了吗？"

"你觉得呢？"弗朗妮反问，"放了整整两个，至少也有六十片吧。"

"妈，我是在打趣。也许你该把牛柳切成小片塞到大蒜头里面。"

弗朗妮考虑一下："也许吃剩下的就这么做。说不定你爸还真喜欢这样呢。顺便说一句，你过来吃饭，他很高兴。"

"所以他刚才会在这儿等着我，用一个拥抱迎接我。"

"他以后也会这样。他现在正努力把这个新的游泳锻炼搞得跟宗教仪式一般周期固定。"

"因为海边天气好？"一个高压冷空气峰团正连夜袭来，气温已经降到五度，净空无云。"他怎么又开始折腾了？"

"他想减点重，年轻点，活长点。"

"那他今晚怎么又打算吃上一两磅上等牛排，让减肥计划的成果全打水漂？"

弗朗妮又塞了一瓣大蒜，微笑着看女儿一眼。

"具体细节他还在进一步推敲中。我揣摩他是想用这个牛排为由贿赂你亚伯叔叔来吃饭，然后跟他聊聊。"

"为什么需要贿赂？"

"他们很久没见面了。"她意味深长地看了女儿一眼，"过去几个月里，我们试了至少六次想让大家聚一聚。但他们总是以有事推脱，至少他们是这样说的。"

"你认为他们是有意躲开你们？"

"我也不知道。但看起来就是这么回事儿。"

"亚伯和崔娅?你们最好的朋友?"

"我知道,我希望不是这样。"

"他们在生爸爸的气?"

"我不认为他们是在'生气'。"弗朗妮犹豫了一下,将最后一片大蒜塞到肉里,然后拍了拍,"你爸认为这肯定是因为那事儿。"

瑞贝卡的脸一沉,就像被拍的是她的脸一般。那事儿发生后最初的几年,全家都处在压抑的气氛里。迪兹和弗朗妮的两个孩子都很聪慧,自然知道他们面对的死亡威胁。的确,红色的激光瞄准点总在他们的脸上方徘徊,大约就是这样的威胁最终导致了摊牌。他们全程关注了这遭被称为"坞边惨案"的报道,从它爆发到它从新闻中销声匿迹。他们从来不谈及此事,虽然人人都知道,而且也知道对方知道。

瑞贝卡撑着吧台站起来:"亚伯叔叔担心这事儿会泄露出去?"

"我想他正是担心这个。"

"如果他刻意回避爸爸和摩西舅舅……"

"你想得对。"弗朗妮说。

"但他们是一辈子的朋友啊。为什么现在闹翻了?"

"我想问题不简单,贝克。我猜亚伯叔叔只是觉得他们的友谊是一种风险。虽然他们一起同甘共苦过,但他现在又有小孩子了。也许亚伯觉得辩护律师最好还是不要跟警察走得太近。这的确很别扭和奇怪。最好没有什么关联,那样就没有理由谈论那事儿了。"

"但他们今天又要来了?"

弗朗妮严肃地点点头,表明她希望他们来:"但愿不会又有什么事。"

尽管表面上看不出来,但迪斯马斯·哈迪发现,他又走上了曾经踏上过的道路。之前那条道路最终无可避免地导致了70号码头发生的惨烈枪战,以及之后的严重后果。他无法理解,那么久远的事情为什么会余波再现。这难熬的处境让他有苦难言。

随着他的法律事务所业务下降,合伙人各奔东西,孩子成人离家,弗朗妮也专心于自己的工作,但他最好的朋友却每每忽视他的邀请和提议。哈迪的日子并不总是充满欢乐的嘉年华。他不停地前进,不停地寻找,然而一路却没有惊喜和愉悦。

他并未有意识地思考过这个问题。他已经慢慢得出结论,生活就是这样的——如果你没有被其他事情率先夺去性命的话。孩子们小的时候,生活曾经给他带来不小的麻烦——履行繁琐的职责,不停地与无聊做斗争。但是此时此地,再也没有这样紧迫的压力。他已经走过那个人生阶段。如今的他过着简单平静的稳定生活,人生中的起起落落都已经远去。

这没有什么大不了的。

他既不无聊,也不沮丧。

但现在,他似乎交了个新朋友,毫无预兆而且很是突然,就像当年交上约翰·赫利德一样。结果证明,他和赫利德的友谊是灾难性的。这条路似曾相识,到处都是让人警惕的迹象。然而哈迪却视而不见,因为生活还有希望,还有挑战的想法让他心潮澎湃。生命太短暂!他不想在平庸中虚度。

哈迪第一次走上这条路就是和赫利德一起。那是很多年以前,他还是个年轻律师,药剂师赫利德是他的客户。他们成为朋友,接着一眨眼就成为密友。赫利德来自田纳西州,说话慢吞吞,做事优哉优哉,对政府对药剂师定下的条条框框置若罔闻。与赫利德作伴很开心,不过有时却有风险,对迪斯马斯·哈迪这种业已成家又是法律人士的人尤其如此。赫利德频繁参与各种聚会,饮酒无度,还鼓励哈迪也如此放浪形骸。赫利德从来不按正常时间上班。他的药剂师执照被吊销后,他就混迹于酒吧之中。他放荡的魅力没有女人能够抗拒——吉娜·柔克不能,弗朗妮不能，甚至当时才十六岁的瑞贝卡也不能。

如今，哈迪与他的新客户托尼·索拉亚不过见了三四次面，已经在某种程度上算是朋友了。托尼比那时的赫利德还要年轻，同样明显地没有牵挂，而且魅力十足。同样也是在吧台后面侍酒度日。他的新泽西口音跟赫利德的慢言缓语迥异，但让他与众不同的效果却很相似。他不是本地人，但他举手投足中的成熟圆滑表明他在成为调酒师之前有一份体面的工作。索拉亚与赫利德一样，口齿伶俐，风流倜傥，但他又谦和低调。虽然目前还看不出来他会带来任何类型的风险，但他的言谈举止中潜藏着一种正邪纠缠的特质，暗示着这样的可能。

此刻，哈迪刚游完泳回来。他游泳时正好碰到托尼，于是邀请他来吃饭——弗朗妮自然不会介意再添一张椅子——至少他是这样想的。哈迪试图抱抱妻子，但弗朗妮弯腰躲开了。他们正在厨房里。贝克已经躲回她儿时的房间学习去了。

弗朗妮压低嗓音，语气中充满不快。

"迪斯马斯，告诉我你不是在给我们的女儿找下家。"

"我不是在给我们女儿找下家。"

"此话当真？"

"我不刚刚说了嘛。"

"是啊，但你是为了应付我才那样说的。"

"我知道，但你要我说我就说了，而且我是真心的。现在你又怪我不是真心的，真冤枉。"

"我现在没兴趣与你玩文字游戏，麻烦你闭嘴，好吗？因为我不认为这是个好主意。我们对他毫无了解。"

"这我很清楚。"

"然而你周五带他到三叶草酒吧，而贝克恰好就在那儿，今天又在这里……"

哈迪举手发誓:"我真不知道周五她会在那儿。我今天也不是百分之百确定她会在这里。"

"她不是跟我们说过她要回来吗?"

"的确,但根据经验,你不得不承认,这也不能算个确定无疑的保证。让我抱抱吧,这样我会感觉好点。我是真心的。我没有试图给任何人拉红线,我保证。"

"那好吧。"她向前一步,让他的双臂环抱住她。

"你看,"他说,"这不难吧?"

屋外,太阳已经西沉。格利特斯基两个年幼的孩子,瑞秋和扎卡里,坐在厨房背后的客厅里看电视,两位主妇站在水槽旁一边洗碗一边聊天。

三位男士和贝克则坐在饭桌旁,谈话内容最后停留在托尼目前的困境——ABC电视台报道的酒吧突击检查的前因和后果上。

格利特斯基对托尼的遭遇不抱同情。"你不能卖酒给未成年人。"他说。

"他们知道。但还是这么做了。所以就被捕了。"

"我没法知道。"托尼说,"他们是有身份证的。"

"我现在仍然没把整件事理清头绪。"哈迪说,"我知道结果是古德曼的名字被放上了报纸,但这过程,他是如何做到的?"

"我听到过传言。"格利特斯基说,"有人听说过乔恩·罗的吗?"众人都一脸茫然地摇头。

"我们应该知道他吗?"哈迪问。

"应该不需要,你又不竞选公职。他在政治圈里很有人脉。传言说这一切都是他在幕后操纵。"

"不,幕后是古德曼。"哈迪说。

"他当然也有份。"格利特斯基点头承认,"好吧。也许这是古德曼的点子。但是这都是为了乔恩·罗。"

"等一下。"瑞贝卡说,"你们说的是利亚姆·古德曼,那个市政主管?"

"是的。"哈迪说,"你认识他?"

"不认识。不过布丽塔妮周五约会的那个男人——我记得叫瑞克——他是古德曼的秘书长。"

"你表妹跟他约会?"

"约会过一次。结果不怎么好。这也是意料之中的事。那么,他一定知道 ABC 突击检查这件事的内情,是吧?"

"我猜是如此。"哈迪说。

"要是那时我知道我的麻烦都是他造成的,"托尼说,"我会把他打得满地找牙。"他摇着杯中的特级霍利山红酒,问道:"谁是古德曼背后的家伙?这个叫罗什么的人?"

"他是个大金主。在韩国人社区里的影响力举足轻重。"

"韩国人比我们更重视未成年饮酒问题?"贝克问。

"我不认为他们更重视。"格利特斯基说。尽管哈迪拿出好酒招待,他也是滴酒不沾,喝着杯中的冰茶。"罗在意的是他的按摩院。顺便说一句,这可不是传言。他开了十家。准确来说,他有十家合法的按摩院——有卫生局核发的营业执照。上次统计,他有一百一十四名姑娘为他工作。"

这个数字显然让贝克感到困惑。"一百一十四?"她问,"每个这样的地方都有 11 个雇员?"

"也许更多,每天都有变化。"格利特斯基说。

哈迪的眉毛向上扬起:"有执照?"

"理论上,人人都有。都是经过严格培训、合法认证,技巧娴熟的按摩师。"

哈迪突然想到一事,问道:"罗就是几个月前联邦突击检查中被捕的那个？"

格利特斯基点点头："就是他。但你也许记得，那次检查没有结果。所有被捕的女孩子最后都放回去继续工作了。他们一家按摩院都没查封。连款都没罚。"

"但是，如果她们都是认证过的，"贝克问，"怎么会被罚款呢？又怎么会被突击检查呢？"

格利特斯基的嘴角往上翘了翘。对他来说，这就算大笑了。他伸出手，轻拍贝克的手背："不要失去这美好的纯真，贝克。"他真心实意地说，"但不幸的现实是，这些女人都是提供性服务来挣钱的。本质上都是性奴隶。乔恩·罗就是西海岸最大的人口贩子。"

"那警察怎么不逮捕他？"

托尼一直默不作声地听着格利特斯基的解释。听到这里，他干笑一声说："因为花钱买了保护伞。"

格利特斯基点头同意："是啊，就是这样。间接的，但主要是没人去在意。至少也没有引起足够的注意，不足以采取行动。不管怎么说，在这座城市里没引起注意。"

"市长除外。"哈迪插话说，"他的责任感让他把这事当做他的头等大事。如果罗还想继续营业，他需要用烟雾弹把市长的注意力从他的按摩院引开，这就是古德曼要和ABC电视台合作报道对酒吧的突击检查的原因。"

"传言就是这样。"格利特斯基说。

托尼的面色生硬起来："你的意思是说，这个混蛋乔恩·罗就是让我和其他十一个哥们儿受到重罪从犯指控的元凶？而我们只是在做我们的本职工作！"

"也许是两个混蛋。"格利特斯基补充道，"罗和古德曼。好吧，就是这两个。"

托尼望向哈迪，"你能在我的辩护中提到这些吗？"

"你不需要这些。"哈迪说，"此外，这些与你的指控无关。"

"我觉得是有关的。"

"我也这么觉得。"贝克说，"实际上，这看起来完全黑白颠倒。我的意思是，如果这无中生有的一切都是为了掩盖某个人贩子的恶行，为什么他可以逍遥自在，而托尼要去坐牢？"

"托尼不会坐牢的。"哈迪说，"我不会让他坐牢。但是贝克，给你的回答就是这个：黄金原理。他有金，所以他订规则。事情就是这样。尽管不该这样，但现实就是如此。"

"旧金山是如此。"格利特斯基评价道。

"到处都是如此。"托尼补充道。

"不过如果这是事实，为什么新闻里没有？"瑞贝卡又问，"你朋友杰夫·伊里亚特也可把这个放到《纪事报》的'城市评话'专栏里。这绝对是个爆炸新闻。"

"他有什么证据证明？"哈迪问，"没有证据，他没法发表。"

"更别说这样可能非常危险。我的意思是对杰夫而言。"格利特斯基补充道，"乔恩·罗有让他的姑娘们规规矩矩的人。一个记者的能量扳不倒他们，至少我是这样想的。"

"你觉得他们会伤害杰夫？"贝克还是一位充满理想主义的法学院学生，她惊骇得直摇头。"亚伯叔叔，你知道这些，而你却无能为力？"

"在他们实际伤害杰夫之前，我是无能为力的。这就是这项工作的诅咒。不过上帝知道，我会非常乐意逮捕他们。"

"他们不是奴役那些姑娘吗？把她们关起来，驱使她们，甚至殴打她们，你就不能从这方面入手？"

格利特斯基做出一个无助的手势："这些姑娘必须出庭作证，不是吗？如果她们这么做了，你猜会怎样？"

"所以,从根本上说,市政府默许了。是这样吗?"贝克问。

"除了市长以外。"哈迪说,"他是可以很快扫荡这些的,但如果他顺利入主萨克拉门托的州政府,他会忙于全州的事务,就没空处理某座城市的某个本地问题了。"

"这可不是个本地问题!这是跨国人口贩运!"

托尼将手放在贝克的手背上,以示安慰,之后便没再把手拿开。

"贝克,关键是这并不影响我们大多数人的生活——没人关心,所以他们可以这样肆无忌惮。世上有坏人在做坏事,的确如此,但当他们施暴的对象是没有话语权的弱者时,他们就能躲开公众的视野,完全隐形。他们的所作所为也就完全隐形了。"

格利特斯基看向托尼的眼神变得锐利起来:"这方面你很了解啊。"

"这样的事情到处都有。"托尼回答,接着又向着贝克说,"理论上,这就是我们有联邦调查局的原因。"

格利特斯基又笑了,这次是抿嘴而笑:"贝克,你猜上次是谁突检了乔恩·罗?最后的结果:逮捕百人,指控却是零,连一个铜板的罚款都没有。这我很清楚。"

"罗在联邦调查局里面有内线。"托尼说。

格利特斯基点点头:"如果这是真的,这也不会从根本上颠倒我的世界观。"

"这太可怕了。"贝克惊呼道,"就没人能做点什么吗?"

"某人可以把乔恩·罗结果了。"托尼说。

听到这话,格利特斯基一下子警觉起来:"那我会逮捕这个某人。"

"除非——"哈迪说,"但这样恐怕更糟糕。如果亚伯没有逮捕杀掉罗的人,他会崛起,填补罗留下的空缺。"

贝克倒吸一口凉气:"这个循环永远不会结束?"

托尼摇着头:"实话说,不会的。我们总是掉进同样一条水沟。就像警官说的那样,如果有的人行为过分到杀人的地步,他自然就会逮捕罪犯。但如果你过多去干涉这个系统,干扰他们的资金流动,可能会危及我们生活的安定。这是没人真正想要的。"

"你们真正不想要什么?"崔娅从厨房进来。

"性奴隶。"格利特斯基回答。

崔娅脚步一顿,动作夸张,眼里闪着热情和幽默的光彩。她看着她丈夫说:"他们是在说我们俩。"

格利特斯基抱着熟睡的五岁儿子扎卡里,正准备离开哈迪家。小孩子的手脚紧紧盘在父亲身上。三年前,就在他们公寓前的街上,一辆缓慢前进的汽车将扎卡里从他的大轮车上撞下。因为大脑受创,之后几个月他都处于重症监护中。从此,他都戴着头盔,以防万一。当格利特斯基像现在这样将儿子举到肩膀或者更高时,要想与他面对面交谈还需要费点力:"那个托尼,他是什么来头?贝克的男朋友?"

"不,他是我的客户。今天正好没事儿,我就叫他过来。"

"我猜,他是个酒保?"

"或者说曾经是。我们也不清楚燃烧罗马什么时候能重新开张。在此期间,我们让他在三叶草兼职。"

"你们认识时间长吗?"

"不。"

"在那次突检之前吧?"

哈迪耸耸肩:"在海豚俱乐部认识的。"

格利特斯基停顿了一下:"你知道他在做酒保前是干什么的吗?"

"不知道。怎么啦?"

"说不上来。他好像很清楚乔恩·罗的处境,这很让我诧异。我觉得他的口气像个警察。"

"这我可不知道。但他很聪明。他知道圣迪斯马斯是谁,不用我介绍。"

"哈,知道这个确实能看出人品来。"

"你担心他的人品?"

"我也不清楚。"格利特斯基说,"我不是疑神疑鬼,我只是有些好奇。你应该打探一下他的情况。"

"什么?"

"他从哪儿来。以前是干什么的。"

"以什么名义?"

"随你的便。委婉地打听,露骨地好奇,无耻地窥探。管你什么手段。"

哈迪一拍手:"你是否想过这个问题?你为什么没多少朋友?"

"因为我把所有人都当成嫌疑犯?"

"这就是我的意思。"

"嘿,别操心了。"格利特斯基说,"因为我从不操心。"

"你不想把每个人都抓起来?"

"不,我才不操这份心呢。"

【第八章】

周一一大早,瑞克·杰萨普已走进办公室,就感觉气氛紧张。

他的宿醉对此也没有帮助。

周五晚上大有希望的开端最后演变成糟糕透顶的周末。布丽塔妮·麦奎尔离开了他,也不接他的电话,最后他不得不放弃。

接着,他开始喝闷酒。

今早酒醒之后,他又去了皮特咖啡馆,试图挽回点什么,或者重新开始。

他很清楚,他要赢回她的青睐。虽然美好的时光只持续了一晚一晨,但就他而言,没有可比的,她是他遇到的最好的女人——秀丽的脸庞,完美的身材,热辣的亲密接触。既然占有了她,他就绝不会让她离开。即便要分手,也要由他来做此决定。

他也不是没有手段和资源的无名小卒。没点手段,他也不会年纪轻轻就成为市政主管的秘书长。他的目光也不止于此,下一步目标是随着老板的升迁,成为市长的秘书长。最后,他也会进入政坛。实际上,他已经在其中。

他能让布丽塔妮看到这一点。她还没搞清楚情况。他没让布丽塔妮了解清楚他是什么样的人,他有多大的能耐,他有多重要。他绝不会容忍一个咖啡馆里打杂的丫头对他说不!

此时,他头疼欲裂。所有员工都唯唯诺诺,全部蜷缩在一间小会议室里,没人说话,没人吊儿郎当,没人在干活。

平时和蔼可亲的黛安今天表情严肃,姿态生硬。她伸出一根指头,示意他不要去自己的办公室,而是继续走到接待室。他走到近前台,黛安给他一个警告的眼神,低声说:"他说你一来就叫你进去见他。"

"发生了什么事?"

"他会说的。"

瑞克猛吸一口气,快步走到老板的办公室门前,敲了敲,扭开门锁,走进去。古德曼正坐在那里,手肘放在桌子上,五指悬于双唇下。他说:"据我所知,这里的工作时间是朝九晚五。"

"是的先生,我有事,在公寓耽搁了。垃圾处理机出了故障,搞得一团糟。我很抱歉,我该提前电话知会的。"

"好吧,说到电话,我在周末多次试图联系你。你都没收到吗?"

"没有,先生。我去了圣何塞姐姐家,电话忘在家里了。我是昨晚才赶回来的。"他摆出一副羞恼的样子。

他能感觉到老板责难语气中的急切,不比平常。他们两人共享了许多秘密,其中不少极其敏感。他们的关系不像上下级,更像是合伙人——或是说是共谋者。瑞克没有表露出任何的畏惧,虽然他的胃在猛然缩紧。他厚着脸皮,用低沉的语气说:"这个周末恐怕确实很没趣,不过还是说说发生了什么事吧。"

古德曼向后靠在椅子上:"乔恩·罗周五晚上过来了。其他人我都问过了,他们都说不是他们。"

"什么不是他们?"

古德曼把事情全盘托出后,瑞克一言不发,竭力控制自己,不表露出情绪。如果他被认出来,甚至是受到重点怀疑,他的事业就算是完蛋了。所以他能做的,就是保持冷静,装出一副作为利亚姆的合伙人,应该为他着想的样子,和他一起商量,解决问题。"我们怎么知道这是我们员工中的某人干的?"他问。

"我也没法确定。不过如果是编造的,细节也太充分了吧?不是吗?"

"如果有人主动招认就更奇怪了,不是吗?我的意思是:'嗨,我就是那个犯了法还到处示威的人,你们可以在这儿找到我。'这可能吗?"

"也许你说得对。"

"我想的是，这更像是有人想离间你和罗的关系。这些金主撒了不少钱，而你拿了大头。把你踢出去，他们就有大钱可拿了。"

"你说得很对。应该是这样的，是吧？"

"我觉得就是这么一回事。"

"那么，"古德曼问，"我猜我没必要把所有员工的照片都发过去，看有谁被认出来？"

瑞克全力控制住情绪。他非常清楚古德曼的言下之意，既是对他的怀疑，也是对他的警告。毫无疑问，这相当于猛拽了一下他脖子上的狗绳。但他不能表露出来，让古德曼知道他已经理解这层意思。"我不觉得这样做对我们有利。"他说，"如果这样做，就算认出来，也完全可能是假的。是给罗提供弹药，让他攻击你。"

古德曼看上去正在仔细掂量他的话。最后，他露出一丝笑容。

"你说得很对，瑞克。罗已经放话出去，希望这样的事不再发生。听着，你一进来就被我责难，我也很抱歉。我清楚你付出的时间远超必需。我真的不是希望你要像普通工薪族那样上下班打卡。"

"我懂你的意思，先生。不要担心。我知道迟到应该提前知会。"他站直身体问，"还有其他事情吗？"

瑞克把自己关在办公室内生闷气。他发现乔恩·罗成了一个大麻烦。这事他的确不够谨慎，然而他没想到罗会为了几个妓女来找古德曼。瑞克的自负的确让他太肆意妄为，以为自己能赖账。

赖了又怎样？古德曼会保护他的。

可是现在看来，古德曼显然不会。

瑞克低估了乔恩·罗，自以为利亚姆会在他与韩裔帮派分子之间的任何冲突中保护他。他从没想过罗或是他的妓女胆敢抗议。然而罗竟然投诉了。更糟糕的是,利亚姆竟然站在他那一边。

这引出一个问题:是谁需要谁?

不久之前,瑞克和利亚姆还常常提前下班,去酒吧打发晚上的时光。他们或是一起去看巨人队和49人队的比赛,或者去对方的住处吃烧烤,或者一起干些不完全合法但却利益丰厚的勾当。虽然他们并不是真正的平等合伙人关系,但瑞克已经深度参与到利亚姆的秘密中,为他出谋划策,为提升他的形象东奔西走。

然而现在,不知怎的,这一切都岌岌可危。这次对未成年饮酒的打击把利亚姆推升到一条新的轨道。在这样的高度,瑞克的影响力已经微乎其微。他甚至可以想象到罗会推荐他的人来接管古德曼的手下,负责这里的日常运作。

那样的话,瑞克会怎么样呢?

他需要做的是提醒他的老板,他们是绑在一条船上的蚂蚱,其中最重要的是他们早年做过的,被称作"军队业务"的买卖。这曾是古德曼的主要收入来源,过去四年总共约有两百万美元入账。

这个计划是这样出炉的:有一天,瑞克提到他的一个熟人——一个驻守在旧金山湾对面的帕克斯军营的陆军女兵。从前线回来后,她怀孕了,产期临近。根据军队的规定,孕妇是不会被派往战区的,所以这个女人希望生产之后尽快再次怀孕,以免再次被派往前线。她有六个月的时间再怀一个。

唯一的问题是她的丈夫不想再要孩子。

利亚姆碰巧认识一对有生育问题的有钱夫妻。他们正在为生孩子寻找代孕母亲,而且愿意为此支付十万美元的酬劳。但他们又对自愿代孕的女人心存疑虑。他们希望确认交易价钱合理,同时一旦敲定,能按计划顺利进行。从根本上来说,他们还希望有律师参与,这样他们能感觉更安心也更安全,因为整个过程都能得到监督和修正。

一个月内，利亚姆作为中间人从中牵线搭桥，顺利完成了第一笔交易。他将五分之四的酬金收入囊中——瑞克作为介绍人拿了不到三千美元。剩余的两万美元给了代孕母亲，虽然她拿的份额不多，但她不是求财，而是求在家平安，所以也欣然接受。

这是一场皆大欢喜的交易。唯一的问题是，这场共谋构成了对美国政府的欺诈——军方不但要照常支付这位士兵在役期间的薪水，而且还要报销她与怀孕相关的所有医疗费用。

接下来的数年里，在城里精英人士们口耳相传作用的驱使下，利亚姆和瑞克为许多绝望而又富裕的夫妇找了32名军人做代孕母亲。最近，随着在前线驻军规模的缩减，代孕市场也随之干涸。但到了这个时候，乔恩·罗和他的同道们提供的竞选资助和捐献已经填补了资金缺口，因此古德曼的政治前途一帆风顺。

瑞克的酒醒了。可是今早的问题没有消失，他感到自己的职位正在受到威胁。他得尽快找到合适的时机提醒利亚姆，让他回顾一下那他不怎么光彩的早年勾当和政坛崛起的过程。

这可不是威胁勒索。瑞克只会好心地提醒一番，传递的信息会简单清晰：只要他的工作无忧，利亚姆的秘密也无虑。

瑞克对于自己这套优雅的解决方案信心满满，大步进入接待区，飘然左转，来到利亚姆门前，敲敲门。

午饭之后，大雨倾盆。

布丽塔妮主动要求到后台工作。她平时更喜欢到前台，因为那样时间过得更快些。然而今天她想躲在里屋，免得瑞克又跑来找她。

她觉得瑞克应该不会来了。他应该已经冷静，不会再来烦她。上次布丽塔妮已经清楚地表明，她以后不想再与瑞克有任何瓜葛。然而瑞克不停地打电话，这又让她有些疑虑——也许他的确是个混蛋，还会厚着脸皮来骚扰。

随着午饭时间的人流渐渐散去，布丽塔妮以为瑞克已经开窍，不会再来了。因此，当他出现在她的柜台前，头发全湿，雨衣滴答，一副萎靡可怜却又带着希冀的样子时，她吓了一跳。他无可救药地直截了当：

"嘿，我只是想亲口对你说声对不起。我的意思不是你想的那样。是我表达不对。"

"是啊，的确不对。你想来点咖啡吗？否则，我有工作要做。"

"我想，我们是否能再尝试一次。"

"我不会在这儿讨论这个问题。我在上班。"

"我知道，我能回头再打给你吗？"

"不用了。"

"这太没道理了吧？"

"我觉得挺有道理的，我现在很忙，你还是走吧。"

"我只是不知道我哪里做错了。"

"其实很明显。"

"但你得给我解释的机会啊。"

"没什么好谈的，真的，没有。现在你走吧，否则我就叫经理了。"

瑞克将两掌撑在柜台上，脸色灰白。雨水从他的发梢滴落下来："听我说，求你了。这样不对，再给我一次机会吧！"

"我已经给你机会了。"她的目光离开瑞克，望向前台。她高声叫道："米奇！"

布丽塔妮之前已经把她的烦忧告诉了经理。这位魁梧的黑人离开咖啡机，站在布丽塔妮一旁，直面瑞克。"这儿有什么问题吗？"

瑞克说："给我一分钟。一分钟，仅此而已。"他呼出一口气，"我……得……跟……她……谈……谈。"

米奇面无表情地看着他："她没有兴趣。你有兴趣吗，布丽塔妮？"

"没有。"

"那就是啦。明明白白。"

瑞克探过身："听着，我……"

米奇打断他："哥们，你给我听好。你最好立刻离开。布丽塔妮，到后面去休息一下。"

她离去之后，两个男人大眼瞪小眼。

瑞克擦了一下脸上的雨水。"这事没完。"他说，"我可以让你关门，你知道吗？"

"噢，你还是大人物呢，对吗？你在市政厅上班吗？"米奇拿出手机，"我打911，让警察来，看他们知不知道你是谁。要试试不？他们每天来这里喝咖啡，他们都知道我是谁。"

瑞克将双手从柜台上收回，轻轻一推米奇，转身走向大门。

"祝你有美好的一天。"米奇朝着他的背影说。

"我可以找人把他打得屁滚尿流！"这个风雨交加的周一晚上七点，托尼·索拉亚正在三叶草酒吧的吧台后面，他笑盈盈地看着布丽塔妮·麦奎尔那深邃的眼眸："你来对地方了，这个地区大约一百块就能雇到。也就是运气好的时候一晚的小费。如果你找个瘾君子来做，恐怕一张汽车票的钱就够了。"

"你知道雇打手的价格？这让人有些担心啊。"

"酒保无所不知。"他说。

"我爸也常常这样说。"

"他当然知道，不是吗？"托尼指着布丽塔妮的酒杯说。"你还需要点什么吗？"他问，"我准备去给客人倒酒了。"

"不需要。"

她看着托尼沿着吧台招待客人，调酒，说笑打趣，充满男人的魅力。

她知道她父亲是个多么严厉的监工，在他的小宝贝——小三叶草酒吧里尤其如此。对于酒保们懒散的作风和邋遢的外貌，摩西都是零容忍。他的第一要求是精湛的调酒技术，然后才是酒水价格，洗碗池的水温，玻璃杯的光亮程度，不同酒品配套的不同杯子等等。如果酒保或是当晚的鸡尾酒女服务员没及时给顾客续杯，那更是不可容忍。

她有些吃惊——这简直就是一个小小的奇迹。托尼·索拉亚上周五才第一次出现，现在已经在吧台里工作了，而且他还是走迪兹姑父的后门来的。

托尼回到布丽塔妮坐的地方："说正经的，你是在担心你甩掉的这个家伙吗？"

"不……不是很担心。"

"那到底是不很担心，还是不担心？"

"我猜是不担心。他其实很可悲。我不想再见到他了，可惜他连这点都还没明白。"

"我理解这哥们有多难受了。"

"呃……谢谢。不管怎样，我想他今天是清楚我的意思了。我想他不会再出现。所以我们不用扁他。"

"是找人扁他。"托尼纠正道，"你不需要亲手扁谁，虽然你可以如此。总的来说，你让他们被扁。这样干净些。"

【第九章】

摩西和苏珊·魏斯就是在常春藤街这套顶层公寓养大了他们的孩子。这里除了三间卧室以外,后面还有一间日光房。女儿们叫这里"雾之屋",这几个字还被烙在门上的一块木板上,字迹歪歪扭扭的。这儿偶尔有些许阳光,更多的时候则被雾霭包裹。旧金山交响乐团次席大提琴手苏珊的绝大部分时间都是在这里度过的。她的学生年纪从4岁到71岁不等。

对于授课过程中手机铃声的影响,苏珊深有体会,因此总是将她的手机设为静音。当本·费恩斯坦正在练习独奏曲时,她的手机震动起来。她从胸前的口袋中拿出手机看了一眼,不由得微微皱眉。

是女儿布丽塔妮打来的。新的闹剧又开始了。

苏珊确信,布丽塔妮知道本周四下午四点有课。数月前,他们就是在这个时段见面的。苏珊还知道——这也不能称之为秘密——本与布丽塔妮的罗曼史持续了数周,然后是糟糕的分手,对于本来说尤其如此。苏珊很欣赏本,暗地里并不介意布丽塔妮爱上他。

但是,布丽塔妮就是布丽塔妮,自然不会如此。

现在,她又来了,在本上课的时候打电话过来。苏珊觉得这不是巧合,怀疑布丽塔妮是在玩弄他,勾引他再入情网,玩一两周后腻了又甩掉他。对这可怜的年轻人来说,这是很不公平的。

苏珊爱女儿,有时甚至是溺爱,但布丽塔妮在男女关系上的行为让她抓狂。

本演奏的帕海贝尔D大调"卡农"戛然而止。"是重要的事情吗?您还是接吧。"

苏珊叹口气。如果她提到布丽塔妮的名字,今天本就没法再集中注意力了。分手之后的那周,本取消了两次课。苏珊不得不打电话给他,连哄带骗地让他回来继续练习。她劝他说,生活得继续。

现在，本好不容易继续生活，她女儿又打电话来了。

她摇摇头："看着像是推销的。你拉到哪儿了？"

本继续拉了十六个小节，厨房的座机又响了。他又停下来。苏珊举起双手，一副无语问苍天的样子。她确信这又是她女儿打来的。没有几个人知道她家里的座机号码，而且知道的人都清楚现在是上课时间，不应打扰。先打手机后打座机，这是布丽塔妮惯用的手段。为达到目的，她不惜让所有人不快。

"我很抱歉，本。"苏珊说着站起身，满脸的懊丧，"这可能很重要。我很快回来。"

铃声响第三下的时候，她走到电话前，看到来电号码的确是布丽塔妮的手机号。她拿起话筒。"也许你不记得现在是我下午上音乐课的时间了。"她低声责备道，"就不能等一下打过来吗？"

她女儿的声音很小，脆弱如玻璃："妈？"

听到这个字，苏珊顿觉大事不妙，满腹怒气化为乌有。她感到一阵眩晕，不得不将一只手撑在柜台上稳住身体："宝贝，出什么事了？你还好吗？"

"不怎么好。"布丽塔妮回答，"我不太好。"

"你在哪里？"

"圣弗朗西斯医院。"她说，"急诊室。"

当晚，苏珊坐在厨桌旁，将她五分钟前泡的茶晾在一边。他们的黑猫富士在她坐下来的时候就跳上桌，伸了个懒腰，现在正一边享受抚摸一边喵喵直叫。风夹带着阵雨，噼啪打在西面的窗上。

走廊里响起丈夫的脚步声。虽然今天发生的事让她精疲力尽，她还是一下挺直身子。她刚刚拿起茶杯，摩西就出现在门口。"她摔倒了，然后就进了药物世界。多亏有止痛药。"他走到炉灶旁，"水还是热的吧？"

"应该是吧。"

苏珊看着他走过厨房,在杯子里放上茶包,从水壶中慢慢倒出开水。柜台上放着一小罐蜂蜜。摩西用罐子里的手工小木勺舀起一勺,悬于杯子上方,任由蜂蜜滴落,然后将小勺放回罐子里。他又找了个汤匙,认认真真地搅拌起来。

一阵疾风将雨幕嘭地打在窗上。苏珊微微动容,摩西毫无反应。

"摩西,你在想什么?"

他吐出一口似乎憋了很长时间的气,继续搅动着。汤匙发出叮当的响声:"没啥。"

苏珊问:"你给自己弄杯茶都花了两分钟。"

"这杯子不好弄。"他把茶杯举到唇边,吹了吹,抿了一口,"不过这工夫也没白费。"他在苏珊对面坐下来。

"你担心吗?"她问。

"担心说她会不会好起来?不,我不担心。"

"看起来很严重。"

他耸耸肩。"头部伤口都会出血。实际没有看上去那么严重。"

"肿了好大个包。"

"是啊,不过没有脑震荡。而且没有缝针,不会留疤。她会痊愈的。"

"那你在想什么?"

"这是怎么发生的?"

"嗯,我们知道——"

他抬手打断她的话:"我们知道的都是她告诉我们的。仅此而已。"

"你认为她在撒谎?"

"我不能排除这种可能。"

"那你以为发生了什么?"她问。

摩西用手指敲打着茶杯:"她说她正在跟某人聊天,突然发现她的巴士要走了,于是她跑起来,摔倒在湿滑的人行道上,撞到了头。"

"的确如此。"

"也许并不如此。摔倒怎么会在头上留下两处不同的伤口?还有那么大个肿起的包?简直就是个该死的乒乓球!这么大的包——我有些经验,你也许还记得——她一定撞到一个平面的东西上了。人行道,或是墙上。她脸上那些擦伤又是怎么回事?还有,你注意到她雨衣最上面的两颗扣子没有了吗?"

"没有,我根本没看。"

"你可以随时去检查。雨衣就在衣橱里。扣子没了,但线头还在,似乎是被扯下来的。"

"那么,这两颗扣子,是在她摔倒时弹出去的。"

"弹出去?扣子自己弹出去?还有她的手臂怎么解释?"

"她的手臂又咋了?"

"她不停地摩擦她的左上臂。"

"我以为她觉得冷。"

"的确有可能。"摩西承认,"不过我在病房时拉开毯子检查过,她手臂上有明显的紫黑色瘀青。"

苏珊喝了口茶:"你的意思是?"

"我的意思是,我要找这个已经消失的人谈谈,问他为什么让我女儿留在人行道上流血。"

苏珊惊骇地用手掩住嘴,叹道:"噢,我可怜的宝贝。"

摩西点头:"这下你明白了吧。"

摩西冒雨走了几个街区,回到小三叶草酒吧。托尼·索拉亚简直就是天降救星。摩西一接到苏珊的电话,得知布丽塔妮在急诊室,立即打电话给托尼。这个年轻人骑着摩托车,十五分钟内就赶回酒吧,非常乐意继续当班,而且表现得积极主动。

摩西当时曾告诉托尼,如果他想,可以早点关门。不过此时,酒吧里还有十五个顾客在为他的生计作贡献,里屋还有十二个以上的人在玩飞镖。摩西站在门口,定了定神,看见托尼站在一尘不染的吧台后面,正把一个个玻璃杯擦得亮闪闪的。

摩西走进酒吧,把雨衣雨帽挂在大门旁的老式挂架上,在吧台旁找了个空凳子坐下。托尼走过来,根据要求给他倒了杯汽水。接着,一些常客凑过来打听布丽塔妮的情况。

"她还好。"摩西发现自己不停地重复这句话,"她滑倒了。她会好起来的。"

人群散去之后,托尼又凑过来:"她的真实情况如何?"他问。

"用了药。昏睡。撞得相当厉害。"

"看来这跤摔得挺厉害。"

摩西抱起双臂,叹口气:"我试着把思维放开点,不急着下结论。我一直在想象当时的场景,却一直想不明白,至少根据她的描述,是没法想清楚的。她在雨中奔跑,一滑,向前摔倒。她难道没用双手撑地阻止摔倒?"

"你怎么看的?"

摩西将布丽塔妮描述给苏珊听的摔倒场景又向托尼推演了一遍,然后总结道:"我得跟布丽塔妮好好聊聊。"

"你认为她是在为某人遮掩?"

"这好像跟我的推演能对得上,你觉得呢?"

"你知道是谁吗?"

摩西摇摇头:"这年头要想跟上她的节奏,我心有余而力不足。"

托尼似乎欲言又止。

"怎么?"摩西问,"你知道些什么吗?"

"不知道。"托尼说,"如果有什么,还是让她自己给你说吧。"

零点三十分,托尼回家。现在时间接近一点,摩西坐在吧台远端的一张凳子上。十五分钟前,他关了店门。屋外,风雨交加,雨点不停地击打在窗户上。时而有一辆汽车从林肯街上呼啸而过。屋里,唯一的光亮来自一盏放置在里屋矮桌上的 60 瓦五彩玻璃罩台灯。

他缓缓旋转着酒杯,杯中的姜汁可乐已经所剩无几。吧台上除了他的玻璃酒杯外,还放着小三叶草酒吧的希莱拉手杖(美国爱尔兰裔移民的文化象征——译者注)。手杖由两尺长的肯塔基白杨硬木制成,上端有个拳头大小的木节,下端绑着皮鞭。这手杖是一件可怕的武器,也非常具有说服力。在摩西的酒保生涯中,他曾用手杖调解过几次酒吧斗殴。但手杖一直挂在吧台下面,他不记得曾经拿着手杖站到吧台前面去过。

他脑海里充满嗡嗡的噪音。

某人至少是有意推倒了他的女儿。他越想越觉得这是显而易见的。但布丽塔妮却错误地选择掩盖攻击者的身份。摩西感觉托尼也许知道是谁,但他也缄默不语。

他渐渐理清了布丽塔妮遭遇的头绪,心中的愤怒随之膨胀为无边的戾气,似乎要将他吞噬。

某个胆小的人渣将她的女儿伤到住进医院。

他不停地与心魔斗争,老是把布丽塔妮想象成婴孩。他无助的婴孩正处在痛苦之中,俏脸瘀肿,血肉模糊。在他还没戒酒的时候,在那些年轻和不那么年轻的日子里,摩西并不会因为自己是哲学博士而不大打出手。他的鼻梁因为多次骨折而变形。现在,他每周都用一个沉重的提包做几组锻炼,维持手眼协调性。他十几岁就参加过金手套拳击赛,知道如何在一对一的情况下搏斗。如果你喜欢街头斗殴,他会踢下体挖眼珠,卡拿膝肘关节也不在话下。如果对手送上门来,他甚至会出口相咬。

为赢不计代价。

现在,他前所未有地想大打一场。他想要拳入肉中的感觉,听到骨裂的声音,闻到鲜血铁腥的气味。

他的呼吸变得急促起来。

去他妈的,他要喝一杯。他需要喝一杯,这是完完全全有理由的。这么多年来,他一直拒绝真我。这到底有什么意义?他就是复仇天使,他的愤怒纯粹而且合理。此外,他也想喝一杯。

他走到吧台,从架子顶部拿了一瓶十二年的麦卡伦威士忌。他放手把杯子倒满,然后举到鼻前闻了闻。

上帝啊!

沁人的酒香让他片刻沉醉,不过,他没喝。他把杯子放在希莱拉手杖一旁,呆呆地看着。

过了一会儿,他的怒气稍减。

他认清了自我。他是圣奥古斯汀,领荡妇到床上只是为了来考验自己抗拒诱惑的能力,并以此取悦上帝。

把杯子拿起来,一口喝下去。助长怒火。做你自己!

他的手伸向酒杯。

然而他抓起的却是希莱拉的手杖。他从喉头发出一声咆哮,提起沉重的希莱拉,横扫过去,将酒杯连同威士忌一起打飞,酒飞溅出去。他一边挥舞手杖,一边咒骂着,使出全身力气,用希莱拉的树节一遍又一遍击打吧台。一遍又一遍。

直到他精疲力尽。

手杖被丢在地上。他气喘如牛,紧抓吧台的边沿。他的体力已到极限,身体摇摇欲坠。

【第十章】

哈迪的办公室里有两个会客区域。他办公桌前的比较正式,波斯地毯上放着两把豪华的古典扶手椅,之间还有一张以狮爪为桌脚的桃花心木咖啡桌。另一处在屋角的窗边,可以俯瞰正陷在暴雨中的瑟特尔街,摆放着两张棕色皮椅和相配的双人沙发。

摩西·麦奎尔进来后随手关上门。他站了一会儿,环顾四周。"我好像没来过这儿。"他说。

"你当然来过。"

"我记起来了。的确高档。"

"很高兴你喜欢。"

"其实作为一个客户,我不见得喜欢,我会担心你会为了买这样的高档家具装点门面而收我高价。"

"如果你是客户,"哈迪说,"你就该担心要受的牢狱之灾,而不会有闲心关心家具。你会想:我不要在接下来的二十年里待在一个有马桶的小房间里。"

"我猜,你说得对。"摩西再次打量四周,"那我坐哪儿?有啥特殊要求没?"

"让你觉得舒服的任何地方。还有,你想来点咖啡?还是水?或是其他什么?"

"不用了。"他舒服地坐在一张皮椅上,"我现在感觉不错。你坐哪儿?"

"跟你一样。这里讲究平等。你坐在你想坐的地方。我就坐我想坐的地方。比如这里。"他坐在另一张皮椅上,"什么风把你吹到这里来了?而且是第一次。你的气色看起来不好。"

"昨晚我没怎么睡觉。我与恶魔扳了一晚上手腕。"

"谁赢了？"

"我想我赢了，不过是险胜。"摩西清清嗓子，又观察一遍四周，然后面对哈迪，"我想如果可能的话，把怀特·亨特借给我一两天。"

"你需要私家侦探？"

"我也不确定。我想找他谈谈，看是不是需要。"

哈迪惊讶地靠到椅背上："你什么时候都可以找怀特。他又不是只给我办事。你想要他帮你查什么？"

"谁打了布丽塔妮。"

哈迪的脸色瞬间罩上寒霜。他坐直身体："什么时候？"

"昨天。"

"多严重？"

"伤得很厉害，但性命无忧。已经接回家了，躺在床上。"

"神志清醒吧？"

"嗯，吃了止疼药。时睡时醒的。"

"不过你跟她谈了？"

"噢，是的。"摩西举起一只手，"我知道你在想：干吗不直接问是谁干的？好吧，我问过了。没人伤她。她说自己摔的，就这样。这是她的说法，而且她一口咬定了。"

"但你不这么认为？"

"我得说，我的怀疑是有充分理由的。"摩西摇了摇头，"迪兹，我要那个王八蛋进监狱。不，这不是实话。我想把他打得半死。如果这不现实，让他坐牢也算过得去。"

"你这样想我不怪你。不过你要知道，如果布丽塔妮拒绝作证，这是不可能的。"

"我会让她这么作证的。她只是需要再考虑一下。她很聪明。她不会继续保护他。"

"到了那个时候,她会说出他的名字,你就不需要怀特了。不过也许她不是为了保护他。"哈迪补充道,"也许她是害怕他。你这样想过没有?不管是哪种情况,保护或是畏惧,她都不会参与控诉,你还是弄不到名字。"

"因此我才要借一下怀特。我想查出是谁干的。"

"然后呢?如果布丽塔妮不指认攻击者?"

"我有B计划,'把他打得半死'。"

"好主意,摩西。不过那就该你进监狱了。"

"狗屁。我是正当的。最糟的情况,我交罚款,然后继续过日子。"

"你一定知道我说'好主意'是讽刺你吧?要我说,这是个坏主意。知道为什么吗?因为这要看你造成的破坏有多大。你完全有可能坐上很多年的牢——就你这个半老头——你可活不下来。"

"我可不这么认为。那他必须出庭指控我。你知道什么叫恐吓吧?我会把他吓得灵魂出窍。"

哈迪哈哈大笑:"就你那'丰富'的法律经验,你确定事情会像你想象的这样发展?"

"这险值得一冒。"

"不。"哈迪说,"不值得。你的愤怒我能理解。如果你能让布丽塔妮指控他,这是个好办法。如果你不能,你就必须让这事过去。"

摩西把双肘放在膝盖上,双手交叉。他让自己的头垂下来,而后又缓缓抬起,与哈迪四目相对:"说真的,迪兹,我想杀了他。不管他是谁,我是真真正正地想结束他的生命。"

"我懂。"哈迪说,"我没必要责怪你。不过还是不要说出来,好?这不过是气话。"

摩西双目无光地叹口气,指着自己的脸。"这是愤怒。"他说,"她是我的宝贝,迪兹。我美丽的宝贝女儿。"

"我知道。"哈迪安慰地把手放到摩西肩膀上,"我知道。"

摩西穿上登山鞋,罩上渔夫羊毛衫,又在外面套上宽大的外套后,在雾霭中的城里晃荡了一个小时。然后,他在塔迪奇餐馆吃了些法式长面包和海鲜杂烩。离开哈迪的办公室后,他觉得妹夫说的应该没错。如果他没法让布丽塔妮指认攻击者并提起诉讼,找人毫无意义。

哈迪警告他不要直接插手当然是对的。如果他蛮干,很可能适得其反,惹上包括牢狱之灾的大堆麻烦,如果他的攻击行为被人看到,怀特·亨特甚至哈迪本人都会受到牵连。

午餐吃了一半后,他拿出手机给妻子打电话。铃响第二声时,苏珊接起电话。

"她怎么样了?"

"还好。她现在正跟我坐在厨房里喝鸡汤。"

"她的气色如何?"

"不差。"苏珊故意说得很乐观,其实是不想在电话里多说,因为布丽塔妮可能听到。

"她改口了吗?"

"没有,还是那么说。"

"我能代我向她问个好吗?"

"当然。等一下,让她来说。"

接着是他的女儿的声音,沙哑而倦怠:"嘿,老爸。"

"宝贝女儿,感觉如何?"

"好些了。很困,但好多了。过几天,就是个全新的我了。"

"你可以搬回来,想待多久就待多久,你知道的。"

"我知道。谢谢。"

"听着,布丽塔妮。你还记得事情发生的更多细节吗?"

"爸，我就不清楚。一切都发生得太快。我奔跑的时候滑倒碰到头。"

"那你的手臂是怎么回事？"

"我的手臂？"

"你的左臂。昨晚给你盖被子的时候，我注意到上面有一道瘀青。有多长时间了？"

布丽塔妮犹豫着："我不知道。我没感觉。"

"你不记得这瘀青怎么来的吗？也许是你摔下去的时候伤到的。"

"我不记得了，爸爸。反正也没啥。我没事，只是有些疼而已。"

这并不像真正的聊天。不过摩西反复询问，仔细寻找其中的前后不一。他唯一发现有问题的是，当他问到手臂上的瘀青时，也许他该更加直截了当，命令女儿老实交代。但她现在很脆弱，他不想让她压力太大。

哈迪又一次说对了。她要么是在保护那个王八蛋，要么就是害怕他。从一开始，摩西就怀疑布丽塔妮的解释，意识到事情的复杂性和严重性。他一直以为布丽塔妮撒谎的原因是前者。然而现在，他的鼓膜咚咚响，突然想到这个家伙也许是个持续的威胁。

他也许会再次伤害布丽塔妮！

摩西可没把女儿们抚养成逆来顺受、让人随便伤害的人。两个女儿都是独立、顽强的。他原以为布丽塔妮尤其不会为一个对她施暴的人遮掩。他原以为无论她受到任何伤害，她都会勇敢还击，或者报警让法律解决问题。摩西想到一种可能：如果布丽塔妮担心攻击者会再次动手，甚至更加凶残，她可能会选择不再追究。想到这里，摩西发现，伤害布丽塔妮的家伙不仅不会受到惩罚，他自己还将不得不担心布丽塔妮会再次受到伤害。

他的眉毛紧锁，眼神严峻，牙关紧咬。他盯着面前的海鲜杂烩，捏紧的双拳顶在碗的两旁。

"一切都好吧，先生？"

那位身着燕尾服的年长服务员缓缓进入他的视野。

"怎么了？"

"请问是海鲜杂烩有什么问题吗？"

"不，这很好吃。就像往常一样，无可挑剔。"

"很抱歉这么问。"服务员继续说，"不过你看上去并不亨受。"

"我心里有些事儿。"

"当然。看得出来。抱歉，打扰了。"

"没事儿，海鲜杂烩很棒。不过再想想，也许还有提升空间。"

"如何提升呢？"

"给我看看你们的酒品单，我就告诉你。"

摩西喝下两杯高档红酒后，就停杯了。这证明他的自律依旧。一杯酒下肚就会导致毫无节制地滥饮甚至不省人事，这种观点是荒谬的。他刚刚已经证明。他已经六年滴酒未沾。六年来就喝了刚刚这两杯。如果做做算术，平均三年才一杯。

他开车从联邦广场到了范·内斯街，不可思议地找到一个位置便利的停车位。这里距离布丽塔妮工作的咖啡馆不到一个街区。午饭的人潮已然散去，柜台前没有长龙。他向一名店员说明自己是布丽塔妮的父亲，想找经理谈谈。

米奇从后面过来，走到顾客接待区，与摩西握了握手。米奇问："她怎么样了？我们都开始想她了。她的确是个佼佼者。我相信你非常清楚。"

"我们都喜欢她。"摩西说，"她说她过几天就回来上班。"

"她也是这样给我说的。不过发生了什么事？她说她赶巴士的时候摔倒了，撞伤了头。"

"她是这样说的。"

米奇把头一偏："然而你却来到这里，而且你是她的父亲。不会只是顺路确认我们是否收到了她马上回来的消息吧？"

"不，不是的。"他顿了顿，"我不太相信她是摔倒的。我想问问你们这儿是否有什么人，或者你们的员工，可能看到了事情的经过。"

"公交站距离这儿有两个街区。"

"是啊，我知道。"

"我不是想问是否有人从这里看到了事情的始末，就算想看也不可能。"

摩西站在那里，凛然中透着凶悍。他等待着更多的信息。信息就来了。

"你不认为这是个意外？"米奇问。

"我也不确定。就像你看到的一样，我正在调查此事。"

"不是意外会是什么？"

"蓄意伤害。"

米奇的眼睛眯成一条线："上周她甩了一个男的，你知道吗？他几天前来了，试图跟她谈谈，气氛有些激烈。我把他赶出去了。"

"你知道他的名字吗？"

米奇想了一阵，摇摇头："我恐怕不知道。不过布丽塔妮给我说了他的职业和工作地点。"

市政厅圆顶大厅里，摩西步履艰难地在华美大气的台阶上挪动着脚步。这里距离布丽塔妮的咖啡馆只有几个街区之遥。大厅的装潢优雅雄伟，常常用作政治秀场。现在，摩西胃里翻江倒海，全身血脉贲张。至少从他的眼光看来，这地方有点虚幻。大厅的右边尽头，一场正式的婚礼正在举行。他望过去，不出所料，苏珊正在弦乐队里演奏大提琴。大约有六十位宾客，男的都穿着高档西装，打着黑色领带；女的都穿着定制的礼裙。工作人员对此视而不见，川流不息，各自走向自己的行政办公室。摩西走到阶梯顶端，依着指示牌左转，找到市政主管们的办公室。

旧金山总共只有十一位市政主管，在其中找到利亚姆·古德曼并不困难。摩西站在走廊上，把手放到门把手上，停了一两秒钟。他深吸一口气，接着又是一口。这能让他得到战斗前的平静，是他能从越南战场上，从数十次酒吧斗殴中，从70号码头上的枪战中得以幸免的秘诀。他有意识地压下贲张的血脉，将嘈杂的噪音、婚礼的乐曲都压制下去，让内心变得宁静空灵。

他步入办公室，走过一个会议室。几个年轻人似乎正在里面开会。在他前面，一个面容姣好的中年黑人女性将眼光从电脑上移到他身上，微微一笑。

"我有什么能帮助您的吗？"

"我想见见你们的秘书长，谢谢。很抱歉，我一下想不起来他的名字了。"

"瑞克·杰萨普。"

"就是他。"

"你有预约吗？"

"不，我恐怕没有。"在需要的时候，比如现在，摩西可以轻而易举地施展魅力，"我刚好路过这里，就想到进来拜访一下他。我是摩西·麦奎尔。请告诉他我是布丽塔妮的父亲。我们在我的酒吧里见过面——上周五，在小三叶草。他知道我是谁。"

"好的。"那女人拿起电话说起来。然后她转向摩西："他马上出来。"

摩西点点头，站到一旁，望向窗外街对面笼罩在云雾中的歌剧院。听到身后的门开启的声音，他转过身来。

"麦奎尔先生。"衣着光鲜的年轻人快步上前，自信满满，笑容满面地伸出手，"真是个惊喜。很高兴再次见到您。有什么可以为您效劳的吗？"

摩西没有伸手。相反，他不屑地瞟了一眼瑞克伸出的手，然后将目光上移,盯着年轻人的眼睛,语气平和地说:"你不要再来骚扰我的女儿。"

瑞克瞟了一眼一旁的黛安。他的嘴角抽搐了一下:"我就是这么做的。"他说,"她一直不愿跟我说话。"

"所以你试图找她谈谈。"

"是的,你是说在皮特咖啡馆吧。我想和好,但她不理我。"

"我听说你闹场了,他们不得不把你赶出去。"

"这是夸大其词,我的确不满意,但我是自己离开的。"他边说边退后一两步。

"那不是你最后一次见她,是吧?"

黛安从电脑后面站起来。"没什么事吧,瑞克?"

"没事。"他说。接着,他转过来对着摩西:"不过,也许我们应该到走廊上继续谈,让黛安专心工作。"

"我没有异议。"

"你确定?"黛安一边询问一边警觉地看着摩西。

"我们没事。"瑞克说。接着,他又转向摩西:"我们没事,对吧?"

"非常好。"

瑞克走向出口,摩西在后面紧跟着。来到走廊上后,年轻人转过身。"我们说到哪儿了?"

"我说在皮特不是你最后一次看到布丽塔妮。"

瑞克看着摩西的脸,厚着脸皮问:"她怎么样了?"

"你希望她怎么样?"

"我不太懂你的意思。"

"我的意思是如果你虐待别人,把他们推来搡去,有时候会造成严重的伤害。"

瑞克先定了定神,然后低下头,说:"我无意伤害她。那是一次意外,她甩开我,接着就摔倒了,然后……"

这些话终结了摩西的所有疑虑,之后的攻击毫不留情。瑞克还试图解释,但摩西的拳头来得太突然,让他完全没有自保的机会。他还没回过神来,一记凶狠的右勾拳就结结实实地打在他脸颊上,把他打得晕头转向,接着又是三记怒拳——左,右,左。他的头向后仰去,结结实实地撞到墙上。这几拳又准又狠,但瑞克的脚却软得如同果冻,再也撑不起他的身体。

鲜血从瑞克的鼻子和嘴里喷涌出来,洒在地板上。摩西看着他的牺牲品,面露鄙夷。他蹲下来,靠近瑞克的耳朵,说:"你再敢靠近我女儿,你就死定了。"

然后,摩西站直身体,摩挲指节,转过身,不紧不慢地走过市政厅办公区的走廊,迈着庄严的步伐,走下宏大宽敞的大厅阶梯——婚礼仍在进行中。最后,他消失在傍晚的雾霭之中。

第一部分

【第十一章】

　　三月的最后一天，周六，下午三时许，瑞克·杰萨普抬头看着面前的27级台阶。这些台阶直通乔恩·罗在迪维萨德罗街的维多利亚风格豪宅大门。台阶很陡，仿佛觉得从考霍娄街到百老汇大街的山坡还不够险峻似的。他想不出来谁会在这么陡峭的地方买房子。也许罗每天都是开着奔驰从车道直接进入相连的车库，不用爬台阶。不过对于任何来访者，这些台阶绝对是生理上甚至心理上的障碍。

　　上到台阶顶部后，杰萨普转身俯瞰马瑞娜区和远处的海湾。海面上点缀着许多帆船和一道道平行的白色海浪。他站在那里，有点犹豫。突然，大门打开了。他急忙转回身。

　　"你要等多久才按门铃？"罗问道。

　　"我不过是缓口气，欣赏一下风景。"

　　"就是个海湾。"罗说，"灰色的海湾。请进吧。"

　　"谢谢。"

杰萨普强忍着心头的紧张，跟着罗进入装潢奢华、陈设繁复的客厅。这里的视野跟屋外门廊上的一样，却没有山风的侵袭。看起来罗在自己的"城堡"里过得逍遥自在。他穿着黑色的V领羊毛衫，浅棕色的休闲长裤，脚上没穿袜子，只有一双带流苏的休闲鞋。

他刚刚请杰萨普在沙发上落座，一位穿着绚丽丝质上衣，美得让人窒息的亚裔女性便端着一个大浅盘款款走来。浅盘上放着一个白色瓷壶、精致的瓷杯瓷碟以及几种茶包和一些饼干。她一言不发，目不斜视，将浅盘放在杰萨普面前的玻璃桌面铬合金构架的咖啡桌上。然后，她站直身体，双手合十，虔诚地一躬，像她来时一样，翩翩而去。

罗坐在杰萨普对面的一张松软皮椅上，脚踩在一个配套的脚垫上。"请用。"他说，"这些茶都是上品。"

"谢谢。"杰萨普向前挪挪，拿起一包茶放入茶杯，然后倒入热水，"谢谢您同意见我。"

"不用谢。一直以来，我都很欣赏你为利亚姆所作的贡献。他对你的才华和执行力赞赏有加。我也清楚，你在酒精饮料控制活动中协调各路朋友，功不可没。正因为如此，我的生意才淡出了市长的视线。这对大家都是好事。现在，我有什么可以为你效劳的吗？"

"嗯，"杰萨普说，"我想我们是相互帮助。我想您已经猜到我为什么不愿在您或我的办公室谈。这事是关于利亚姆的。"

"我洗耳恭听。"

"在我继续说下去之前，我想先澄清一点，我对利亚姆的忠诚丝毫没变。自从我大学毕业，他一直是我的导师。我希望能继续跟随他的脚步，和他一起在政治事业上迈进，不论是做市长，还是走得更远。他是一个伟大的榜样和绝佳的朋友。"

罗放下他跷着的二郎腿，探过身："我估摸着有个'但是'。"

"的确有。在过去的几个月中，我和利亚姆的关系发生了变化。"

杰萨普搅拌着他的茶水，拿出茶包，端起杯子抿了一口——拖延时间。然后，他放下茶杯，继续说道："直接原因是您告诉他的一件事。显然，我们办公室的某个员工利用工作之便到您的业务场所占了些便宜。"

罗的嘴角微微上翘："这算是一种说法。"

"这是不可容忍的。"杰萨普说道，"我查问了所有员工。不幸的是，我没能查出个究竟。我推测这是利亚姆的某位政敌的伎俩，妄图离间你们。"

"的确有可能。"

"我认为这八九不离十。现在的问题是，我觉得利亚姆不知何故暗地里认为这是我做的。"

"他怎么会这么想？"

"唉，这说起来有些不好意思，但我还是对您坦言相告。我的确发现您的一些女人非常迷人。"

罗张开双手，脸上再次绽放出笑容。"听着，这没什么不好意思的。你还年轻，对女人有需求。如果没有这个宇宙真理，我也不会做这门生意。不过你有些胆大妄为，高估了你的位置。发生在年轻人身上，这也是可以理解的。既然你已经承认错误，表达对我的敬意。我看这就不算个问题了。这就是你今天来所想谈的吗？向我保证永不再犯？"

"从某种程度上来说，是的。不过，这引出了更大的问题。"

"什么问题？"

杰萨普欲言又止。"我担心利亚姆并不像您这么了解特权的威力。他对我失去了信任，因为他怀疑是我对你的姑娘们动手动脚——对此我发誓与我无关——是他的政治野心让他正在疏远一直对他忠心耿耿的支持者和亲密无间的同盟者。现在他全力投入市长竞选中。我想，他对我的诚意——坦白说，还有对您的忠诚——已经淡化。我想重申，我并不想这样背后嚼舌头，但我偷听到他的秘密许诺。他打算依靠政治风险更低的支持者群体来展开竞选活动。"

"你觉得这意味着什么?"

"不再拿按摩院的经济资助,不再与黑金打交道——请原谅我的措辞。"

"他这样做相当于政治自杀。"

"他可不这样认为。他从这次打击未成年人饮酒运动中获得了足够强大的支持,很多道义选票。他认为,如果他想从市政主管跃升到市长甚至更高的位置上,就得抛弃那些把他推到现在位置的人。也就是您。并且,因为不同但相关的原因,也包括我。"

"你的话我听明白了。你的提议是?"

"我的意思是,我们可以相互帮助。直到不久之前,利亚姆还会听从我在政治方面的建议。我深度参与了他的许多活动和计划,包括这次的反酒精行动。你看他现在是多么顺风顺水。过去他非常信任我。现在,既然我还是个大活人,我就要赢回他的信任。他现在被包围在只会说好话的人中间,可那些小人并不是真心为他考虑。他需要的是一位敢于直言的参谋。这位直言敢言的人会告诉他,他的想法有多么疯狂,竟然以为没有您和您的同仁,以及我们一同携手费尽心血建立起来的组织,他也可以拥有足够的资金来展开竞选。"

"那你想让我干什么?"

"我希望您能告诉利亚姆,您已经找到干扰您的生意和伤害您的姑娘的人。您已经采取措施。那人不再是个问题。如果有必要的话,编个名字,只要能让利亚姆相信那事儿不是我干的就行。因为那的确不是我。我不能继续让他认为那人是我。我会回到他的竞选大本营,发挥我的影响力。我会常常提醒他,记住您的重要地位。没有您,他赢不了;没有他,您的利益也会受到威胁。你们双方需要相互合作。这是双赢的局面。"

"我知道这点。不过如果我的金钱和支持都不能让他回心转意,你又有什么把握你能呢？"

"先生，我很了解他。我知道他的许多秘密，其中不少不能公诸于众，有些甚至会直接了结他的政治生命。如果您能帮我解决我的烦忧，我很愿意与您分享一些他的秘密。如果他尝试离您而去，您就有了劝他继续为您的利益服务的强有力的论据。"

罗沉默良久之后，点了点头："周一我会去找他谈谈他的政治前途。"

罗透过景观窗户向外望去，目送杰萨普走下台阶，消失在人行道上。他走回客厅，自己动手泡了杯茶。他在想，这个年轻人是个问题。

罗怀疑瑞克·杰萨普在吸食可卡因，今天可能吸了不少，才壮着胆子找到这里来。

他品着香茗，捧着茶杯暖手。经过细细推敲后，他在几点想法上已经十拿九稳。首先，招惹他的姑娘的人就是杰萨普，那家伙还忘乎所以地打了人。其次，杰萨普自己行为不谨慎，却想要挟自己的老板。再次，如果杰萨普不是神经错乱，至少也是错估形势，利亚姆怎么会拒绝罗提供的让他更进一步的竞选资金呢？最后，如果杰萨普连他一直以来的朋友和导师利亚姆·古德曼都能背叛，试想一下，如果他有机会崭露头角，他背叛罗的速度会有多快！

这是一个心狠手辣且不可信赖的人，因此也是非常危险的人。

唉。

罗又喝了一口。

当他细细推想第五点，想到杰萨普的狡猾奸诈时，他的脸上浮起微笑。

第五点，罗现在确信，一有机会，杰萨普就会把他卖了，毫不犹豫地将今天的会面颠倒黑白，让利亚姆认为是他首先背叛。罗似乎都能听到杰萨普的谗言：我跟你说，利亚姆，注意罗先生，他会插手你的竞选，把你牢牢控制住；不要再与他见面，不要再与他交谈，让我做你们之间的联络人，这样你就可以摆脱与他的任何干系，否则，你会永远成为乔恩·罗的马仔。

罗举杯至唇边时才惊讶地发现杯子已经空了。他走回咖啡桌边，把杯子放回浅盘上。在客厅的另一边，入口大厅正对面，是罗的办公室，里面陈设着一个地球仪，装有三百本书的内嵌式红木书架，四张红色皮椅，一台电视，一个水吧以及一台固定电话。他拿起听筒，按下记忆键，拨通一个号码。回铃三响之后，一个熟悉的声音接起电话。

"利亚姆，"他说，"抱歉周末打扰，但是我相信，你的秘书长是个大麻烦。"

杰萨普再也忍受不了。每个人好像都在折磨他。

先是利亚姆不再信任他，或许已开始物色其他人选。如果他不立刻采取行动——刚才已经做了，而且感觉相当良好——他恐怕要失业。

这可不能发生，特别是在现在经济不景气的境况下。他那高昂的日常开销和勃勃雄心就更不用提。他可不会放弃喝好酒，上好餐馆的生活，也不会放弃可卡因。他别无选择，必须保住工作，绝不能失业。

他醒来就感觉自己受够了，因此采取了行动，想把事情拉回正确的轨道。去找乔恩·罗的确冒险，不过显然他已成功说服他。罗周一肯定会打电话给利亚姆，让他和老板有和解的平台。

至少，这个可以实现。

他准备做的第二件事，就是报复布丽塔妮和她那个竟敢突然袭击他的疯子老爸。

他回到在马瑞娜的住所，对自己与罗会面的结果信心满满。他拿出电话，找到他一直没有删除的号码。他知道，一旦她看到是谁打来的，肯定不会接。于是，他发了一条短信：布丽塔妮，我不知道你是否知晓你父亲来了我办公室。他殴打我，不过不严重，也不是什么大事。但他的表现可谓实实在在地疯狂和危险,我真的觉得很有必要让他不再出现在街头。我觉得我应该向警察举报这事。如果他进了监狱,我感到很抱歉。但如果他又发疯伤了其他人呢?我会内疚的。很抱歉我冒犯了你。你在我家时我也许过于愚钝,因此应该向你道歉。

如果你说服我,让我相信你父亲并不危险,或许我的感觉会有所不同。

如果你能说服我,事情就到此为止。今晚九点我会在工会街的佩里酒吧等你。就喝一杯,在两不相干的中立地区,周围人很多,完全没有危险。或者其他你喜欢的时间地点也行。我希望能在那儿见到你。

当布丽塔妮走进来,瑞克再次看到她时,他发现他真的恨她。她害他吃了这么多苦头,也许所有跟她交往过的男人都吃了同样的苦头。

就在她从门口到他这里的短短距离中,竟然就有三个男人上前搭讪。真是不可思议!她来了,走到他面前,生硬地举起一只手,拉开小桌对面的一张椅子:"嘿!"

"嘿!谢谢你能来。"

"不用谢。"她试着保持表情的平静,然而在这表面之下,他能感觉到暗藏的恐惧。

很好。

"你能给你点些喝的吗?"他问。

"随便。"

又很好,他想。"萨泽拉克鸡尾酒,"加苦酒和苦艾。

"端来吧。"

"看着我的位置,我很快回来。"

"有服务员的。"

"我知道,我去拿快些。"

109

杰萨普拿着鸡尾酒回来时，小心地把她的酒放在她面前，把自己的放在桌子的另一头。酒出来或是搞混了可就不美了。

他坐下，拿起酒杯向她致敬："我不会说为新的开始或其他类似的话，不过再次谢谢你能来。"

布丽塔妮叹口气，勉强挤出一个笑容，举杯致意："对于发生的事儿，我很遗憾。"

"我也是。真的。"

他把酒送到唇边，看着她也把自己的酒举到唇边，喝了一小口，做了个鬼脸。"虽然我很抱歉，"布丽塔妮说，"但我之前并不知道你和我爸的事。我甚至没说是你碰的我。我说是自己摔倒的。不过他对斗殴和瘀伤有些经验。"

"我想也是。"

"他伤到你了吗？"

"当时挺严重的。我完全没意料到。"

"我爸就是这样。"

"我对此很不满。"

"我知道了。我也不怪你。不过我还是希望你不要让他入狱。这样大家脸上都无光。"

"好吧。"他举起酒杯，"为你爸也许不入狱干杯。"

"真的？"

"也许是真的吧。再喝几杯，也许我们还能和好如初。"

他们都把酒喝了。

"服务员走到你后面了。"她说。

"再来？"他问。

"行，为什么不呢？"

【第十二章】

"葡萄叶锅贴?"

亚伯·格利特斯基坐在角落的包间里,伸头从维斯·法雷尔肩膀上望向"希腊人卢"收银台上的黑板。今天是四月初的一个周一,天气异常地好,餐馆里从早上六点开门起就人满为患。

格利特斯基把目光收回到崔娅的雇主法雷尔身上。"开玩笑吧?"他问,"葡萄叶锅贴?你没搞错?"

他的妻子崔娅瞥了一眼黑板,也是一脸的疑惑。"上面写对了吗?"维斯·法雷尔转身去看,"在我看来没写错。不知道这个葡萄叶锅贴好不好吃。我的意思是,崔的确做出过不少美味,这点我没有异议。不过这个恐怕难说。"

"好吧。"格利特斯基回答说,"如果要在这儿吃午饭,我们恐怕没有选择的余地,不是吗?"

他说的是事实——所有常客都知道——"希腊人卢"成功的特色就是每天都有不重样的特色菜。在卢的餐馆只有两个选择:要么吃特色菜要么不吃。如果卢的老婆崔能做出标准的午餐——汉堡包、炸薯条、三明治、热狗以及色拉这类的饮食,这条准则自然无可厚非。然而事实是崔每日充满灵感,将她和她丈夫的祖国(中国和希腊)的餐饮混杂在一起。于是你能吃到"宫保皮塔盒子"或是"糖醋土耳其烤羊排",以及其他具有创意的菜品。然而这些并不总是可口的。

现在,和蔼可亲的卢已经亲自来到他们所在的餐桌边,打断了他们关于特色菜的讨论。在卢看来,这些菜都是绝妙的美食。

"今天的菜怎么样啊,卢?"法雷尔漫不经心地问道。

"很好,比一般的春卷更健康。填料不是米饭,而是猪肉、生姜、大豆和大蒜,真是美味啊。那么"——他放低盘子给三人看——"来三份？"

"不错。"崔娅回答，"那就来三份。"卢刚走到下一桌推介，崔娅就发"啊哦"一声。

"怎么了？"格利特斯基问道。

"工作来了。"

顺着她的目光，格利特斯基看到他手下的两位警探：保罗·布莱迪和李·希尔正站在门口伸长脖子四下张望。"看上去像是。"格利特斯基一边说，一边放下餐巾，走出包间，向他们招手。

希尔四十上下，行事严谨，称她为美人绝非夸张之辞——整齐光亮的黑色短发，素面朝天，身材修长，体格健美。她滑入座位，坐在法雷尔一旁，格利特斯基对面，开口寒暄道："抱歉打搅各位午餐，不过今早马瑞娜区有人报案……"

"那个保洁员报的案子？"那个911电话被转到重案组时，格利特斯基正好在办公室。被害人的清洁工八点过一点儿开门入屋，被吓得够呛。

"是的，结果被害人还是有些知名度的公众人物，因此媒体应该很快就会报道，我们觉得应该知会您。"她又向法雷尔微微一躬，"当然，也包括您，先生。"

"有些知名度？"格利特斯基问。

她一旁的布莱迪点头确认。他比希尔年长十岁，一头金发已渐灰白，不过这是他唯一显示真实年龄的特征。他点点头，接过搭档的话头："利亚姆·古德曼的秘书长。一个叫瑞克·杰萨普的孩子。"

"孩子？"格利特斯基问。

"27岁。被认为是一颗冉冉升起的新星，至少之前是。"

"有政治谋杀迹象吗？"

"目前没有。"希尔回答,"目前毫无头绪。"

"确认是谋杀?"

两位警探一致点头。"这点没有疑问。"希尔说,"头部被钝器伤。"

"而且不止一处。"布莱迪补充道,"有人用硬物反复击打他,直到他彻底断气。"

"找到凶器了吗?"

"还没。"

"疑犯有了吗?"

"没有。"

"有破门而入的痕迹吗?"

"没有。"

"那好吧。"格利特斯基挠着下巴,"瑞克·杰萨普。为什么我听着耳熟呢?崔娅?维斯?你们听着耳熟吗?"

"不。"法瑞尔否认,"不过我感觉很快就会对他耳熟能详了。"

"肯定会的,先生。"希尔说,"我们离开的时候,市里所有电视台的报道车都到了。"

"案发时间?"格利特斯基问。

布莱迪回答:"各种迹象表明是昨晚。楼上的邻居听到杰萨普房间有异动,可能是打斗声,不过她也不确定。她说她听到几声碰撞,不知道是什么造成的。她也承认,杰萨普先生有女伴时,异响也是常有的事。今早清洁女工进去时,灯亮着,报纸还在门外,咖啡也没煮。"

"不过……"希尔插话,然后欲言又止,带着询问的神色看着布莱迪。

"你还是继续吧。"布莱迪说。他又转向格利特斯基:"这是精彩部分。她喜欢来说精彩部分。"

"还有精彩部分?"

希尔点头:"理所当然。保罗的意思是,案发在昨晚是合理的,因为在闹腾发生后不久，同一位楼上邻居听到楼下摔门的声响，然后她恰好看到窗外有个男子离开他们的公寓楼。"

格利特斯基双唇微张，脸露红光，笑道："你在告诉我她看到了凶手？"

"她看到了一个人。如果案发就在昨晚，那么他有可能是。"

"李不想妄加判断。"布莱迪解释道。

"我懂她的意思。"格利特斯基说。

"我们还没有全面清查现场。"希尔说，"就目前掌握的情况，我们希望还有其他人能够提供些信息，完善嫌犯的基本描述。"

崔娅听着希尔的描述，不由自主地靠到丈夫身上，问道："这个男人，相貌特征是什么？"

"假如案发在昨晚，假设这个人就是凶手。"希尔提醒在座的各人。

"好吧。"崔娅说，"这两个假设都成立的前提下。"

希尔询问地看看格利特斯基，得到首肯之后，她继续说道："她往下看，目送他离开建筑。之后他转身回望，正好与她对视。他看上去神情恍惚。不过，她无法确定他的身高。估摸着就是常人高度，身段也很平常。她也没有想太多。她也不能笃定能从照片或是从一排人中间辨认出那个人来。唯一能确定的是他是个白人男性，穿着牛仔裤，登山鞋，黑橙相间的巨人队外套。"

"头发呢？"格利特斯基询问。

布莱迪接口说："深色的。可能有些花白。绝对没有秃顶。还有一点你肯定感兴趣：他拿着一根类似于警棍或是球棒的东西。"

格利特斯基做了个鬼脸："一根球棒？"

"苏珊就是这样形容的。"

"苏珊就是那个邻居。"希尔出言澄清，"苏珊·安塔拉米亚。她说那是球棒。"

瑞克·杰萨普的公寓东面是麦佳科大道，这条街不长，在栗树街北面，蜿蜒几个街区，两旁都是楼层不高的豪华住宅。苏珊·安塔拉米亚告知两位警探，疑犯出门后右转，大约朝南走了。于是，布莱迪和希尔离开案发建筑，各自负责一边，开始沿着街道逐一敲门询问。

布莱迪一连敲了两个街区都一无所获。最好，他终于碰到一位长者：驼着背，满头银发，穿着运动短裤和T恤衫，溜着一只白色的京巴狗。这只狗沿着排水沟一路走一路做标记，老人很耐心地等着。

"您好！"布莱迪举起警徽表明身份，然后询问老人是否居住在附近。

"就在那个街角。我叫福瑞德·戴尔，已经在这里住了三十五年。科斯莫最远也就走到这里啦。以前我常常带他到科瑞西绿地玩几个小时的飞盘，不过你也看到了，他现在不行了。我想，我也不行啦。你刚才说想打听什么？"

"先生，不知道您听说没有，昨晚附近发生了一些事儿。"布莱迪跟在老人的后面，"就在那个街区。我们在询问附近的居民，看看有没有人发现昨天傍晚的异常情况。"

"什么样的异常？"他接着低下头说，"科斯莫，好样的。好小子。"他又拿着塑料袋弯腰捡起科斯莫的排泄物。"就像钟表的指针一般一切如常。"他回答，"真希望我也能这样说我自己。你说的异常是指的什么？"

"不同往常的情况，格格不入的地方，让您感觉奇怪的事儿，可能就是很微小的细节。您昨天傍晚也是在散步吧？"

"可能是吧。让我想想。我一般天黑前带着科斯莫出来。"

"那么您昨晚也溜了狗，而且走的是同样的路线？"

老人双眼微闭，努力回忆。"是的。"他最终确认，"我确定是昨晚。因为我记得我吃的是烤鸡。每个周日我都吃鸡，我记得我像往常一样，把鸡皮给了科斯莫，他很喜欢。我吃完晚饭，然后我们很快就出门来了。

家里人给我说不要用残羹剩饭喂科斯莫,不过我想他那么老了,也没啥区别了,对吧?"

"对啊。"布莱迪回应道。

福瑞德·戴尔把头偏向一旁,然后又打直。"对了,"他说,"有个男人经过我们,实际上是擦肩而过。像往常一样,我向他点头,还打了招呼,他却头也不回,匆匆忙忙就走了。我对他还有点印象的原因是他拿着一根……我也不知道该怎么说,某种沉重的棍子。不管怎么样,表面光滑,像是根手杖,曾经是,因为我看到的时候它已经断了。这个有点奇怪,他好像捡了根挺沉的棍子或是树枝的东西,还拿着它到处走。"

布莱迪控制着激动的情绪,声音没有一丝变化。"您还记得这个男人的相貌吗?"他问。

"要我说,很普通。白人,大概四五十岁。穿着巨人队的夹克衫,好像是吧。头发大约是深色的。"

"你看清他的脸了吗?"

戴尔先生摇了摇头:"没有。他不过是人行道上一个行色匆匆的人。唯一特别的就是那根棍子有些光泽。你觉得这有用吗?"

"我也不清楚。我只是想找他聊聊,仅此而已,不管他是谁。你认识他吗,比如他是附近的邻居吗?你以前见过吗?"

"我不记得见过。如果他住在附近,我肯定记得。至少有过点头之交。"

"如果再次见到,你能认出他吗?"

戴尔犹豫了:"也许能。"

"你看到他去哪儿了吗?"

"对不起,我没有,他只是个路人而已。我没去注意。"

"当然。"布莱迪从钱包里拿出一张名片递给戴尔,"戴尔先生,您帮了大忙。请问您能给我您的联系方式吗?我们有可能还会再找您聊聊这事儿的。"

"当然。没问题。反正我一天也不忙。如果没有科斯莫，我都不知道我该怎么打发时间。"

"非常感谢您。如果您又想起任何细节，任何关于他的相貌、衣着，任何事情，您都可以通过名片上的号码联系我。无论白天还是晚上。"

与此同时，李·希尔几乎已经走到麦佳科大道的尽头，毗邻栗树街的地方。她一路上走过复式住宅，公寓楼，或是偶尔一栋独立小楼，多数时候只听到门铃空响或是客厅里空洞的回声。

现在她面前是一个两扇门的玄关。前面还有三个门就到头了，如果仍然一无所获，她就得穿过马路，往回走，一路敲门，直到与布莱迪会合。希尔按响门铃。一位三十多的黑人妇女出现在有玻璃窗门后。她的左边有上二楼的楼梯。门口邮箱上面的名字是安娜莎·道格拉斯。看到希尔，她打开一条门缝，说："抱歉，我不买东西。你们不要再来按门铃打扰了。"

"我不是来推销商品的。"希尔亮出警徽，表明身份，"我是警察局的警探，我们正在巡查周边，希望了解昨晚是否有任何可疑的事情。"

那位女士将门缝开大一些："噢，对不起，我以为你是……这是为了昨晚在附近被杀的那个男人吧？"

"就在街的那边尽头。一个可能的嫌犯离开罪案现场，或许路过这里。"

"他长的什么样子？"

这个问题让希尔浮起一丝微笑，不过她假装没听到："昨晚你看到外面有任何不同寻常的人吗？"

女人站直身子，她双手遮住嘴巴，双眼迷离。接着，她把双手移到下巴，"我的天啊！"她惊呼道。"上帝啊。他杀了人？"

"我们并不确定。我们只是想找他询问一下。我的理解,你是看到某人了吧?"

"他就在这栋房子前面。当时我正准备去街角见朋友喝咖啡。我们这玄关是向内凹的,门外两边都有死角。我本应该注意点的,不过我有点迟到了,就急急忙忙冲出门。他就站在外面,我和他撞了个满怀。结结实实地撞到一起。"

"你摔倒了吗?"

"不,我们都没有摔倒,不过……"她回忆着当时的场景,微微发抖,"我不停地道歉,'我应该看路的',而他就站在那儿。我的意思是,他停在那儿动也不动,仿佛不敢相信发生了什么。我看着他,他的眼神充满疯狂。他也盯着我。我看到他手里拿着一根棍棒,一时间我以为他会举起来打我,于是往后退了几步,询问他是否安好。他好像屏住了呼吸,情绪稳定下来。然后,他向我点头,并道歉。他还用另一只手在脸上抹了一把。"

"那么你肯定看清他的脸了?"

"噢,是啊。我直直地看着他。"

希尔终于从目击者口中得到嫌疑人的描述。她接着问:"如果让你看照片,或是从一列人里面找,你能认出他来吗?"

"我相信我可以。"

"你愿意与警察的人像画家合作,画出他的人像吗?"

苏珊想了想,点了点头:"也许。我应该可以从一列人中找出他来,如果有需要的话。我想在实际生活中见到他,我也能认出来。这样会有帮助吗?"

"可能会,如果事情发展到那个地步。谢谢,安娜莎。您叫安娜莎·道格拉斯对吧?"

"是的,警官。还有一点您需要知道的,他的脸有点奇怪。"

"怎么奇怪？"

"起初我以为他是个老人。不过后来我意外地发现他并不老，只是经历了某些事而……你知道我的意思吗？"

"你估计他有多大？"

"四十吧，应该不会再大多少了，我也有可能是错的。我只是觉得我应该提一下这个。"

"你做得对。任何细节都很关键。你能谈谈那根棍棒吗？"

"比如说什么？"

"看起来是商业生产的运动用品，还是手杖或是其他什么。什么颜色的？"

"深棕色。大约一英尺半长。表面光滑，但上面又很不平。"

"怎样的不平？"

"我也不清楚，大概就是主干上本来有许多枝杈，某人把枝杈都锯掉，然后打磨光滑。棍子头还有个大树节。还有，看起来有些年头了。"

"有年头了？"

安娜莎点头："像是被人用过很久，都磨光滑了。"

希尔轻笑一声："我现在知道你为什么叫它棍棒了。听起来就是根棍棒。"

"看起来就是。像是根原始人用的棍棒，你懂我的意思吗？"

"好吧。然后还有什么？"

"然后我又退了几步，然后就朝栗树街走了。"

"你撞到他的时候，他是不是也是朝那个方向走？"

安娜莎微微点头："不过他站住了。我想我那一撞从某种程度上把他撞蒙了。我走到街角时，回头看了一眼，他还站在原地。他看到我在看他，还举手向我挥手，像是说'祝你好运'什么的。接着他穿过路，上了车。"

"他的车停在这里？"

"是啊。"安娜莎把她的门完全打开，仿佛刚刚才想到这点，也许的确如此。她绕过希尔走到玄关上，然后指着街对面说，"就在那一边第一个停车计费器那里。"这样的目击证人，如同挖到金矿，让希尔难掩兴奋。

"安娜莎。我能称呼您安娜莎吗？"

年轻女士微微一笑，露出一排整齐的牙齿："就这样叫吧。"

"那好，我是李。"她语调平和地说，"你有注意到汽车的型号吗？"

"小车，大约是浅蓝色的，不是很确定。是辆轿车，不是SUV那种。如果要猜的话，我想说是辆本田思域，因为我就开的这种车。当然也有可能是其他小型轿车。"

在安娜莎家附近，麦佳科大道毗邻栗树街的一个小店里，希尔和布莱迪坐在户外享受阳光和咖啡。

"也就是说，"希尔开口道，"他把车停在这儿，走到那边，用手杖杀了瑞克·杰萨普，然后在光天化日之下闲庭信步地拿着凶器走回来，那上面肯定还有血迹。"

"也许他在杰萨普那儿把血洗掉了。"

"有可能，但还是不符常理。如果你打算作案后逃跑，为什么把车停几个街区远？"

布莱迪笑起来："如果你在计划谋杀，你真的不考虑你的车停的地方？不考虑车有可能收到罚单或是被拖走吗？"

"你说这是停车引起的罪案？又是这种事？"

"你就当是笑话吧，不过等着瞧。停车问题导致的犯罪比率比常人想象的高很多。"

"你说过，至少有上千次了。"

"宇宙真理不怕重复。"

布莱迪在警局非常有名：他刷新了由他在重案组的同事达瑞尔·布拉科保持的收到最多交通违章罚单的记录。虽然他的名片上清楚地表明他是重案组的警探，虽然他把名片放在了雨刮之下，但交警们总是不约而同地发现他那挂着市政牌照的车总是停在罪案现场附近的人行道或行车道上，因此也总是在他的挡风玻璃上贴上罚单。过去几年中，他没有交纳一次罚金——他的罚单有近百张。同时他也不填行政免罚申请表。从理论上讲，他的车需要交纳近一万两千美元的违章罚金，他每得到一张新的罚单，他的罚金与他的传奇纪录也随之更进一步。有一次，一位警官问他是如何处理那些罚单的，是不是都丢掉了。他说他把票据都丢在座位下面，让打扫汽车卫生的人把它们清理掉。

"嘿，我不开玩笑。"布莱迪把话题转回到他们的嫌疑犯问题上来，"我猜这是他能找到的最近的停车位。"

"通过停车分析来破案。"希尔说道，"我喜欢。"

"你最好喜欢。"布莱迪回应，"因为这也很重要。"

【第十三章】

次日早上十点,格利特斯基正在为他办公桌上那袋大约还有八磅重的烤花生大伤脑筋。周末的时候,他和崔娅像往常一样,去了好市多(美国最大的连锁会员制仓储量贩店——译者注)。原本是为了节省食物开支才去的,最后钱却花出去平时食物开支的三倍之多。格利特斯基总是喜欢把他的一个办公桌抽屉里塞满花生,他知道之前的存货不多了,于是买了一袋十磅的花生。不幸的是,这样一袋花生要占据大约一立方英尺的空间,而他的那个抽屉里最多塞下了五分之一,而且前提还是他把抽屉里的其他东西都扔掉了。

当维斯·法雷尔从他开着的门口一脸关切地走进去时,格利特斯基正跷着腿靠在椅子上面,对着一大袋花生发愁。法雷尔停下脚步。"没人给我说过这事。"他调侃道,"不过要我说,你这里的花生问题相当棘手啊。"

"好市多。"格利特斯基回答说,"你在那里的时候,十磅看起来真是很划算啊。"

法雷尔提起袋子掂了掂。"上次我们在那儿买了一些冷冻鸡胸肉。我说的是'一些',对吗?实际上是六打。如果我们真的把那些肉吃完,我这辈子恐怕都不会再吃鸡肉了。不过不用担心,因为我们根本吃不完。"法雷尔打了个响指,想出个主意,"我有个办法。也许你可以把这袋花生拿到卢那里去,他可以把花生倒在小碗里放在吧台上。这样一周内就能解决掉。"

格利特斯基听了直摇头:"想法不错,不过接下来三个月崔恐怕都在做各种'宫保',那我们到哪儿去吃饭?宫保豆腐,宫保章鱼,宫保菠萝饺子,宫保烤肉卷,宫保茄子。如果大家发现是我提供的花生,他们会用石头砸死我的。"

接着,格利特斯基才想到,旧金山地区检察官未经预约就出现在他的办公室,这绝非正常。他放下双脚,坐直身体,表情严肃。

"崔娅还好吗?"

"崔娅?当然。我的意思是,上次见到她还很好,那大约是三分钟之前吧。噢,至于我为什么在这儿?"法雷尔脸色严肃起来,"你介意我把门关上吗?"他话还没说完,就把门关上了。然后,他走到格利特斯基对面,打开一把折叠椅坐下,与格利特斯基隔着一张书桌。他一坐下就发话说:"有事发生,我们得谈谈。"

格利特斯基急忙把花生推到一边,全神贯注:"说吧。"

法雷尔笑容全失:"几分钟前,萨姆给我打了电话。"

萨姆·邓肯是与法雷尔同居的女友,海特街的性侵危机咨询中心的主管。"你应该清楚,她对于受害人的隐私保护非常在意。虽然我向她保证过会守口如瓶,但周日早上有个年轻姑娘到她的中心去了。"

"被性侵了?"

"亚伯,这就是他们中心取这个名字的原因。"

"我只是确认一下。"

"好吧,随你。看起来,这是一场利用约会实施的强奸。受害人做了血检,如果她是被下药迷奸的话,一天左右就能知道迷药的成分,至少萨姆是这样想的。受害人也是这么想的。"

"那还有什么?"

"受害女性——相信我会一直用匿名——她与这个打了她的男子已经分手两个月。她不想再与他有任何瓜葛。"

"她做得对。"

"是啊,不过他可不这么想。他想和好……"

"这样他就可以再打她了。"

"可能是吧。不过上次那男的动手之后,被害人的父亲找到他,并把他打得半死。"

格利特斯基点头："我想我越来越喜欢这一家子了。"

"谁说不是呢？可问题是，男的决定以控告父亲伤害罪为威胁，诱使女儿再去见他。"

"放马过来，她可以反诉他。"

"也许她没想到这些。也许她不想搞得这么麻烦。不管怎样，结果是，男的说动女方见他。他们在工会街的佩里酒吧见了面。接着她知道的，就是她在男的家中醒来，时间大约是凌晨一点半，发生了性关系——没有经过她的同意。她被强奸了。她跑出来，在街上游荡，好不容易找到她的车，然后离开。"

格利特斯基是两个女儿的父亲，他的脸拉得老长："他们给她做了强奸受害取证吗？"

"是的，就在诊所。她不想找警察。"

由于愤怒，格利特斯基脸上那条横穿嘴唇的伤疤变白了："她不想找警察。她不想指控他。我好像在哪儿听到过这样的事情？"

法雷尔耸耸肩："事情就是这样，亚伯。萨姆可能说服受害人改变主意。她说她正在努力。不管怎么样，我们有证据。如果受害人愿意，我们可以公诉这男的。不过我后来发现，没有这必要了。"

"为什么这样说？"

法雷尔瞥了一眼关上的门，他的语气中透着焦急："萨姆今早像往常一般安静地读报，所以我没有疑心什么。然而实际上，那个强奸者的名字就在报纸上。"法雷尔与格利特斯基的目光相遇，"他死了，被钝器击杀，很可能就是周日晚上。"

格利特斯基脱口而出："瑞克·杰萨普。"

"我们必须找这位受害女性谈谈，长官。"希尔向法雷尔请求说：

"她有可能是我们的头号嫌疑犯。您的妻子必须为我们提供她的名字。"

法雷尔莞尔，不过不是因为希尔的话很有趣："我看是没办法。"

布莱迪补充说："她不是律师、医生或者心理治疗师吧？那她哪儿来的隐私特权？"

"她坚持说她有。"格利特斯基回答，"而且非常坚决。不过维斯，她有这样的权利吗？作为地区检察官，你能告诉她，她没有吗？"

"作为地区检察官而不是她的男朋友？我想我不能。我的意思是，她的确有拒绝提供隐私信息的权利。如果你们感兴趣，可以查《证据法》1035页第4条。"法雷尔无可奈何地摊开双手，"大家听我说。她的脾气有时善解人意，有时却顽固无比。跟她一起生活了这么多年，我还是没法对她哪怕有一点驾驭能力。我们可以向性侵危机咨询中心发传票索取那些记录，不过这会让所有人知道我们的打算，而且也是浪费时间。肯定会有更好的办法。"

午饭后，他们聚在法雷尔的办公室内。上午，两位警探继续在马瑞娜区搜寻，又找到一位目击者，名叫丽莎·莫瑞罗。周日晚上，她也与拿着棍棒的男子有过直接接触。那男子站在杰萨普公寓向南的第一个十字路口——麦佳科大道和阿罕布拉街交汇的街角。丽莎出门跑步时，看到那人呆呆地站在那儿，似乎迷了路，于是停下来，询问是否可以帮忙。那人摇了摇头，表示感谢，然后走掉了。丽莎觉得她能够与画家合作，画出人像来。于是上午余下来的时间里，两位警探都忙着安排这事。与安娜莎·道格拉斯不同的是，丽莎认为那个男人至少有五十岁。她说，她之所以对那个男人还有印象是因为他行为古怪。如果再次见到，她肯定能认出他来。

性侵中心这边没有进展。希尔和布莱迪只好把注意力全部转回目击者的证词上，其中最可靠的就是丽莎·莫瑞罗的描述。当两位警探来到警察局的一个小审讯室时,丽莎已经在这里与法证画家待在一起将近一个小时。她和画家都认为进展喜人。

"这真的很有趣。"她用一种异乎寻常的兴奋叫嚷着。这样的目击证人在破案过程中并不多见,"伽斯画家太棒了。我给他说要改某条线条,接着他来一笔,然后就'哇,就是那样,那部分分毫不差!'我从来没想过画像追凶是这样子的。"

伽斯·黄年近五十,画这种人像已经有十六年,对他而言,这不过是小菜一碟。这也许是他第一千张人像素描了,其中有四十三张都成为破案的证据。与常人的想法不同的是,人像画的主要目的不是去辨别疑犯,而是排除其他人的嫌疑。

布莱迪与伽斯合作过不下二十次,他从没看到伽斯笑过,不过今天有所不同。

"她看见过这个男人。"他说,"而且记得很清楚。他跑不了。"

伽斯和丽莎并排坐着,面前放着速写板。这样安排的目的是他不想让丽莎看着他的脸再去描述另一张脸。(不知道有多少次,随着目击证人对嫌疑人描述的深入,他发现越听越像是他自己。从此他学乖了,总是坐在他们视线之外作画。)看起来,他们已经大体完成了发际线,下颌轮廓,也许还有双眼的描绘。目前的画作脸上有些皱纹,眼角还有鱼尾纹。

"眼睛看起来挺年轻的啊?"希尔问,"就像是个年轻人的。"

伽斯摆摆手。"我们会回过头来修改的。不用担心眼睛。我们会逮住他的,走着瞧。"他转回丽莎,"现在说说鼻子。请闭上眼睛。"

闭上眼睛也是一种方法。最有效的方法是伽斯引导丽莎从见到嫌疑人之前的一小时开始,然后慢慢回忆到看到他一脸迷茫地站在街角的时候。

丽莎依言而行,背靠椅子,双眼紧闭。伽斯先在一个小画板上的脸正中画了一个粗略的鼻子,然后拿到丽莎面前,说道:"你准备好就可以开始了。"

丽莎又冥想了几秒钟才睁开眼,眯眼看着小画板,连眨了几次眼睛。"扁些,更宽。"她说。

接着她又补充道:"不是很对称,向我左边歪点儿。"

伽斯的炭笔依言在纸上飞舞。丽莎全神贯注,仿佛是被催眠了一般:"好,停!我想想。"

警探们凑近看看最新的修改。

"眼下正中央画个肉瘤。"

伽斯完成后,丽莎说:"就是这样,一模一样。这就是萨米。"

"萨米?"布莱迪问。

丽莎点点头:"我们叫最终画像萨米。这就是萨米的鼻子。"

她转向希尔:"你说得对,眼睛需要再修饰一下,加些皱纹。"

伽斯回到他的大画板,描画了一分多钟,根据丽莎的指示修修改改,反反复复多次,直到丽莎说好为止。当丽莎说这就是萨米的眼睛时,他就可以完成眼睛了。

"他看起来长得还不赖。"希尔评价道,"你说过他长得挺帅吗?"

"我当时没想那么多。他看上去很迷茫。"

"这个人,这个萨米,"希尔继续说,"他的眼睛很迷人。"

丽莎端详着画像:"我想他确实迷人。至少曾经是。"

"现在只剩嘴巴了。"伽斯说,"我们马上就能得到他的全貌。"他看向丽莎,"我们继续?"

她闭上眼睛,开始回忆嘴巴。

现实并不像迪斯马斯·哈迪预期的那样。近三个月的法庭争吵之后,至少部分酒精饮料控制案件并没有结束——其中就包括托尼·索拉亚的。

在报刊杂志等新闻媒体上，利亚姆·古德曼的竞选攻势没有停歇，为了巩固他的地位，他用大量统计数据鼓吹自从上次突检之后，旧金山的安全局势得以好转。也许只是巧合，不过结果的确令人信服：交通事故和未成年人酒驾数字比上月下降了近35%。

哈迪太了解统计数字可以被操控，用来支持任何荒谬的结论，因此他对突检的真实效果仍然持怀疑态度。然而他也不得不承认，那些数字看起来的确支持古德曼的主张。

这些数字不是哈迪的首要问题。讽刺的是，他当下的问题来自他的同行，一位叫珍妮丝·罗德里格兹的辩护律师。她与另一位低级律师共享一个办公室。这两位律师也分别代理了两位在突检中被捕的酒保。这两个酒保是乌克兰移民艾格尔·颇瓦利和瓦蒂姆·格纳图克。他们被发现是偷渡客，并非法在燃烧罗马工作。他们很清楚他们在被羁押后很快就会被驱逐出境，于是他们炮制了一出阴谋，结果让托尼遭了殃。哈迪也不得不承认，这个计划既阴狠又巧妙。

根据颇瓦利和格纳图克的供述，利亚姆·古德曼和ABC电视台对这些酒吧的指控一点也不过分。有证据显示，燃烧罗马还伪造身份证和贩卖毒品。当指控的严重性明确之后，为了不被驱逐出境，他们需要获得一种被称为"务工许可"的特殊待遇。这种待遇是发给污点证人的。他们决定一石多鸟：把罪责都推到托尼·索拉亚、罗娜·阮肯两位酒保以及酒吧老板法兰克·瑞西欧身上。据两位乌克兰人交代，他们才是制造和销售假身份证，贩卖毒品的真正共谋，当然还有向未成年人卖酒。

哈迪的办公楼里有间被称为"日光浴室"的房间，他现在就坐在其中的大圆桌旁。房间是圆形的，直径约20英尺，房间四周包括整个天花板都是由玻璃组成。房间内种满植物：棕榈、无花果、日本枫树，一年四季都欣欣向荣，这里的气氛比一般人印象中法律事务所的会议室缓和许多。

哈迪一旁，吉娜·柔克从公文包里拿出一些文件。"我不懂的是，"她的语气有些不满，"为什么维斯还不放过那些酒保？起诉老板，好吧，可以理解。不过那些酒保，比如你的托尼，他们这些打工的有什么办法？难道检查每个人身份证后再卖酒？就算他们这样做了，那些孩子用来骗过门禁的假身份证，也不是他们能分辨出来的。这些指控的法律根据是什么？"

"共谋。"哈迪回答，"所有人：老板、酒保、门卫都心照不宣地违法。"

"不可理喻！"

"我同意。而且据我所知，维斯也清楚。但他也是进退不得。"

"他是地区检察官，迪兹。他可以进退自如的。只需说不就行。我们暂不说其他，至少撤销对这些酒保的控诉吧。最最底线，也该撤销对他们的重罪指控吧？要我说，就这点事儿，用得着定成重罪吗？我是说真的。重罪？去州立监狱吃牢饭？这太荒唐了。尤其我们都知道颇瓦利和格纳图克两人说的是不折不扣的谎言，是为了不让他们被驱逐出境而炮制出来的。"

哈迪温和地点头同意："我猜维斯现在是故意放任这场闹剧继续下去，等到满地鸡毛后再介入。"

"问题是这是显然错误的事，为什么还要放任继续下去？"

哈迪宽容地看着合伙人："你干这行多少年了？怎么还会问这样的问题？"

柔克叹口气："我知道，你说得对。"

"环环相扣。"哈迪说，"最终，有些荒唐事就发生了。"

"听起来像部俄国小说。"

"差不多。应该是乌克兰小说。"哈迪靠在椅背上，"换个话题，你知道古德曼办公室那家伙的事儿了吗？瑞克·杰萨普？"

柔克点头："是啊，真不幸。"

"的确如此。不过这有可能与我们扯上关系。布丽塔妮·麦奎尔是摩西的女儿，这你知道吗？她两个月前就跟这人约会过。"

柔克合上正在仔细阅读的文件，转过头来看着合伙人："警察问询了她？"

"我没听说有。不过事发后我还没找摩西谈过。如果警察已经问过了，也是理所当然的。"

吉娜一时无言："她现在的情况如何？布丽塔妮？"

"你会觉得好笑，她好像与托尼·索拉亚对上眼了。"

吉娜惊讶地仰起头："开玩笑吧？"

"真的。"哈迪轻轻一笑，"如果你知道真相，会有点失望的。"

"怎么说？"

哈迪耸耸肩："首先，他比布丽塔妮大了不止十岁。"

"如果我没记错的话，你比你那羞涩的新娘也大了不止十岁吧？"

哈迪哈哈大笑："我就知道你会这么说。你说得没错，不过他们的情况不同。"

"好吧，首先这很荒谬，所以不欢迎。你还有什么理由？"

"还有就是我感觉这个有点……不妥。他的日子过得艰难，摩西给他一个活计，结果他把人家的女儿泡上了。"

"也许他也是情不自禁。也许这是真爱。"

"也有可能。"哈迪说，"像我这样的情种，绝对不会排除这种可能。不过布丽塔妮是我的侄女，我关心她的福祉。托尼英俊嘴甜，风流迷人，这让他占据了主动。但他的动作如此之快，让我有些怀疑他的动机，尤其因为他是我介绍给大家的。"哈迪凝视远处，陷入沉思，"不知怎么回事，我也不清楚自己为什么这么关注托尼。他没啥大问题。"

"那什么是大问题？有吗？"

"我希望没有。不过显而易见的是,布丽塔妮和杰萨普的分手——如果一次约会后就掰也叫分手的话——并不顺利。杰萨普希望与她继续见面,而她不愿意。杰萨普跟踪她好几天,然后推搡了她或是怎么样——"

"你的意思是杰萨普跟踪她?并且还伤害了她?"

"她自己摔倒了或是被人推倒了。反正就是他做的事导致布丽塔妮进了医院。具体怎么回事还不清楚。布丽塔妮不说,而且还否认是杰萨普做的。不过摩西表示怀疑,直接找到杰萨普,三言两语就搞清了事情真相。"

"糟糕。结果怎么样?"

哈迪苦笑着点点头:"你了解摩西。就像你想到的一样。他跟我说他只是指点了一下杰萨普,而且相信杰萨普不会再来烦扰布丽塔妮。"

吉娜不由一脸苦相:"你觉得警察会找他吗?"

"如果不找才是奇迹呢。我有点希望你能把这个案子接下来。同时我也想,于情于理你都应该知道这些情况。"不用哈迪指点,吉娜对事情的严重性也了然于心。如果摩西入狱,在压力下或是喝了监狱里私酿的酒,他都有可能多嘴,提到"坞边惨案"。他们必须不惜一切代价阻止这种情况的发生。

"多谢你的知会,我清楚了。不过你不会真以为摩西跟眼前这件事有关系吧?杰萨普被杀这件事?"

哈迪锁定她的目光:"无可奉告。"

【第十四章】

虽然杰萨普案占据了布莱迪和希尔的大部分时间和脑力，但这不是他们唯一的谋杀案。今天，丹尼尔·德杰萨斯被杀案就急需他们的关注。

瑞克·杰萨普被害前一周的周日，德杰萨斯先生，一位来自下秘辛区的帮派马仔，站在街角。他当时要么是在思考人生，要么是在贩毒。一辆汽车上从飞来的子弹击中了他。

案子毫无头绪。

虽然是在光天化日之下，街上行人也很多，然而没人看到有用的线索。现在九天过去了，里欧斯炸玉米饼店的老板胡安·里欧斯决定找警探谈谈，尽管一周前他就已经被询问过了。丹尼尔生前的最后几分钟就站在他的炸玉米饼店前面。

胡安那天听到枪击后立即跑了出来，还用手机拍下了逃逸的车辆。那张照片一直保存在他的手机里。不过他一直在观望，看有没有其他人站出来提供证据，那样就不用他来作证。不过如果要他提供证据，成为目击证人，他希望警方为他的全家人提供保护。不管怎么样，他希望他家周边的暴力事件不再发生。警察拿到照片后怎么样都可以，反正不要把他牵涉进去就行。

两位警探花了一个小时也没能说服这位餐馆老板。他们理解胡安的要求，但那就像炼狱中人希望冰水一般，这是警方无法办到的。他只有两个选择：或者他收到法院传票，乖乖出庭作证；或者警方将带着深深的悲痛和遗憾把他抓起来。两位警探没有达成任何协议就离开了，不过他们的确好好看了那张照片。肇事的是一辆红色雪佛兰，经过了降低底盘的改装。他们也知道了车的牌照。有了这些，即使里欧斯不出庭作证，希尔和布莱迪也有信心追查下去。

回到车上，希尔点燃引擎却没有挂挡。她面无表情，双目半闭。

"不要灰心。"布莱迪说,"他只是怕被黑帮报复。他会想通的,就算他没有,我们……"

希尔抬起一只手,阻止他继续说下去。她又转过头来,说:"我们犯傻了。"

"哪里,我们需要他的证据,即使……"

"不是这个案子。"她再次打断他,"杰萨普。"

"他怎么了?"

"不是他怎么了。我们从她开始,那位性侵受害者。"

"她不是匿名的嘛,因为……"

"对,隐私特权。不过想想,我们知道死者杰萨普两个月前与她约会过,对吧?而她肯定把他甩了,因为杰萨普在尝试和好。"

"好吧,那又怎样?"

"那么在他那儿找线索不会很难吧?"

布莱迪想了两秒,马上说:"古德曼的办公室。市政厅。他工作的地方。"

希尔说:"我就是这意思。"然后,她猛地挂挡,驾车汇入车流之中。

市政主管古德曼先生没在办公室。一个半小时前,他得知杰萨普的消息后就一直不在。没有古德曼在场,又听到如此噩耗,整个办公室的职员都停止了办公。午饭时间,黛安·盖林把实习生们都打发回家。当希尔和布莱迪敲开紧闭的办公室大门后,她疲惫而又得体地接待他们,把他们引到一个没有窗户的小会议室里。桌上有杯咖啡,显然之前她就在这儿发愣。

希尔大体介绍一下之后,表达了他们对杰萨普的哀悼。然而她的话被黛安突然打断了。"现在的情况困难而且混乱。"她说道,"我不想表现得很无情,但我恐怕不能说瑞克与我是朋友。我和他只在工作场合见面。我觉得他认为我和实习生们的地位都不如他。他表现得很明显：他和古德曼先生是专业人士，其他人或多或少就是打杂的。但我在这里的资历最长。"

希尔一边暗示自己的搭档不要插话，一边探过身，把双肘支在桌上："除了工作，他很少与其他工作人员打交道？"

"是的。但他的确时不时与古德曼先生私下见面。"

"就你看来，除了古德曼先生，谁还了解杰萨普先生的私人生活呢？"

"我想不出来，不过明天你们可以来问问实习生。"

"明天古德曼先生也会回来吧？"

"我也希望如此。他昨天离开后，我们就没有联系到他。"

"这么说，他们俩关系亲密？杰萨普和古德曼先生？"

黛安好像从桌上的微粒中找到某种有趣的东西，研究了好一会儿才回答。"或许最近没那么亲密了。你们也清楚，古德曼当选市政主管前，杰萨普就在他的律师事务所工作。当选之后，他们又一起来到这里。我想古德曼先生打算竞选市长已经不算秘密，而杰萨普先生也计划随着古德曼先生的升迁而升迁。"

两位警探交换了一个眼神。话题已经偏离他们的初衷，不过他们能及时将话题拉回来。他们正在调查一起谋杀案，如果一条出乎预料的线索出现，也值得一探究竟。布莱迪接过话头，继续问道："这样的计划有变化的迹象吗？"

黛安犹豫了一分钟，然后叹了口气："我无意说逝者的坏话，但杰萨普先生非常傲慢，虽然在大多数公众场合他隐藏得很好。他非常小心地维护着他在古德曼先生事业中的重要地位。过去几个月，他一直试图离间古德曼先生和几个竞选金主的关系，以此控制古德曼先生与他们之间的联系通道。这在乔恩·罗身上特别明显。我想古德曼先生主动或被动地意识到了这一点。有些日子办公室的气氛很紧张。我也不清楚如今古德曼先生是否还能提供有关杰萨普先生私生活的信息。"

"那好，谢谢！"希尔说，"我们询问古德曼先生时会注意这点的。其实，我们希望你能提供杰萨普先生的女朋友，或是任何他约会过的女性的名字，这都可能对破案有用。"

黛安摇摇头。"我不知道他的对象，我也……"她的话戛然而止，"等一下，他约会的女性？"

"是啊。两三个月前分手的。"

黛安的眼光落在屋子的一角。两位警探耐心等待着。最后，她的注意力回到他们身上："数周前，有个男人到这里，说是要找杰萨普先生。他对瑞克说不要再去骚扰他的女儿。然后他们俩就到走廊上去了。那天瑞克再也没回来。我想接下来的几天里，他都没来上班。实习生们传言说那个男人在走廊里打了他。你们能等我一下吗？"

"多久都行。"布莱迪回答。

黛安站起身，迈着坚定的步伐离开房间。布莱迪交叉十指，举过头顶；希尔点头会意，抱起双臂，舒服地坐着，耐心等候。

"找到了。"黛安走进房间，手里拿着会客簿，"这就是。我保存着古德曼先生和杰萨普先生的日程安排。做我们这一行的，保留谁与谁会面的记录非常重要。即使没有预约，来人自报姓名后，我都会记录在日志里面。他是……"——黛安查阅着记录——"摩西·麦奎尔，一个叫小三叶草酒吧的老板。他说他的来访与他女儿布丽塔妮有关。"

三叶草酒吧的生意清淡。酒水打折时段还有45分钟才开始，酒吧里只有五个客人：一对中年游客夫妇占据了一张小桌，常客戴夫拿着啤酒坐在吧台的老座位上；还有两个嬉皮士在里屋玩飞镖。莱尔·洛维特的作品"这个老阳台"从音响系统里低缓地流出。

大门后，摩西·麦奎尔再次确认门已锁好，无人能进。然后，他看到四下无人，便给自己倒了小半杯醒神的伏特加，混在汽水里，又挤了半个青柠檬进去。他还没来得急喝上一口，就看见一对男女出现在橱窗外，站在林肯大街上。稍后，他们俩便站在摩西的面前了。

但却不是来喝酒的。

他们向摩西亮出警徽。摩西油滑地打趣道："不用向我亮身份证明啊，你们一看就超过了饮酒年纪。"

保罗·布莱迪介绍自己和搭档时，脸上时而堆出纯正的职业笑容。接着，他说明来意：希望找摩西·麦奎尔问些问题。

"你找到他了。我就是，有何贵干？"

希尔介绍了一下他们调查的案件，然后询问他是否知晓。

"我知道。我今早在报纸上看到了。"

"你认识杰萨普先生吗？"布莱迪问道。

"认识，我跟他聊过几次。我早就等着你们来了。两个月前他和我女儿约会过，对我女儿很恶劣，于是我去找他，告诉他离我女儿远点。"

布莱迪继续道："他的反应怎样？"

"我自信我已经说服他承认那是个好主意。"

"你打他了吗？"

麦奎尔小酌一口："有人报案说我打了他吗？"

"你到底是打了还是没有？"希尔追问。

"你没回答我的问题。"麦奎尔语气平静，"你们是把我作为谋杀嫌犯来询问吗？"

这个反诘让两位警探不由一愣。他们交换了一下眼神。希尔回答："目前我们还没有嫌犯。我们刚刚开始调查。"

布莱迪补充道："换句话说，人人都有嫌疑。"

"你愿意回答我们的问题了吗？"希尔问，"你是否打了杰萨普先生?"

麦奎尔举起杯子,猛喝一口。"是的,我打了他。不过我不是想伤害他,只是想提醒他。"麦奎尔拿着毛巾在光洁无瑕的吧台上擦拭了一番,然后把目光重新落在两位警探身上,"他是什么时候被杀的?"

希尔看到布莱迪微微点头同意后,才回答说:"两天前。周日晚上的某个时段。"

"周日。"麦奎尔自言自语道,"周日我没上班,像往常一般,周日周一休息。"他迟疑了一番,眯着眼睛,显然正在集中注意力梳理记忆。最后,他说:"我那天从凌晨五点开始就在游艇俱乐部附近的海滩上钓鱼,天黑才回来。就是圣弗朗西斯海滩。"

"我们什么也没问。"布莱迪说。

"是啊,不过我想说出来也无伤大雅。"

希尔问:"收获怎么样?我是说钓鱼。"

"几条小的,我都丢回去了。"

"你一个人吗?"

麦奎尔微微点头:"我是一个人,不过那里常年有六个左右的亚洲人钓鱼。他们有可能记得我,因为我是唯一在那儿钓鱼的爱尔兰人。我已经回答了你们的问题。如果你们不介意,该我来问了。如果我不是这场谋杀案的嫌疑人,你们来找我干什么?"

吧台尽头,戴夫用空瓶子敲打着吧台。戴夫年过七旬,脾气不小,如果酒水见底,酒保却没有及时添上,他就会随着时间的流逝,以越来越快的频率敲瓶子。

莱尔·洛维特的歌已经换成了麦可·布雷哼唱的"一切"。麦奎尔暂时离开两位警探,转身打开冰箱,打开一瓶啤酒,拿给戴夫。回到原处后,他问:"刚才讲到哪儿了?"

布莱迪:"你问我们为什么来找你。答案是:我们不是一定要找你。

实际上,我们想找你女儿布丽塔妮,而你是最直接的途径。"

"你们为什么要找她?"

布莱迪立即回答说:"要不你直接告诉我们她的联系方式?我们聊了之后你问她就知道了。"

"你们是重案组的警探,如果你们想找布丽塔妮,肯定是关于杰萨普先生的,是吧?你们到底想知道什么?"

"麦奎尔先生——"气氛随着希尔的插话迅速升温,"我们理解你对女儿的关切和希望保护女儿的心情。我能说的是,她不是首要嫌疑人,不过她或许了解本案的一些信息。我们必须询问她,找出其中的关联和过程。这样的要求就如此不可理喻吗?"

"我没那样说过。我问你们找她的缘由,而你刚刚告诉我了。你们一开始直截了当地说不就行了吗,何必把这些嫌疑犯的破事抛给我。"

"你想想,"布莱迪说,"你打了一个人,而他稍后被杀。在某个时候,我们肯定会追查那件事,既然你现在在这儿……"

"你自己可以想想,"麦奎尔反诘道,"那个人攻击了我女儿。我向他传达了一个信息,我以为他理解得很透彻。事情也就该到此为止。然而你们现在想找布丽塔妮谈话,却又不告诉我你们想知道什么。我当然立即就会想要保护她。"

开车回市中心的路上,希尔说:"至少我们得到了她的电话号码。就算是小忙,我们也该感谢。"

"感谢个屁。"布莱迪因为刚才的谈话憋了一肚子火,"你说说,那样的家伙发现女儿被强奸会什么也不做吗?我要把他的照片拷到我的手机里,拿给我们的目击证人看。"

"好啊,那你去得到他的许可吧,这样事情就会平息了。"

"我可不想平息事态。而且我也不需要他的允许。麦奎尔承认攻击了我们的被害人。这就让他比任何人的嫌疑都大。"

"保罗，冷静点。从打人发展到用棍子把人的脑子敲出来，这的确有可能。不过要记住，我们证据不足，现在我们连布丽塔妮是不是被强奸了都不确定。我们确定的只是布丽塔妮跟杰萨普有过一次约会。杰萨普周六施暴的对象可能是任何人。我们先得把这个搞清楚，然后再查麦奎尔。"

"不，我们先把他的驾照照片弄来，然后做个'六张一组'。"

"好，这个也做。"这是标准程序，从加州驾照上获取麦奎尔的照片，然后与另外五张照片一起塑封成长条形——六张一组——让目击者来指认，"我只是不想你为此大动肝火。"

"你想多了。至少我们能确认，这强奸和谋杀可能是有关系的，你说呢？"

"这就是我们的调查要证明的。"希尔说，"如果不是这样，这案件就曲折了。"

【第十五章】

维斯·法雷尔刚刚回到家——一栋不大的维多利亚风格的房子，坐落在海特区布瓦纳·维斯塔公园街对面——当即就敏锐地发现家里有些非同寻常。饭厅里侧倒在地上的椅子是第一个迹象，滚在厨房地板上的一整卷纸巾更是明显的例证。

他叹口气，扶起椅子，把外套挂在椅背上。他考虑脱掉衬衫和领带，希望里面穿的搞笑T恤能让萨姆的怒气稍减——上面印着：哺乳动物吸奶。不过依据以往的经验，如果萨姆的怒气是由她那神圣的使命感引发的，他的幽默感于事无补。

例如现在这种情况。

他顺着陡梯鬼祟地潜回卧室，发现她不在；他继续穿过过道上楼，经过双扇门来到天台。萨姆正面朝他坐在一张导演椅上，双臂交叉。她的美丽因为怒气更添几分。她的身后，一轮落日冲云破雾挂在天边。虽然旧金山天气无常，这个傍晚天气很好：气温不到三十，微风若有若无。

维斯踏上他们俩亲手搭建的木头甲板。甲板有六十平方英尺，被屋顶边沿的矮墙包围着，阻挡了外人的视线，而且在许多夜晚，也阻挡了肆虐的海风。

他充满歉意地笑着说："我刚才发现厨房椅子的造型不同寻常，不是四脚着地，这样挺好。那样铺纸巾更是天才的主意。除了你谁能想到呢？先把它们都展开，用起来可以省好多事儿。"

萨姆把头转向一边，对他毫不理睬。维斯终于等到她开口时，她的声音却几不可闻："我告诉你我的受害人与瑞克·杰萨普的关系，是因为我觉得这样有助于将凶犯绳之以法，但前提是我的受害人按惯例是匿名的。你还记得你的承诺吗？"

"当然，但是……"

"没有但是。这个没有特例。关于这个，我相信我们已经谈过很多次。下班前二十分钟，受害人亲口对我说了发生的事情。她被吓坏了，神志失常。维斯，她被我们出卖了，被发誓保护她的我们出卖了！"

"我没有……"

"不，你有。否则他们怎么会这么快找上门来？警察今天就到了她的公寓。今天！就在我告诉你几个小时后！"

"那我就应该愧疚？"

"难道你不愧疚？这事儿太不地道。几天前这个可怜的姑娘才受到了巨大的伤害，现在她又陷入一场她躲之不及的谋杀调查中。更有甚者，她还是成了疑犯，因为遭到强奸可以成为杀人动机，没错吧？看看她现在的境地。这都是因为我觉得你能保守秘密。"

"我没有泄露。萨姆你想想他们怎么可能从我这里知道受害人的名字？我从来就不知道，这点你清楚。他们在调查杰萨普的时候发现一条线索。警察们很称职，就是这么回事。发现线索后，除了追查他们还能怎么做？忽视线索？忽视受害人？我可不这么认为。她有可能是凶手。我们不能排除这种可能。"

"你怎么能这样说？维斯，她是受害者。"

"受害人也会反抗的，甚至杀人。"

"好一副公诉人的口吻。"

"嘿，搞清楚。这就是我的工作，我是起诉人。"

"你要起诉的人是我要保护的。"

"萨姆，事情往往不是这样的。通常我起诉坏人，做了恶事的坏人。你的受害人说警察是在指控她吗？"

"没有。"

"那就是了。她承认杰萨普强奸了她吗？我的意思是，她向警察承认了吗？"

"我不知道。"

"你不知道？你发这么大火，骂我一大通，结果你却不知道？"

"重点不在这儿。"

"我看这就是重点。"

"不，重点是除非她选择公开，否则她的遭遇应该是保密的。她找到我们，信任我们。然而因为我为了做正确的事，把施暴者的名字告诉了我的男朋友，结果警察找上门去。这彻彻底底是不对的。你本不应该向警察提杰萨普的名字。"

"我重复一遍，警探们是如何得知这位受害女士的姓名的，我们都不清楚。而且，我现在也不知道她叫什么名字。顺便说一下，如果杰萨普在周六晚上有强奸行为，知会警察正是我的职责所在。"

"他有。"

"好吧，他有。有可能正是某人看到了他的恶行，因此才杀了他。如果你的受害人能帮我们找到他，那么我们就需要她的口供，所以我们于情于理都有权询问她，找出答案。这不是明摆着的嘛？"

萨姆闷声说道："你以前不是地区检察官的时候，肯定不会这样解释。"

"萨姆，你知道吗？这并非因为我是检察官，而是因为道理在我这边。如果你的受害人的确遭到强暴，想让耻辱秘而不宣，这是她的决定。然而她找到你，这事就记录在案了。如果你想我实话实说，你和你的咨询中心就有义务上报。如果你听说一起强奸案——尤其这种利用约会实施的，一旦知道施暴者的名字，你就应该立即报警。这是把这种人渣投入大牢的唯一方法，而受害人得在法庭上指认他。如果这都成了受害人的巨大负担，那么抱歉，我也爱莫能助。"

萨姆死死地盯着他看了 20 秒，然后无力地摇摇头。

"我都不认识你了。"她站起身，与他擦身而过，走到楼梯口，停下来，

"真的不认识。"她一边下楼一边将身后的门猛然关上。

摩西已经很久没酗酒，苏珊对这些痛苦的记忆已经渐渐淡忘。她的大脑已经将多数酒醉后的口角、斗殴、恶语和鲜血剪辑掉了。如此酒鬼都能改过自新，她深信这是神迹。他们的公寓始终是摩西的避难所，他的城堡，或者有时的医疗室；而在外面的世界里，他总是陷入种种麻烦之中。

过去两个月中，摩西偶有饮酒。这让苏珊忧心不已。不过苏珊并不怪摩西——至少她不会全怪他。过去几日，事情一件接着一件，再坚强的人也会喝些酒来暂时远离严酷的现实。

不说别的，由于心疼女儿遭受的痛苦与心碎，周日晚苏珊自己也喝了整整一瓶葡萄酒。那时她一边等着不知所踪的摩西，一边不由自主地一杯又一杯喝酒。因此，她对丈夫的挣扎感同身受。

现在是周三凌晨一点，苏珊被电话吵醒。电话里，摩西口齿不清，她好不容易才听明白摩西是要她去小三叶草接他回来。当天早些时候，他像往常一般步行去酒吧轮班，没有开车，而路过林肯大街的出租车非常稀少，可以忽略不计。"钥匙在哪里？备用的。"

"备用的怎么了？"

他含糊地挤出几个字："我……带来的，找不到了，关不上门。"

十分钟之后，苏珊把车停在酒吧门口的路边。酒吧里透出微弱的光线。她按了两次喇叭，然后等着。然后，她又按了一次。酒吧里面没有任何活动的迹象。

她不由叹口气，下车，摔上车门，穿过人行道，推了推大门——锁着的。

"该死。"她用手掌拍着大门上的玻璃，"摩西！"没有回应。

她想起带着的备用钥匙，从挎包中翻出来，开锁，然后把大门推开。

推门过程中有异响，苏珊低头看去，原配钥匙就在地上。

她呼唤着摩西，但仍然没有回应。

她想：好吧，这下麻烦了。接着，她听到一声响鼻，接着是几声呼噜。

她继续向前走。五彩玻璃罩台灯发出的光亮让她看到有个人躺在里屋的一张沙发上。当她走近时，只见摩西一只手垂在地上，一旁是个空酒瓶。

她低声惊呼："上帝啊。"

"你没法弄醒他吗？"弗朗妮问。

"我用了些冷毛巾敷脸，还是不行。他晕过去了。我也不知道他喝了多少，不过他现在已经完全没有知觉。如果有任何办法，我也不会找你和迪兹了。"

"我知道。不要担心这个。你没有办法挪动他吗？"

"弗朗妮，他有两百磅重，而且现在烂醉如泥。而我才一百二十磅。把他扶起来坐着都难。"

"不过你已经把他扶起来坐着了吧？"

"我怕他呕吐。不想他被呕吐物噎着。"

哈迪在弗朗妮一旁低声询问："他还活着吗？还有呼吸吗？"

弗朗妮点点头，示意他噤声，继续听着。

"也许我该叫辆救护车。"

"这可能是个好主意。"

"什么是好主意？"哈迪问。

"救护车。"弗朗妮回答。

这个词让哈迪一下清醒了。他拍了几下脸，揭开被子，起身坐在床沿上："能让我跟她说说吗？"

弗朗妮把电话递给他。

"苏珊,他还有脉搏吗?"哈迪问道,"还在呼吸吗?"

"是的,不过迪兹,我没法弄醒他。我担心他会一睡不醒。过量饮酒会死人的,对吧?"

"有时候会。你最好叫救护车。我们立即过来。"

"我不想麻烦……"

"闭嘴!我们是一家子。遇到麻烦就找家人,规矩就是这样。听着,你现在得立即挂电话,然后拨打911求救电话。如果救护车来得比我们早,打我手机告诉是哪家医院,我们就在那里碰面。清楚了吗?"

"清楚了。"

"好的,现在就做!"

哈迪疾驰在黑夜中,既担心又愤怒,一言不发。汽车行驶在金门公园西侧空旷的街道上,坐在一旁的弗朗妮终于发话了:"你知道他又开始喝酒了吗?"

"不。"

"苏珊说这已经有两个月了。"

"多谢她的好心宣传。"

"迪兹,无论怎么说,这也不是她的错。我哥就是这个样子的。"

"既然知道,她就该给我们提个醒。我就是这个意思。有些事情取决于他能否保持清醒。你很清楚,不是吗?"

"原来你说的是那件事啊?"

他转头瞟了她一眼:"该死的,至少有一部分是为那件事。"

"你不必朝我吼。"

"我没吼。吼需要提高音量,我只是小爆了下粗口。如果我想吼什么,绝对不是针对你的。对事不对人。"他伸出右手放在她的大腿上,"你应该知道,你在我身边,我很感激。幸好你在一旁,否则就算他没喝死,我都想灭了他。"

"别这么说。我相信他无意自杀。也许时间太长，他不知道自己的酒量了，当然更有可能是他忘记自己已经喝了多少。"

"好吧，也许是这样。"

"我不可能不来。无论如何，他都是我的哥哥。你才不需要过去，不需要参与这些破事。"她把手放在他的手上面，"你也许该开慢点。要是我们出了事故，对谁都没有好处。"

"我们不会出事的。"他虽然这样说，还是把油门松了一些，"有一点要说清楚，我做这些不是因为基督徒的善心。我非常生气。天亮后，我还有超级多的事情要处理，可我就算没在法庭上睡着，也会成行尸走肉。大半夜我还在这儿开车，唯一理由就是确保你那白痴兄弟醒来的时候——如果他能醒过来的话——不会把那多少？哦，六年前发生的，让他耿耿于怀的事情说给医生、护士或是他妈的看门的听！"

"他不会说的。"

哈迪冷笑一声。"他有可能说出来，弗朗妮。如果你还记得，他戒酒的原因就是害怕酒后失言。他是一喝酒就想说那事。他没法自控，没法控制他心里那个'哲学家'，真是他妈的有趣。他是为此才戒酒的。感谢上帝！"哈迪猛拍一下方向盘，"真是个白痴。他究竟怎么想的？他以为他可以控制住？他已经百遍千遍地证明他不能。"

"迪兹，这是心病。他也没有办法。"

"我才不吃这一套呢。该死的他可以不喝第一口的，不是吗？我们都见过他能克制住，滴酒不沾。既然他能，他就该一直如此。"

"肯定是有事情发生。"

"他妈的当然有事情发生。他天杀的又开始喝酒了。"

到达林肯大街后，哈迪在距离三叶草酒吧还有十六个街区的地方转向左边。地面虽然是干的，但在路灯的照耀下，黑油油的路面泛着亮光延伸到远方。他又开始加速。

"不。"弗朗妮说,"这我知道。我的意思是说,这一定有什么特别的原因。否则,为什么现在又开始喝了?"

哈迪看着她:"你真的想听我的想法?我想是某事触动了他的神经。这样的事我们都遇到过,也情有可原。他突然觉得压制欲望毫无意义。于是他就这么做了。他就是觉得需要喝一杯。"

"你说的是布丽塔妮受伤的事吧。"

"你知道吗,幸好那小子没报警。否则他那样完全有可能被抓起来。现在想起来,我跟你打赌,那晚上他跟我们说这事儿的时候肯定喝了酒。你想想,他搞定了坏人,值得夸耀一番,对吧?喝点小酒,说个秘密,证明自己做得对。然后再喝点,把做过什么,跟谁说的都忘得干干净净。接着才是我最喜欢的部分……"救护车还没到。哈迪把车停在苏珊的车后面:"接着再喝个几杯,天塌下来也都当被盖。"

【第十六章】

凌晨五点,哈迪已经辗转反侧45分钟,仍旧睡不着。他干脆起床下楼煮咖啡,打算依靠咖啡因熬过这一天。哈迪上个生日时,弗朗妮送给他一台侏罗牌咖啡机。这跟史迪格·拉森(瑞典小说家,因犯罪小说《千禧年三部曲》闻名于世——译者注)小说里面的一模一样。哈迪觉得这机器就像广告描述的一般名副其实,今早他就全靠它了。

咖啡机需要一分钟左右加热,哈迪利用这段给他的热带鱼喂食。他那28只小可爱游得欢快无比,似乎完全不受他全身散发的负能量的影响。

哈迪把咖啡杯放在机器的双喷嘴下面,然后连按三次"开始"键(最高浓度);接着咖啡开始滴落。他穿过房间走出大门。外面仍然是一片漆黑,不过湿润的空气好像预示着好天气。当他发现今天的《纪事报》至少还要一个小时才能送来时,他那原本快到极限的脾气终于爆发了。

摩西真是个王八蛋,他想。

回到厨房,他一跃坐上厨房柜台,开始啜饮咖啡,脑子一片空白。渐渐地,咖啡因起了作用,头痛缓解,呼吸也平顺下来。他压住睡觉的渴望,闭目养神。当他再次睁开双眼的时候,他看到了钩挂在炉灶上面那个黑亮的铸铁平底锅。这是他仅有的几件从父母家里拿过来的物什。每次用后,他都会用盐和软布擦拭干净——从不用水和洗涤剂。正是因为保养得当,这锅很称手,从来不粘。

他打开冰箱,里面没有什么可吃的东西——自从孩子离开之后就是如此。弗朗妮每天都会在下班之后买菜做晚饭,而且只买两人的分量,这样基本不会有剩余以至浪费。哈迪现在看到的是品种丰富的调料——光芥末酱就有七种,还有数量相当的各种辣酱,两瓶白葡萄酒,十几瓶各种品牌的啤酒。而像样的食物只有四个蛋,一小块切德干酪,还有周日大餐剩下的咸牛肉、土豆、胡萝卜和卷心菜,盛在一个塑料容器里。

只好将就吃这些了。

他拿下重约五磅的黑色煎锅，打燃火，调到最大，然后扔下一条黄油在锅里。他继续喝完咖啡。腹中饿极，他把剩菜倒在砧板上一阵猛砍，再将一堆什锦放入黄油滚烫的平底锅中。

等到第二杯咖啡盛满后，他把火调小，然后将什锦挪到一边，在空出的地方打了两个蛋。最后，他磨了点切德干酪洒在上面，接着拿另一个煎锅的盖子盖上，盖子大小刚好，仿佛他会施魔法。

一切停当，迪兹一边喝着咖啡一边把辣椒酱和辣酱油放在餐厅的饭桌上。他打算坐下来，好好地享受这份早餐，重拾冷静客观的态度，不再考虑昨晚从苏珊处了解到的事情。抢救摩西期间，苏珊告诉他们，瑞克·杰萨普强奸了布丽塔妮·麦奎尔。

"好吧，让我把事情理顺。"格利特斯基说，"你们发现一女子两个月前把杰萨普甩了，之后她被杰萨普打了，接着杰萨普又被她父亲打了。这简直就是现实版的肥皂剧啊。"

"有点像。"布莱迪回答。

他们正在格利特斯基的办公室里，布莱迪和希尔坐在折叠椅上，与格利特斯基隔桌相对。今早他们的第一件事就是讨论这个案子。

"你们为什么认为杰萨普强奸的是这位女性，而不是其他女人？"

希尔身体前倾，双手抱拳，双肘抵膝："我们还没法下定论，亚伯。我们去询问她，而且……"

"你们怎么找到她的？"

"她父亲在古德曼的办公室留下了他的姓名。"希尔回答，"那里的秘书记在日程簿里了。"

"好的，做得很好。继续说。"

布莱迪接着说："我们昨天找她谈了，她似乎……情绪不稳。"

"重案组的警察上门拜访,前男友被杀。你们觉得这会是她情绪不稳的缘由吗?"

两位警督相互看了一眼,希尔点头同意:"当然。"

"你们没有明确询问关于强奸的问题吧?"

"没有,先生。"布莱迪回答,"我担心我一旦开口,问询就会到此为止。除了强奸,我们还有很多事情需要问她。"

"我同意,不要让她不敢说话。也许她会放下戒心,对我们知无不言,那样所谓的个人隐私特权问题就不再存在了。"

"不过,"希尔说,"如果她不承认她是强奸受害人……"

"那强奸就不存在。"

布莱迪直起身子,把双掌拍在大腿上:"亚伯,我觉得这姑娘就是受害人,希尔也同意。"

"你们没问她吧?"

"你是问我们是否问她在周六晚被强奸了吗?"希尔问,"没有问。不过她承认她最近见过杰萨普。"

"她怎么说的?"

"她一直保持沉默,时间持续了将近一个小时。"布莱迪说,"开玩笑的,也就一分钟,但觉得度日如年。然后她说她与杰萨普周六在佩里酒吧见过面。他想和好,而她想彻底摆脱他。这是她最后一次看到他。"

"没提到强奸?"

布莱迪摇头:"没有。"

格利特斯基仔细观察他的表情:"她是凶手的可能性有多大?"

"基本不可能。"希尔说。

"她不是男性。"布莱迪说,"我觉得凶手应该是那个拿着棍棒的男性。"

"那么,那晚的强奸与随后的谋杀没有联系?"

希尔做了个鬼脸:"亚伯,你是这样想的?"

"不,不是。但如果你们昨天询问过的这个女人不承认被强奸,我想我们就不会有什么进展。"

布莱迪靠到椅背上,一脸的无奈:"我知道我是个大老粗,不过我真的不明白为什么她会不承认,她不是受害者吗?说出自己的遭遇,又不会惹上什么麻烦。"

"有可能惹上的。"希尔回答,"强奸犯有可能在被害人作证前杀人灭口。"

"或者,"格利特斯基补充道,"如果强奸犯反被谋杀了,受害人就有杀人动机。"

"既然话已经说到这里,"希尔说,"这也给其他人提供了杀人动机。比如说,她的男朋友或者她的父亲。杰萨普第一次攻击那个女人后,她父亲就去把杰萨普打了一顿。但是,如果她不承认被强奸,那么我说的动机也就不复存在了。"

"你的意思是她父亲有重大嫌疑?"格利特斯基问。

"我不知道是不是可以这样推论。不过如果事实如此,这就是她不承认强奸发生的理由。"

布莱迪问:"既然如此,她为什么去中心求助?"

希尔耸耸肩:"也许她被吓呆了,不知所措,第一反应就去了那里。还要注意一点,那时杰萨普还没被杀……后来,她发现杰萨普死了,局面就完全不同了。"

格利特斯基说:"我们仍然不要忘记,我们没有证据证明发生过强奸。到此为止,我们说的都是猜测。这位父亲相貌特征如何?"

希尔的推理才说出一半时,布莱迪已开始频频点头。听到格利特斯基的发问,他说:"别太激动。但他的相貌基本符合拿棍棒男子的特征。"

格利特斯基的眼睛眯成一条线:"你在开玩笑吧?"

"没有。"布莱迪回答,"一点儿都没有。"

"这人的名字是什么?"格利特斯基问。

希尔回答:"麦奎尔。摩西·麦奎尔。他在一条大街上经营着一家酒吧。"

这件事格利特斯基甚至不敢告诉崔娅。

希尔和布莱迪离开他的办公室之后,他呆坐了五分钟,胃里翻江倒海。之后,他缓步经过休息室,乘坐蜗牛速度的电梯下到大厅,走出法院后门,路过停尸房和拘留所,来到停车场。

他本能地知道自己现在的状态太危险,不可能理智地思考,因此选择独自开车离开。15分钟之后,在第三大道与基利大道的十字路口,他意识自己正往家里开去,急忙向右转,前行一个街区,到了克莱门特街。一栋复式别墅坐落在拐角那边,走过几户人家就能到它前面。这样的小楼在这个区域并不罕见。现在还是早上,停车不是问题,看起来,这不是上帝的干预也是命运的许可。

格利特斯基非常清楚,他85岁的老父奈特与妻子莎蒂的这段婚姻关系,是引发"坞边惨案"的一系列事件的直接结果。六年前,随后在70号码头被格利特斯基、哈迪、摩西、吉娜和约翰·赫利德杀掉的一帮歹徒打劫了一个当铺,枪杀了店主山姆·希尔弗曼,让他的妻子莎蒂成了寡妇。后来,莎蒂嫁给了奈特。这场相敬如宾的黄昏恋如无土生花般给双方带来了意想不到的幸福,因此也颇受珍惜。

亚伯摸摸门框上代表犹太信仰的安家符,按响门铃。

"亚伯拉罕(亚伯的全名——译者注)。"看到儿子出现在门口,奈特冰蓝色的眼睛(格利特斯基的也是如此)散发出光芒。

"奈赛尼尔(奈特的全名——译者注)。"

老人快步向前,用双手捧起儿子的脸吻了吻:"见到你真高兴。"

"我也是,老爸。莎蒂还好吗?"

"她仍然是尘世的奇迹。你不会抬脚就走了吧？来，我们一起去看看。"

别墅后面，厨房之外，有一个大小适宜、面向东方的庭院。因为旧金山的天气，奈特和莎蒂一年大约只有一个月的时间在这里享受阳光。今天就是这样的好日子，一把大遮阳伞斜插在地上。三个人在阴影中的金属网面野餐桌旁坐下，端起精美的茶具品茶。随后，他们热烈讨论起三天后将在亚伯家里庆祝的逾越节（犹太人庆祝逃出埃及的节日——译者注）的各种细节来。

崔娅和莎蒂已经大体完成了准备工作。最后奈特说："我相信这次逾越节晚宴将是无与伦比的。摩西（圣经人物——译者注）本人也享受不到。不过我想这不是亚伯拉罕此行的目的。"他直直地看着儿子，他的眼神仿佛能洞悉一切。

亚伯放下茶杯："我没想到你还会提起摩西。"

"难道我还该提起其他人？逾越节，出埃及，摩西。这本就是密不可分的。"

"不，我不是这个意思——算了。我现在遇到个问题。那人的名字正好是摩西。"

"什么问题？"

亚伯大概讲了一下原委，隐去了他和其他人跟"坞边惨案"的关联："问题是，我跟这人很熟。我们一起做过很多事。他是迪斯马斯·哈迪的大舅子，虽然我并不太欣赏他，他也不是个坏人。我现在虽然没有证据，但我有九成的把握是他犯了这起杀人案。就个人而言，我不想让他被抓。"

"你觉得他的行为是正当的？"莎蒂问道，"毕竟他杀的是强奸他女儿的人……"

亚伯回答："你可以这么想，但你不能就这么杀掉伤害你孩子的人啊。"

莎蒂咂咂嘴，叹了口气。"不过我理解他的想法。"

"人人都能理解。"亚伯说,"问题是这是违法的。"

"你既然很明白,那有什么犯难的?"奈特问道。

"老爸,我有几条理由。首先,我是发誓捍卫法律的。如果我徇私,我多年的心血就都白费了。更棘手的是我手下的警探们。"

"他们怎么啦?"

亚伯晃晃他的茶杯,没有立即回答:"这事看起似乎直截了当。不过很难办。"

"亚伯,我们有的是时间,你慢慢讲。"

亚伯叹口气:"我希望他们能把这个强奸案子拖一拖。如果摩西的女儿——强奸受害者——不承认有这事儿,那么从法律上来说,这个案子就不成立。可是,如果我的警探们根据线索追查下去,认为强奸案是摩西的杀人动机。那么为了让摩西的女儿承认,他们就会对她施以巨大的压力,询问她的朋友和同事,查看她的通话记录,探查她的一切隐私。另一方面,如果我让他们不这么做……"他又停下来,叹了口气。"他们的工作就是找到凶手,如果我成了阻碍他们履行职责的角色,我又怎样履行我的职责?"

"你不能从这个案子中……"他父亲问道,"那个什么——'利害回避'吗?"

"不解释为什么?不给个理由?"

"如果他算是你的朋友……"

亚伯摇摇头:"那样我相当于宣布:'我知道嫌疑犯是谁,只是我不能告诉你们。'此地无银三百两啊,老爸。"

"的确,不能这样。"

"此外,如果我以摩西是我的朋友为由退出这个案子。无论谁接手,为了避嫌,他都会想方设法把麦奎尔抓起来。"

"如果让摩西走上被告席,情况会有多糟?"奈特问。

亚伯用力抠着桌子。如果摩西出庭受审,那将是一场灾难。他可以想象出很多情景，由于不堪压力或是疲惫，摩西将"坞边惨案"说给狱友或是委派的律师听。摩西还可能打算拿他的秘密——他们的惊天秘密做交易，换得他的宽大处理，尽管这种可能性不大。格利特斯基不敢向父亲提到这些。相反，他说："至少有一点，这会让我少一个好朋友。"

"你认为迪斯马斯会不理解你？你不过是秉公执法。你们以前也曾经多次分别代表原被告对簿公堂，也没有反目成仇啊。"

"也许如此，不过这次我感觉不会这样。弗朗妮就这么一个哥哥。"

莎蒂插话说："你也不能确认被强暴的就是摩西的女儿。你刚才是这个意思吧？"

"是的。"

"就算她是受害者，也不意味着摩西就是杀人者。"莎蒂继续说道，"我不是想找个理由让你不情愿地办这个案子。不过在你确定强奸发生前，你都可以回答大实话——'不知道'。你没有隐瞒你知道的什么事实。"

奈特干笑道："看看这曲折的逻辑。说起来，我才是这家里的圣经学者呢。"

莎蒂冲着丈夫微微一笑："你一天到晚研究，我都被传染了。不过亚伯，我这个主意如何？"

"莎蒂，目前看来还无大碍。但还有一点，如果我们用软硬兼施的手段侵害哪怕一丁点受害人的隐私特权，获得的东西都不能作为呈堂证供。因此，在警探们找到合法收集证据的途径之前，我都可以心安理得地什么也不做。"

"我等着听'但是'。"奈特说。

"问题就在这儿，老爸。"格利特斯基回答说，"他们已经找到很多啦。"

格利特斯基在第十大街找到一个停车位，就在小三叶草酒吧附近的街角。他自己也不清楚他为什么会到这儿来，就像他突访奈特和莎蒂一样。但不管他的想法如何，看来都无济于事，因为酒吧的前门紧锁着，里面一片黑暗。

格利特斯基沮丧地抿紧嘴唇。橱窗上挂着营业时间：中午十二点至凌晨两点。他看看表，11:20，估摸着这个时段随时都可能有人来开门。

他双手揣在兜里，单脚支在墙上，看着阳光下来来往往的车辆，并在短短三分钟时间里看了五次手表。

三叶草酒吧以南，第九大街靠近欧文街的地方，有一个方便而繁忙的食品集市，毫不逊色于秘辛区或是克莱门特街的市场。循着记忆中模糊的气息和味觉，格利特斯基漫步街头。那时候他还没有戒酒，还没有孩子，他和哈迪都还是年轻的公职人员，时不时在三叶草酒吧打发时光，转过街角去买吃的，然后回到酒吧继续玩飞镖，谈天说地，饮酒作乐……很久没这样走走了。他享受着少有的阳光。空气中弥漫着各种香味，包括许多异域香料的气味：意大利的，泰国的，中东的。当然还有本土的快餐店、熟食店、果汁店、酒吧和咖啡馆的气味。

接着，他发现了那久违的气味，跟记忆中的分毫不差：俄国面包房售卖的"皮洛谢克"——塞满肉馅，香气四溢，甜甜圈形状的馅饼。他可能有二十年没有尝过这美味了。柜台后的女服务员虽然做了二十多年服务工作，英语仍然蹩脚。不过，她的热情和善解人意让格利特斯基如愿以偿：两个"皮洛谢克"和一瓶苏打水。

橱窗后面有一个仅有三张板凳的小小餐台。他独自坐在那里。逐渐地，腹中不确定的空虚之感被美味食物填充的满足感所代替。他发现摩西·麦奎尔问题的急迫性不再难以承受。

问题很简单。从性侵危机咨询中心泄露的任何隐私信息都不能作为呈堂证供。因此，在格利特斯基看来，他唯一负责任的做法，就是让警探们根据线索追查，但必须根据证据定案。这也正是这么做的——依法执法。

第二部分

【第十七章】

午后不久，困顿的迪斯马斯·哈迪站在法院的阶梯前，步履沉重，仿佛背负着整个人类的消极的一面。他拿着手机，正在与他的舅嫂通话。
"他咋样了？"
"怕是死不了。"
"你这么生气？"
"你体会不到。你想想，这对布丽塔妮有什么影响？"
"对布丽塔妮有什么影响？"
"迪斯马斯，她现在觉得是她杀了那小伙子。"
"苏珊，别这么说！说真的，别到处这么说！对我，或是任何人都不要！这与布丽塔妮无关。"
"她觉得是她导致的，如果的确是摩西……"
"苏珊！别说了！真的别说了！不要讨论这个问题。记住我昨晚说的。这个不能说，就这样！我们的的确确知道摩西干什么了。他说他去钓鱼了，那他就是去钓鱼了。"

"但布丽塔妮不信，我也不信。你知道他上次周六出去钓鱼是什么时候吗？起码是好几年前的事了。"

"钓鱼就是这样的。休息一年两年，有一天就又去了。尤其在你们的宝贝女儿出了事儿，他需要冷静一下，调剂心情的时候。"

"你相信他是去钓鱼了吗？"

"是的，我会相信的。"哈迪撒谎说，"布丽塔妮也得相信。"

"想想她上次受伤之后摩西的所作所为，我看不出她怎么会相信。现在她更加后悔告诉我们了。"

"据我所知，她也没对你们说过那件事，是吗？"

"是的。"

"那她要受多少次伤害才说？才会有人去阻止杰萨普伤害她？"

"她没想到她父亲会杀了杰萨普。"

"你不觉得这是杰萨普应得的下场？"

"我不知道他应得的下场是什么。但是我觉得罪不至死。我也搞不清楚了。"

"是吗？他不能再伤害你的女儿了，你没有感到宽慰吗？这样布丽塔妮不就安全了吗？"哈迪深吸一口气，压低声音说，"苏珊，听着。这人是地球的祸害。现在他没了。你和布丽塔妮为此感到难过是白费时间和精力。你得牢记，这是个策略问题：布丽塔妮不能向任何人——我说的是任何人——讲周六晚上的事情。如果她实在憋不住，就去那个中心，找个心理医生。不管怎样，她的谈话必须是有隐私特权的。"

"你这是在保护摩西。"

"嗯，是的。"

"听上去你相信是他杀的。"

"不，我说的这是个策略。万一是他，我们也不想给地区检察官一个逮捕他的理由。"

苏珊的声音都变了："迪斯马斯，我以后怎么能跟他一起生活？"

"你爱他吗？"

"当然。"她迟疑片刻，"我也不知道。"

"你知道。无论他做了什么，我相信他都有正当理由。"

"就像以前那样？我指的那件事。"

"是的，有些类似。"

"仅此而已？只要你觉得理由正当，就足够了吗？"

"不，显然不够。上一次，我们是别无选择。我们不动手，我们就死定了。这一次，也许，只是也许，摩西认为这个人对布丽塔妮的生命构成了威胁。杰萨普殴打她，强奸她。摩西不能等到下一步事情发生。"

"但是万一哪天他发疯了，对我或是女儿们出手呢？如果突然间我发现他威胁着我们的安全呢？"

"你现在就这么想吗？"

"我不知道。他喝醉了也许会。看起来，我们又回到最初的话题了。"

"是的，我同意，喝酒这事儿必须停止。"

"就算他不喝，"苏珊说。

"又会怎样？"

哈迪听到一声叹息："我真的不知道。"

"你在哪儿？"

"家里。我们俩都在。他在睡觉。酒吧关了。"

哈迪说："不要操心酒吧了。"

"我不会，现在有比那该死的酒吧更需要操心的事情。"

布丽塔妮睁开双眼。

屋外阳光灿烂，清风毫无阻碍地从微开的窗户吹进来，将她卧室的黄色窗帘吹得微微摆动。今天几号了?她的头枕在一个穿着绿色拳击外套的男人胸膛上。睡梦中,她的一只手揽住了他。

"终于动了。"男人轻声说道。

她没有挪动头部,又闭上眼睛。她知道自己还穿着昨天的衣服,抑或是前天的?

"我睡了多久了?"

"我不知道。也许有三四个小时。"

"我一直枕着你吗?"

"是的。我难受死了。"

"谢谢你。"

"没关系,不过我得去下厕所。"

她深吸一口气,不愿意挪开身体,不愿意挪动任何东西,不愿意醒来,不愿意面对发生的一切。

"我能再靠靠你吗?"

"好的。"她感觉到一只手温柔地把她额前的长发拨开,"多久都行。"

"今天天气很好。"她说着又把双眼闭上了。

布丽塔妮住在迪维萨德罗附近橡树街一栋六层的公寓楼里。

当她出浴后裹着毛巾回到卧室时,他已经起身离开,并带上了门,留给她一些私密空间。

他正坐在客厅沙发上翻阅一本《大众机械》。她已经换上一条休闲裤,套上一件橙色背心,湿发整齐,素面朝天地走了出来。

"嘿!"她说。

他放下杂志:"嘿!"

"谢谢你。"

"为啥?"

"给我空间。"

他耸耸肩:"我只想确认你还好。"

"我不好。"

"是的,我知道。"

"我没能做好面对任何事情的准备。"

"当然没有,我也没寄希望你能。"

她走向饭桌,抽出一把椅子:"麻烦你了。特别是周六。我不知道该去哪儿。我觉得我爸好像要……"

"别紧张。我也不是外人。我很高兴能帮上忙,带你去你要去的地方——回到你父母身边。"

"我的意思是,我不想把你也牵扯进来。我本应该就待在父母家里的,但我实在待不下去了。然后还把你叫过来陪我,而我又睡了那么久……"

"是啊,"他说,"在这儿,还要确保你安然无恙,这的确不容易。"托尼看了她片刻,站起来,抽出一张椅子坐在她一旁,用一根指头托起她的下巴。"嘿。"

一滴泪珠从她的左眼滴落下来。痛苦的微笑转瞬即逝。"我又哭了。"她说道,"真是个作秀女王。"她摇着头,擦去眼泪,"抱歉,我控制不住。"

"你过去四天经历的事情,有些人一辈子都没法释怀。"

"我不知道。我感觉很糟,我讨厌这样。"

"你怎么了?"

"不负责任。愚蠢。如果我没跟他眉来眼去……"

"哦,他那样对你,反倒是你的错了?"

"也许从某种程度来说,是我诱使他走到这一步的。我本不想去佩里酒吧,我该听从我的心声,然而我没有,因为我不是那样胆怯的人。我都不知道我到底想达成什么。"

"你想做个好人,给他一个台阶下,同时保护你父亲不被起诉。"

"如果我没去,他就还活着。"

"你可不能确定这点。你不清楚他为什么会死。他的死不见得与你有关。"

"当然有关。如果我没去佩里……"

他把食指放在她嘴唇上:"布丽塔妮,记住:这都不是你的错。你是受害者,瑞克·杰萨普不是。他的所作所为,他的遭遇,无论是否与你有关,都是他自找的。"

"不。"她反驳道,"是我。他是被我爸杀的。当我把强奸的事告诉我爸的时候,他的表情……我不该说的。不该对任何人说的。"

"那你怎么办?不告发他的恶行,让这个秘密慢慢吞噬你,侵蚀你的生活?那样的话,瑞克·杰萨普还会故技重施。该死的,他肯定会的,很可能他以前就这么做过。布丽塔妮,他死了是件好事。"

"但如果他是因为我爸才死的,就不是好事。"

"你可不知道这是谁干的。就你所知的情况,这完全可能是我干的。我知道他对你的所作所为。我可以过去结果了他。也有可能是他伤害过的其他女人,或者她们的父亲、兄弟。"

"你那时候在酒吧侍酒。"

"不,我没有,周日是莱恩当班。我独自在家,没有不在场证明。"

她一把推开他:"求你不要这么说。这不好笑。"

"我可不是在搞笑。我在说其他的可能性。"

"那你怎么解释我爸昨晚的酩酊大醉?几乎就一醉不起了。"

"你觉得他是因为杀了杰萨普而自责,于是试图自杀?"

"完全有可能。"

"布丽塔妮,他也许、可能、似乎就是因为难以应付你的遭遇,才贪杯醉酒的。他多久没喝醉过了?也许他忘记喝了多少或者不知道自己的酒量了。"

她回答:"我不知道,这些好像都有联系。"

"我得承认,可能有联系。但并不一定如此。"

市政主管利亚姆·古德曼回到市政厅的办公室时,对于杰萨普涉嫌强奸一事还一无所知。不过黛安汇报了重案组警探的拜访,以及他们从日程表中发现的铁证。原来一个他从没听说过的人——摩西·麦奎尔,曾经到办公室来找瑞克聊过布丽塔妮·麦奎尔的事。

内容是瑞克虐待了她。

在黛安的日程表的帮助下,古德曼想起瑞克之后两天都没来上班。他回来的时候,脸颊肿胀,一只眼睛像熊猫眼,鼻子看上去也被打过。他的解释合情合理:打街头篮球的时候吃了一肘。对于这个解释,古德曼当时没有理由深究。

不过现在看来,他完全有理由追查一番。

在过去数月中,从许多角度看,瑞克·杰萨普的私生活都已经脱离了轨道。不过就古德曼看来,除非调查触及他和杰萨普的政治关系,否则他最好还是置身事外,静观其变。

三个实习生站在他的面前,古德曼正给他们鼓劲。

他说:"没有人比我更赞赏瑞克。没有他每日的工作,我无法想象这里能够像个办公室一般正常运作。但现在我们能做的,能用来缅怀他的,就是让工作继续进行,像瑞克那般善解人意、充满爱心、诚实可靠,全心全意为选民服务。

"我希望,在我们办公室关闭的这几天里,大家对于这场不幸,已经在心里做出了结。不过毫无疑问,还需要很长时间,我们才能完全恢复正常。对此我表示理解。如果你们觉得还需要时间来适应,找黛安清空日程,然后休息多久都可以。当然,由于明天上午的葬礼,这里将再次关门。既然已经说到这个话题,如果你们觉得需要更多时间调整,麻烦给我说说打算。

"没有?谢谢。有了你们的优秀和忠诚,我别无所求。不过如果你们改变主意,也请直说。我会在这里待上一个小时左右。撑过这段时间绝非易事,我对此感同身受。"

古德曼逐一扫视实习生们的眼睛——约瑟夫、罗切尔和罗根。他们与瑞克都不很亲近,他们现在的动容如果不是因为瑞克的不幸,就是因为古德曼充满真诚的训话。

罗切尔泪眼闪闪。其他两人也一脸沉重,频频点头。

"在你们离开前,我还想让你们知道,也许你们已经听说了,前两天有重案组警探过来调查瑞克被杀的事。"他善解人意地笑着举起一只手,关切地继续说道,"不要担心,就我所知,我可以保证,我们都没有嫌疑。警察只是例行公事。不过他们的确有收获,而且收获不小,他们请求我们,如果有可能,提供更多的信息。

"显然,两个月以前……"

他简略转述了黛安向他描述的情况。"问题是,"他总结道,"我们知道这个麦奎尔来找瑞克,并与瑞克去走廊里讨论这个麦奎尔女儿的事,但我们不清楚到底发生了什么。如果你们还有印象,事情发生之后瑞克请了几天假,回来的时候看起来也似乎打过架。警方现在需要确认麦奎尔是否在盛怒之下攻击了瑞克。如果我们能确认这点,警方就会有几个让他犯难的问题要问他。罗切尔,你有什么要说?不必举手。"

"警察认为是他杀了瑞克吗?"

"有可能。"古德曼回答,"如果他殴打过瑞克,那么为此再次动手,或是将他认为没有完成的事情做个了结,也是有可能的。我猜警方就在调查这些。不过就我所知,他们还没有确凿证据。"

一阵缄默之后,约瑟夫说话了:"我没有看到他们打起来,因此可能不算证据,不过那人对他发了很大的脾气。"

"你是说麦奎尔打了瑞克?"

"我看不出瑞克为什么会撒谎。"

"他告诉你的?"

"是的。"

"你知道他动手的缘由吗?"

"瑞克跟他女儿约会。显然,她不太正常。他们分手之后,她向她父亲编造了她被虐待的谎言,为此麦奎尔过来,不由分说就动了手。"

"瑞克没有报警?"

约瑟夫耸耸肩:"他不想再给那姑娘添麻烦。显然,那个家庭相当畸形。瑞克觉得这只是一次性的偶然事件,如果能让那姑娘离他远点,他也就认了。因此他决定不报警,就事情过去。"

"是的。"古德曼的声音里流露出悲伤,"瑞克为人就是如此,不是吗?独立自主。但愿不是这个决定让他送了命。"

二十分钟之后,弹药齐备,古德曼拨通了旧金山警察局局长维·拉皮尔的电话。

"是的,女士,"他的语气平静耐心,"不过就我所闻,或是任何人所闻,过去几天的调查都是:正在进行中;还在继续中。虽然我不想再给您本已繁忙的工作增添负担,但是坦白地说,我对于这些敷衍有些不耐烦了。我希望能听到调查取得进展,而不是正在进行或是继续推进之中。这位杰出的年轻人已经去世三天,我却还没听到一丝一毫的线索,或是可能的嫌疑人。我们都清楚,就统计学而言,谋杀案过了三天还没解决,解决的可能就会越来越渺茫。我们绝不能容许这个案子这样发展下去。"

"我理解您的不满,先生。"拉皮尔回答说,"不过,我们有两位经验丰富的重案组警探全天在工作，已经有些头绪。据我所知，他们正在追查目击证人，而且……"

"这都很好，不过似乎进展甚微。"

"先生，快不是主要目标。正确才是。"

"与此同时，证据正在消失，也许罪犯已经逃离，人们也开始淡忘目击的事实。"

"是的，不过……"

"很抱歉，局长，不过现在看起来他们正在舍本逐末，他们应该全力追查凶手。您同意我的观点吗？"

"当然，不过我还没有听说有这样的线索。听您的口气，你有指认的嫌犯了？"

"是的，我相信我有。也许你也知道，几天前，你手下的两位警探来过我的办公室。他们发现有一个男人来过我这里。此人认为杰萨普先生虐待了他的女儿，因此大发雷霆。他们离开办公室去了走廊。我刚刚从我的一位员工那儿听说这个人攻击了杰萨普先生，让他受伤甚重，几天没来上班。"

"这是什么时候发生的？"

"两个月前，如果需要，我可以查到具体日期。"

局长迟疑片刻，回应道："相对来说，两个月的时间已经较长，不足以直接关联到谋杀案。您刚才说，警探们是在询问你的员工时发现这个男人的？"

"是的，他的名字叫摩西·麦奎尔。我不清楚警探们是否掌握了他严重伤害过杰萨普先生这一信息。他是个野蛮疯狂的人，对瑞克恨之入骨。"

"是的，既然警探们已经得知他的名字，我确信他们已经询问过他，或者计划前往。"

"警探们需要了解这个人的暴行。这个野兽可不是随意拜访了一下瑞克,尽管这事发生在两个月以前。"

"是的,我了解。您是想直接向警探们陈述,还是由我转告他们?"

古德曼猛吸一口气,语气焦急地说:"上帝啊,局长啊,我可没有指使您或是您的警探们如何办案的意思。我有些失态了。您可以想象得到,我们现在处境困难。瑞克广受爱戴,现在却似乎没人在追查害他的凶手。"

拉皮尔回答:"是的,我理解,看起来似乎如此。"她稍稍一顿,"这样如何,我给重案组挂个电话,转达您提供的信息,并看看他们这方面的进展如何。如果有什么值得一提的,我会立刻知会您。如果没有,我也会知会。"

"我只是觉得这条信息太重要了,不能不提。"

"您做得很对,我会追查下去,并及时反馈。他叫摩西·麦奎尔?"

"就是他。谢谢,局长。"

"随时为您效劳。"

【第十八章】

作为警察局局长,维·拉皮尔的工作中有许多礼仪性的应酬。她要参加许多早餐会,许多午餐会以及许多晚宴,做许多的演讲。她要参与邻里集会,发表关于社区面临问题的讲话,并指出警方如何更有效率地着手解决问题。她向商业巨子宣讲安全问题,向流浪汉宣传毒品等街头犯罪问题,向警界的其他大人物介绍工会事务问题,与其他执法部门建立和增进合作关系。她还要操心预算问题,与各路政客打交道,与媒体维持良好关系,接见各类受害者群体,儿童安全组织,青少年引导团体等。她还得定期参加各类市政会议,讨论各种问题,从公交巴士和有轨电车系统到反涂鸦,从市立公园内的犬类政策到种族歧视犯罪到虐待老人。

但她几乎从未利用过职权对手下的警官和警探施压,从未干预过他们的日常工作,尤其从未单独这样做过。

正因为如此,她的到来才让格利特斯基大吃一惊。当时天色渐晚时,格利特斯基感觉门口有个人影,于是目光离开手中的法医报告。当他抬起头来,一眼看到这位身着全套警服,身材强壮,动作坚定麻利的非裔女性站在那儿时,立即将跷在桌角的双腿放下来,合上文件夹,嗖地起身立正。"有什么需要协助的吗,长官?"

拉皮尔走进房间:"稍息,警督。我过来转转,顺便看看你有没有空。"

"当然有,长官。无论您有什么需要。"

虽然他们之间不是直接从属关系,但拉皮尔担任局长之初就与格利特斯基建立了某种纽带。那是两年前,她刚刚从费城的副局长调任到此,恰巧面对一个棘手的案子——在没有拘捕令的情况下,感觉责无旁贷的格利特斯基逮捕了一个男子,而男子的家族是当地最有实力的政治世家之一。面对市长的责难,拉皮尔站到了格利特斯基一边。当市长——就是现任市长乐兰德·克兰福德——发现拉皮尔不买他的账之后,曾笨拙地鼓动警界大佬,妄图通过不信任投票扳倒拉皮尔。在那个关头,作为回报,格利特斯基站到了她的一边。

"不介意我关上门吧?"她看看身后,带上门,再转过身来,叹了口气,"我刚刚跟利亚姆·古德曼通了话。"

格利特斯基点点头:"杰萨普的案子他不耐烦了。"

"是啊,你知道他多喜欢跟媒体嚼舌根。"

"所以他联系了你。"

"如果他不能从我这里看到行动,你清楚他接下来会联系谁。"她拉了把椅子到格利特斯基办公桌侧面,坐下来,"既然麻烦找上门来了,我就过来看看有没有什么新的,我能称之为'进展'的东西,把他打发了。同时,他也提供了些信息,希望你手下的警探能用得上。"

"他明明有警探们的名片,为什么不直接联系?"

"那样不足以体现他,以及他所说的话的重要性,不是吗?我也就不会知道他本人如此关注这事。"

"是啊,我猜的确不会。"格利特斯基厌恶地摇着头,"真是个小丑。"

拉皮尔脸上露出一丝笑意:"是的,不过现在他是我们的小丑,而不是市长的。我猜他的下一步目标就是市长,我们得和他搞好关系。此外就事论事,他提供的信息也许有些用处,尽管听起来像是旧闻。"她瞟了一眼白板,上面有所有正在调查的谋杀案。

"布莱迪和希尔?"

"就是这个组。"

"他们最近有向你通报吗?"

"昨天才通报过。"

"你介意我们询问一下他们今天在哪儿吗?在外面做现场调查?"

"我问问。"格利特斯基拿起电话,输入号码。

"保罗，我是亚伯。如果你和李有空，局长在我这儿，她想跟你们聊几句。是的。是局长。是的，是警察局的局长。"他挂上电话。

"他们马上就到。"

"是的，我们知道谁是摩西·麦奎尔。"布莱迪回答，"我们已经询问过他，他的照片是我们今天给目击证人看的六张疑犯照片之一。"因为局长还站着，他和希尔也不便坐下。就站在格利特斯基办公桌的一角，把双手背在身后。

"我们是在古德曼的办公室获悉他的名字的。"希尔补充道，"杰萨普两个月前与他的女儿约会过。"

局长认真听着，点了点头："市政主管古德曼也是这么说的。稍早之前，我和他讨论了一番。他似乎认为你们没有掌握所有必要的信息。"

"您指的是麦奎尔攻击杰萨普吗？"布莱迪问道。

局长的头偏向一边："这么说，你们的确听说过此事？"

再次听到麦奎尔的名字，格利特斯基仰头靠到椅背上，把双手放在腹部，不动声色地收紧了双手。

对话还在继续。

"是的，长官。"希尔回答，"我们直接询问了他。他知无不言，没有隐瞒。显然，杰萨普伤害了他的女儿布丽塔妮，推搡或是撞倒了她，诸如此类的。因此麦奎尔来到城区——用他的话说——提醒了一下杰萨普，让他停止对布丽塔妮的骚扰。"

拉皮尔考虑了一番："市政主管的说法是杰萨普甩了她，而她还不停骚扰他，并向她父亲撒了谎。"

两位警探交换了一个眼神。局长看在眼里："不是这样的？"

布莱迪接过话头："我们不这么认为。我们认为是杰萨普伤害了布丽塔妮。"

"为什么这么想?为什么她的证词压倒了他的?"

希尔回答:"首先,我们没有杰萨普的证词。"

"其次呢?"

希尔有些尴尬,她询问地看看格利特斯基,又看看她的搭档。然后,她深吸一口气,再次看了看格利特斯基,想出一个可以敷衍过去的理由:"其次,古德曼办公室的人员对杰萨普的评价不怎么友好。"

拉皮尔说:"不管怎样,根据古德曼的描述,麦奎尔粗暴地殴打了杰萨普,使他至少两天没去上班。"

"也许是。"布莱迪回应道,"不过麦奎尔提到杰萨普没有报警。你想,如果真的很严重,他应该会报警,除非是他的确伤害了麦奎尔的女儿。"

拉皮尔再次点头:"这么说,你们已经查问了麦奎尔,但并不认为他有嫌疑?"

希尔:"我们没有排除他是凶手的可能,不过……"

拉皮尔接过她的话补充道:"不过杀人案发生在这起所谓的殴打事件之后两个月,为什么他会决定在周日晚了结杰萨普?我也是这么跟古德曼说的,我会重申这点。即使麦奎尔是个火爆脾气,这么做也不符常理。他已经向杰萨普表明立场。他没有必要杀人。"拉皮尔向其他三人清楚地表明她的观点,"就我看来,底线是:没有理由把重点放在麦奎尔身上。这也是你们的想法,不是吗?"

一阵沉默之后,布莱迪清了清嗓子。希尔研究着地板的瓷砖。格利特斯基把右手放在桌上,手指快速地敲击着。

局长的眼神依次扫过他们。最后她问:"或是我说错了。你们有什么补充?"

布莱迪再次清清嗓音,开口道:"上个周六晚上,布丽塔妮在佩里酒吧跟杰萨普喝了一杯。"

拉皮尔的背一下子打得笔直:"被杀前一晚?"

希尔点点头:"他似乎罔顾警告了。他要再次见到她,否则他会就她父亲对他的攻击发起控诉。于是她决定赴约,尝试劝他放弃控诉。"

"你的意思是他们在周六晚约会了?"

"是的,长官。不过我不知道这能否称为约会。"

楼下一辆车的报警器响了,而且响了很久,但办公室里的人都没说话。

最后,噪音停歇,局长再度发话:"我觉得这事重要性一般。你们吞吞吐吐不愿提及这事的理由是什么?"

希尔鼓起勇气回答说:"我们说过还没有排除任何嫌疑人,长官,自然也包括麦奎尔。"

"的确,不过这正是我需要的,用来打发古德曼主管的信息。告诉他我们已经取得进展,距离发起逮捕已经不远。"

"长官,这可不一定。"布莱迪说,"我们证据不足。再次与麦奎尔对质之前,我们必须从目击者那儿获得指证。当然,前提是线索把我们引向这个方向。"

"你们跟那姑娘谈了吗?是叫布丽塔妮吧?"

"是的。"

"她怎么说?那晚的约会进行得怎么样?杰萨普再次虐待她了吗?麦奎尔有了新的理由找杰萨普?甚至杀了他?你们快点说!这听起来就是进展啊。至少对古德曼而言。我们不必提到麦奎尔的名字,但至少能说我们已经有了线索,正在调查某些疑犯,这样说怎么样?"

希尔再次望向格利特斯基:"头儿?"

格利特斯基撑着桌子站起来,捏紧双手。"这样说吧,维,"他说,"我们通过地区检察官办公室得到线报,周六晚有个女人被强奸。那个女人有可能是布丽塔妮·麦奎尔。但布丽塔妮矢口否认,而且这个信息受隐私特权保护。也许我们永远无法确认。但不管怎么说,受害人明确说对她施暴的是瑞克·杰萨普。"

"布丽塔妮回家告诉了他父亲……"拉皮尔开口道。

"我们不知道那人是否就是布丽塔妮。"格利特斯基补充道。

"但我们知道那晚她跟杰萨普约会过,是吧?"

布莱迪点头承认:"是的,长官。"

"这就好说了。"拉皮尔用一只手擦擦前额,"上帝啊,我可不相信这些都是巧合。否认这点太牵强。如果不是巧合,听上去你们已经找到头号疑犯。"

希尔说:"但是我们没法证明发生过强奸行为。"

"把麦奎尔的照片拿给目击证人看。把证人带过来,把他从一列疑犯中指认出来。不要让这个人再在街上自由行动。我觉得你们昨天就应该这么做。难道你们还怀疑他没有动机和暴力历史吗?"

无人回答,因为回答会是:"那又怎样?"这可不是属下该说的话。他们都清楚——局长大人也清楚——在定罪过程中,动机和历史的作用都不大。真正在法庭上有效的是直接证据,最好是目击罪案发生的证人。具体到这个案子,如果有证人能指认嫌疑人在案发现场附近出现过,自然很好,尽管这还不足以作为定罪的证据,因为他不过是在街上走动,没人看到他做过其他什么。

他们还没有铁证。那他们能凭什么依据采取行动呢?

尽管局长不是来这里吹毛求疵的,但格利特斯基看着她那严肃甚至冷酷的表情时,隐约觉得他们之间心照不宣的联盟已经出现不可修复的裂痕。她就站在那里,双臂交叉于胸前,居高临下地看着他。最后,她总结性地说:"你们都听着,我不是在开玩笑。不要给我找理由,想办法,把事给我办了。"

"局长的意图是好的。"格利特斯基说,"不过我要提醒你们,除非得到实在的证据证明他涉案,否则不能逮捕麦奎尔先生。即使你们的证人指认了他也不行。我承认,就动机而言,他的嫌疑非常大。但我们不能高估动机的作用。"

"也许我们没有高估。"希尔说。

"没有?"格利特斯基上前一步,"就我个人而言,当人长到懂得理性思考的年纪时,就已经给半打人杀掉他或她的理由了。此时此地,我就能想到,如果我死了,大概有十到十五个人会很高兴。"

布莱迪嘟哝道:"多么欢乐的世界观啊。"

格利特斯基耸耸肩膀:"对于动机有感而发罢了。"

牢骚倒是发过了,但拉皮尔离开后凝重的气氛没有变化。希尔坐在一张椅子上,低着头,双肘放在膝盖上。布莱迪丧气地倚靠在文件柜上。他说:"亚伯,我也搞不清楚了。我觉得局长应该清楚我们会逐渐加码的。假如麦奎尔就是凶手,我们会设法证明。询问他的家人,查实他的不在场证明……"

"他有不在场证明?"

希尔抬起头:"他自己首先就说了这个。他去钓鱼了,一个人去的。"

"他清楚重案组的警察会找上门去。"布莱迪补充道,"他就是这么说的。所以他准备好了说辞。他早就想好了。"

"一旦我们确认他就是那个拿棍棒的男子,我想我们就算逮到他了。"希尔说。

格利特斯基提醒道:"还是那句话,我们没有实在证据。"

布莱迪插话说:"那时至少我们就能搞到拘捕令了。"他是接着希尔的话头说的。

"这可不乐观。"格利特斯基反驳道,虽然他清楚布莱迪说得对。

"怎么不行?"

"你的理由是什么?你觉得法官会在没有一丁点儿实际证据的情况下签署拘捕令吗?"格利特斯基自己都不知道他为什么要说这说。他清楚,目击证人的指认外加动机证据,足以让法官签发拘捕令。然而,他也意识到自己希望延缓警探的进度,拖延时间。但这有什么意义?又是为谁？这些他可不能说。

因此，他继续唱反调："除非你们了解到足够多的细节。即使他有一辆蓝色轿车，或是被目击证人认出来，他仍然只是一个出现在罪案现场附近的路人。"

"那好，我们取其次。我们在问话时提到强奸。"希尔建议。

格利特斯基摇摇头："各位，强奸话题没有用。受害者可能不是布丽塔妮，就算是她，我们也没法证明。"

"又转回原点了。"布莱迪说。

"是啊，"亚伯说，"可现在就是这种情况。"

一阵沉默之后，希尔又抬起头："那你的建议是什么？亚伯？显然，局长要把他弄进局子来。"

格利特斯基心想：而且理由充分。警探们的问题已经让他的反驳越来越无力。但是，他得让他们觉得他唱反调只是为了考虑周全，只是为了让他们不犯程序错误。于是他说："把他抓进来的目的显然不是又把他放出去，对吧？因此，我的建议——我承认，没啥新意——就是找到能打动陪审团的证据之前，先别动他。否则只是浪费大家的时间，包括你们自己的。这就是现实。"

"那局长怎么办？"布莱迪问。

"她怎么办？"

希尔接口："我们要是不迅速行动，她不会高兴的。"

格利特斯基回答："坑是她挖的，她大可自己跳进去。"

根据妻子的提示，格利特斯基在三楼的新闻发布室里找到了法雷尔。时间大约是下午5：20，当天所有的审判都已结束。法雷尔一个人坐在不甚宽敞的房间里的大桌旁，手里拿着一罐"胡椒博士"碳酸饮料。他的四周是各类自动售货机，里面有可以想象得到的几乎所有种类的零食和非酒精饮料。两个焦糖花生的包装袋躺在桌上，静静地证明过去几分钟里法雷尔做了什么。

格利特斯基关上门，滑入座位，与法雷尔隔桌相对。"崔娅说我多半能在这儿找到你。"

"这应该是秘密的。我想在这里静一静。"

"她知道你会为我例外一次。她还要我保证不告诉其他人。你怎么了？"

"你指什么？"

"你最近看过镜子吗？你的眼睛怎么了？"

"你说它们呀。"法雷尔的肩膀起伏了一下，但脸上没有笑意，"这不是什么新奇的事儿。我称之为比格。任何人只要不睡觉，都可以变成这样。"他艰难地闭上双眼，然后又睁开。"萨姆要搬出去。这次怕是真的要跟我分手了。你知道我的感受吗？她觉得我把受害人出卖了。"

"她要怎么样？难道想让恶棍逍遥法外？"

"是啊，大多数时候，我琢磨她就是这么想的。'他们需要的是理解，不是惩罚'。"

"这两项，"格利特斯基评论道，"也不是非黑即白的。"

"对萨姆可不能这么说。"他再次闭上眼睛，"她认为我在杰萨普案子上背叛了她。"

"你怎么背叛？你知道杰萨普的事情时，他已经死了，不是吗？"

"死翘翘了。不过重点不是这里。"

"那是啥？"

"从某种程度上来说，我应该清楚说出杰萨普的名字最终会把受害者也曝光出来。但是问题就在这儿，亚伯，我根本不认识萨姆的受害者啊。妈的！抱歉。"

大家都知道格利特斯基不喜欢别人爆粗口，不过这次他没有介意："你希望萨姆搬出去？离开你？"

"一点也不。我爱死这女人了,虽然她不是盏省油的灯。"

"我有个办法,如果你试试,也许能改变她的主意。"

"快说!"

"她是在生她自己的气。"

"是吗?为什么?"

"因为她把事情搞砸了。是她破坏了隐私特权,而不是你。她对此心知肚明。这才是她生气的原因。当她把杰萨普的名字告诉你后,你别无选择。你必须把他的名字告诉我们,这样我们才能介入,调查杀他的凶手。她是消息的来源。既然她这么做了,这件事就藏不住了。"

法雷尔拿起饮料罐,喝了一口:"这个理由值得一试。"

"当然值得,这是事实。"

"也许这真是她生气的原因。有时候,我觉得是因为我。"

"如果这样,我就帮不了你啦。不过如果这事值得一搏……"

"不管怎么说,亚伯,这的确是个办法。谢谢,这对我很重要。"法雷尔满怀希望地拿起一张包装纸内的抽奖卡,然后又拿起另一张。同样的结果,都没中奖。他勉强笑了笑。"如果我没记错,你来这儿是有事找我。而且应该不是关于萨姆的。"

"应该不是。"格利特斯基回答。"是关于杰萨普的。"他吸了口气,"刚才拉皮尔局长到了我的办公室。"

"本人?"

"货真价实。利亚姆·古德曼跟她聊了聊,向她提供某人两个月前殴打杰萨普的信息,原因是杰萨普殴打了他的女儿。你猜猜他是谁?"

"你是说殴打了杰萨普的人?你的意思是我认识他?"

格利特斯基点点头,说出了那个熟悉的名字。

法雷尔嘴巴一下子长得老大。"你在耍我吧?"地区检察官猛地靠在椅背上,目光散漫,"喔噢,"他低叹道,"操。他是疑犯?杰萨普案的？"

"维想定他的罪，情况很糟。"

"为什么？"

"因为他最容易抓到。这样古德曼竞选市长前就不会再去找维的麻烦。我给你说这些，是因为局长给我的手下打气之后，我们的进展压力更大，我觉得应该让你知道。"

法雷尔看着格利特斯基的眼睛："麦奎尔？你怎么看？"

"有可能。布丽塔妮与杰萨普见面不止在两月前，还有上周。他死之前一晚，他们还约过会。"

"前一晚？"

格利特斯基点头确认："周六。虽然昨天我的人去询问她的时候，她矢口否认强奸的发生，因此我们无法确认她就是受害人。不过如果她是，而且告诉了麦奎尔……"

"我的神！"法雷尔惊呼道，"是啊，我们知道她就是受害人了。我们现在确定无疑。"

"你怎么……"

"我与萨姆闹翻就是因为这个。那位指认杰萨普是施暴者的受害者昨天打电话给萨姆，歇斯底里地说警察找她询问周六晚上的事。而你现在告诉我，你的手下昨天去询问布丽塔妮了。这不就完成了证明她就是受害人的证据闭环了吗？"

两人一时无语。

"上帝啊，"法雷尔低呼道，"而且你知道吗？这次也是萨姆。"

"什么也是萨姆？"

"是她告诉我她接到了布丽塔妮的电话，如果不是这样……"

"……我们永远不知道是布丽塔妮被强奸了。现在，我们知道了。"

"该死，"法雷尔说，"该死，该死，该死！"

【第十九章】

迪斯马斯·哈迪会时不时地到他拥有股份的这个酒吧去，站在吧台后面侍酒。这当然不是必要的，纯粹为了好玩。

周三晚通常是哈迪家的约会之夜。他和弗朗妮会把孩子留给临时保姆（孩子还未离家时）或是像现在这样直接出去，探索各种文化的特色餐馆。旧金山可是世界上美食种类最丰富的地方。他们出发寻觅美食之前，通常会在小三叶草小酌一杯，与摩西打打趣，加强家庭联系。

但这个周三夜晚弗朗妮不在，当然也看不到摩西的影子，他还在床上醒他的严重宿醉。今早，弗朗妮起得比哈迪晚。她勉强把熬了通宵的身体拉起来，穿衣，赶着七点上班。夜里一个半小时的睡眠根本不能让她恢复体力。因此今晚，不管是不是约会之夜，她很早就回家睡觉了。

从某种程度上来说，哈迪更加疲惫，不过他觉得他对酒吧有责任，对大舅子也有责任，尽管他心里很恼火，尽管摩西是造成这些麻烦和心痛的原因。

他妈的，摩西到底干了什么？

哈迪不打算独自当一晚上班。因此，虽然整个家族——至少瑞贝卡这边的——对于托尼·索拉亚与布丽塔妮相好颇感不满，但他还是不情愿地把托尼叫来帮忙。托尼很快就会来，负责晚班和打烊。不过，他自己也不清楚他为什么要坚持打开酒吧，还跑来当一会儿班。

通常，摩西会在周日和周一休息，周二即昨晚在酒吧当值。可他却在这一过程中差点把自己喝死。酒吧的状态反映了他的状况。今天4:30，哈迪到来时，看到水槽里面泡沫漂浮，冷水四溢，桌上到处是脏杯子，吧台后面更是一塌糊涂。调味品托盘里的柠檬皮、酸橙、樱桃、鸡尾酒洋葱和芹菜一团糟，显然没人打理过。吧台后的冰箱门开着。不用说，人们七手八脚把摩西抬上救护车时，没人会在意这些。用在爱尔兰咖啡里的奶油已经变味。托尼到来后,哈迪首先得叫他去买些原材料。

更糟糕的是,在啤酒桶龙头的位置,有108年历史的吧台被破坏了。哈迪摩挲着古旧的木材,通过视觉和触觉,认定这是恶意破坏——有人用沉重的硬物砸在上面。吧台现在凹陷下去,还破了一处,边沿裂纹众多。这是什么时候发生的?摩西或者其他酒保怎么没看到?为什么没有人向哈迪提起过?他想不出原由。

也许托尼知道。

当他伸手到吧台下面拿毛巾时,当即发现有点不对劲。不过直到拿起一条干净的干毛巾别在腰带上时,他才意识到问题在哪儿。他突然停下来,一动不动,记忆在脑海角落里蠢蠢欲动。

他俯下身,研究毛巾架上方黑漆漆的空间。哈迪在这里三十多年了,希莱拉手杖从来都是用皮鞭吊挂在毛巾上方。如果情况紧急,能非常趁手地拿起手杖。

希莱拉手杖不见了。

"周六晚都还在,我确定。"托尼说,"那是我最近一次当班。如果那时它就不见了,我肯定会注意到的。"

现在有十来个客人,哈迪已经走到吧台外面,坐在受损区域旁的凳子上。天还没有暗下来,不过看着街对面公园里被大风吹得弯曲的柏树,他知道天气又恢复了往常的暴虐无情。

哈迪不敢显露出对于希莱拉手杖失踪的关切——如果周六晚还在,那么它非常可能是在周日被拿去他用了。因此,哈迪尽力保持着语调平和,坐在凳子上指着凹陷的吧台问:"这里又是怎么回事?你知道吗?"

托尼正站在啤酒桶后面擦玻璃杯:"摩西说有个顾客发酒疯,用玻璃杯猛敲吧台。"

"看起来不止一次。"

"是啊。"

哈迪继续说："如果那样，玻璃杯不是也该碎了吗？"

对于这样的推理，托尼点头同意："有道理。也许那杯子是金氏品脱啤酒杯。那玩意相当结实。"

哈迪抚摸着塌陷的表面："比这木头还结实？"

托尼被问得哑口无言："应该没有。次日地上有些玻璃碎片，不过我没有注意它们的厚度，不知是否就是那种品脱杯。砸了几下，应该会碎掉。不管怎样，很可惜，这个吧台很完美的。我的意思之前很完美。"

"我吃惊的是，摩西没有灭了那家伙。拿出希莱拉，一棒子敲在他头上。我知道他肯定想这么做。"

"也许他就这么干了。也许这就是希莱拉不见的原因。"

"但是你说周六还在的。"

"我也不能完全确定。也许吧。我觉得在那儿，但我只是感觉有可能没注意到它。"

哈迪没说话，喝着他的苏打水："摩西提过是谁吗？这样我们可以防着点这家伙，在他再次乱来前把他赶走。"

"没有，没对我提。顺便问问，他怎么样了？"

"摩西？我猜还在宿醉中。白痴。"

托尼左右张望一番，然后俯身过来靠近哈迪，压低声音，仿佛要商量什么不可告人的事情："你知道发生了什么吧？"

"昨晚的事我知道。苏珊从家里打电话给我们。我和弗朗妮到这里时刚好碰到救护车。时机不错。"

"不光是昨晚。"托尼靠得更近了，"我是说布丽塔妮。"

哈迪倒吸一口凉气。托尼也知道了，这可不是好消息。他把酒杯转了满满一圈，然后抬起头，说："我们不会谈及任何关于布丽塔妮的事。我不知道你在说什么，但不管是什么，最好永远别再提及。不管任何背景下,任何环境中。听懂了吗?"

他的严厉语气让托尼很惊讶。他退后小半步:"我只是……"

哈迪举手示意:"没关系。别再想这事。从现在开始。我是认真的。"

"他还很痛苦。"苏珊说。

"很好。"哈迪说,"我希望他受伤,我希望他非常痛苦。"

"前提是你能把他弄醒。"

"我打赌我能。"

他们在麦奎尔家的起居室里,这里虽然比哈迪家的大些,却杂乱得多。两座巨大而且皮面柔软蓬松的蒙皮沙发装在硬木底座上,各自占据着一块 12×14 英尺的破旧棕色工业地毯的两边。因为这个公寓没有独立客厅,这里兼作客厅,一面墙上挂着一台大屏幕电视,对面墙边放着一台老式直立钢琴。一个压弯的书柜里被苏珊塞满了约二十年的《国家地理》,另一个老橡木架子上放着平装书,还有一个架子上面放着 CD、DVD 以及更早以前的录像带。角落里,宜家电脑桌上放着一台老式苹果电脑。房间里的所有平面——钢琴上面,咖啡桌上,书架的各个角落,以及整个墙面都放置着家人的照片。

哈迪一家来吃饭或是聚会时,一般待在让他们感到舒适自在的厨房或者天台上。今天,迪斯马斯待在起居室里,感觉特别封闭,甚至感到压抑。当然,昨晚苏珊在医院照顾丈夫,还没来得及打扫房间。不过哈迪仍然发现这个家的问题就是过于凌乱,没有统一的装饰风格。这让人感到相当不适。

"我刚刚在酒吧和托尼聊了聊。"他说,"也许我有点神经过敏。不过他也知道布丽塔妮的事。"

"哦,他当然知道。事情发生后,布丽塔妮到了酒吧,他正好在关门。是他把布丽塔妮送回来的,又是他在周一陪她回她住处的。"

"所以？他们是一对了？我说正经的。"

"我也不清楚，迪兹。她经历了那样的事后，我想她暂时没有兴致谈恋爱了。这恐怕会持续一段时间。你说你刚才跟托尼在一起。你问他了吗？"

哈迪摇头："我不想刺探别人的隐私。"

"你怎么会在意这些了？"

"没啥特别理由，我只是觉得贝克也有些喜欢他。不过也不是多么要死要活的。"

"我不清楚布丽塔妮是否知晓这点。"

"也许不清楚。"哈迪说，"不管怎样，我不愿意看到她们俩为了个男人闹矛盾。"

"我知道她们不会的，如果布丽塔妮知道贝克对托尼的感觉，我相信她会退出的。事实上，一有机会我就会给她说说。"她叹口气，"如今在这个城市做个异性恋的单身姑娘真不容易。好不容易找到个合意的男子——毫无意外，选择权都在他那一方。不过如果他利用一方挑逗另一方，我可不会愉快。"

"好吧，不管怎么说，是我把他带到我们这个圈子里的。你觉得我有何感想？答案：我有点被耍了的感觉。"

"我不清楚。就我而言，他看上去似乎是个不错的年轻人。"

"骗子都这样。"

"你觉得他是？"

"我不知道。他知道布丽塔妮以及她的遭遇，这让我感到不快。重申，这是从战略上考虑。"

"你老是这么说。"

"因为我一直都是这样想的。这也是我为什么得立刻与摩西谈谈的原因，不管是否会让他痛心。"哈迪顿了顿，"我们会帮他渡过这一关的，苏珊，只要大家严格按我说的做。"

苏珊移动了一下身体重心，抱起双臂，缓缓说道："不过迪兹，我们不能就这么杀人啊，不管他们做了什么。我的意思，好吧，如果自卫还情有可原。自卫的权利人们还是有的。否则……"她深吸一口气。"这就是我们有法律的原因，对吧？否则接下来，这个年轻人的父兄姐妹认定是摩西干的，接着他们就该找摩西报仇了，或是找我们全家复仇。"

"是啊，我懂你的意思。理论上就是这样的。这甚至一直坚信这点。有法律是好事。但如果事情已经牵涉到我们大家，那我们得做好准备……以备万一。"

"我讨厌万一。"

哈迪点头："也不是我的最爱。"

"你也知道，自从我给你提到这事儿，这也时刻烦着我。我不知道我是不是还能受得了他。"

"我想你可以，我希望你可以。"

弗朗妮摇摇头："说老实话，我也不知道。"

"好吧。"哈迪说，"这是你和他的事儿。不过如果你们分了，我会很伤心。弗朗妮也会。"

"还有我自己。"苏珊说道。她眼中噙满泪水："但是我必须实话实说，事情有可能就是这样。"

哈迪站在床尾，拍了一下摩西的脚："嘿。"没反应。

他又打了一次。他心中的怒意在发酵，释放出的力量大了不少："摩西，醒一醒！"

被子下面一阵蠕动，接着是一阵低沉的呻吟，然后戛然而止。摩西睁开双眼，叹口气，又把眼闭上了。他脸色苍白，满脸胡楂，眼眶红肿，双目深陷，干裂的双唇没有一点儿生气。他挤出一个字："啥？"

"这也是我想知道的。"哈迪回答,"以上帝之名,你究竟是怎么想的?"

摩西的眼睛又闭上了:"我想我在那里神游了一会儿。思考问题。"

"我猜也是。"

"苏珊说你和弗朗妮过来帮了一把。"

"不然我们还能咋办?"

"谢谢了。"

哈迪可以把大舅子骂上一个小时,一刻也不停。这样也许能一泄他的怒气。然而他现在没这兴致。于是,他压下骂人的欲望,说道:"我得假设今天是你戒酒新征程的首日。你觉得你能做到吗?"

"希望可以吧。"

"这可不是希望就可以了的,摩西。你要么做得到,要么做不到。只有一条路可走。"

摩西看着哈迪的眼睛:"我都不知道到底发生了什么。"

哈迪说:"我也不清楚,而且我也不关心。"他说着走到床边,没有任何预兆地对着麦奎尔的后脑勺猛拍一掌。"你想到你这样可能失去苏珊吗?你可能会失去一切。"

摩西摸着头,哼哼唧唧地呼痛:"原来你是来揍我的?放马过来。"

"某种程度上,是的。如果你想知道,我告诉你,你让我恶心死了。不过我来这儿的主要原因不是这个。"

"你想让我猜猜?"

"不,我不想让你猜。我需要你做的是雇我,马上雇我。"

"我雇你干吗?"

"我是代理专家。我要做你的律师。"

这话里有一丝幽默感:"我可请不起你。你都说过一百遍了。此外,我不需要律师。"

"不，你需要。"

摩西满脸被伤害的表情，小声问道："为什么？"

哈迪狠狠瞪着他说："这不是玩笑。不要担心律师费。我们会想办法解决的。也许我最终会完全拥有酒吧呢？现在我就是你的律师了。现在我们之间的谈话都是受隐私特权保护的。我会让菲莉斯明后天把正式文书弄好。我们已经达成协议了，没错吧？你听懂我的话了吗？"

摩西闭上眼睛稍歇片刻，然后睁开眼，从床垫上抬起右手。哈迪握住，正式地握了握手："如果警察过来找你谈任何事，你都要回答你愿意合作，不过你不能在没有你的律师在场的情况下回答问题。此外任何话也不要说。我听说你已经告诉警察，周日晚你去钓鱼了，是这样的吗？"

"我是去钓鱼了。"

"那好。就算这事，也不要再重复。不要透露任何细节。就这样。他们需要证明你没有去钓鱼。我们不需要证明你去钓鱼了。记牢。"

"我什么也不说。除了对你说。我能对你说的，是吧？"

"是的。但你也要记住，许多事情我也不需要了解。"

屋子里一阵寂静，直到摩西发话："可是，你知道的，我没有……"

哈迪举手阻止："现在不行，摩西。也许永远不行。重要的是，我是你的律师，现在我们只能祈祷你不需要我出面。"

摩西犹豫了："你知道的，真的，我想我没有。"

"听到这样的话我很高兴，不过我并不感觉多乐观。"

"你不乐观？你应该乐观啊。虽然格利特斯基一副厌恶我的表情，不过我相信他是喜欢我的，至少相对于其他人而言。"

"这真是很难得，摩西，不过他是重案组的头儿。他也没得选择。他的警探们只会跟着线索走。你不会真的认为当线索指向你的时候，他们会徘徊不前吧？"

"有什么证据？什么罪行？我没听说有任何证据。"

"没有?"哈迪知道他的问题一定会让摩西大吃一惊,"希莱拉手杖到哪里去了?"

麦奎尔的目光当即变得锐利起来:"什么希莱拉手杖?三叶草的那个?"

"你还知道其他的吗?"

"不是在吧台下面吗?如果不在那儿,我也不知道去哪儿了。你是在开玩笑吧?它不见了?"

"你昨天没发现它不见了?"

"我没太注意。"

哈迪想在麦奎尔的脸上看到一丝欺骗的痕迹,却一无所获。

"迪兹,听着,他们不会来找我的。没错,两个月前我把那小子好好修理了一顿,但那并不代表周日晚我就在他的身边。"

"好吧,希望没有其他证据证明你在。"

"如果我不在那儿,又怎么可能有证据证明我在?"麦奎尔问。

【第二十章】

格利特斯基没有立即跟进维斯·法雷尔推理出的结论：布丽塔妮·麦奎尔无疑就是强奸受害人。一直等到次日上班，他才开始推动调查。七点四十五分，他走进重案组的大办公区时，布莱迪和希尔已经到了，正围着希尔的桌子吃甜甜圈，喝咖啡。

也许是因为昨晚把孩子们哄睡后跟崔娅享受了一番二人世界，格利特斯基今早心情愉悦，话语喷涌而出。"我不想说这些，不过现在你们真是太老土了。"他说，"咖啡和甜甜圈？你们怎么想的？这里是旧金山。有点品位吧，不觉得至少要吃基伽馅饼，喝印度风味红茶？或是来点法式羊角面包。"

"不。"希尔回答，"甜甜圈挺好的。这可是在渡轮大厦买的。那儿可是城里的美食圣地。只要是那儿卖的东西，都很火。"

"对市井之徒是如此。"格利特斯基不依不饶，"不过你们是警察啊，还吃甜甜圈？不是吧？"

"很好吃啊。"布莱迪回答，"如果你动作够快，还可以尝到一个。"

"不行。"格利特斯基一边说一边把手放在心口，"心脏不行。"

"一个又要不了你的命。"希尔说。

"我医生的意思说这有可能。"接着，他如同猛蛇出击，一下抓住一只挂满糖霜的甜甜圈，一口咬下，心满意足地嚼着补充道，"另一方面，我也希望我的死亡证明书是心脏病医生给签的。"

他指着希尔桌上。"你在刻苦学习什么？"

"这是萨米。"布莱迪说，"伽斯·黄把拿着棍棒的男子画出来了。"

希尔瞟了一眼画像，然后对格利特斯基说："我想应该给他改名叫摩西了。"她拿起画像，压在下面的是他们收集起来的六张疑犯照片，"麦奎尔。他在上一排的中间。面部特征真他妈的相似，不是吗？"

伽斯很称职。格利特斯基又咬了一口,边嚼边想:"目击证人怎么说?"

布莱迪失望地叹了口气:"昨天我们一个也没联系上,不过今早有一位联系我们了。今天我们先去他那儿。然后,希望我们能联系上一两个其他人。"

希尔说:"我们现在赌这就是麦奎尔。"

"有趣。"格利特斯基大概地介绍了一下他与法雷尔的谈话,"昨天你们离开布丽塔妮后,她打电话给法雷尔先生的女友,这样就证明了她就是受害人。你们有意见吗?"

"这同时给了她父亲杀人动机。"布莱迪说。

格利特斯基点头:"脑筋很快啊。"

布莱迪指着那组六张照片补充道:"这个也帮了忙。"

关于麦奎尔的这些谈话让格利特斯基的处境尴尬。他向警探们坦承与摩西认识的时机已过。美味的甜甜圈现在成了一个黏糊糊的面团顶在胃里,他意识到,他越迟坦白,越难解释清楚这件事。

他清清嗓子:"现在我们已经确认布丽塔妮的身份,以及麦奎尔可能的杀人动机,我不得不告诉你们一件我不想让你们知道的事情。"他迟疑了一下,吐口气,依次看看他们的眼睛,说:"事实上,我认识麦奎尔。我不能说我们很熟,但真相早晚会大白的,我不想为此破坏与你们的信任关系。如果他有嫌疑,那他就是疑犯,我们就照此对待他。"

希尔靠在椅子上,看了一眼搭档,然后望向格利特斯基:"你认识他?怎么认识的?"

"你们认识律师迪斯马斯·哈迪吧?他是我的老朋友。麦奎尔是他的大舅子。我们在聚会上见过几面。"

"那你希望我们……"布莱迪开口。

格利特斯基打断他:"像对待一个谋杀案嫌疑人那样。如果他就是凶手，把他逮起来。"

哈迪快十一点了才从麦奎尔家回来，午夜才睡上觉。当他再次睁开眼时，看到床头的电子钟显示 9:38，他不敢相信，又查看手表确认。感谢上帝，弗朗妮让他多睡了几个小时。窗外的情况验证了他开车回家时的猜测：恶劣的天气会持续一段时间。突然，他不由自主地想到，他今天不用去海豚俱乐部晨泳了。

事情并不像他当初想的那样会越来越轻松。他的潜水衣始终让他难受，虽然不太严重。老实说，他心想，但凡正常人都不会称那样的水温为正常游泳水温。

他闭上眼睛，又侧着打了会儿盹。接着，他听到微弱的声响，仿佛两个女人的谈话声远远地传来。是谁呢？弗朗妮现在应该在上班，那屋里应该只有他一个人。

他掀开被子，坐起来，从衣橱里拿出很少穿的浴袍，蹑手蹑脚地下楼。他越接近楼下，声音也变得愈发清晰可辨。

瑞贝卡正与弗朗妮坐在饭厅桌前，身上穿着哈斯丁斯法学院的套衫。当她看到父亲出现在门口，满是泪痕的脸上绽出心碎的微笑，但转瞬即逝："嗨，爸爸。"

哈迪从弗朗妮身后绕过，用一只手搂了搂妻子的肩膀。然后，他单膝跪在女儿身边，抱住她。她靠到他身上，肩膀耸动起来，一次，两次，三次。哈迪一直搂着女儿，直到她情绪稍稍稳定。然后，他拉开点距离，吻了吻她的脸颊，擦去她脸上的泪珠。

"对不起。"她说，"我也不想这么孩子气。"

"没事儿。"哈迪安慰她道，"没有关系。发生什么事了？"

"没啥，真的没啥。"

杰瑞·派兹自认为不只是个理发师。自从他搬到距离哈迪办公室一个街区远的地方，开了杰瑞时尚沙龙后，他就自诩时尚设计师，而且根据他那十二张椅子常常座无虚席的现状，他是个好手。哈迪认识杰瑞十五年了。杰瑞曾是克莱门特街一家发廊里（杰瑞自己开的！）一个自以为是的理发师，收费只有现在的一半。哈迪认为他就是个理发师，而且可能一辈子都是。

此刻，哈迪作为唯一的男性顾客，正坐在时尚沙龙一号座位上，觉得有些尴尬。杰瑞一边和他聊天，一边在他身边来回盘旋，打理着他毫无变化的发型。

"迪兹，别再动来动去了。"杰瑞提醒他，"我做的可是一门精确的艺术。"

"我忍不住。我老是在想我本可以让结果不同的。"

"比如说？"

"比如不把那人介绍给我的亲朋好友。"

"那就不是你了。你是个好人。律师里这样的人不多。如果没有你，我绝对不会相信有。"

"呃，我该说谢谢吧。不过现在看来，这家伙让我女儿的心都碎了。不仅如此，他还勾搭上我的侄女。"

"表兄妹？"

"是啊。"

"那家伙真是个玩家。"

"是的，不过我倒希望他到其他地方玩。可是现在已经太迟了。他已经掺和进去了。"

杰瑞一只手稳在哈迪天灵盖上："稳住。"

"知道了。"哈迪立刻稳住脖子。

"你还在想其他事？"

"我想点头,但你又要生气了。"

"嗯,是啥事?"

哈迪思索了一下。向杰瑞倾诉的好处——也许向理发师倾诉的好处,就是他与你没有任何其他瓜葛。他们相识很长时间了,分享过无数笑话、轶事、经历和子女的照片。但从本质上讲,他们是陌生人。无论哈迪对杰瑞说任何事情,杰瑞总是实话实说,毫无矫揉造作,不胡扯,不期许,也不顾及后果。杰瑞的反应哈迪都看在眼里。他觉得这正是他现在需要的旁证,或许这就是他为什么今天来理发的缘由。

"显然,他是那种很快便向女人袒露心灵的男人。和她们分享一个可以与她们分享的秘密,与她们建立起仿佛神圣的信任。而且因为那是秘密,她们便不能告诉其他人。这样他们之间就建立起一种心灵联系,你知道的。此外,还让他显得神秘又与众不同。"

"但你女儿告诉你了。"

"是在他移情于她表妹之后。因为瑞贝卡为她担心。"

"别担心。他可能也给你侄女说过。"

"你这么想?"

杰瑞耸耸肩。"如果他的手段就是这个的话。那么,你会告诉我他说的是什么吗?我喜欢秘密。"

"你会喜欢这个的。"哈迪从镜子里观察杰瑞的表情。他一脸平静,没有哈迪那种心潮澎湃的感受。很好。他用轻松的口气把事情给杰瑞说了,仿佛那只是件打发时间的奇闻轶事。其实他对自己的感受不甚明了。在他看来,在这里大声说出这事,是他能想象出来的剖析咀嚼此事的最好办法。"贝克问他为什么没有女朋友。她无法相信这样潇洒的人会没有大群的追求者。"

"有人开枪把他的蛋打掉了,就像海明威小说里写的那样。"

"不,不是那样的。我猜他的蛋很正常。他说他才到这个城市五六个月，忙着找工作，没空谈恋爱。"

"直到见到她。"

"显然是。于是贝克很自然地问了下一个问题：他从哪儿来？为什么到这里来？他支支吾吾，你懂的，他说他不能向她撒谎，但他真的不该向她说这些。这很危险。接着他又说：事实上，与他在一起就会很危险。他不应该与任何人有瓜葛。但既然他们这么谈得来……"

"上钩了。"

"是啊。这样一来她就非常想知道，而且觉得不会有多危险。不管怎样，她想帮助他。他们可以一起奋斗。"

"我简直受不了啦。"

"我不怪你。事实上他是受联邦政府保护的人，名字也是假的。他是联邦政府的重要证人，目击了纽约的大规模人口贩卖和警察收受贿赂等行为，牵涉四十多人，涉及成百上千万美元的资产。这个贝克喜欢的人，就是告密者。任何人发现了他的身份，他的落脚点，他就死定了。"

"上帝啊。你的意思是他是个骗子？"

"他说他不是。他说他曾是曼哈顿的一个风纪警察（美国一类便衣警察，主要任务是反黄赌毒酒等'道德'犯罪——译者注）。这倒没啥特别，因为大约百分之九十受保护证人都是前黑帮成员。他们与联邦探员达成协议，指认其他罪犯，让自己的谋杀、敲诈勒索等罪行免受追究。这样看来，这小子形象也不怎么高大，不是吗？"

"你认为这是实话？"

"至少部分是。我相信他曾经是个警察。其他的，也很有可能。实际上，我真的相信。"

杰瑞刚才已经停止修剪哈迪的头发，现在，他重新开始修剪。

"这可不是闹着玩的，迪兹。如果我是你，我会非常高兴贝克远离这火坑。"

"我知道我很欣慰,但也有心疼的部分。"

"那贝克的表妹咋办?"

"就是啊。"哈迪说,"他们交往也有麻烦。"

安娜莎·道格拉斯告诉布莱迪和希尔,根据照片,她"百分之百"确信,摩西·麦奎尔就是她上周日在她公寓前的人行道上碰到的手拿棍棒的男人。根据这个,外加之前对杰萨普的殴打,布莱迪认为证据足够去法院弄一纸拘令,将其逮捕。

希尔并不完全赞同。他们正在栗树街的卢卡熟食店等着他们的三明治。她说:"听着,我想说的是,我们再找一个目击者看看,把证据这方面做得更实些。如果我们直接过去把他拷上,我们就必须依照'米兰达法则',没有律师在场,我们就没法问话。你清楚我说得对。如果你还记得,这个人话挺多的。"

"那么你觉得该怎么做?"

"我说我们再去找他聊聊。反正现在我们都在半路上了。我们说我们知道强奸的事了。情况就有了变化。我们清楚他对女儿的爱。这样就能让他说话。然后我们再演一出黑脸白脸戏——我当然是做白脸,看他是否会把事情全盘托出。这有可能是在他请律师之前我们最后一次问话。如果没有结果,我们再跟进,去弄拘捕令等等。我们还有一次机会,为什么放弃呢?"

半个小时之后,在距离小三叶草酒吧大门外三个车位的地方,布莱迪和希尔坐在车里等着摩西·麦奎尔过来开门。摩西刚刚进入酒吧,他们便默契地相互点头,离开警车,肩并肩走过麦奎尔的蓝绿色本田思域。然后,他们放慢脚步,交换了一个意味深长的眼色。十秒之后,他们进入酒吧。

一个声音从他们看不见的阴暗之处传来:"抱歉,还没有营业呢。

半小时后再来吧。"

布莱迪自报他们的姓名和职级,然后等着。将近一分钟过去了。布莱迪正要不耐烦地再次开口的时候,希尔一把抓住他的手臂,示意他稍等。这时,麦奎尔出现在通向里屋飞镖室的过道上。

就希尔看来,麦奎尔比起他们上次见面的时候消瘦了不少。他只穿了一件栗色长袖棉衬衫,至少大了一号。他的头发乱糟糟的,双手中各拿着一条毛巾,正不自觉地拧着。他的双颊凹陷,面容憔悴。

这与希尔的预料分毫不差。女儿受到的伤害让麦奎尔倍感苦痛,而且这样的伤害刚刚开始,可能持续下去。显然,和上次一样,他没料到谋杀警探会再次来访,心理上有些措手不及。

"麦奎尔先生,"希尔开口道,"今天你感觉如何?"

"疲惫不堪。"他说,"过去几天过得挺不容易。"

"我能理解。"希尔的语气充满同情,但询问还得继续。"我们知道布丽塔妮上周六晚的遭遇了。她在工会街的佩里酒吧与瑞克·杰萨普见了面。第二天,杰萨普就被杀了。"

"你说你那天去钓鱼了。"布莱迪的语气不善,"上次你说钓了几条?"

"保罗。"希尔把手放在搭档臂膀上,示意他闭嘴。然后,她继续说道:"现在的关键是,先生,你女儿的……状况,让你有理由在次日找杰萨普先生对质,如同两个月前你对他那样。你去见他了吗?"

麦奎尔一言不发。

希尔步步紧逼:"我们知道你们见面了。我们只是不清楚原因。他侮辱了布丽塔妮,或许还威胁了她?也许他攻击了你,你进行了自卫。尽管现在看来这似乎是一场冷血的谋杀,但我并不这么认为。我不觉得你是那样的人。如果你不是,你就应该向我们坦白。"

"你是说,我现在成了杰萨普案的嫌疑犯?"

"就我们掌握的信息来看，这样说也不是没有理由的。"希尔彬彬有礼地回答。

"你觉得你们知道些什么？"

"先生，那起强奸我们已经确认。说老实话，我们也是碰巧知道的。但我们知道这是事实。你也知道的，是吧？周日一早你就知道了。"

"我很愿意与你合作。"麦奎尔说，"不过我的律师要我什么也别说。"

"你已经有律师了？"布莱迪问。

"是的，先生。迪斯马斯·哈迪，我的妹夫。"

"你为什么要找律师？"

"无可奉告。我是不是该叫他过来？"

"没必要，虽然你完全有权这么做。"希尔说，"你还没被逮捕，你有权拒绝回答询问。而且你现在就可以把我们扫地出门，除非你想要说点什么。"

"我没有什么要说的。"

"你不想否认谋杀了杰萨普？"布莱迪问。即使是个简简单单的否认，也有助于让麦奎尔继续说下去。

"无可奉告。"

"不要这样嘛。"布莱迪继续说，"就说你没有杀他。这个你都不能说？"

"我什么也不会说。"

"麦奎尔先生，"希尔语调悦耳地说，"我们并不是不理解你现在以及当时的感受。你女儿被强暴，我相信大多数人都会对你表示同情。无论是谁杀了杰萨普，在我看来他都是罪有应得。有谁不同意吗？"

"无可奉告。我被逮捕了吗？"

"没有。"

"但我是嫌疑人，对吧？"

布莱迪再次插话："麦奎尔，你不只是嫌疑人，你是头号嫌疑人。知道为什么吗？因为我们有目击者看到你出现在杰萨普家附近。因为你有很强的动机。因为根据另外的目击者，我们得到一幅跟你很像的肖像图。"

"你看，"希尔说道，"如果我们拿着手铐再来的时候，那就太晚了。我现在真的希望听听你这边的说法。那样我就可以说你坦白合作，而不是像证据反映出来的那种十恶不赦的恶棍。"

"如果证据这么充分，为什么不逮捕我？"

"我想给你一个自辩的机会。"希尔说，"听着，你已经说过那晚你是去钓鱼去了。如果你想讲得更具体一点，我们洗耳恭听。但是，如果像大家心知肚明的那样，你在杰萨普的公寓，那么我们想知道到底发生了什么。"

"抱歉。"麦奎尔重申道，"我无可奉告。酒吧还有一些时间就要营业了。如果问完了，我也不奉陪了。"

希尔正驾车沿着狭长的金门公园，经橡树街驶向市区。

布莱迪打破自己长久的沉默："我不想这么说。但有人给他提过醒。你有这样的感觉吗？"

希尔咬着下嘴唇，脸色阴沉："真没想到他这么快就配上律师了。"

"迪斯马斯·哈迪。"布莱迪说，"格利特斯基的哥们。"

"我就知道这名字我听说过。"

他们再无言语。车行驶过好几个街区。

希尔叹口气："好吧，保罗。你想怎么办？"

"干脆停车，我们好好商量一下。"

希尔回答："我试过，我可以一边开车一边思考。"

"那好吧。"布莱迪顿了顿，继续道，"你觉得我们该怎么办？"

"这可能跟我们想怎么办不是一回事。"

"是啊,我听懂了。"布莱迪挠挠脸,"你觉得格利特斯基给哈迪漏了口风?"

"不说其他,亚伯拖了多久才承认他认识麦奎尔?我们在为画像和照片忙得团团转的时候,他都给麦奎尔透漏了多少?或是向哈迪透露了多少?"

"是啊。"布莱迪叹气,"这是他妈的瞎搞啊。"

"可不是嘛。"

"是啊。"布莱迪郁闷地叹口气,"我不喜欢越级打小报告。这样做不对。"

"是拉皮尔来找我们的,还记得吗?不是我们先越级的。"

"但那是在格利特斯基的办公室里。他就在那儿,是与会者之一。"

"局长在的时候,他提到认识麦奎尔了吗?"

"你清楚,他没有。"

"他为什么不提?"

"他希望我们找不到足够证据来指控麦奎尔。拉皮尔离开后,他说的不就是这个意思?"

"上帝啊,"希尔叹道,"就像我们的工作还不够困难似的。你觉得他还会把我们这样玩多久?"

"也许他真的只是小心谨慎。让我们不走偏。"

"我们需要他的指导吗?"希尔怒不可遏地问,"好像他以前是多么小心谨慎似的。真他妈操蛋。走偏的不是我们。你懂我的意思吗?"

"我想说的是,也许他有苦衷……"

"去他的苦衷。看在上帝的分上,他竟然向疑犯通风报信。我知道你的意思,但亚伯这次不是站在我们这边的。我没说错吧?少给我咬文嚼字,实话实说。"

布莱迪看着自己的搭档,来回晃着头,表情难堪:"我猜不是。"

【第二十一章】

午餐时间,在旧金山最老牌的女性联谊俱乐部弗朗西斯卡里,警察局局长刚刚结束了她的演讲,内容是关于恃强欺弱和青少年暴力,以及如何在公立中小学里预防和打击这些恶行。就在她即将坐下来与其他女士一起享用点心的时候,他的行政助理兼司机德莫特·莫瑞提警官快步上前,附在她耳边说了些什么。

一分钟之后,就在大厅一旁,她推开一个虽然不大但设施齐备的会议室。两位重案组警探布莱迪和希尔站在一张红木桌子后面。他们侧后方的窗户外就是瑟特尔街。

门关上后,局长依次看看两位警探。

"布莱迪,"她指指保罗,然后动动手指,"抱歉,这位是……"

"希尔,长官。李·希尔。"

"对不起。"拉皮尔再次道歉,"这次我记住了。德莫特说事情紧急。就凭你们找到这儿来,我就知道事态严重了。我能帮上什么忙?"

"我们遇到了麻烦。"布莱迪开口说,"是关于摩西·麦奎尔,杰萨普案子的嫌疑犯的。"

"我猜你们已经知会了格利特斯基警督吧?他叫你们来这里知会我?"

"局长,不是这样的。"希尔回答,"或多或少,问题就在格利特斯基身上。"

"怎么说?"

希尔没花多少时间解释。听完报告后,拉皮尔眯着眼睛研究天花板的角落,脸上乌云密布。她正站在一张椅子后面,双手紧紧抓住椅背。一阵沉默之后,她吸气,呼气:"根据你们的猜想,警督提醒了麦奎尔的律师,这个律师又建议他的客户拒绝与你们谈话。格利特斯基不但是麦奎尔的朋友,还是麦奎尔律师的朋友?"

"是的,长官。"布莱迪回答,"他的名字叫迪斯马斯·哈迪。"

拉皮尔思索片刻,脸色愈加难看起来。"你在说笑吧?"她问道。

"没有,长官。你认识他吗?"

"我认识的一个人曾经是他的律师事务所的合伙人。现在担任地区检察官。"

"法雷尔?"希尔问道,"您说哈迪和维斯·法雷尔曾是……?"

"合伙人。"她回答,"不久之前,那个事务所还叫弗里曼&法雷尔&哈迪&柔克。如果我没有记错的话,警督的妻子,不就是法雷尔的秘书吗?"这复杂的关系网似乎都压在了局长的肩上。她拉开椅子坐下来,身体前倾,又深深叹口气。"难怪正义之轮在这个案子上运转得不怎么顺畅。他们是黏在一起的利益网啊。上帝啊,上帝啊,上帝啊。"她用双手抓着自己的头发,"那么,你们现在进展如何?调查进展怎么样?麦奎尔的嫌疑能钉死吗?"

"有希望。"布莱迪回答,"今天上午我们得到指认后,就有逮捕他的想法。"

"有人指认了?"

"从六人一组的照片里确认的,"布莱迪说,"百分之百确定。"

"外加动机?"拉皮尔说,"听起来你们的证据已经足够。"

"继续追查需要授权令。"希尔补充道,"不过我们的证据仍显不足。尤其因为我们知道法雷尔有可能拒绝起诉他……"

拉皮尔抬起一只手:"等等,我们这是在讨论一起谋杀,一位受人尊敬的市政雇员,我们最受尊崇,而且曝光度最高的市政主管的秘书长的谋杀案。知道这些之后,我如何去向古德曼先生交代?如何解释我们还没有逮捕麦奎尔先生的原因?谁回答我的问题?"

"我们可以……"布莱迪接过话头。

拉皮尔再次打断他的话："不，不不不，我告诉你们接下来要做什么。你们俩即刻起只向我报告这个案子的进展情况。你们不能去找地区检察官，更不能去找格利特斯基警督。你们谁知道这周的轮值法官是谁吗？"

轮值法官是负责签发搜查授权令和拘捕授权令的法官，由高等法院的法官轮流担任，不过理论上任何法官都有签发这些授权令的权力。

"我猜是托马希诺。"希尔回答。

拉皮尔摇摇头，又摇摇手。"不行，他偏向被告。布劳恩怎么样？她现在是不是在开庭？你们可以在休庭的时候去找她。谁都知道她不喜欢哈迪先生。记得那个死在她法庭上的人吗？她一直为此怨恨哈迪。我们这个案子的授权令要由她来签。我要在今天工作日结束之前把麦奎尔关进牢里。"

"抱歉，局长，"希尔说，"如果我们这样做，就得绕开所有的人。我和布莱迪的上司还有地区检察官。如果我们申请'瑞美授权令'，而法雷尔最后以证据不足撤诉，那怎么办？"

拉皮尔摇摇头："不用担心这个。我给你们说，这个案子首先不要找地区检察官。"

"但是……"布莱迪开口。

拉皮尔打断他："如果法雷尔拒绝认可我们现在掌握的证据，我们就没法再去找法官申请授权令了。世上没有哪个法官会在知道检方不发起公诉的情况下签署授权令的。"

希尔说："因此，我们要把这个问题丢给法雷尔来背。"

"是的。我们最好直接申请'瑞美授权令'。"

通常情况下，警探向地区检察官发出一份报告，然后由地区检察官根据报告中的证据来决定是否起诉嫌疑人。如果决定起诉，他会发一份控诉书给法官，申请逮捕令。某些情况下，警察可以直接向法官申请，获取授权令，这样的逮捕是合法的，不过还是得由地区检察官决断是否发起诉讼。

"我们把大体的来龙去脉都列在申请书里。"她继续说,"如果法官赞同且签署逮捕令,我们就执行。同时把搜查令也一起搞到。幸运的话,这案子就水到渠成了。"

"如果没有呢?"布莱迪问。

"即使没有,如果在我们申请了'瑞美授权令'之后,法雷尔仍然公开反对我们和法官的决定,声称证据不足,他可以当着上帝和所有人的面让麦奎尔走路。就我看来,我们的证据足够。接下来发生的事,就不是我们的问题了。这就是为什么地区检察官们这么厌恶'瑞美授权令'的原因。但是它让我们,准确说是让你们在这样的案子里有了方法和手段。我已经提过我希望看到麦奎尔今晚就戴上手铐。让我们试试能不能做到。为什么不呢?"

莫瑞提警官载着局长去参加一个"外日落地区去除涂鸦计划"的会议。无论从地理还是心理角度来说,那地方都距离弗朗西斯卡俱乐部很远。因此,其间有很多聊天的空闲。

然而莫瑞提不知道如何不着痕迹地切入话题。局长正在后座读着什么。当莫瑞提从后视镜看过去时,发现局长放下书本,闭上眼睛,叹了口气。

"一切还好吗?"

"还行。"她有些犹豫,"我不知道这事儿是不是严重到需要内务部介入的地步,或是只需我们的警探申请瑞美授权令逮了人,然后就脱手。"

莫瑞提不打算纠正老板对这个调查警察渎职行为的单位的称谓错误。其他地方几乎都叫内务部,然而在旧金山,为了"政治正确",这个部门被称为"行政调查部"。

拉皮尔继续说:"我不清楚这里面是不是真有串通行为,更不用说是否共谋犯罪。这个地方毕竟就这么大。人们有可能相互认识,不是吗?你认为是格利特斯基让麦奎尔请的律师吗?"

"就像某人说的那样,很难不这么想,不是吗?您想听个传言吗?"

她从后视镜里与他的目光相遇:"从来都想。"

"也许您已经听到风声。'坞边惨案'?70号码头?五六年前?"

上帝啊,她想,不知道听过多少回了。自从数月前《信使报》专栏报道后,谢拉·马瑞纳斯到处鼓吹警局近二十年都在洗黑钱。市长常常以此为软肋攻击她。虽然她与所有这些臭名昭著的未破谋杀案毫无关联——这些案子的确都不是在她任内发生的,不过她似乎的确可以重新调查这些所谓的硬骨头案件。然而她没有启动这些不切实际的调查,由于人力财力的限制,她没法全部兼顾。如果"坞边惨案"哪怕与摩西·麦奎尔有一丝关联,她都想立刻了解,并且迅速推进到其他相关人的头上。

即使那人是他手下某个部门的负责人。

拉皮尔把头偏向一侧,将眼光从莫瑞提身上转移到旧金山的东南角。

汽车沿着市场街爬上双子峰,东南角的街景消失在车后。尽管德莫特·莫瑞提知道的不过是小道消息,拉皮尔仍然很感兴趣。

"再说说这个所谓的'坞边惨案'。"她说。

"那时我可能在休假,"莫瑞提说,"巴里·格尔森负责重案组。"

"我不认识他。"

"是啊,那时您还没来呢。他在逮捕一个叫约翰·赫利德的谋杀案疑犯时被杀了。同日,这个约翰·赫利德与其他三四个私人保安公司的人也被杀了。那些人实际上是巡逻别动队的。就像您知道的那样,本质上也是警察。至于他们为什么在那儿,只有上帝知道。"

"也许格尔森需要他们帮忙执行逮捕。"

"需要巡逻别动队,而不是普通警察?很奇怪。不过似乎没人会知道内情了。"

"等一下,你刚才说……什么!……一天之内,一个地点,五六个警察被枪杀?这发生在70号码头?"

"是啊,别忘了,还死了个疑犯。'惨案'可不是随便叫的。那时是下午三四点。警察后来在现场发现地上散落着大约一百颗弹壳,附近建筑上还有二三十个弹孔,更不用提地上躺着的尸体了。那是火力全开的枪战。"

"不是处决?"

"不是,长官。尸体散落各处,没有被挪动。"

"凶手呢?"

"问题就在这儿。最后,整个事件都被推给俄国黑帮,说是与被窃钻石,或是与复仇有关。我也不清楚。案情太复杂,最后就不了了之。"

"死了六个人就这样不了了之?怎么会这样?"

莫瑞提耸耸肩,看看后视镜。前面是红灯,他减缓车速。"枪手们可能是通过外交航班回俄国去了。"他顿了顿,"您现在应该知道为什么有流言了吧。一切都有些古怪。"

"我懂你的意思了。"

"还有意外呢。您猜谁是谋杀案疑犯约翰·赫利德的律师?"

"法雷尔?"

"不对,不过接近了。除了他还有……谁?"

"迪斯马斯·哈迪。"

"您看,难怪您是局长呢。"汽车再次开动。

"好吧,不过我还是猜了两次。"拉皮尔说,"就算哈迪是那人的律师,又有什么意义?"

"本身也没啥。不过结合其他几项事实,就有趣了。比如——您再猜猜——谁得了格尔森的职位?"

他看到后视镜中的拉皮尔若有所思地托着下巴,下唇微微变形。

"格利特斯基。"莫瑞提继续说,"他遭枪击前就在重案组,休养了大约一年才康复。他回来工作时,就升职了。不过众所周知,他也胜任这个职务。"

局长哼了一声,"德莫特,拜托。格利特斯基不会为了升职而杀格尔森的。这是我怎么也不会相信的。"

"我只是对您说说众人的传言罢了。"

"好吧,不过这也太荒谬了。哪些众人?"

"其他警察。多数都离开了。"

"到哪儿去了?"

"退休,调走,辞职,总之离开了。格利特斯基却掌管了重案组?也许这就是对这些谋杀案的调查都烟消云散的原因吧。"

考虑了一下这些关联点的可能性之后,拉皮尔问:"法雷尔又有什么关联?"

"没有。不过您知道哈迪的其他合伙人是谁吗?当然也是法雷尔的合伙人。听说过戴维·弗里曼和吉娜·柔克吗?"

"他们怎么了?"

"枪战几天前,弗里曼在70号码头被打劫,并受伤。枪战当天他死在医院。"莫瑞提顿了顿,以加强惊骇的效果,"当时他和柔克已经订婚。"

听到这个,拉皮尔不由得轻声一笑,"好啦,德莫特,你真的开始捕风捉影了。"

"也许吧,不过您还是把故事听完。这局里还有个玩家。他在越南与哈迪并肩战斗,两人都是武器专家。此外哈迪还是他的救命恩人。回到国内,哈迪又请他到自己经营的酒吧工作,还娶了他的妹妹。"

"麦奎尔。"

莫瑞提对着后视镜点点头。"对，麦奎尔。噢，还有个事。"

"我听着呢。"

"当然，那时候也有调查此事。您也可以去查查档案。调查组把所有文件都提交了，里面包括所有细节。格利特斯基的嫌疑被排除，因为他有个滴水不漏的不在场证明。您猜怎么着？"

"我可猜不着。"

"他整个下午都和吉娜·柔克在戴维·弗里曼家里，为参加弗里曼的葬礼选西装。您注意到这与柔克的不在场证明契合得多好吗？再看看，他们又得了多大的利益？"

希尔和布莱迪离开之后，摩西坐在吧台后面，一边推敲自己的处境，一边装满调味瓶，剥柠檬皮，为爱尔兰咖啡做发泡奶油，还新开了一桶巴斯啤酒。大约下午一点，他像几天前一样，因为一天没喝酒而感觉头疼欲裂。于是，他决定为了醒酒而再喝一点，反正也死不了。

这次，他会小心地控制饮酒量，这样就没问题了。

到了四点，当希尔和布莱迪再次出现的时候，他已经喝下三杯小心计量过的烈酒——三杯双份的伏特加。他更喜欢苏格兰威士忌，但如果他喝了苏格兰威士忌，就算现在开始只喝苏打水，到他打算下班的六点，肯定也会马上被苏珊闻出来。

而伏特加就不一定会被闻出。

两位警探带着之前没有的紧迫感推开前门进来的时候，酒吧里只有摩西、戴夫以及里屋沙发上的两对男女。

他不耐烦地招呼道："你们这些家伙就从来不消停一下吗？"

两位警探显然都没兴致打趣。布莱迪向吧台迈了数步，希尔站在大门后，仿佛在把门。她的手臂交叉在胸前，一只手伸到外衣下，毫无疑问正握着她的警用手枪。摩西从她一旁的临街玻璃望出去，注意到数辆黑白警车停在路边。

"麦奎尔先生，"布莱迪开口道，"我得要求你从吧台里面走出来。请吧。"

摩西还想赖皮，咧嘴笑笑说："我还是在里面给你倒酒容易一点。想要点什么？"

"我再次要求你，并且是最后一次。请从吧台后面出来。"布莱迪的声调惊醒了戴夫。他向来坐在吧台前部，靠近窗户的地方。他抬起头，老眼昏花地打量着布莱迪。

"他走出来怎么给你倒酒？"他问道。

希尔神色肃杀地快步上前，亮出警徽："伙计，快喝完。我们是旧金山警察。这个酒吧现在开始关门。"

戴夫白了她一眼。"胡扯。"他说，"现在还是大白天。"

布莱迪一手拍在吧台上："麦奎尔。马上给我出来！"

摩西沉重地叹息一声，用毛巾把手擦干。

"好吧，好吧，我出来了。"

戴夫对此非常不满，把啤酒瓶敲得砰砰响："摩西，这是什么狗屁事情？理他们干吗？拿你的希莱拉敲他们。"

摩西抬起挡板，正准备走出吧台。他突然停住，转身对着戴夫喊道："戴夫，闭嘴，给我闭嘴。"

"什么希莱拉？"希尔问道。

"他有一个又大又旧的希莱拉手杖，就挂在吧台下面。一直都在那儿。"

里屋一个二十五左右的年轻人站起身，走了过来："这里有什么麻烦吗？"

布莱迪亮出钱包里面的警徽，再次猛拍吧台，提高声量，走向紧靠在一起的摩西和那位年轻人。"各位，听着。我们是旧金山警察，正在执行公务。麻烦各位待在原地。"他走近那位年轻人,"你!退后!再退!现在坐下!"布莱迪可不想让这好心却迷糊的闲事鬼站在麦奎尔一旁,说不定他一瞬间就会被他那友好的老熟人酒保劫为人质。

布莱迪没有从麦奎尔身边走过——他可不想把后背露给他。计划可能突然失控。布莱迪知道,后援就在街上,他精心挑选的团队准备把这里翻个底朝天——包括麦奎尔的汽车和公寓。他差点就要高声呼叫,让希尔打开大门,把大队人马召进来。

不过事情没有像布莱迪想象的那样发展,这让他有点措手不及。

麦奎尔向他迈出一小步,举起双手。"放松,放松。"他说着四下看了看,扫视了一下自己的顾客们,"没有什么值得担心的,没有问题。"然后他又转向布莱迪,"我就在这里,像你命令的那样。你要我怎么做?"

布莱迪不由得松了口气,举起文书说:"摩西·麦奎尔,这是你涉嫌谋杀理查德德·杰萨普的拘捕令。你有权保持沉默。如果你放弃该权利,你说的一切都可以且将会成为呈堂证供……"

麦奎尔的话滔滔不绝。布莱迪和希尔通过暗号决定不尝试阻止他。

"我看不出你们为什么需要把我拷上。"他说,"这玩意太小了,感觉真他妈的不舒服。哥们,拜托,我又不会跑。我是自己从酒吧后面出来的。我一直全力合作。这车后座反正也是锁着的。就算我想跑,也跑不掉。你们就把这手铐去了吧。拜托了。布莱迪?希尔警探?拜托了……哎,该死。"

警车就停在林肯大道上,他们把麦奎尔拷在后座上,由一位巡警看守着。然后,他们回到酒吧,告诉酒客们离开。他们说酒吧停止营业,随后警员会搜查这里。

希尔走向戴夫。之前她曾命令他闭嘴,乖乖把啤酒喝完,等候她的下一步指令。现在,她问了他的全名、住址和电话号码。因为他是希莱拉手杖的证人。如今手杖不知所踪。事情的发展让戴夫不怎么高兴,不过希尔才不会担心他找不到其他酒吧来打发当天余下的时光。

摩西在后座上一直没闭嘴:"你们真的以为你们搞到什么指认我的证据了吗?凶器在哪里?我没有杀那个狗娘养的,虽然他确实该杀。我很高兴他死了。"

接着他又说:"我相信格利特斯基不会让你们好过的。我们是二十年的老交情。相信我,他不会让我走上审判席。我才不会担心呢。你们是在浪费大家的时间,你们原本可以用这些时间抓坏蛋的。"

他又说:"你们俩有孩子吗?没有?如果你有个女儿,发现某个小流氓先殴打她,接着还强暴了她,你们会是什么感受?你们觉得你们会坐着扭扭手腕就算了吗?拜托,你们是警察。你们会去解决问题的,不是吗?告诉我你们不会袖手旁观。因为有些时候,法律并不能解决问题。对于那些人渣来说,坐会儿牢算什么,与我女儿走出伤害阴影的时间相比简直不值一提。你们觉得这样公平吗?这是正义的吗?"

到达市中心后,布莱迪带着麦奎尔去法院楼上办理逮捕手续,希尔从后座下面抽出录音机,检查是否把麦奎尔在路上的所有言语都记录下来了。接着她又检查了一遍,确保她和布莱迪其间一言未发,以防止律师说他们诱使麦奎尔说话。现在结果很让人满意。她带着录音到了文件室,这里会有人根据录音制成文字报告放入卷宗里面。

【第二十二章】

14年前,萨姆·邓肯与维斯·法雷尔就是在小三叶草相识并勾搭上的——当然那时还不用这个词。因此,当她要法雷尔下班后去小三叶草时,维斯认为这是个好迹象。然而实际上,她选这个地方是因为这里是公共场所。一旦她提出分手,法雷尔肯定会爆发,在这里可以避免他大吵大闹。实际上,这样的场面至少发生过一次,如果算上上次吵架后萨姆离家出走就是两次——那次的原因已经随岁月淡忘,不过应该与维斯不可救药的粗线条有关——这是他们吵架的老话题。

自从上次在屋顶关于布丽塔妮·麦奎尔的争论灾难性地结束之后,萨姆一直待在母亲家里。维斯想着至少还能再见到她,并解释自己的观点。听了格利特斯基关于萨姆是生自己气的观点,他觉得有了些底气和希望。此外,她还说她不想在电话里讲一些事,这让他心情稍宽。她在电话里说:"有些事需要面对面谈。"

六点刚过,法雷尔走过街角,来到第九大街上。当他看到一系列警车停在林肯街的路沿上时,突然意识到发生了什么,急忙停下脚步。

怎么会这样?

接着他才意识到,由于过于关注女朋友的问题,他忘了他们长久混迹的场所是一起谋杀案嫌疑人的工作地点。而这里——根据众多警察的出现判断——最近发生了什么重大事件。他首先想到的是摩西自杀了。悲哀的是,他的第一反应竟然是一阵轻松。

大门紧闭,不过他看到里面有动静,于是开始敲门。然后,他又敲,还踢了踢。一个穿着制服的人出现在门上的玻璃小窗后面,说:"这个场所已经被关闭,开门时间另行通知。警察在进行调查。"

法雷尔再次敲击小窗,并把手伸到后面的口袋中。他举起自己的钱包,里面有一个假警徽——他竞选为地区检察官之后,在加州达利城的警用装备店里面买的。

地区检察官不是警察，因此没有权利拥有警徽，不过有个警徽可以糊弄那些知道警徽的作用而不会辨认真假的人。对于大多数地区检察官来说，警徽的主要作用是向交警亮一下，便不会因超速被罚或是酒驾被捕。为了确认，制服警察靠近些，仔细看了一下，然后打开门。

"抱歉，长官。"他说，"这里整天不停有酒客来敲门。我有什么能帮助您的吗？"

他单刀直入："我是维斯·法雷尔，地区检察官。谁是这里的负责人？"

那位警察急忙站直，敬了个礼，说："是的，长官。抱歉，长官。请稍等。"然后便消失在杂乱的陈设之中。法雷尔趁此机会四处看了看，发现搜查相当彻底。吧台后面架子上的所有瓶子都放到了吧台上。玻璃酒杯也没有幸免。沙发和皮椅上的抱枕都被拿开，堆在墙边。法雷尔隔着吧台看过去，看到吧台里面已被清空：冰箱开着，里面空荡荡的，现金出纳机也是如此；酒吧的毛巾被堆在柜台上；更彻底的是，挂在软木"耻辱墙"上的六十到八十张照片——从裸女到酒鬼——全被移除了。

这对法雷尔打击甚重，不光因为这面照片墙是他打破连喝五杯长岛冰茶的记录后亲手做的——那个值得纪念的日子他已经忘记了，虽然第六杯的新纪录是由他与两个男人一个女人一同完成的，但也算超过五杯了。保罗·麦克卡特曾经进来喝过一品脱的巴斯啤酒，弹了弹某人的右手吉他——就常人的眼光来看，他的演奏完美无缺。

听到脚步声，法雷尔循声望去，看到另一位制服警察从里屋走出来。

"法雷尔先生，"他人未到招呼已到，"我是丹科斯警官。您有何贵干？"

"我也想问你同样的问题，警官。我想你是在搜查此处。我猜你是有授权令和申请书的吧？"

法雷尔话中的含义让丹科斯警官感到不解："是的，长官。当然有。这是关于杰萨普谋杀案的。两位警探在这里逮捕了嫌疑犯，之后我们才进来的。那是两三个小时之前的事儿。"

"你们在找什么？"

"基本上就是这类案子通常的对象。衣物、鞋子、武器或是可做武器的东西，明显的血迹或是其他体液，收据、照片、电脑记录等等。"

"他们逮捕了疑犯？"

"是的，长官。那个酒保。我想还是老板。摩西·麦奎尔。"

"是的，他是老板。但我不明白。他准备逃跑吗？或者警探询问他的时候他尝试逃跑？他反抗了？"

"我不这么认为，长官。我当时就在外面待命，警探们先进去，拿出拘捕令。五分钟后，他们就领着戴手铐的疑犯出来了。"

"他们有授权令？逮捕授权令？"

"就我所知，是的，长官。"

"这真有趣。"

"长官？"

"我说有趣是因为申请授权令是我办公室的工作。我一直密切关注着这个案子。我相信我已经告知他们，特别指示了他们，在证据充分后才执行逮捕。"

丹科斯挪动了一下脚步，拿起桌上的一个文件夹。"您想查阅一下我的搜查令吗，长官？在我看起来，这是合法的文件。"

"哪个法官签的？"

丹科斯打开文件夹，看了一眼："布劳恩。"

法雷尔眉头紧皱："她不是这周的执行法官。为什么是她签发的？"

丹科斯耸耸肩，表示不知情："我不知道，长官。你的意思是我们应该停止搜查吗？我们基本上已经完成了。"

"不，你继续。我相信这有合理的解释。我只是有些迷惑为什么没有人知会我。不过那不是你的问题。你们是不是也搜查了麦奎尔的住宅？"

"我猜有人已经搜了。我的团队抽到搜查酒吧。"

法雷尔最后端详了一番酒吧。看起来这个搜查队的工作做得很彻底，相对来说搜查合法且中规中矩。显然，丹科斯没有其他用心，只是公事公办。法雷尔觉得没必要再待在这里吸引眼球了。很明显，他们找到了证明摩西谋杀瑞克·杰萨普的证据，不过逮捕已经发生的事实却让法雷尔不敢相信。更让他不安的是，他一直都在办公室里，直到五点。而逮捕令的签发时间（是布劳恩签的！）肯定不晚于两点。是哪个地区检察官授权的？怎么没人知会他？这是个疏忽吗？就他的职权来说，很难想象这是疏忽。难道格利特斯基绕开他行动？就算如此，又是为什么？

这些丹科斯都不需要关心。法雷尔回到现实中，勉强挤出个笑容，假装积极地说："那好，警官，你和你的手下继续吧。抱歉打扰了。显然我是有些脱节了。我相信这些都会在恰当的时间得到解释的。"他伸出手。"再次感谢。"

"谢谢您，长官。我……"

法雷尔本来已经向门的方向半转身体。他停下来："什么？"

"我没想到像您这样地位的人还会身体力行。这可不是每天都能看到的。"

"我把这个当成一次信任投票。如果你是想领先九十张选票取胜——而且前提是你的对手竞选前一周去世——每一张选票你都得全力以赴。"

在太平洋咖啡馆，萨姆与维斯分坐在两人小桌两边。这个咖啡馆就在基利大道去海滩的路上，海鲜做得很好。她把手放到了他的手上面。

法雷尔觉得这是个好迹象。喝了几口葡萄酒后,萨姆清清嗓子:"谢谢你说要出来见面。"

"不仅仅是说说,而是身体力行。"

一抹宽容的微笑。"也是。"虽然萨姆不想表现得这么善解人意,但她还是没有把手挪开,"对于……最近这件事,我想了很多。我错误地把瑞克·杰萨普的名字告诉了你,你们又去见布丽塔妮,还搞得可怜的摩西被捕。这都是因为我想与你分享我的一切。"

"你说得很对。也许我不该……"

她捏了捏他的手,阻止他说下去。"不,"她说,"听着。这是我的错。不是你的。你是职责所在。是我应该保守秘密,特别是这样牵涉甚广的秘密。我把它当做了无关痛痒的闲话,随便地说给几个密友,当然在这件事上,是说给了我唯一的男朋友。但这不是闲话。这是真人真事,而且是他人隐私,受到保护的。有人信任我,告知了这些隐私。没能保守这些信息就是不负责任。如果我不能保守秘密——我指的是每一次这样的情况——我就不配担任现在的职务。"

她抬手抹去眼角的泪珠,语气随之一转:"今晚见你有两个理由。第一是道歉……"

"萨姆,你不需要……"

"嘘……我需要,我一直很自负,自觉正确无疵,固执己见,而且时刻准备为政治或道德问题抗争。只要被我盯上了,我会斗争到不死不休。然而过去几天里,我与母亲在一起,看着她享受独居生活,我也开始思考为什么我老是这么富有攻击性。特别是对你,一次又一次,你忍受着,我们又重归于好,却从不讨论为什么,直到我再次爆发。我知道你是担心让我伤心,特别因为这一切主要是我对一些抽象概念的激进解读造成的。"

法雷尔不由露出会心的微笑:"抽象概念的激进解读,说得真精辟。"

"是的,但这不是个健康的活法。"她抿了一口葡萄酒,吸口气,"不管怎样,这是我要见你的第一条理由。道歉,不是为这次事情,而是为以前的所有。"

"好吧。"他说,"还有,谢谢你。我接受你的道歉,不过你不必道歉。我爱你。我喜欢我们在一起的生活。我们很好。只是偶尔吵吵架而已。"

"不,有时候是我挑起的。我让你别无选择,只有被卷进来。"

"是啊,不过我是律师。吵架就是我的生活。"

"我们现在不要争论了,好吗?"

他点头,稍稍靠后:"好的。"

"我不想再做这样的人。我不想再为鸡毛蒜皮的小事争吵。我们有不同的观点,我不需要告诉你我知道的隐私和秘密。我们能在一起相互扶持。听起来怎样?"

"如果我说听起来很'诡异',你会打我吗?"

"不。"她说,"我也同意你说的'诡异'。"

"这样的话,"法雷尔说,"这样应该不错,非常好。"他松了口气,把另一只手抬起来,放在她手背上。"我还以为你要离我而去呢。我不知道我该怎么做。"

"我不会离开,如果你还想让我们在一起的话。"

"我别无所求。"

"那好,第二个见面的理由是:我需要跟你商量,而且必须当面商量。"

迪斯马斯和弗朗妮·哈迪住在34号大街与克莱门特街的交汇处附近。稍远处的另一个十字路口在基利大道上,太平洋咖啡馆就在这个街角。虽然平时这个小地方进餐都需要排队,今天季风带来的淅淅沥沥的寒雨却把人群限制在可控的范围内。当哈迪为妻子打开大门的时候,他发现门外不光有妻子,她身后还有维斯·法雷尔。法雷尔正对用大小刚刚合适的声音对萨姆:"他在这儿。我待会儿再跟你说。"他满脸堆笑地和哈迪握握手,接着和弗朗妮贴脸行礼,"嗨,迪兹,弗朗妮。世界真小啊。你们一定有大比目鱼吧?太神奇了。"

"向来如此。"弗朗妮回答。

"不过首先……"法雷尔欲言又止,转过身对萨姆说,"我们给他们讲吗?"

"我想我们应该讲。"

"干吗?"哈迪看看萨姆,又看看维斯,"你怀孕了?"他对维斯说。

"猜得很好,不过不是。"萨姆说,"我们两人都没有怀孕。"

"那还好。"弗朗妮说,"不过如果维斯怀孕,你们就发财了。"

法雷尔搭话道:"我们精神上已经发财了,不过猜怀孕也差不太多,因为一般来说怀孕的人通常是结了婚的。"

"不过很少是雄性吧。"弗朗妮打趣道,"实际上,我想是没有的。"

"除了海马。"哈迪说,"雄性海马怀孕。你可以去查查。"

"晕!"法雷尔说,"我还打算让我们来开这个先河呢。我的意思是说,在婚礼后的下一个阶段首开那个先河。"

"我听出亮点了。"

"迪斯马斯·哈迪,亮点魔法师。"

"结婚?玩真的?"弗朗妮笑容满面,"这么多年过去后,终于要结了。太好啦。不过,是发生什么事了吗?"

法雷尔再次握住萨姆的手。"她五分钟前问我。我当即就跪了。"

"是的,跪了。"萨姆说,"还有个更销魂的说法。"

"面对无可抗拒的女王威势而弯腰屈膝。"法雷尔解释道,"这就是跪了。"他拍拍萨姆的手。"愉快地跪了。"

哈迪转身招呼服务生:"我们应该买香槟庆祝一下。"

"是的。"法雷尔回答,然而他脸上又闪过一丝阴影,"等一下……我不想扫大家的兴,但你们在这里约会,我猜你们还没听到关于摩西的消息吧。"

看来"扫兴"这个词分量不轻。弗朗妮微微侧身,挽着哈迪的手臂,稳住自己:"摩西怎么了?"

"我刚刚从三叶草过来。警察搞到搜查令,把那儿翻了个底朝天。他们说摩西因为杰萨普的案子几个小时前被捕了。"

"被捕了?谁干的?"

"我猜是重案组的人。我打电话确认了,我的办公室没有申请授权令。我不知道这事怎么会这样。"

哈迪表情古怪,仿佛尝了某种不熟悉的调料:"他们不可能逮捕他的。我的意思是说,这不可能。亚伯至少应该给我提个醒,让我去带摩西来城里。摩西也该首先联系我啊。"

"你是他的律师?"

哈迪点头:"已经有几天时间了。我无法相信他没有打电话给我……"

就在这时,他兜里的手机响了,铃声是华伦·泽冯的《死后入眠》。哈迪看了看屏幕。"他打来的。"

弗朗妮掐了掐他的手臂:"迪兹,你快接啊……"

"我知道。"他说着按下接听键,"摩西,你在哪里?"

摩西在牢里。最后,很不幸地,法雷尔的指控理由很直接。证据鉴别实验室在麦奎尔公寓里的一双登山鞋上、他的车里和他的外套上都找到了杰萨普的血液。

现在,迪斯马斯·哈迪正在县监狱的律师访问室里,沿着半圆形的玻璃墙漫步。房间还算宽敞。这里他没来过上百次也有几十次,虽然空间不小，设施现代，但给他的感觉总是很压抑。空气中有淡淡的消毒水的气味，荧光灯光线冰冷。在房间的正中，有唯一的陈设：一张表面上有很多凹坑的绿色金属桌子，三张折叠椅。

哈迪停止踱步，看了看表：8:15。他来监狱已经整整半个小时。在接近创纪录的短短五分钟时间里，前台便确认了他的公务来访，允许他在这里等待，直到摩西被押解到这里。对于辩护律师，等待是家常便饭。狱警带囚徒过来时很少有紧迫感。虽然他们不会故意拖延，但是他们常常有其他一两件差事要先处理：或是到了休息时间，或是有另一个犯人要押解，或是要上厕所。

每个在监狱里的人都面对这样的现实：每个人都在以自己的速度按部就班。五分钟或是二十五分钟有什么区别？反正也没有其他事要忙。

七年前有一次，哈迪这间屋子里徘徊了一个多小时后，终于不耐烦了，走到前台很礼貌地询问他的客户的情况。是否他们无法确定他的客户关在监狱中的哪儿？他是否可以做点什么帮助他们加快进程？是否还有其他问题？他询问之后又过了四十分钟，接待他的警官才敲响访问室的门，告知哈迪出了一个行政错误。很不幸，他的客户正随一帮囚犯被押解到县总医院做精神病评估。那位客户本不应该上车的，但现在已经于事无补，于是请哈迪次日再来，那时候他的客户应该回监狱了。

哈迪吸取了教训。因此，他只好耐心地等待。

他的肚子开始咕咕叫。之前摩西打来的电话，让他们在太平洋咖啡馆的晚餐还没开始就结束了，还不知道什么时候能吃上。最后，他停止踱步，坐下来。数分钟之后，有人敲门，接着门开了。摩西穿着橙色连体狱服走进来。这样的情景从来都很令人丧气，尤其当客户是从没受过牢狱之灾的朋友时。哈迪看着自己的大舅子，他的心在往下沉。

狱卒向哈迪点了点头，表示一切正常，然后带上门离开。

"说老实话，"哈迪说，"我对你的破事有些厌烦了。他们什么时候逮你的？"

"四点。大概那个时段吧。"

"你想到过给我打电话吗？"

"没有，他们没有建议我。他们一下就抓住我，拷上，然后丢到警车后座上。等到有人终于同意我打电话的要求时，我已经被抓进来了。"

摩西走近几步，拉开一张椅子，反骑在上面，"还有，你看看这里，皮都被刮破了。那手铐本身就是种异端酷刑。"

哈迪根本没兴趣查看麦奎尔的手腕。他盯着摩西的脸。

"你喝酒了吗？"

"什么？"

"这不是脑筋急转弯。直接回答我。"

"喝了一点。就几滴。"

哈迪低下头，抬起右手，用拇指和食指按摩双眼。停止按摩后，他再次盯着大舅子，语气疲惫地说："摩西，对于布丽塔妮的遭遇，我们都很愤怒。杰萨普死了，我们也不会惋惜。但如果你死了或是醉了，不仅不会帮助她渡过这关，而且更糟，因为她会觉得这是她的错。你很聪明。别说你没想过这些。"

"想过，你说得对。"

"我知道我是对的。问题是你打算怎么做？你打算尝试怎么做？如果你不能像个成年人那样面对这些烂事，也许你该找个能处理糟糕透顶的情况的律师。因为即使你全力以赴，事情也会变得很糟糕。现在回答我：你究竟是怎么回事呀？就这样去坐牢？你已经放弃？人生到此为止？"

麦奎尔呆呆地看着哈迪后面的墙壁。他吞了下口水，喉结跳动数次："我没法找到合适的文字来形容，迪兹。我说的是他对她的所作所为。我开始思考这事。但不知不觉之间，这种戾气……就突然爆发了。我没法控制，我只好放任它，我的意思是丧失自我。我们都知道那是怎么回事。"

"对，但那于事无补。"

"我知道。"

"说真的，摩西。于事无补。"

"我知道。"

"但你还放任自流？拜托少提什么情不自禁。你不是那样的人。"

麦奎尔低下头，声音小得几不可闻："这次的感觉的确如此。仿佛太厉害，让我没法应付。"

"饶了我吧。"哈迪说。他自己也有点怒火中烧了，"你他妈的成熟点吧。这事没发生在你身上。发生在布丽塔妮身上。你还有苏珊和两个女儿，现在你却为了一瓶子酒就把她们卖了。这就是你希望的吗？你想怎样？像现在这样，还没开始就结束了，我帮不了你。"

哈迪站起身，自己都觉得有些吃惊。他走向大门，敲了敲，提醒警卫。

"你在干吗？"麦奎尔也在桌边站起来。

"让你有时间做些打算，或者说一个打算。我明早再来。我猜你已经被起诉了，现在正在走程序。"

"我不知道。"

"我去查查，他们会告知你的，并且会把案子定成死案，因此我们还会有空见面。"

"在这之前，我怎么办？"

"老招数。"哈迪说，"把嘴闭上。"

【第二十三章】

亚伯·格利特斯基揉着心口，从他起居室窗户的百叶窗向下望。虽然还没到九点，但随着暴风雨的来临，天色迅速暗下来，西面的窗户已经被瓢泼大雨打得哗啦响。公寓后面，崔娅正在哄孩子们睡觉，因为家里正在准备逾越节晚宴，孩子们比往常睡得晚。

五分钟之前，亚伯还跟家人在一起。人们很难想象，像他这样的重案组警督，铮铮铁汉，会如此孩子气地玩闹。这是格利特斯基的第二个家庭，相比第一个，他很大程度上判若两人。

他的上个家庭成员包括一位饱受癌症折磨的妻子和三个现已成年的儿子。他娶了崔娅后，多了一个可爱的青春期继女瑞妮。接着他们生下了瑞秋和扎卡里。由于某些原因——格利特斯基归功于两个女儿——他发现自己很喜欢与孩子在一起。这样的心境让他觉得自己不是老年痴呆就是为老不尊。

他做鬼脸，讲笑话，说俏皮话，开玩笑。他还发现他喜欢恶作剧——今天晚餐时他就来了一出"大家都来洒牛奶"的闹剧。扎克（扎卡里的昵称——译者注）开头。当崔娅急忙伸手去扶他的牛奶杯时，不小心撞倒了自己的。牛奶一下全洒在六岁的瑞秋腿上。瑞秋一跃而起——同样——把她自己的也撞倒了。面对鸡飞狗跳的饭桌，格利特斯基冷静自若地看着表情愕然的大家，然后说："不要撞倒杯子，我们来倒牛奶。"他拿起杯子，慢慢把牛奶倒在桌子上。吵闹顿时停止。这情景或许会让孩子们一生难忘，也会让他们那些同父异母的哥哥们永远不敢相信。

格利特斯基为孩子们盖被子的时候，瑞秋和扎克还在为此津津乐道。

接着厨房墙上的固定电话响了。格利特斯基从来都是有电话必接的人，于是最后挠了儿子一下，快步过去接电话。

电话里，他最好的朋友告诉他，他手下的两个警探逮捕了摩西·麦奎尔，然后问他对此事了解多少。

他看着窗外的暴雨，感觉外面的黑暗正在侵入他的家，侵入他的灵魂。迪斯马斯·哈迪曾经自信满满地安慰他说，摩西没有什么真正的危险性。至少根据他们以往的交情来看是如此。

格利特斯基非常了解哈迪，知道他有些时候会自欺欺人。他不愿意看到人性的阴暗面，但在他家以外的地方，他却总是关注于人性的黑暗。

布莱迪和希尔怎么会不知会他就进行逮捕？法雷尔怎么没告知他要进行逮捕或者至少提醒一下？更让人担心的是，两位警探都没有向他报告已经逮捕麦奎尔这一重大进展。

麦奎尔酒后是否已经向警探们说了些什么？不是关于杰萨普，而是发生在六年前的事情？他全神贯注地思考，完全没有意识到崔娅来到背后，直到她把手放在他的肩膀上。他被吓了一大跳。

"哇噢！你还好吧？"

"我只是没有听到你过来了。"他重重地叹了口气，然后在崔娅的手上拍了拍，"他们逮捕了麦奎尔，却什么也没对我说。你在法雷尔的办公室听到了什么吗？"

"没有。他们怎么做到的？"

"有几种方式，都不是常规办法。我的人竟然没有一个向我透露消息，真是难以置信。"

"也许摩西拒捕，也许他们受伤了。"

他摇摇头："那迪兹会告诉我。"

"这跟迪兹有什么关系？"

"猜猜。"

"你一提，我现在应该知道了。你会怎么办？"

"我不知道。我想应该联系保罗和李。不过我又觉得他们现在应该联系我了。但他们却没有。这意味着什么？"

"这太反常了。也许摩西试图逃出城或者什么的。"

"那就更有理由告诉我了,不是吗?"

"搞清楚事情之前先不要胡思乱想。给他们俩中的一个打电话吧,至少了解一下这是怎么回事。"

"你这么想?"

"是的。"

晚餐计划被破坏之后,哈迪原本打算跟大舅子连夜讨论,了解他的想法,构建出他们的辩护计划。然而他却在激怒之下一走了之。当他把车停在法院街对面时,挫败感和厌恶感突然袭来。窗外大雨滂沱,他的愤懑也需要一个发泄途径,任何途径都可以。

找格利特斯基没有用,因为他似乎对逮捕一无所知,真是令人吃惊。这不是他会拿来开玩笑的事儿。他也没有向哈迪隐瞒过消息,没有威胁过要让摩西一夜之间死在牢里。不过在哈迪看来,如果格利特斯基参与了这事,那是最有可能发生的。但即使那样,哈迪也没法指责他。此外,亚伯显然已经对哈迪和摩西相当关心,因此哈迪不能为了泄愤而再说些自以为是的屁话——这对他们的关系提升没有好处。

他琢磨着,谁可以成为他口吐恶言的对象呢?把这口恶气带回家,撒在弗朗妮身上,这既不公平也不睿智。

他拨通另一个电话号码:"你在哪儿?"

"我在家。实际上,我在看书。怎么了?你需要我轮班吗?我可以在十五分钟后到达。"

"不,酒吧关门了。摩西今天被捕了。"

"糟糕。真的吗?"

"真的。我刚刚在监狱见了他。你想喝一杯吗?"

旧金山是酒吧之城。既有像燃烧罗马这样劲爆时髦的地方,也有三叶草这样富有邻家温馨的小店。在这里,你能找到摩托骑士酒吧,餐馆酒吧,体育酒吧,面包机酒吧,宾馆酒吧。当然也有怀旧的传统酒吧,夜总会,主题酒吧。各个时代,各种地方,各类情绪和各种人都可以找到对应的酒吧。如果你住在腾德里昂区,你会发现许许多多的酒吧,有些显眼有些不显,更有些你从门口路过也不会注意到。也许它们曾经有过招牌,但时间已经抹去了油漆,坏掉了霓虹灯。如果你推推门,会惊讶地发现门是开着的。于是你走进去。如果里面的气味没有立即让你退出来,那你可能会进入一个狭窄小屋,仅有几张小桌和吧台小凳,吧台里面站着一位中年甚至更年长的酒保。是男是女都无妨。在吧台远角,一台电视挂在天花板上,嗡嗡作响。

这一晚,距离托尼公寓最近酒吧的角落里坐着三个人。巨人队的比赛已经开始。不过哈迪和托尼分据两张圆凳,离电视很远。酒保在他们面前放下几片餐巾。"先生们,"他说,"湿度适合吗?"

"刚刚好。"哈迪说,"你给贝克准备的什么?"

"喜力啤酒,百威啤酒,美乐淡啤。"

"选喜力啤酒。"

"加双皇冠。"托尼说,"加冰。"

离开摩西之后,哈迪一直在控制自己怒气。打电话给格利特斯基时控制着;开车去找托尼时控制着;和托尼一同冒雨走到酒吧也控制着。他们两人交流了一下有关摩西的最新消息。现在哈迪正慢慢酌饮,等着酒保到吧台另一面去。

"你认为人是他杀的?"托尼问。

哈迪放下酒杯:"我不知道。我不想知道。这样我就可以想相信什么就相信什么,心安理得地为他辩护。"

"如果你知道是他干的呢？"

"我还是会为他辩护。我不会挂在心上，就这样。你认为人是他杀的？"

"我还没好好思考过。"

"是吗？"哈迪侧眼看看他，"我曾想过他一旦被逮，你便会认为是他干的。"哈迪顿了顿。"警察的思维不都是这样吗？"

托尼在吧台上拨弄着他的酒杯，瞟了一眼电视，把杯子送到唇边："瑞贝卡告诉你了？"

"知道的她都说了。我想知道的是，当我成为你的律师的时候，你为什么没有告诉我。你把我当什么了？耍着好玩？或者贝克是个更好的倾诉者？"

"我理解你的愤怒。"

"好吧。希望你不要介意。你的真名是什么？"

"托尼。"

"你还在和我耍小聪明？我可不欣赏。我现在没兴致玩这些。"

"斯帕塔罗，托尼·斯帕塔罗。"

"你从哪儿来？"

"曼哈顿。"

"你以前是警察？"

"风纪警察。我给瑞贝卡说的都是真的。"

"别再追问你身份的其他详情？"

托尼耸耸肩："我能怎么办？我在证人保护计划里。如果他们发现我的行踪，他们会来追杀我的。"

"他们是谁？"

"我不能说，反正是坏人。"

"而你不是他们的一员？你不是跟他们同流合污然后为了脱罪出卖

他们？你知道的，这就是证人保护计划的流程。"

"这次不是。"托尼拿起酒杯，喝干，然后示意酒保再来一杯。酒倒好后，他慢慢地摇着酒杯："因为瑞贝卡的事，你对我很不满。"

"既然你都这么说了，的确如此。我把你当做客人，引见给我的家人，你却看上我的女儿，然后又为了她的表妹甩了她。你觉得这让我这个父亲怎么想？"

"我还没和布丽塔妮在一起。"

"还没有。"哈迪咬牙切齿地说。"我喜欢。"

"这就是你今晚叫我出来的原因吗？修理我？"

"差不多是的。我最近怒气上身，想找个泄愤的，而且是个该被我泄的人。"

"你想让我做什么？"

"我问你一个问题。如果他们叫你回去作证或是做其他你应该做的，之后你怎么打算？你会回到旧金山，并在这安家吗？过你的新生活？或者那些坏蛋锒铛入狱后，你就回到曼哈顿，继续做你的警察？"

"我不知道。我还没想那么远。负责我的法警告诉我，如果我回去了，保护计划就不会再对我负责。但我在那边有家人、表兄弟和朋友，我的人生都在那儿，我现在和他们完全没有联系，他们甚至不知道我还活着。我不知道这能持续多久。相信我，这感觉很糟糕。"

"我深表同情，但你知道什么才是真正糟糕的吗，托尼？让两个姑娘心怀希望，在你打算回去时，却让她们以为你会留下来，以为你是她们可以托付终身的人。"

"我也不一定回去。我不知道我会怎么做。"

"好吧，那你怎么没在想清楚之前就把别人卷入你的闹剧和破事里面去？尤其这还牵涉到别人的女儿！"

"我从来没有打算停止约会瑞贝卡。只是……"

哈迪抬起手，他的脸色如同黑色大理石般铁青。"别再说了，托尼，我知道你要说什么。"哈迪猛地喝了一口啤酒，做个鬼脸，将他的啤酒瓶推到吧台边，站起身，"嗯，我会把你的案子移交给我的一个同事。是谁我会知会你的。"

10:42，厨房的电话铃响了。格利特斯基没等到铃响第二声就接起电话："我是格利特斯基。"

"警督，"维·拉皮尔语气坚决，不容抗拒，"很抱歉没有及早回复你，不过你之前的留言说我可以随时联系你。我本来准备明天联系你，不过我猜你已经从你的手下那里了解到，我们下午使用瑞美授权令逮捕了摩西·麦奎尔。"

"是的，保罗·布莱迪说您命令他和李在这个案子上直接向您负责。我不理解您为什么认为需要这样做。"

"我认为这应该是显而易见的。你是麦奎尔先生的朋友。"

"我的确认识他。但我不会说他是我的密友。我已经指示我的警探们像对待任何嫌疑犯一样对待他，没有特殊照顾。"

"实际上，"局长说，"警探们前去询问时，很明显，他知道自己是嫌疑人，并且已经雇了律师。"

"那个律师是他的大舅子，长官。"

"而且是你的好朋友，不是吗？"

"我根本没有跟他提过这事。我不知道他代理了麦奎尔，也不知道是什么时候开始的。难道您知道？"

"当然不。不管怎样，像这样的案子，需要相当的透明度，因此我们需要尽量避免不妥和有利害冲突的地方。"

"我理解，但是这个案子……"

"警督！"局长重复称呼他的警务职级，这让格利特斯基深感不妙。

直到今早,局长都一直称呼他"亚伯"。她继续说道:"我真的不觉得现在是完全捅破这些事情的合适时机。过去几个小时里,我已经听到不少对你的指控——当然缺乏证据——你与哈迪先生、法雷尔先生以及他们法律事务所其他人的关系,的确令人不安。作为一名警官,我不得不说,这实在不太正常。我希望明天你和我能坐下来花些时间私下谈谈这些事,以此决定你是否还能获得我的信任,担任部门负责人。听清楚了吗?"

"清楚了,长官。"

"中午在我的办公室见面。噢,等一下,明天是耶稣受难日。要不下午三点,地点到时再定?你的日程没问题吧?"

"没问题,长官。"

"那好,三点。晚安,警督。"

"晚安,长官。明天见。"

第四部分

【第二十四章】

如果按照哈迪的如意算盘，摩西·麦奎尔出庭受审的时间应该距离他被捕至少一个日历年，甚至更多。如果你是辩护律师，你最好的盟友就是拖延。随着时间的流逝，证人会遗忘细节，改变证词，甚至死掉，证据随之消逝；执行逮捕的警官有可能离职或是调走或是被正在处理的案件搞昏了头。

只要拖延的时间够久，甚至公诉人也可能换，从现在这样经验丰富的助理地区检察官换成一个容易被唬住的菜鸟。作为公诉人，没有谁比"大丑脸"保罗·斯蒂尔更称职的了，同时他毫无疑问对哈迪怀有敌意，因为他曾是哈迪的手下败将。这些都是拖延再拖延的强有力动因。不过拖延审判的最主要理由是：只要没有最后判决，审判可以无限期进行。因为从法律以及技术上来讲，只要陪审团没有做出判决，被告就是无罪的。

"被告被证明有罪之前，都是无罪的。"

这句话可不是做做样子，也不仅仅是说着玩的法律术语。对辩护律师而言，这是巨大的战术及心理优势：既然被告还是无辜的，那么证明他有罪的重任就压在公诉方肩上。辩护律师不用证明任何事情。如果你是辩护律师，你会好好利用这个优势，每一轮问询的每一个疑问都会对你的当事人有利，因为只要陪审团中有一个人认为你的当事人无罪，那么判决就会对你有利。只要你能尽力拖延，让陪审团主席不说出"有罪"这个词，你就成功了。

但是，谋杀案被告同样会有一些急迫的动机想让审判尽快结束，尤其被判无罪的可能性很大，你又不想和解的时候；在你没有杀人却被无辜指控的时候，更希望如此。这些理由中最关键的是：审判每拖延一分钟，你就被多羁押一分钟。因为通常来说，谋杀案很难获得保释（麦奎尔的保释金是一千万美元，这不是他能负担得起的。）这种拖延让人精神沮丧、身体衰弱。即使是在条件最好的监狱里，这也是精神上的折磨，更何况旧金山的监狱根本称不上好。

其次，当审判进入快车道以后，检方常常发现自己处在战略劣势。时间宝贵，他们会发现没有足够的时间把证人出庭的事务安排妥当。专家证人可能一时没空出庭。更要命的是，他们可能没有时间找齐所有的物证。或者，检察官发现从各个实验室过来的结果五花八门，没有足够时间鉴别和组织这些证据，构成案件的来龙去脉，最后还得做好计划，有效地把这些证据呈现给陪审团。

七月九日，一个雾霭弥漫、空气微寒的周一清晨，迪斯马斯·哈迪从自己硕大的文件包中拿出材料，放在法院第24号法庭的被告席上。负责庭审的法官是卡洛·戈麦斯。哈迪对于麦奎尔想加快庭审的理由毫无兴趣。这些陈词滥调他都听过，而且对每一条都有反驳的理由。

虽然哈迪对摩西尽心尽力，但摩西在他们第二次会面（被捕的第二天）的时候告诉他说，他绝不会把自己的大部分晚年时光耗在监狱里，一分钟都不能多待。他让哈迪尽快走Px程序，即预审听证程序。根据法律，这最快可以在他被捕后十个法庭工作日内进行。

哈迪好话说尽也没能说服摩西。Px 的证据标准是"合理根据"，这比法庭"合理怀疑"的取证要求低得多。合理根据基于两点：1. 是否有理由相信犯罪行为实施了？2.是否是被告实施的？此外，在 Px 里，是由一个法官，而不是一群像麦奎尔一般的普通人组成的陪审团来做出判断；最后，在 Px 中，传闻是可以被接受成为证据的，这对被告非常不利。

如果哈迪想在 Px 中占上风，他需要做数月的准备：与同事进行冗长的讨论和大量的商议，制定出精细的战略，想出罪案发生的另一种可能，寻找专家证人，准备好作为辩护律师的各种"弹药"。而这次，他只有十个工作日来准备。如果法官认为摩西有可能实施了犯罪，摩西就得应诉，然后进入庭审阶段。预审听证会完全是按部就班，检方陈述了他们在三叶草酒吧和麦奎尔家里的搜查结果，只字未提重案组警探从目击证人那儿查问到的、未经证实的证词——这让哈迪甚至没有机会为自己的客户辩护一句。

两周以后，面对谋杀指控，摩西申请无罪判决，而且拒绝延期，这意味着庭审会在六十天内展开。

此时此地，赌注就是摩西的下半辈子。

真够荒谬的。

今天应该算是正式庭审的第一天，不过真正的唇枪舌剑：陈述、证据、证人和辩论还没有开始。他们第一步要做的是物色陪审员，组成陪审团。哈迪相信这个案子中，陪审团的选择将是决定胜败的关键——甚至带些神秘色彩——虽然这事儿从来都是重要的，同时也是扯淡的。这个案子与他参与的其他案子的不同在于，该案从来没有淡出媒体的视野。如果有人——这次是所有人——相信布丽塔妮被强暴是点燃谋杀案的导火索，这个罪案便会引来公众关于女权政治的激烈讨论：各类女权组织齐声谴责杰萨普的恶行,大谈以约会之名行强奸之实的"文化";《纪事报》连载四期关于"约会强奸"的专刊,介绍此行为的普遍性、后果以及迷药的使用。

这些报道又引来激烈的反对,许多人认为报纸的内容过于详细,简直就是一份"迷奸指导书"。其他人则认为布丽塔妮本来就与杰萨普有男女关系,这所谓的"约会强奸"并不是实情,要么是她"自找"的,要么是因为杰萨普与她分手,她才谎称被强奸,以此惩罚他。自然的,广播脱口秀里把她称为"荡妇"。更糟的是,布丽塔妮的照片出现在CNN和其他有线电视的新闻里,引来各种试镜邀请。不过就哈迪所知,布丽塔妮统统回绝。但她无法拒绝的是,她不情愿地成了某种媒体偶像,她的照片出现在所有八卦小报上。

麦奎尔也成为激烈辩论的主题:父亲发现女儿被强奸后应该怎么做?他追杀施暴者是正当的吗?他能免罪吗?为什么这么多强奸受害者没有报案?如果受害人没有报案,又怎么让强奸犯伏法?虽然哈迪对这些问题都严词拒绝任何评论,并且反复强调无论强奸发生与否,他的客户申请的都是无罪判决,因此应该被认为是无罪的。甚至麦奎尔也上了当地一份杂志的封面:《琼斯夫人》(一份左翼政治杂志——译者注),杂志里面还有一篇文章直言不讳攻击摩西这种"西部牛仔式的正义"。

哈迪读文章的时候,只觉得文章写得鞭辟入里。

所有这一切都意味着陪审团的选择难上加难。要在旧金山找到合适的公民,而且他/她需要不清楚案情,不会先入为主地带有偏见,做到公平公正地参与判决,这即使不是不可能,也是非常困难。不说太宽泛的事,比如麦奎尔的人生经历,他是什么样的人,为什么会去行使私刑正义等等,单单"他之前有过类似的行为吗"这样的问题已让事情如同噩梦。

虽然情况恶劣,但这还不是最让哈迪操心的事。

哈迪也考虑过申请改变审判地点。虽然法官很有可能允许这样的提议，不过哈迪更关注的是如何找到一两个同情摩西的陪审员，以便能在其他十个陪审员认为有罪的情况下阻止定罪成立。他很清楚旧金山的公民——陪审员候选者们政治活跃、观点坚定、意志顽强、反对强权、反对墨守成规，因此在旧金山找到认为摩西无罪的陪审员的可能性更大一些。

吉娜·柔克从旁听席座位站起来，环顾法庭里面熙熙攘攘、窃窃私语的人群。房间几乎被占满了，只有侧面和后面的墙边还有些空隙。"候选人有多少？"

"一组有两百人，进行社会名声和经济能力筛选，连续三天，一日三组。"哈迪说，"我们希望找到一百名可以随叫随到的候选陪审员在这儿等待审核。"

"这怕是要花一个月。"

"我已经给法官说了。斯蒂尔也表示同意。法官估计这需要一周时间。"

吉娜绷着脸苦笑道："这么积极向上的开头真好啊。可我们的客户又在哪儿？"

"他们怕是把他忘了。"哈迪抬起一只手，"真的。他现在该到了。"

"然后从法庭后面戴着镣铐招摇而出？"吉娜说，"他们不应该这么早就把候选陪审员带进来的。"

"你觉得我应该告诉戈麦斯法官，要她把这些人都赶出去，让摩西能像个自由人一样大摇大摆地进来？再耽误半个小时？"

"这是个谋杀案，"吉娜回答，"这些陪审员不可能不知道他已经入狱。"

"实际上，"哈迪说，"摩西不能戴着镣铐出现在他们面前，这是法律程序，可不是开玩笑的。如果上诉法院知道我放任这事发生，会认为我玩忽职守的。"

"就算你是玩忽职守，摩西被判有罪，而后上诉法院驳回裁决，让他无罪释放。上帝也是允许的。顺便问一句，摩西至少会有得体的衣着吧？"

"是的。"这意味着摩西不会穿着监狱的橙色连体服出现在候选陪审员面前；他会穿着上好的西裤，熨烫过的衬衫，得体的西装，打着领带出现。手铐脚镣也会在进入法庭前在走廊上被卸掉。

哈迪意识到他们的工作已经进行到各种具体细节上。从现在开始到法官进来之前，每件事都非常重要。"我过去给法警说说，确保我能和摩西一起进来。"哈迪说着推开椅子站起来。

在他左边，靠近陪审员席（现在坐着十二位候选陪审员以及六位候补）的地方，保罗·斯蒂尔与他的助手坐在检方席的桌子后，装模作样地查阅电脑上候选陪审员的名单。实际上这些名字本身不能让他知道任何事。

哈迪走到斯蒂尔身边，毫无预兆地停在他的一侧，脸上一副战斗开始的表情。

"你好，保罗。"他一边说着一边伸出手，"在我们开始之前，我想我应该道一声早安。"

这是哈迪精心策划的另一个微小行动，目的在于让所有可能的陪审员看到辩方与检方都是热情友好的专业人士，这样哈迪与被告的关系应该就不至于让他自己，以及他的搭档——担任被告的次席辩护律师的艾米·吴被他们小看。

斯蒂尔直起身，握了握哈迪的手，向他介绍自己的助理拉斯·甘德森。这位年轻人有一头齐肩的红色长发和浓密的八字胡。

接下来是更多的握手和寒暄。

哈迪走到法官席旁,向法警解释了他的处境。法警点点头,把他带到法庭后面的内部走廊上。就在他向直达监狱的电梯口张望的时候,戈麦斯法官离开她的办公室,身着长袍,向他走来。

她是位纤瘦的女士,即使穿着宽大的长袍也是如此。当她抽中这个案子的时候,哈迪就查了她的底。因为这个罪案的性质,他本希望法官是个男的或至少已为人父母,然而她两者皆不是。

她46岁,单身,乔治敦法学院毕业,由加州州长杰瑞·布朗任命,作为法官的资历不算深厚。她留着齐肩的黑发,如果去掉眼镜,她的面容可谓美丽,尤其在她眉头舒展的时候。然而不幸的是,她思考问题时,总是眉头紧锁。

随着他们之间距离的缩短,哈迪看出她显然在思考:站在她法庭后面的这个男人是谁?当她突然想起之后,她停下脚步,没有伸手,而是直接说:"哈迪先生,这么绅士地护送我进法庭?"

"不好意思,我是在等我的客户。看起来他被带错地方了。"

法官被逗乐了,摇摇头:"这是我接过的最大案子,他们居然忘了把被告带过来。我相信这有所预示,不过我不清楚是什么。"

"我会保证他衣着得体的,法官大人。我不会就陪审员比当事人更早入场这一问题进行投诉,只要他没戴手铐,在我的陪同下出庭即可。这也许还得等些时候。您想在这里等候吗?"

法官揶揄地笑笑:"我猜你不希望我们现在就进去,在被告不在场的情况下开庭吧?"

"法官大人,老实说,如果只是我,我倒愿意这么做。但这是被告的审判,法官大人。他应该在这里,直面检方的指控和这一切。"

"是的。"她说,"理所当然。"她叹口气,她的眉毛又皱了起来,让她看上去仿佛一下老了十岁。"我会在我的办公室里。"她说,"当你准备好的时候,能让法警通知我吗?"

"当然,法官大人。"

当她转身离去的时候,哈迪发现他赢得了一个小小的胜利。他不会认为这有什么重大意义,但他们的关系刚刚发生了微妙的变化,他们之间已经有了一丝人情味。他必须好好利用。

陪审员筛选尽管极其重要,有时也让人焦头烂额。

第一轮筛选条件是社会名声和经济能力,比如说陪审员要能长期听审而不严重影响其个人生活和工作。筛掉的人包括没有足够日托能力的单亲家长,私营老板,没有带薪陪审的公司雇员,有某些疾病或身体状况,或其他类似问题的人。社会名声筛选并不排除一切听说过案情的候选人,因为几乎所有人都听说了。被排除的是那些根据读到的、听到的信息,已经带有成见的人,因为他们不能给被告以公平的审判。最后的困难是庭审不是几天就可以完成的,这种漫长的陪审很多人都受不了。

艾米·吴的父亲是黑人母亲是华裔。自弗里曼 & 哈迪 & 柔克事务所成立起,她就在这里工作,并在去年成为合伙人。她 33 岁,是一位经验丰富,能力超群的刑事辩护律师。同时,她长得也不错,因此哈迪觉得她能让被告席看起来没有那么令人厌恶。

此时,吴、柔克和哈迪正在"希腊人卢"里,坐在墙角的桌边。今天的特色菜是一碗放满羊肉丸子、茄子和卡拉马塔橄榄的中国面条,里面还有很多泰式甜辣酱。然而这道菜却意外地好吃。

哈迪拿着筷子,夹起一颗橄榄:"利害冲突。"他不需要把话说全,他面前的两位女士都是律师,清楚他的所指:你是否与执法部门的职员有私人关系?你是否曾是罪案的受害者?或者被判过罪?是否被逮捕过?是否有任何事情可能会阻碍你在这个案件中做出公正公平的判决?

每一位通过经济能力筛选的陪审员候选人都得填写 23 页的问卷调查。哈迪和吴阅读之后给他们依次打分。现在他们正在 120 个左右的人选中徘徊，物色出 12 位陪审员和 4 位候补。

"这周剩下的时间恐怕都要耗在这上面了，至少是这样。"哈迪说，"我只能祈祷我们能在周五下午开始进入实际证据环节，不过我也不敢打包票。还有，吉娜，你知道你不用待在这里。在目击证人出场之前，我都不需要麻烦你。"

紧凑的审判日程带来的另一个结果，而且毫无疑问是个非常好的结果，由于同情疲于奔命的哈迪，吉娜主动提出到法庭旁听，在需要的时候搭把手。她是一名经验丰富的审判律师，可以为被告席带来不同的视角和敏锐的法律思维。当然她也有不足为人道的算盘，她希望离麦奎尔近些，尽力把他限制在可控范围内，在摩西和迪兹之间起到一些缓冲作用。她知道，这两位强势的雄性如果意见不一，闹将起来事情可不妙。这样的冲突在他们讨论审判策略的过程中时有发生。

"摩西气色不错。"艾米说，"可能睡得挺好的吧。"

哈迪回应道："是啊，我戳了四下才把他弄醒。我们得让他在出庭的时候不要一副无聊透顶的样子，或是直接睡着了。"

"这对任何人都是巨大的挑战。"

"同意。不过他可是面对着下半辈子坐牢的可能。最好能让他看起来不那么淡定。你懂的，得让他像个正常人的样子。"

吉娜把筷子放在碗边，压低声音说："迪兹，他看上去根本不信他的余生会在牢里度过。他觉得人们会认同他是正义的，因此陪审团不会判他有罪。"

"陪审员们看到尸检照片的时候就会改变主意的。"

"也许不会，如果我们把有女儿的父亲们弄进陪审团里面的话。"

哈迪的肩膀一起一伏，仿佛在笑。"是啊，祝你好运。你觉得斯蒂尔会让你如意？"

"同意，应该不会。不过我们还是多往好处想吧。我们只需要一点好运就行了。"

【第二十五章】

哈迪对大丑脸记忆犹新。他可不是等闲之辈。他们上次对阵时，斯蒂尔一直占据优势，哈迪用了十一个小时的时间才扭转局面，揭示真相，找出真凶。而那真凶并不是哈迪的当事人。如果没有那个相当偶然的发现，哈迪肯定会败下阵来，而他的客户恐怕现在还在监狱里服刑。

那时斯蒂尔还是一名经验相对欠缺的地方检察官。他已经在这里摸爬滚打数年，赢得数个大胜利，成为一颗冉冉升起的律政新星。为了分到这个案子，他不停游说法雷尔。而维斯仍然在被人含沙射影，说他与格利特斯基、哈迪串通包庇麦奎尔，因此他只得任命斯蒂尔为公诉人，乘机向司法界和执法界人士证明他正在全力追查麦奎尔案。

陪审员筛选结束时，斯蒂尔已经声名鹊起，他的言行举止让人觉得他自信满满。这让哈迪心神不宁，觉得自己不知怎的已经输掉一局，而且是大败。但与预先的设想不同的是，斯蒂尔允许了不是一位，而是五位有女儿的父亲进入了陪审团。艾米也觉得这有些意外。

哈迪的第一反应是他骗过了狐狸，但这种喜悦很快便被一种忐忑不安的感觉取代——他一定遗漏了很重要的东西。斯蒂尔一开始就不按常理出牌，哈迪不知他意欲何为，感到仓惶不已。他们费了好大的力气才挑选出这相对满意的陪审团，而他现在感觉是，如果让他重选，他会明智地不这么选。但是该如何选，他也不清楚。

每个律师都知道，在审讯过程中最需要避免的，就是出乎意料。哈迪感觉一开始就被打了个措手不及。

现在是周五早上，他不得不将这些担心烦恼都放下。法庭旁听席再次人满为患，不过这次坐的不再是陪审团候选人。黄色硬木椅子上坐满了本地和全国各地前来的记者和地检办的成员，其中就有维斯·法雷尔。他进来时，故意没有向他的前合伙人柔克和哈迪打招呼，而是直接坐到公诉方侧的旁听席上。

摩西的妻子苏珊坐在哈迪背后的第一排上，一脸寒霜。与苏珊隔着过道相对的，是一位表情同样严肃的女士。哈迪稍后得知那是杰萨普的母亲。

让人没想到的是，亚伯·格利特斯基没有到场。哈迪没有时间考虑他怎么样了。那不是现在的问题。

摩西坐在哈迪和艾米之间。他穿着苏珊带来的衣裤。一周的庭审中，他气色一直不错，也没有在法庭上睡着，而且一脸的悠闲，仿佛是在等待一出大戏的上演。面对不同结局的天差地别，他表现出的是神圣的宁静。

接着——这总给人一种突然的感觉——法庭里全员起立，戈麦斯法官进入法庭，坐在高高的法官席上。双方律师向法庭书记进行自我介绍。所有的等待到此真正结束。斯蒂尔站起身，面向陪审团立定。他的站姿很有特色，看上去像个运动员：手臂略微伸到身前，仿佛准备开球。

"陪审团的女士们先生们，早上好。

"首先我想对你们在陪审员筛选期间表现出来的耐心表示感谢。数分钟之后，我将传唤证人出庭，他们的证词会证明我们对被告的指控。但在此之前，我想占用你们几分钟时间，为大家介绍一下证据佐证下的案件梗概或者说是预告。希望你们能从中得到有用的启示，知道我们为什么会询问某些问题，并借此将证人即将提供的信息组织起来。

"这是一个案情简单明了的案件。被告使用一根棍棒——实际上是一根叫做希莱拉的爱尔兰特色武器。多年以来，这根希莱拉一直放在被告拥有的酒吧的吧台下面。他用这根希莱拉击打瑞克·杰萨普，直至他死亡。他打断了杰萨普的手臂，击碎了他的头颅。他如此用力地反复击打，让我们从尸检照片上几乎无法辨认出被害人的模样。很不幸，你们需要看着这些照片，并听取法医对这种野蛮凶残暴行的解析。他如此用力，甚至在瑞克·杰萨普的头颅上留下了棍棒的印记。

"行凶之后,被告将棍棒丢弃。实际上,这根棍棒在谋杀案发生之后不知所踪,这本身就显示了它是凶器。更显然的证据是你们即将听到的证词。一位专家证人会向你们介绍一张拍摄于被告酒吧的照片,照片上他正拿着那根棍棒,那根用来杀害瑞克·杰萨普的棍棒。

"我现在不会花时间向你们讲述每位证人的所有证言。如果我那样做,我的开场陈述就会跟这场审判一样长。我真心希望各位了解,证人们告诉你们的证词都是真实的——百分之百真实。他们看到被告拿着棍棒,出现在杰萨普先生公寓附近的街道上,而且就在他被杀的时间段。更让人信服的是,罪案实验室在被告的车上、外套上以及他家鞋柜里发现的一双鞋上,都发现了杰萨普先生的血迹。"

哈迪努力控制自己不显露出任何情绪。艾米温柔而缓慢地摩挲着麦奎尔的手臂。这一刻是无法避免的,如果哈迪要为摩西做无罪辩护,这是个糟糕得不能再糟糕的时刻。单单这些血液的发现,就有逮捕摩西的充足理由,何况还有其他佐证。

斯蒂尔继续说:"被告为什么会做出这样的事?怎么会有人能做出如此的恶行?这样直白的报复。"

斯蒂尔没有停顿,继续介绍布丽塔妮与杰萨普的瓜葛,介绍她如何自称受到杰萨普的攻击,以及麦奎尔第一次殴打杰萨普的事实,以及最后布丽塔妮指控受到杰萨普强奸,驱使她的父亲盛怒之下杀人。

他的陈述简单明了,令人信服。

哈迪对此忿恨不已。

斯蒂尔继续铺陈:"女士们先生们。'私刑正义'不是正义。被告夺取另一个人生命的行为,依法定义为谋杀。在你们听到所有的证据,以及法庭指引你们正确评审证据的说明后,我请求你们做出判决。这也是你们发誓履行的义务。谢谢。"

哈迪常常让命运决定他的行动。他认为这能让他随机应变,更好地发起攻击,占得先机。

开车在雷克大道上向西前进时,他决定如果在距离格利特斯基家不远的地方有停车位,他就把车停在那儿。他们已经一个月没见面,以他们的交情,这是一段相当长的时间。

街角真的出现了一个空车位。

一分钟以后,他已经走完半条死胡同,爬完通往格利特斯基的十二级台阶。

他按响门铃,等待,再按。这不正常,他想。那个停车位太完美。格利特斯基肯定在家。否则他还能干什么?虽然,说句公道话,哈迪应该先打个电话。但如果那样,他们还有什么默契可言?

他长叹一口气,转身往回走。他刚下完一半台阶,就听到背后的门开了。他停下来,转过身,看到他的朋友光着脚,穿着牛仔裤和一件白色T恤,满脸的花白胡楂——至少三天没剃过了。哈迪已经记不清格利特斯基上次穿牛仔裤是什么时候,但他确信自己从没见过格利特斯基穿T恤,或是不刮胡子。"我在找一个叫亚伯·格利特斯基的人。他年老体衰而且碍手碍脚。"

格利特斯基点点头:"我看看他在不在。"

"总之,我得说一切还好。"哈迪说。他坐在朋友客厅的沙发上,喝着冰茶。格利特斯基刚刚打完盹,盘腿坐在地上。这位警督——准确地说是前警督,正处于人生低潮。为了活跃气氛,哈迪向老伙计复述了他的开场陈述,一如既往地高调。"老丑脸透露了些细节,想搞出些悲情,我把他打得屁滚尿流。就像摩西第一次打杰萨普那样。"

"光辉时刻之一?"

"从某种意义来说是的,给那些诘问提供了另一种合理解释——鞋子、夹克和车里的血迹是怎么来的。如果我们不尽早反驳，肯定会被定成死案。"

"可是，如果我没搞错的话，没有目击者。"

"没错，没错。但这至少可以让他们考虑另外一种可能性。"

"如果我是陪审员，我会想，摩西这么暴躁，动不动就出手打人，是不是喝酒了。"

"酒精已经代谢出他的身体，查不出来了。"

"很好。"格利特斯基说，"那他们找到那个希莱拉了吗？"

"没有，不过他们已经找到证人，正在分析那些照片——你知道的，从三叶草'耻辱墙'上搞到的。照片上，摩西正拿着那该死的玩意显摆，跟实物一般大小，细节清楚。这个证人会证实杰萨普头上的创伤跟那手杖完全吻合。然后我会让他自食其言。"

"你的理由是什么？"

"他没有杀人。简单直白。那就意味着杀手另有其人。"

"你有嫌疑对象吗？"

"好几个。利亚姆·古德曼，乔恩·罗，一个随机雇佣的杀手。我们时间不足，但杰萨普先生也不像人们说的那么好。他参与了一些相当古怪的事情，如果其中有些曝光，会让某些有权或是有财或是兼而有之的人声名扫地。"

"市政主管利亚姆·古德曼？"

哈迪用夸张的动作表示了这种可能性的存在。

"你真的相信这些？"

"有时相信一部分。但不会全部相信。有些进展，现在我们的调查已经深入内部。我需要更多的理论、转移注意力的理由、洗罪的证据，所有证据，任何证据。"

哈迪喝了口茶："你的退休生活怎么样？我之所以问，是因为我也打算退了。"

"不怎么样?"

"是的,不怎么样。顺便说一下,我是开玩笑的。"

格利特斯基想了想:"我刚刚有点言过其实。但你不会喜欢的。"

"你呢?"

"非常不喜欢。无聊无聊还是无聊。孩子去学校,崔娅去上班。我可不是个可以整天守着电视机的人。"

"看书啊。"哈迪说,"这个耗时间。你不是很喜欢读书吗?"

"某种程度上是的。一天三个小时没问题,超出就受不了。如果你接下来说'高尔夫',那就没啥好谈的了。不过我没事。"格利特斯基说,"我会找到打发时间的办法。"

"我询问你的退休情况是有理由的。我想让你出去走走。这看起来对你有好处。"

格利特斯基靠在他的阅读椅子上:"我洗耳恭听。"

"如果我让你做我的证人,就在这个案子里,你觉得怎么样?"

格利特斯基吃惊地张开嘴巴——足足有一英寸宽:"好像我在前同事面前脸还丢得不够似的。"

"他们对待你的方式并不公平,不是吗?你欠他们什么了?"

"没有,但这还是……你想让我说什么?"

哈迪耸耸肩:"就说说你对于案件调查推进得如此之快的感想。因为受人关注,因为古德曼对拉皮尔施压,所以她屈于压力,没按照正常办案流程走。他们刚刚得到强奸动机的信息,就认定摩西是凶手,就停止对其他嫌疑人的调查。"

"迪兹,谁会在乎我对此案的看法?法官有理由让我提及这些事情吗?"

"因为我想辩称警探们是受到上司的行政压力才逮捕摩西的,然后他们又向证人施压，有意无意地罗织证言，制造对摩西的指认。整个案件调查都受到了政治因素的干扰。"

"他们有三个证人的指认，还有血检结果，迪兹。你想怎么办？"

"我想让陪审员们认为警察们——特别是拉皮尔——完全没有去调查过其他嫌疑人。亚伯，凶手另有其人。警察们急急忙忙地抓住了最明显的疑犯，让真凶逍遥法外。"

"这样啊。"格利特斯基挠挠胡楂，思索起来。"但如果我提到这些，就会牵涉到……你知道会牵扯到什么。"

"当然，我们的友谊，还有我们之间那无耻的串通。全都是屁事。根本就没发生过，你我都心知肚明。"

"是啊，但看起来……"

"不用管它，都是假的。"鉴于话题的敏感性，哈迪探过身，把双肘支在膝盖上，"听着，亚伯，这同时也是个让你直面这些流言的机会，把这个包袱一劳永逸地放下。你看看你，被迫离开你热爱而且擅长的工作。"

"就证据而言，你没有说服力。"

"胡说。首先，你这样灰头土脸地下台，你的名誉受到很大损伤。"

"的确。把你的打算说来听听。"

"我准备这么做：你给我站在法庭上，发完誓，然后说局长反应过度。如果他们出来对质，你就发誓你没有打电话告诉我他们即将逮捕摩西。这也是事实。噢，对了，顺便提点小事。知道那个把你排除在外的瑞美授权令吧？连维斯和他办公室的人都被绕过了。也就是说，连现在发起公诉的地检办公室都被绕过了。"

"可他们有血检结果、DNA，还有目击证人。"格利特斯基无可奈何地说。

哈迪不耐烦地打断他："都可以解释。而且都有合理的解释。这三项有两项都是逮捕以后才发现的。这里的关键是,斯蒂尔将左右为难,一方面要代表地检办公室和他的老板法雷尔定摩西的罪,同时又要解释当时他们为何被拉皮尔怀疑与我们串通,在抓捕摩西的行动上完全被排除在外。"哈迪露齿一笑,"我甚至应该传唤维斯出庭作证。让作为原告的首席地检官去为被告作证,这他妈的不精彩吗?原谅我的粗口。我可能会因此被写入法律史。我要维斯像你一般发誓,声明我们没有串通。我们的确相互认识,但我们都是专业人士,都曾经作为原被告律师对簿公堂。但我们从来没有违反职业道德和法律。哇哦!这太爽了。我爱死这情景。"

"你得意忘形了。"

"我没有。如果不出意外,这会让你洗清串通的嫌疑。你将不必在你可悲的余生里藏在起居室中,躲开前同事们,躲开所有光怪陆离而又充满诱惑的城市生活。"

"这不是……"

哈迪再次做出阻止的手势:"求你了,找个镜子照照。看看你自己。你说说自己像个什么样!"

一阵令人不适的沉默。

格利特斯基狠狠瞪了哈迪一眼,不过没达到效果。哈迪已经看过无数次这种眼神,根本不怕他。秒针滴答。格利特斯基吸口气:"拉皮尔叫我去谈话时,还暗指了其他事。"

"什么事儿?"

"那事儿,那流言。"

"那又怎么样?那是流言。都是那些升职受阻的人在嚼舌头,因为你比他们更胜任自己的工作。从来就是这样——嫉妒你就传播有关你的流言。他们没有证据,理智的人都会考虑到消息来源,对传言不屑一顾的。"哈迪靠着沙发,喝着茶。"亚伯,都快七年了。如果还有任何证据——

哪怕一丝一毫的证据——你不认为现在应该已经有事找上门了吗？你知道吗？没有证据。再也不会有任何证据。摩西把它们都丢入了深邃的海底，只有他知道确切地点。

"那我们该怎么做？我们得把摩西从这案子里捞出来，那样他就不会在监狱里喝普拉诺（监狱里用食物残渣私酿的劣酒——译者注），不会烂醉如泥，把不该说的都说出来。与此同时，你的证词会让拉皮尔名声扫地，打击斯蒂尔和整个检方的气势，恢复你的名誉，并让陪审团知道本案还有其他许多可能性需要考虑。"

"我可不想在法庭上与你作对。"格利特斯基总结道，"你可以把人给磨死。"

"这点我喜欢，这就是上帝把我放在这个岗位上的原因。"

"真不知上帝是怎么想的！"格利特斯基叹道。

几分钟后，哈迪走出卫生间，格利特斯基正在厨房水槽里洗杯子。哈迪毫无征兆地又开口了："还有件事儿。"

"你总是有事儿。"

"这算是私人小忙。"

"刚才那个不是？为被告作证？你想过这……？"

哈迪打断他："那事定了。你的证词会恢复宇宙的秩序。因此，是对大家都有益的。这事情只是个小事。"

格利特斯基白了他一眼："上帝原谅我们吧。"接着他看着哈迪。"什么事？"

"有一个牵涉进来的旁观者。据我所知与此案无关。你在我的家也见过一次。你可能还记得，托尼·索拉亚。"

"是啊，如果他与此案无关，又怎么牵涉进来了？"

"如果我知道，我就不用叫你帮忙了。你还记得你当时根据他的言谈举止，认为他是个警察吗？结果你是对的。他好像曾是曼哈顿的风纪警察。"

"那可是狠角色。现在却是酒保？这可不是正常的事业弧线啊。怎么回事？他受不了压力？"

"看起来他是被保护的证人。一个联邦大案的证人。人口走私，性奴隶，巨额资金。"

"你是怎么知道的？"

哈迪做了个鬼脸："他把这个敏感私密的信息告诉了贝克，不过之后他又为了她表妹布丽塔妮而把她甩了。"

格利特斯基正在用毛巾擦手。听到这些，他停下来，歪着头，一言不发。

哈迪继续说道："最近几个月，他一直在帮摩西照看三叶草酒吧。他和布丽塔妮即使没有热恋，关系也是在平稳发展中。我不清楚你是否知道，不过她是我的教女，也是我的侄女，我感觉对她有些责任。该死，很大的责任。虽然她已经成年，我还是应该关心一下她，尤其因为她最近的遭遇，以及还要承受的审判压力……"哈迪叹口气，"至少，我不想让她与某位来历不明、可能满口谎言的男人有纠葛。"

"你这么认为？"

"我也不知道。我原本打算摸摸他的底，结果这事突然发生，而且庭审进度如此之紧，让我忙到这个境地，也就把他放在一边了。"

"你怎么不找怀特·亨特？你养个私家侦探随时待命不就是为这种事儿？你怎么不叫他调查？"

哈迪点点头。"他已经查过托尼·索拉亚或是托尼号称的真名托尼·斯帕塔罗，看来也是个化名。完全没有他的记录——警察的，黑帮马仔的都没有，毫无痕迹。这个案子如果真的存在，在东部一定是高度保密的，处于绝密状态。怀特所有的数据库中都找不到蛛丝马迹。而且要我说，整个案子都是联邦级别的,你知道的,他们总是帮辩护律师的倒忙,美国法警尤其如此。"

"既然亨特一无所获,你怎么就认为我能有所帮助呢?"

"我还以为你永远不会问呢。作为执法警员,你与FBI打过很多次交道,是吧?不是一次两次。"

"是的。比尔·斯凯勒。"

"要不你找他问问,看他能不能查出来。"

亚伯叠好擦盘子的毛巾,仔细地放在架子上:"我和比尔说不上熟,迪兹。他不会因为我的询问泄露证人的信息。他们在这些证人身上投入了巨大的人力财力,绝不会泄密。这是关乎荣誉的事。负责托尼的法警应该不会告诉比尔的,这不现实。"

"我对你这种敢想敢干的态度表示赞赏,多么鼓舞人心啊。"

"我只是告诉你这几乎不可能。"

"那你得想办法使之成为可能。"

【第二十六章】

次日是星期六。一大早，哈迪正在家里吃早饭，就接到一个电话。

"哈迪先生。我是温斯顿·佩里，很抱歉周末打扰你，但是事情出了点问题，有些棘手，我想我们得立即讨论一下。"

佩里是哈迪请的专家证人，一位专攻证人证词可靠性的心理学家，庭审过程中的关键人物。这位专业人士每出庭一天——不管是作证一整天还是在两三天内每天分别出庭数小时，或者完全没派上用场——都要向哈迪收取3500美元。他出庭，收钱。他飞到旧金山，没派上用场，收钱。他已清空日程，却又没必要飞来旧金山，仍然收钱。他身材高大，风度翩翩，中气十足，面色红润，既是精明的推销员，也是声名卓著的——证人。哈迪还没有让他出过庭，他们只在一起做了半天的准备（两千美元，不包括哈迪给他买的洛杉矶到旧金山的往返机票）。佩里给他留下了深刻印象。

哈迪心中一紧，放下手中的咖啡杯，说："无论是什么，我都相信我们能够妥善解决。什么问题？"

佩里说："我的日程安排是下周一过来作证。那是九天之后，对吧？"

"是的。"哈迪根本不需要查，"是我这样安排的。"

"是的，不过——"这位出色的博士清清嗓子，"实际上，我收到邀请，下周到苏黎世去，在一场国际研讨会上做主讲，这需要一整周时间。我本来是候补，不过不幸的是，原计划的主讲中风了，没法出席。我不想惺惺作态，哈迪先生，我的酬金是75000美元。我看不出我如何能拒绝这样的好意。"

哈迪完全清楚佩里博士为何不能拒绝这样的好意。哈迪他也给过他这样的好意——他们签了合同，而且酬金已经过手。这就是好意的结果。

哈迪好不容易才忍住没有发火。不过没等他从震惊与愤怒中调整过来，佩里继续说话了，仍然是关于这件事情的。

"我很乐意把你已经支付给我的酬劳退回。事情出现这样的曲折，我非常抱歉，但这个机会太宝贵，我不能错过。我揣摩没有我，您的庭审也不是不能继续下去吧？"

"可能不会。"哈迪说，"实际上，陪审员已经宣誓就职。昨天已经进行开场陈述。我们已经开始，不能回头了。"尽管今天是周末，哈迪仍然神经紧绷。这样的状态让他对各种不可预料的事件都有一种超意识的敏感。他不假思索地脱口而出："这个周一有空吗？就是后天？"

电话那头一阵沉默："我确信有一些病人。"

"能改期吗？"

"是的，我想可以。又不是什么要命的病。"

"如果我得到允许，那么你愿意在这个周一出庭作证吗？"

"当然。这是个绝妙的解决方案。你能让法官同意吗？"

"我不担心法官。我担心地检官。不过我倒不觉得这有什么大不了的。陪审团早晚都会听到你的证词。都是基本的背景信息。我看不出他们为什么要反对提前听听。"

"我不太清楚。我没有这方面的经验。"

"好吧，给我几个小时，我会知会你的。"

哈迪挂上电话。弗朗妮走过来，在他的杯子里倒了些新鲜咖啡，然后拉开一张椅子坐下来。

"听起来不是好事。"

"是佩里，我的证人专家。他在苏黎世找到更好的差事，决定去。"

"苏黎世？"

"别问了。"

"他怎么能这样？你不是需要他吗？"

"我想我的确需要他。所以我才雇佣他。我本来可以请求法官给他发出庭强制令,但那样对我们有什么好处呢?要他出庭作证是为了帮助我们。如果我们让他的大支票飞了——不是我们给他的那张——就算他不对我们恨之入骨,也是消极怠工。"

"那么你打算怎么办?"

"游说斯蒂尔同意让他周一出庭。如果他不反对,法官多半也不会有意见。"

"那你还得用一段时间电话吧?"

"怎么了?你需要打电话吗?"

"噢,没关系,我的事可以推推。你需要打这些电话。"

"只打一个。"哈迪说,"给斯蒂尔。"

"不知会法官吗?"

哈迪摇摇头:"单方面行动,这是不能做的。"在刑事案件中,一方律师与法官的交谈,必须有另一方律师在场。"这事必须周一早上在法庭上讲。"

"那样岂不是太迟了?如果你的证人已经在场,而法官拒绝他出庭作证,那怎么办?"

"那样佩里就没法作证,我就损失3500美元,外加住宿费、机票以及租车费用。但谁会管这些呢?"

"那样的话,摩西就没了专家证人。"

"是的。那样的话,我可能只有申请审判无效。"

"然后重新开始?摩西蹲在监狱里,然后所有的事情都重新开始?"

哈迪靠到椅背上,看着自己的妻子。他轻轻地捏着她的手,用温柔的语气说:"他最好适应监狱生活,弗朗妮。不管有没有专家证人,我都会全力把他保出来,但你也不得不承认,他掉进的坑太深了。"

弗朗妮叹口气,眼光四处扫了一番,然后回过头看着丈夫:"你总是说不想听到真相，因为那无关紧要，但那不是无关紧要的。"

"同意。真相是要紧的。"

"那好。"她缓了缓，"他没有杀人，你知道的。"

哈迪收回手，抱起双臂，语气仍然舒缓地说："我们是在说谁杀了瑞克·杰萨普吧？"

弗朗妮点点头："不是摩西。"

"他从没给我说过。"

"你一直给他说你不想知道。他一开口你就打断他。你说这不重要，你只是根据证据辩护。"

"是的。我不想听他的谎话，那会让我更想抛弃他。"

"如果他没有说谎呢？"

"你怎么会认为他没有？"

她犹豫了一会儿："他告诉苏珊的。就在昨天，开场陈述之后。苏珊去看他，摩西告诉苏珊，他听了斯蒂尔的陈述之后，他才意识到情况看起来有多糟。"

"他早就应该知道。我给他说过上百遍。"

"我也不知道。也许之前他都没意识到问题的严重性。但昨天他终于意识到了。因此苏珊直接问他怎么能做出这种事，将他的家庭和婚姻置于危险之中。苏珊还说，即使你让摩西免于牢狱之灾，她也不确定是否还能与摩西一起生活。于是摩西就向苏珊坦白了。"

"他没有做？没有杀掉杰萨普？"

"是的。"

哈迪垂下头。

弗朗妮说："你不信。"

哈迪看着她回答："有什么区别吗？"

"你不信任他？"

"我听他亲口说过,弗朗妮,所以这不是信不信任的问题。"

"也许你该问问他。"

"我会的。现在我会去问他了。一定会去。但你必须承认,他有可能只让苏珊听到了她想听到的答案,那样苏珊才不会离开他。"

"你的意思是他向苏珊撒谎了?"

哈迪以缄默作为回答。

"他不会做那样的事。"弗朗妮继续说道,"他不是那样的人。"

"那你认为……"哈迪的话戛然而止。他抓挠着桌子,抬眼望着弗朗妮:"那根希莱拉哪儿去了?"

斯蒂尔正在观看女儿的足球比赛,没有把哈迪的话听得很清楚,不过最后他还是理清了头绪。

"你希望我放任你用你请的专家证人去洗陪审团的脑?告诉他们我的证人的证词有很多可能是错的?因此在我甚至没有唤证人出庭之前,陪审团就不再相信他们的证言?我为什么要同意这样做?"

"理由如下,"哈迪毫不停歇地说下去,"首先,如果我没有佩里的证词,我就要求审判无效。这不是威胁。这是事实。我的辩护很大程度上就是攻击你的证人证词的可靠性。如果我做不到这点,我就没了根基。那干脆再等六十天,从头再来。我们都不想这样吧?"

"我为什么会在乎?"

"你的证人的记忆会减退,新的陪审团也许你根本不喜欢。我的私人侦探会找到另一个嫌疑犯。而这人正好被大巴撞死了。谁知道呢。"

"你做梦吧。"斯蒂尔回答。

哈迪稍稍让步,但气势未减:"那好,不如这样吧。如果佩里的证词提前,他对陪审员们的看法的影响就更小。他们之后会听到你的证人的证言,而且基本上不会反驳。他们会记下这些证言,不会去怀疑它们的可靠性。"哈迪自己也不相信这些话,不过他觉得这是个不错的理由,"最主要的是,我认为这不会对我们双方在法庭上的辩论造成太大的影响,无论好的还是坏的。佩里的证词早晚都会说,至于陪审员如何解读,那是庭审结束后根据《陪审团指导书》来决定的。"

之后是长时间的沉默。哈迪听到呼呼的风声,以及家长们的欢呼声。最后,斯蒂尔终于说:"这样吧,哈迪先生,我再考虑一下,周一早上知会你。这样如何?"

"听起来不像是拒绝,谢谢你能考虑。"

哈迪一挂掉电话,立刻拨通佩里博士,给他一个明确的消息:地检官已经同意周一让他出庭作证,因此他应该取消看病的预约,并做好到旧金山出庭的准备。

哈迪放下电话后,才意识到他说的是彻头彻尾的谎言。这让他想起现在得去市中心与他的客户聊聊。

律师访问室里有一面弧形玻璃墙,哈迪沿着墙边踱着步,从入口一直踱到对面。

摩西身穿囚服坐在桌旁。"我不是想教你怎么做律师。"他说,"你说你不想知道,那我就不说了。我不想玩文字游戏。如果我说我没杀人,你认为我在撒谎。如果我说我杀了,你就是在为有罪的人做无罪辩护。你为什么愿意这样做?"

"实际上,如果你有罪,我也照样辩护。如果有人像杰萨普那样伤害了贝克,我或许也会如此。我理解。"

"苏珊不怎么能理解。她一直以为我杀了这个家伙,而且……"

"可你却让她一直这样认为?这又是为了什么?你本来可以当即就告诉她,省得她如此伤心。"

"你觉得她会相信我吗?"摩西推了推他多次骨折的鼻梁,"老实说,我很生气。大家都这么轻易地就相信我杀了人。甚至苏珊，甚至布丽塔妮，还有你。好吧，你们都这样看我，我就做一下这样的人。看看你们心情如何。"

"你给我们直说会死吗？哪怕告诉我们一个人也行啊！"

"去他妈的，少让我钻这种内疚陷阱。我以为让我的妻子、女儿还有，噢对了，还有我最好的朋友，直接相信我没杀人，这不是什么很荒谬的事。我以为你们不会认为我是个会直接去把那小子打死的人，即使他的确罪有应得。你想过我是否会有被亲人抛弃的感觉吗？你想过这可能让我很生气吗？"

哈迪停下脚步："你有暴力前科，摩西。"

麦奎尔眼中闪出一丝阴沉的怒火。他低声咆哮道："迪兹，你也一样。这怎么说？你偶尔会想起这点吗？"

"那不一样。"

麦奎尔暴怒地举起双手："该死的，是不一样。我就是这个意思。那时候，我们被公开威胁，他们会要我们孩子的命。他们已经杀了萨姆·希尔弗曼和戴维·弗里曼。那是一场正在进行的复仇。他们把我们逼到了墙边，我们别无选择。我们五个一致同意，没有选择，不得不做，无论生死。那跟杰萨普这事的情况不一样。但是，所有人都立马认为是我干的，不是吗？与此同时，以你为例，会有人相信你可以毫不留情地杀人吗？为什么我会，你就不会？为什么不是其他什么人干的？"

"好吧，猜猜发生了什么？你还记得大丑脸昨天说过的血检结果、DNA 和目击证人吗？你得承认，这些都说得通。"

麦奎尔叹口气："所以我才告诉苏珊。"

"真相？"

"是的。令人难以相信，但千真万确，都是事实。"

"之前说的都不是？"

"我之前根本没提到过什么。如果我没记错,是你要求我这样做的,而且这适合我的性格。如果大家愿意相信我杀了人,我也不会解释。让他们见鬼去吧。反正证据不会变。你还是会把我弄出去的,对吗?"

哈迪把双手揣在兜里,靠在入口的门上。他与摩西隔着大半个房间。因为如果他离得更近,他会难以抑制住给他的客户一拳的冲动。他转开目光,竭力控制怒火,咒骂自己和麦奎尔基因里的爱尔兰式顽固,以及他们现在的处境。

最后,他终于开口道:"那么,你想说说究竟是怎么回事吗?你会给我说你真的是去钓鱼了吗?"

"不,我没去钓鱼。"

"你的不在场证明是假的?"

"对。起诉我吧。警察第一次来时,我就知道他们是怎么想的了。我知道杰萨普被杀了。我必须有对策。没人会出来证明这是假的。谁他妈在乎呢!"

"陪审团会,如果我决定告诉他们真相:'噢对了,不在场证明是假的'。"

这尽管不好笑,摩西还是笑了一下:"你不会说的。反正也没人相信我去钓鱼了。"

"那你做什么去了?"

"我开车去他那儿了。"

"为什么?"

"不知道。也许想去宰了他,肯定要揍他。还没想好。"

"你还带着希莱拉?"

"当然。上次揍他害得我的手疼了一周。"

"你到了那儿,然后……"

"敲门,没回应。我碰了一下门把手,发现门是开着的。他躺在屋里的地板上,身下全是血。"

"然后你怎么做的？"

"老实说，我也不清楚。在那里站了一分钟，在思考。该死的。然后，也许我过去用希莱拉戳了他一两下。"

"也许？一两下？"

"也许不止。我记不真切了。他死了。这意味着我在那儿出现就惹上了大麻烦。我懊丧中好像还给了他一棒子。然后我就赶紧离开了。"

"目击证人呢？"

麦奎尔摇摇头："我不记得了。我只想着上车离开。"

"你没有告诉苏珊？"

"我什么也没做。有什么好谈的。"

"怎么不谈谈事实？杰萨普死了。"

"反正大家很快都会知道的，不是吗？如果我能避开嫌疑，我也不想让苏珊认为是我干的。我不想让她痛苦。她因为可怜的布丽塔妮已经够难受了。那几天很难熬，于是我就告诉她我去钓鱼，放空一下。"

"希莱拉呢？"

摩西的肩膀沉了下去："我不该带着它的。我爱这老东西。我把它丢到斯托湖里了。"

哈迪走过来，坐在桌边，以平和的口气说："你要我相信，有人在你之前到过杰萨普的公寓？"

"我不知道谁什么时候去过，迪兹。但我到的时候，他已经死了。"

"怎样死的？"

"我一直以为这正是你要去查明的事情。"

"谋杀完全与布丽塔妮无关？"

"我不知道。我会一直说我不知道，因为我的确不知道。我知道的是，我没有杀他。信不信由你，我不在乎。但这是事实。"

"真的，到了这个地步，你还不在乎？"

摩西看着他的眼睛说："是的。"

"好吧,谢谢分享。"哈迪说,"我心里有数了。"

尽管哈迪完全没有被说服,但摩西终于做出了解释。尽管这个解释基本没有说服力,根本无法为其辩护,但从现在开始,这就是他的客户所能依靠的了。他站起身,走到门口,敲敲门提醒法警。

到了六月中旬,对托尼·索拉亚以及他同事罗娜·阮肯和老板法兰克·瑞西欧的指控阴谋已经土崩瓦解。两位乌克兰原告艾格尔·颇瓦利和瓦蒂姆·格纳图克曾指望靠这个指控搞到特殊工作许可。然而他们罗织的莫须有罪名的各种细节再也无法自圆其说。因此,燃烧罗马案的几位被告最后都以被罚款了结此案。艾格尔·颇瓦利和瓦蒂姆·格纳图克被遣返回乌克兰。燃烧罗马重新开张,但首席调酒师已经在小三叶草酒吧做起了全职,接了酒吧老板摩西·麦奎尔的班。

说托尼改变了酒吧的文化氛围并不公允。毕竟,三叶草只是个低调的爱尔兰小飞镖酒吧,从1893年起就开始经营了。但在周末,酒客的类型发生了巨大变化:客户的平均年龄降低了至少十岁。托尼倒着各式各样的鸡尾酒——如果麦奎尔在场,他连名字都叫不出来。吧台后面架子的最下层摆满了各种非传统配料:草药、水果、自制的苦艾调味酒以及各种开胃酒。啤酒桶里也第一次有了小麦啤酒(传统啤酒是大麦酿造的——译者注),音响系统也由原来的老式自动点唱机升级到可下载的音乐播放器,不但声响提高了十分贝,还可以在吧台后面轻松操控。

麦奎尔仍旧待在铁窗后面,想管也管不着。不论这次审判的结果如何,摩西已经是年过六旬的老人,也许是时候把酒吧的日常工作交给一位精力充沛而且看来更有领袖气质的人来打理了。最最基本的是,托尼入主的六周内,销售额提升了百分之二十二——无可指摘。

还有什么没变?

里屋的飞镖室还在,低矮却宽敞,常常人满为患。

周六晚 10:30 分,布丽塔妮来到这里,与母亲组队一起玩飞镖——这在麦奎尔被捕之前并不常见。对手是她的表姐瑞贝卡及其新男友本·范恩斯坦。由于被动成名带来的纷扰,布丽塔妮搬回家住,与贝克以及本和解,还积极为他们俩牵线搭桥,让他们之间的进展良好,不过进度缓慢。

苏珊压制住胡思乱想,第一次开始相信丈夫是无辜的。她找到布丽塔妮分享这信息,看看应该怎么庆祝一下。最后大家就都到酒吧里来了。

苏珊刚刚从靶标上取回飞镖转过身,通往大厅吧台的过厅里一道亮光闪过,让她看不见东西。与此同时,前面大厅里传来一声女人的尖叫,接着一阵巨响,让整栋房子摇摇欲坠。

飞镖室里有四个飞镖靶盘,大约有 20 个人,并不拥挤。当时,有大约一半的人正试图从狭窄的过厅挤到大厅里去。

"布丽塔妮!"一个男声呼唤着,又是一阵闪光,"布丽塔妮·麦奎尔!"又是一次。

苏珊找到女儿,抓住她的臂膀,大叫道:"本,拉住贝克!退到这里来!"

慌忙中,有人开始频繁地开关灯光,但苏珊并不需要光线来认路。进攻的暴徒正从酒吧大厅向通往里屋的过厅推进,她拉着布丽塔妮稳步向后门后退去。

通常,这个后门都是关着的,外面有一个四周有栅栏包围的棚子,用来储存酒桶和整箱的啤酒、零食和烈酒。

苏珊有一串钥匙。她找到钥匙,打开后门。还有八到十个客人也跟着出来了。苏珊打开这里的强光照明灯。

"怎么回事?"

"大家还好吗?"

"前面发生什么事了?"

更多的尖叫声和惊呼声从屋内传来,太多的人挤在太小的空间中。在光线之外的某处,警笛的呼啸声传来了⋯⋯

【第二十七章】

打斗的起因是一位醉酒的摄影师骚扰几位美女，要给她们拍写真。不过这场肉搏主要包括许多醉醺醺的年轻人；过于拥挤，过于热烈，过于吵闹的酒吧；以及几个雄性激素富余，自诩有骑士风度的男朋友。没人知道谁先动的手，然后事情变得一发不可收拾。警察赶来，恢复了秩序，并送一帮子人"回家"。

"那家伙简直就是个煞星！"哈迪吼道。

次日一早，阳光和煦，他站在三叶草外面的人行道上，双手叉腰，难以置信地看着一块三合板——曾经是前橱窗的地方。

上午9:30，贝克给家里打了个电话，大概描述了一下情况。作为三叶草没有坐牢的合伙人，哈迪觉得有责任过去看看损失情况，并做临时补救。

"他在燃烧罗马，"哈迪喃喃自语道，"ABC突击检查。他在这里，酒客骚乱，把该死的玻璃都砸了。这还是强化玻璃啊。我曾经拽着人往上撞都没破！"

"可惜昨晚没撑住。不过这不是托尼的错。"弗朗妮说，"贝克说这是那个摄影师干的。"

"现在连你都保他了？"

"我只是纠正错误。"

"好吧。不过这里谁是律师？"

她拉起哈迪的手："你是。看够了吧？"

他走进窗户，敲了几下。看来还能撑住："如果他还想在中午重新营业，应该很快就来了。我可不想见到他。这个周末我已经见过太多闹剧。"

弗朗妮拉着他向他们的车走去："我只是担心闹剧会升级。"

"为什么?"

"你居然问'为什么?'你认为他们会轻易放过布丽塔妮?"

"不,我相信他们不会。美艳的强奸受害者。父亲正因为杀了她的施暴者而受审。现在又惹上了狗仔队。谁知道这里还会有狗仔队?而且居然还这么多?"

"好吧,现在更多了。她现在还没开始出庭作证呢。想象一下,如果有人发现她男朋友是受保护的证人会如何?那将更是场混战。她必须躲起来。"

"托尼就更不用说了,他的身份会暴露的。那可不是什么好事。至少对布丽塔妮不是,也许对所有相关的人都不是。"哈迪摇摇头,"你知道我不理解什么?"

"量子物理?"

"还有别的。弦理论就更不用提了。"

"你不理解弦理论?"

"不咋懂。不过我真不理解的是这场对布丽塔妮的媒体狂热。我的意思是,布丽塔妮很漂亮。不过这漂亮能值十万美元?"

"是的,如果是裸照,如果在《花花公子》上,就值那么多。"

"他们觉得所有正经的漂亮姑娘都想出现在《花花公子》上吗?"

"的确很多都想。"

"我很欣慰布丽塔妮不想。看来我是个老道学?"

"你绝对不是老道学。而且关键也不在这里。这与隐私有关。发生了这么多事,这是她想要的吗?她只是过着自己的生活。突然,每个人都想要她的照片,她所有的前男友都想谈谈她有多荒唐,在大学时多么放荡。接着,你会发现有人说有她的色情录影带。"

"噢,上帝啊,别这样,至少看在苏珊的分上,摩西就不用说了。"

她耸耸肩:"贝克说她也不敢肯定这是谣言。"

"布丽塔妮会有那么蠢,会留下这种东西?"

弗朗妮促狭地瞪他一眼:"你最近更新过脸书没有?"

"我不怎么喜欢那东西。她在上面?"

"人人都上,迪兹。每个人都在相互跟踪。希望布丽塔妮的留言没有太极端的内容。应该没有,如果有,现在应该早就沸沸扬扬了。不过在那里没有什么隐私可言。不仅如此,如果你在网络上已经被免费展出,你一丝不挂地出现在《花花公子》上,又有什么不可以呢?"

"如果你就是不想在公众眼前一丝不挂呢?"

弗朗妮笑笑,停下脚步,探身吻了一下哈迪的脸,戏谑道:"你真是一个生活在维多利亚时代的可爱小家伙。"

骚乱之后,苏珊和布丽塔妮在酒吧收拾残局。她们在后面的储藏区找到这块三合板——很多年前曾装在前橱窗上,非常合适。打扫完后,她们一起回了苏珊的家。

今天早上,苏珊让女儿继续补觉。此时已快到晌午,布丽塔妮坐在餐桌边,穿着运动短裤和有大学标志的 T 恤。苏珊打开窗户,让温暖的微风吹进来。

布丽塔妮刚刚吃完一个奶酪玉米卷。"唯一的问题是,"苏珊说,"如果不是你父亲干的,那是谁?我希望相信他。我也不相信他会对我撒谎。但如果他真的以为我会离开他……"

"你说过你会吗?"

"没有那么说,但可能给他那样的印象。如果他会那样冷血地杀人,我想我会的。我也不知道。但如果他没有……"

"昨天你还坚信他没有。"

"是的,但有时候如果你非常希望某事会怎样,就会欺骗自己去相信事情是那样。见面之后,我好好思考了一番。为了同一个目的,两个人几乎同一时间出现在同一地点，这样的可能性有多大？"

布丽塔妮喝了口咖啡。"同一时间有点不可思议，"她说，"但也不是完全没可能。不过恰恰在他死的时候同时出现，这也太离奇了。但怎么会另有人想杀他？难道他还有其他被杀的理由？"

"你的意思是，除了伤害你之外，还有其他理由？"

布丽塔妮点点头。

苏珊说："那样倒好了。但是怎么会？"

"只要我们还想着这是爸爸干的，我们就肯定想不出其他可能性。但他告诉已经你他没有，如果他说的是实话，所有的情况都变了，对吧？想知道托尼是怎么想的吗？"

苏珊坐下："当然。"

"那好，你知道他一直受到的莫须有的指控最后终于撤诉了吗？不用说，他已经了解这事的前因后果，栽赃陷害等所有的事。他的律师们，包括迪兹姑父，从头开始就知道结果，但他们还是没法改变任何事情。"

"你说的是上次的反未成年饮酒的突袭？"

"是的，就形式而言，突袭是合法的。"

苏珊皱起眉头："我们还是在讨论你爸的事儿吗？"

"别急。你会看出联系的。重点是此次突袭的点子来自——你猜是谁？利亚姆·古德曼。他正好是……"

苏珊来了兴趣，靠近些，把双肘靠支在桌子上："瑞克·杰萨普的老板。"

"正是。你又知道古德曼先生为什么希望对酒吧进行突检吗？把公众视线从他的金主，而且可能是主要金主乔恩·罗身上转开，因为罗开的韩国人按摩院做的是皮肉买卖。市政府本来在全力打击他。这个未成年饮酒问题却把事情引偏了。"

"好吧，但我看不出……"

"你马上就会明白的。真的。不过……"布丽塔妮吸口气,"托尼来这里之前,是纽约的警察。他在风纪警察队伍里,工作任务中的一项就是反人口走私和性奴役。"

"我们的话题完全与你爸无关了。"

"实际上有。事实已经表明,当这些人有需要消灭的敌人时,他们从中国、韩国或者其他国家找人来。先飞到蒙特利尔,开车过境,然后乘飞机到纽约,接着租车,到所给的目标地点,最后按合同将人杀掉,开车回机场,从纽约搭下班飞机回亚洲,有时会经停温哥华。"

"这样的事多吗?"

"需要的话,随时随地。频繁到连托尼也知道。"

"他们抓到过这样的人吗?"

"从来没抓过现行。联邦调查局时不时会捣毁这样的组织,比如飞龙帮或是纽约的鬼影帮。"

"你怎么会知道这些名号?"

"托尼说的。他们搞清楚了这些事情的来龙去脉。你知道关于这事,真正有趣的是什么吗? 至少就爸爸这个案子来说?"

"什么?"

"这些人从亚洲飞过来,他们没法带枪或是刀上飞机,对吧? 所以他们一般使用其他方式。他们的双手。绳子。"她停了停。"以及钝器。"

"因此托尼的理论是……?"

"这也算不上理论。他也不知道什么细节。也许根本无关。不过在旧金山,我们知道乔恩·罗在做性奴隶生意,与利亚姆·古德曼有关系,和瑞克·杰萨普也有关系。也许瑞克做了什么,站到罗的对立面了。我们知道瑞克是什么样的人。也许爸爸真的只是运气很背。"

苏珊向后靠去,将双臂抱在胸前,叹口气:"你真的认为有这样的可能吗?"

"妈妈,我不知道。但是如果爸爸没有做,那凶手就另有其人。这至少是种可能性。"

"你给你迪兹姑父说了吗?"

布丽塔妮冷笑一声:"妈,我才刚刚给你讲清楚呢。这没啥好给他讲的,不是吗?我们没有证据。"

"他不需要证据。"苏珊说,"地检官需要证据。迪兹姑父需要的,你爸爸需要的,是另一种可能性。"

两天之后,哈迪的建议才被采纳。

周日,格利特斯基看着镜子。

在这个晴朗的午后,格利特斯基下巴光洁,坐在阳台上俯瞰他小小的后院,他妻子正在给他剃头。哈迪有自己的专业理发师。不过对亚伯来说,崔娅的手艺就不错。扎克、瑞秋和几个邻居孩子在下面的家用娱乐设施里玩得正欢。三个月以来,亚伯第一次觉得世界还不错。

"这么说,你决定去做?"崔娅问他。

"有这种可能,不过我要先和你通通气,还要看看维斯能不能接受。"

"维斯肯定不会高兴的,不过你那颗顽固的心早就知道这点。你也知道你不必跟我通气。"

"好吧,我知道你的意思了。"

"你能为被告方作证吗?"

"问题就在这儿。"

"你会惹多大的麻烦?"

格利特斯基的嘴巴张得老大:"你的意思是比被炒鱿鱼还严重?"

"你没被炒,拉皮尔只是降了你的级,是你选择了退休。"

"你在咬文嚼字。"

"不是,至少没有完全咬文嚼字。如果你是被炒了,下月他们就不会给你举行退休晚宴了。"

"真是极大的讽刺。"

"他们会说些挖苦的话,但那并不意味着就是讽刺。如果他们不对你和你的贡献怀有敬意,他们才不会向你敬酒呢。"

"谢谢你能说这些,不过这些都是做做样子。你贡献了三十多年,他们怎么也得表示一下。"

崔娅把推子换成剪刀:"我不跟你争论你的大多数同事是否对你怀有敬意。你被夹在拉皮尔和古德曼的政治交火中间,而你因为摩西和你的关系选择不还手。但这并不能否定你的整个事业,也不能抹黑你的人格,因为你的人格是无可挑剔的。难道这些你都想不到?"

格利特斯基的呼吸一时间变得急促起来:"你生我的气了?"

"有点。我以为你一有机会就会站出来说出实情。他们仓促地下了结论。你没有给迪兹通风报信。你也没有提醒摩西。你没给他们说任何事情。你可以把你的通话记录给他们看。你只是想照章办事,仅此而已。局长看到政治机会给你下套;你的警探们如果能多花几天时间,就能把案子做得无可指摘。既然他们关注政治而不关注办案细节,陪审团凭什么相信他们?这都是事实,不是吗?这是事实,这还能帮助摩西,同时也符合你的利益,不是吗?"

"但这破坏了我用一辈子时间维护的,'不让杀人犯逃脱'的信条。"

"在被证明有罪之前,他都不是杀人犯。"

"崔娅,不是这样的。只要他杀了人,他就是杀人犯。"

"也许他没有杀人。"

"拜托。这不是什么像样的辩护。"他拍拍崔娅放在他肩上的手,"即使让摩西脱罪符合我的利益——我不否认这点,但出庭与我的同行对抗,也违背我的本性。"

"维·拉皮尔不是你的同行。她是个政客。"

"但布莱迪呢？希尔呢？"

"你又不是要说他们的坏话。你知道你被炒了和你退休在语义学上的差别吗？"

"不太清楚。不过有点感觉。"

"就让迪兹直截了当地问你：'格利特斯基先生，你是因为警察局长过分的妨碍公务和政治上的任人唯亲才辞职的吗？'而你的回答毫无疑问是'是的'。这也是真真切切的事实。你不是被解职。你是辞去了你业绩卓然的工作。你觉得谁会占据道德制高点？"

格利特斯基想了一会儿，若有所思地点点头，说："我想，我喜欢被人称为'警督'。"

【第二十八章】

周一上午 9:18，距离开庭还有 12 分钟。

斯蒂尔同意了哈迪的提议。哈迪立即低调地把消息传达给他的"新朋友"法官大人和温斯顿·佩里。佩里身着棕色灯芯绒西装，黄色衬衫，打着紫红条纹的宽领带——宽得碍眼。他在哈迪一侧座无虚席的旁听席前排落座。

博士看上去神清气爽——哈迪心想：当然了，眼看着就有一天或者两天日进 3500 美元的日子，能不爽嘛——同时他显然还和吉娜·柔克熟稔了。柔克从旁听席的长凳上走过去，附在栏杆上，正和他聊得火热。这无意地，也可能是有意地，展示出柔克的魅力。

突然，斯蒂尔和他的助手齐刷刷地起立，穿过过道，向被告席这边走来，打断了柔克和佩里的一唱一和。斯蒂尔将身体微微倾向专家证人，伸出手。"佩里博士，我是检察官保罗·斯蒂尔。我只是过来打个招呼，并欢迎您来到旧金山。"

佩里满脸堆笑，握着检察官的手摇了摇。

"还有这位，"斯蒂尔退后一步说，"我的副手，拉斯·甘德森。他恰巧在麦克乔治法学院的一场模拟审判中学习了您的一些证词，一直记忆犹新。他是你的忠实粉丝，说你是他心目中的英雄之一。"

听到这些，佩里连忙站起来，热情地与这年轻人打招呼并热烈握手。"真是过誉了。谢谢。"接着他提高声量，"我的学术贡献有了薪火传承，真是让我备感欣慰。"

"如果你不介意？"斯蒂尔拿出手机，"我给你俩拍一张？ 哈迪先生，不反对吧？"

哈迪不知道这马屁拍的是哪一出，但至少表面上没有反对的理由——庭审还没开始；佩里是被告的证人——而且斯蒂尔今天上午在法庭的表现也很谦逊。"当然。请便。"

拍了一张合影以后，斯蒂尔一边看结果一边说："很遗憾，拉斯今天怕是要漏掉您的大多数证词了，他还要出席在另一间法庭举行的另一个案子的听证会。我告诉他说您会来，他就想过来对您表达敬意。"

"见到您很高兴，博士。"甘德森开口说。

然后，他向哈迪和吴点了点头，打开隔开庭审区和旁听区的栅栏上的矮门，穿过坐满人的旁听席离开了。

斯蒂尔微微躬身，回到原告席。

"看到本该敌对的原被告律师相处如此融洽，真好。"佩里说。

艾米·吴回应道："噢，是啊。这里每天都沉浸在爱的庆典之中。"

法警卡尔·蒂蒙斯走到他们桌前："你的客户准备好了。"

当法官入席，庭内肃静之后，她直入主题："两位律师一致同意，我也允许被告方提前召一位证人出庭作证。哈迪先生？"

"谢谢，法官大人。被告召温斯顿·佩里博士作证。"

佩里自信满满地离座，仿佛已经这样做过几百次。他亲切地向法官和众人点头致意，穿过隔离门，走上前台的证人席位。接着他转身并举起右手，准备发誓。

哈迪知道证词非常冗长。博士至少要论证大半个小时。如果佩里的个性不是这么和蔼可亲，哈迪真担心他会让陪审员们无聊透顶。不过他的担心没必要。佩里是个说故事的能手，他会将他的教育理论和专业知识阐释给听众，仿佛在描述一场风险很高的冒险。也许从某种程度上来说的确如此。佩里一生的学术成就很难不让人高山仰止。

"博士，您能向陪审团介绍一下您当下的职业和工作内容吗？"

"当然，我是一位心理学家，主要在卫生领域从事咨询工作。我的专业被称为法庭心理学。"

"那是什么呢？请具体一点。"

"我把一些相关专业背景知识引入法律程序中，比如现在这个案子。"

"您能告诉陪审团您的学术背景吗？"

佩里开始陈述。他先在加州大学洛杉矶分校（UCLA）获得心理学荣誉学士，接着在南加州大学（USC）同时研读医学和心理学硕士。还未毕业，他已成为UCLA的教师，并获得公共卫生奖学金。他一边授课，一边从事研究，同时研读心理学博士学位。

真是磨洋工，哈迪心想。但从理论上讲，他正在询问证人，所以不得不压制住想叫佩里加快速度的冲动，用最淡定的语气问道："博士，接下来您做了什么？"

佩里回答："很幸运，我收到几个教师岗位的邀请，我想大概有十个，其中包括哈佛，他们有三个系都要我。"

听到这话，庭内爆出一阵窃笑。佩里自觉其中没有恶意，耸耸肩，一副"太强了没办法"的表情，继续说："在哈佛，我收到了与国防部合作的工作邀请，并与先进研究计划局、美国海军、美国海军陆战队以及其他多个政府机构都有合作。此后，我去了得克萨斯的休斯敦大学担任有任期的教职；我在那里待了五年之后回到加州，在南加州大学得到一份有任期的教职，并在洛杉矶警察局做兼职心理学家，从那儿开始做我现在从事的工作，充当法庭心理学家。"

每过几分钟，哈迪就打断一下佩里，目的是让听众缓口气。其实他没必要担心。虽然佩里说得很细，但听众并没有失去兴趣，而且哈迪也觉得这些信息是陪审团需要了解的。佩里提供的信息的权威性，会让哈迪在打压斯蒂尔的证人证词的同时，让对方对自己无可指摘。

佩里滔滔不绝地继续说着。他离开教职，担任一个医疗集团的董事长，在南加州拥有十五万病人。后来该集团被另一集团兼并，佩里自然地又成了其头脑。他第一次出庭是在七十年代,从那时开始被称作专家证人,专长是目击证人的认识感知与身份辨别。

他的资历再一次令人印象深刻;哈迪再一次觉得陪审团需要听完:一个巨大的公文包,里面放满了国内国际学术会议上关于这个问题的出版物和讲演稿,以及律师协会法律研讨会的稿件;此外还有三百多次出庭作证的记录,包括加州在内的12个州的高院、联邦法院以及美属维京群岛法院。佩里向加州律师协会做过目击证人身份辨识的演讲;为法官学校准备过这个内容的教学视频;还一直在教授这门课程,指导人们观察和辨认他人,提高辨认精确度;分辨真实的数据和人们对自以为看到的事情的主观想法。

佩里接着解释说,这方面的研究在美国已经开展八十多年,在欧洲时间更长,有大量的身份辨识方面的证据、认知和记忆研究。数百份博士论文。总之,佩里的观点表明,他研究的领域是心理学里充分开发过的,证据丰富、论证充分,有堪比自然科学的系统化理论体系。

时钟走到午餐休息时,哈迪从旁给他提了个醒。"法官大人,"他说,"被告在此推荐温斯顿·佩里博士作为目击证人身份辨识和认知方面的专家证人。"

戈麦斯点头,转向公诉席:"斯蒂尔先生,证人资质审核通过吗?"

"法官大人,我等着进行交叉询问。"

"我允许佩里博士作为专家证人作证。不过现在我们还是先休息一下,吃午饭吧。"法官这个上午第一次挥动法槌,敲了一下,"法庭休庭到下午一点三十分。"

哈迪有些犹豫是该带温斯顿·佩里还是苏珊·魏斯去吃午饭,不过吉娜过来救了场。她自愿带专家证人去中央法餐吃午饭,这样哈迪就可以带着他的舅嫂出去了。

他们一路交谈,最后到了距离法院几个街区的露露餐厅。天气晴朗,他们又在没有窗户、幽闭难受的24号法庭关了一上午,所以开阔通风的室外餐桌是个完美的选择。

即使苏珊与摩西离婚,不再是他的家人,哈迪对她的感情也不会有丝毫变化。

过去二十年,苏珊一直是他最喜欢的人,说话轻声细语,诚实而不护短,音乐上有惊人的天赋,对人的细小情感变化异常敏感,远远超过哈迪能够感知的程度。他一直觉得自己那位暴躁、别扭、顽固的酒鬼大舅子完全配不上她。

哈迪为她拉开椅子,帮她坐好,然后在她对面坐下。苏珊年近六十,风韵犹存。她的美丽显然传给了她的大女儿。也许她现在已经不能招手叫停路上的车辆,但哈迪发现这样一对一坐着,他还是会有失神的时候。

"怎么样?"哈迪抖开餐巾,"看起来你终于好好睡了一觉。"

苏珊勉强笑笑:"周六晚上熬了一夜,如果昨晚再不睡,我就活不下去了。我八点上床,睡了整整十一个小时。"

"一晚上?"

"就是,奇迹啊。"

"简直无法想象。不过你的气色看起来好些了。"

"终于发现自己的丈夫不是凶手,这的确帮助很大。"

哈迪叹口气,换了个话题:"布丽塔妮怎么样?"

"厌恶这一切。厌恶自己的美丽。"

"祝她好运。"

"真滑稽。"苏珊掰开一小块面包,蘸了蘸小碟里的橄榄油,"她以前一直希望不要浪费她的美貌。昨晚她给我说,她发誓再也不化妆了。"

"有些帮助,不过我不会抱太大希望。她还在跟托尼见面吗?"

苏珊点了点头。

"我觉得还是悠着点更好,换成一种令人欢迎的慢步调。"

侍者过来,倒上水,记下他们点的菜品。

哈迪回到话题上:"我对托尼有些不满。"

"布丽塔妮提到了。你知道他以前是个警察吗?"

"他是这么说的。"

"你不相信他?"

"我不知道我该相信什么。此外我不喜欢他这么一个接一个玩弄我们的女儿。我不喜欢他这么制造神秘感。我想他的确有些秘密,这让我担心。他说的一些事后来证明是假的。"

"比如?"

"他的名字。令人觉得他是故意的。"

苏珊闭上眼睛叹口气:"你知道怎么让年轻姑娘坠入爱河吗?告诉她不能见某人。"

"我听懂了。"哈迪说。

"但我们还是先把这事放一放吧。"苏珊继续道,"托尼的确给布丽塔妮说了些事儿,我觉得你也许会感兴趣。是关于这个案子的,也许很重要。尤其现在我们知道摩西没有杀人。"

哈迪冷笑一声,然后又觉得自己这样似乎有些不敬。苏珊将布丽塔妮关于亚洲杀手的理论一一道出。她刚说到一半,哈迪便有些吃惊地发现这是个好主意。即使不是事实,至少也是种辩护策略。当苏珊说完后,他问道:"布丽塔妮知道任何关于杰萨普与罗关系的细节吗?他们之间有什么矛盾吗?"

"似乎没人知道。我们之所以会有这样的谈话,是因为布丽塔妮觉得你有可能查出真相。"

"托尼有什么点子吗?"

弗朗妮摇摇头。"我们只知道一边是做性奴买卖的乔恩·罗，另一边是利亚姆·古德曼。显然这是一些蛇头解决他们问题的方法。"她拍拍哈迪的手，"迪兹？"

"让我想想。"他回应道，"这个案子最缺乏的是一个替代理论。"

"这还不能成为理论。但是迪兹，这有可能就是真实发生的事实。"

哈迪心想，可惜那些烦人的证据都指向她的丈夫，而不是其他人。就在此时，女侍者再次出现，哈迪请她再添些水。然后，他问苏珊："你怎么看老好人佩里博士？"

下午开庭不久之后，哈迪便想出了一个辩护策略：请求与法官和检方律师私下商量。他觉得是时候了，他有足够的理由断了斯蒂尔的根基。他在午饭时想出了这个主意，后来又接到格利特斯基的一个电话：趁斯蒂尔的助手今天不在的机会，给他找些事来忙，与此同时他的专家证人继续占据前台，与斯蒂尔的证人对质。

现在两位律师站在法官席前面，斯蒂尔正摇着头，显然对哈迪藐视规则的行为非常不满。"法官大人，"他说，"辩方律师应该在开庭之前三十天就把证人名单交到我的手上。再加新证人不符规矩，应予反对。"

没等戈麦斯开口反驳，哈迪便说："法官大人，说到不符规矩和应予反对，因为警察对我客户的调查、逮捕和听证速度太快，我根本来不及三十天前就将各种证据汇总。"

"是你拒绝延期，急急忙忙开庭的。"

"完全错误，斯蒂尔先生。我的客户拒绝延期，是因为他有权在被指控后六十天内开庭，还因为他不想为了一个他没有犯的罪责而烂在监狱里。"

"你的意思是你刚刚才发现这些证人？"

"实际上，有两个是我午饭的时候想到的。还有一个是周末想到的，我还未来得及提到。"

"未来得及提到?"斯蒂尔大怒。

"我一直想找机会说……"

"那他们作的是什么证?"

法官将身体探过法官席。"你们两个给我闭嘴。律师应该且只应该向法庭陈述,而不是与对方律师辩论。斯蒂尔先生?"

"法官大人。"斯蒂尔张开双臂,"他现在说他又有新证人了。他在搞什么名堂?他能这样一拍脑袋就召新证人出庭吗?"

"只要法庭允许,他就可以在证人名单里加上新证人,检方律师。不需要你同意。"

听到这话,哈迪假装一脸严肃,但心里乐开了花。他最高兴的是,斯蒂尔表现出对法官权威的轻视让法官异常恼怒。

"当然,法官大人。"斯蒂尔回答,"我没有不敬的意思。也许辩方律师能提供他的第三个证人的姓名,也许还能提一下他们要作证的内容。"

大丑脸的一言一词都把自己的坑挖得更深了。

"谢谢,斯蒂尔先生。"戈麦斯冷笑着说,"我也想问问哈迪先生这些问题,然后再决定是否允许他的提议。"

她转向哈迪后,笑容温暖了几分。"哈迪先生,请告知法庭。"

"谢谢,法官大人。除了市政主管利亚姆·古德曼以及他的政治资金捐助者乔恩·罗以外,我打算召唤警督亚伯拉罕·格利特斯基,前重案组负责人。"

在优秀的律师手中,一份可以灵活变动且模糊不定的证人名单可以成为强大的武器,哈迪今天正在使用。这里最大的优势就是,名单上的人不一定都要出庭。当然,如果有需要,他们又随时可以出现。此间的美妙之处在于,对方律师不得不做出应对各种情况的准备。这会极大地增加对方的工作量,同时引入许多似是而非的理由、牵强的理论或是坚实的证据。众多线索杂乱无章,让人理不清头绪。

"噢,看在上帝的分上……"斯蒂尔抓狂了,再次举起双手,"法官大人,如果这能让您高兴的话!"

这次戈麦斯毫不留情。"斯蒂尔先生,你的惺惺作态已经够多。这是法庭,不是表演班。再这样对你没有好处。你被警告一次。"

斯蒂尔垂下头。"抱歉,法官大人。但要格利特斯基警督作证?"

"哈迪先生?"戈麦斯转向哈迪。

哈迪实事求是地开始解释。"法官大人,从很大程度上来说,这个案子的发展都与格利特斯基警督在侦破早期的角色有关。旧金山警察局局长维·拉皮尔认为其中有利益冲突,她认为格利特斯基、被告和我,以及我的合伙人柔克女士,甚至检察官维斯·法雷尔有串通同谋的嫌疑。因此,她首先申请了瑞美授权令,在证据未经检察官确认的情况下逮捕了被告;接着,她以对警督负责警探能力的不信任为由强制他退休。格利特斯基对拉皮尔局长的指控和做法的反驳,会凸显其中的政治倾轧,证明证据是有瑕疵的,而这却是导致被告被捕的大致原因。"

斯蒂尔不让哈迪再继续说下去了。"法官大人,这与我们掌握的指控被告的证据完全无关,与在被告车上发现的血迹无关,与在被告的鞋子和夹克上发现的血迹无关,与恰好失踪而又恰好是凶器的希莱拉无关。我还想指出,这与被告在市政厅殴打瑞克·杰萨普,而后杰萨普强奸了他的女儿的事实也无关。这是彻头彻尾的转移视线的伎俩。"

哈迪对此置之不理,继续推进。"至于古德曼先生和罗先生,我现在还不确定他们的证词是否有必要。杰萨普先生为古德曼先生工作;罗先生是古德曼先生的主要资金赞助人;他们之间显然有没有曝光的关系,而这可能牵涉到本案,被告所谓的杀人动机尤其值得怀疑。我打算叫我的私人侦探访谈这些证人,以查证其中的关系。然后,如果理由恰当,我会考虑召他们出庭。既然话已经说到这里,我是否能请求法庭把维斯·法雷尔和维·拉皮尔也列入证人名单?"

"斯蒂尔先生?"

"您是认真的吗?法官大人?真的吗?哈迪先生连罗先生和古德曼先生之间最不靠谱的联系也没有说清楚,更不用说与本案的联系了。请允许我新造个短语来形容,这是'烟雾弹之母'一般信口雌黄,法庭不应该纵容这种行为。"公诉检察官的脸涨得通红,"尊敬的法官大人,引入这三个证人的目的在于干扰和误导陪审团。他们与本案没有关联。"

"谢谢,检方律师。"法官转向哈迪。"辩方律师,"她说,"我允许你加入这些名字,仅此而已。我得告诉你:在这些证人站上证人席之前,我需要更多他们的证词和与本案有关联的证明。因为,坦白地说,你向我陈述的内容并没有说服力,如果我必须现在就做出决定,我会支持斯蒂尔先生的意见。请注意这个提醒。"

尽管哈迪对于胜利有些飘飘然,但提醒自己不要过于自满和自信。当佩里博士再次坐上证人席后,哈迪又花了些时间研究被告桌上的笔记。他一边阅读记录,一边喝着水,没有看吴或是斯蒂尔以及旁听席。最后他站起来,面向他的证人。"佩里博士,"他开始说道,"你能向陪审团介绍一下,比如说,目击证人辨识和认知的定义吗?"

"当然。"佩里没有因为享用午餐而失去丝毫精力和热情,"让我从这里开始吧。显然,你首先得看到一个人,你之后才能辨认他。因此,目击证人辨认就是从人群中找出'同一个人'的能力。当然,那人是你之前见过的。"

"博士,你说'同一个人'的意思是从其他人中识别出'同一个人'来吗?"

"很好的问题,哈迪先生。非常好。"哈迪心想,当然好,预演过多少遍啊,这个语气语调都值上千美元。"我想区别的是,所谓的'同一个人'并不是你想的那样。比如说,他可能不是你认为的那个人,也可能不是其他人认为的那个人。他也不是某人告诉你的那个人,或是警察认为的那个人,或是照片提示的那个人。以上都不能称为目击证人辨认。"

"为什么呢,博士?"

"因为这些都有臆断和推论的成分。而目击证人辨认是一种找出你之前见过的人的能力,依据的是你观察之后留下的记忆。"

"这很困难吗?"

"是的,有可能。"

"有没有什么特殊的情况会让这一过程变得更加困难?"

"当然有。"

"比如说?"

"好吧,比如天色昏暗或者距离较远,或是有许多其他对象以及许多人员在活动。此外,还有其他因素……"

"请继续。"

"其他因素是指我们对目击证人辨认中一些先入为主的认识。但是事实上,我们认为的辨认形成过程与实际的辨认形成过程有很大不同,并不像大多数人认为的那样。过去数十年的研究表明,我们实际上没有想象中辨认得那么准确。"

接下来的二十分钟里,在哈迪精心准备的问题中,博士证明了一个观点:我们不是摄像机,我们的意识受到其他人的观察以及观察时的其他因素的严重干扰。不光是最初的观察受到周遭的影响,我们脆弱的记忆力也会在回忆时把事情搞混,而且观察得到的记忆还会受到脑海中的其他信息的干扰——包括主观臆断和其他来源的信息,其中很多都不是我们亲眼所见的。

再次，这些信息很可能让人昏昏欲睡。不过佩里时不时丢下一些引人注意的段子，为陪审团和旁听审判的听众醒醒神。

"众所周知，大家都用自信度来衡量我们能多肯定地辨认某人，但数百项研究表明——如果你们有兴趣看看，其中有些结果就在这个文件包中——这些自信度是没有根据的。你可能百分之百确信你看到的东西，愿意赌咒发誓，但仍然可能百分之百错误。

"此外，不论你描述有多细致，多活灵活现，或是你的记忆力有多好，这些仍然有可能是完全错误的。

"特别是有武器介入时。当人拿着武器的时候，会给人更加高大的感觉。一个一米七二的年轻人拿着一支枪是很容易被描述成一米八八。

"还有随着重复的进行，我们的确认度也越来越高。我们会更确信地重复之前说过的话，而不是我们看到的事实。这不是人们在撒谎。他们老老实实地在叙述他们认为他们记住的事情，可这却不是事实。目击证人辨认有时会出现这样的情况，证人自信满满地告诉你他们看到了什么，并且细节充分，但却仍然是错误的。"

中途休息之后，哈迪继续询问："博士，请问你有这样的数据吗？被判有罪的案件后来因为DNA这样的铁证而被宣判无罪——换句话说，被告已被确信是无辜的，但仍然会根据目击证人的证言而被定罪——这样依靠错误的目击证人辨认而导致的错误判决的比例有多少？"

"百分之九十。"

听到这个统计数字，法庭里一阵骚动，戈麦斯不得不击锤提醒人们肃静。

"让我们换个方式吧，"哈迪说道，"你有关于这样的研究吗？真正的坏人出现在受害者面前，受害者却认不出来，因此放过施暴者？"

"有。"

"有多少？"

"上百次。"

"博士,请问询问证人的人的身份对于证人识别疑犯有影响吗?比如说,警察询问和,嗯,搞学术研究的老师询问的结果会有不同吗?"

"噢,肯定的。大多数人会坚信警察不会浪费时间给他们看无罪之人的相片。实际上——"佩里不需要引导,继续说下去,"许多研究显示,目击证人会受到警察期望的影响,回答出警察希望的'正确答案'。这就是警官给证人看照片时不能提前知道谁是案件中的疑犯的原因,因为目击证人可能在警官毫不知情的情况下从细节中得到暗示。此外,如果你在一个辨认过程中找出某张脸,接着在另一个辨认过程中总看到一张类似的脸孔,你会再次选这张类似的脸孔,因为你感觉这更眼熟。"

"博士,听你这么说,"哈迪说,"尽管我们都认为如此,但实际上目击证人辨识的准确度并不高。是这样的吗?"

佩里没有否认:"这是最不可靠的辨认方式。"

"在法庭上的辨认呢?也就是说让目击证人直接指认坐在法庭上的被告?那种情况下的可靠性有多高?"

"完全没有,因为证人已经知道众人的预期。他知道被告就是坐在律师身边的那个人,他应该把他指认出来。他会感到巨大的外部压力,不管他的内心是否确认这是正确的,他都得做出指认。"

哈迪瞄了一眼法庭的时钟,下午的庭审只剩下最后几分钟了。

"博士,"他问,"关于目击证人辨认,你还有什么你觉得重要,需要在法庭上陈述的吗?"

佩里看着陪审员席,决定开个玩笑:"我至少还可以再做一天的陈述,如果大家有时间的话。"

哈迪任由一波轻笑的波纹在法庭里荡漾开去:"让我们把精力集中到重要的内容上面。"他说。

"好吧,"佩里回应道,"有两点毫无疑问非常重要。第一点被称为'跨种族效应'。"他一脸自信地将眼光扫过陪审团,落在旁听席上。"虽然这听上去像是某种诋毁,但它不是。它也不是辱骂,更不是种族主义的声明。相反,它所表达的是,如果某些人看起来不同,我们会在心里给他们打上标签,忽视对他们的面部细节的观察,因此在以后的辨认中更难确认。"

"这种情况总是存在吗?博士?"

"是的。即使你对辨认不同种族的面容经验丰富时也会如此。在南非对此有非常多的研究。那里的白人很难分辨黑人,尽管黑人是南非的多数人种。不管怎样,这就是第一项:跨种族效应。这真的存在。"

"我觉得重要的第二点是,我们有时看到过一张面孔,但并不知道在哪里见过——比如说我们杂货店的伙计——如果那人出现在潜在疑犯的辨认人群中,目击证人被要求做出辨认,杂货店的伙计会被证人认成嫌疑犯,几乎总是这样。这被称为'无辜旁观者效应'。这种效应的原理是无意识地转移。"

"博士,这听起来非常有趣,正如今天你给我们说的其他内容一样。但法官大人提醒我们要注意时间。今天的庭审结束时间马上就要到了,正如你所知,我们为陪审团准备了一段视频。法官大人,您如果不介意,我们需要几分钟时间准备。"

通常,哈迪并不喜欢在法庭上使用录音和视频。用这些来提出证据往往效果不佳;因为这些文件常常可能受到过某种编辑,所以所证明的内容常常受到质疑。以下这些问题是很基础的疑问所在:这些录音带或CD存放在哪里?已经存放多久?有谁可能破坏了证据链条?最后,在黄昏时分的昏暗法庭里,即使最精彩的内容也会让陪审员们睡着。

但是,佩里已经用这三分钟的视频让哈迪大开眼界,决定一定要在法庭上展示这段视频。但他们必须原封不动地完整播放,否则斯蒂尔和戈麦斯都不会同意。斯蒂尔的反对尤其激烈，不过哈迪还是劝服了法官，说这是被告方最重要的观点之一。对于哈迪来说，这是一次全新的体验。但斯蒂尔和戈麦斯显然已经在 Youtube 上听说过这个。不过在哈迪它拿到法庭上来播放之前，他们也都没有看过。因此，某些陪审员也许也看过或是听说过。不管怎样，哈迪只需要一票无罪，说服一个人就达到目标，即使只有一个陪审员有他看过之后的反应，他就认定这些麻烦都值得。

现在佩里站在证人席上，电视就摆在陪审团面前。法庭的灯光被关上后，哈迪开始打伏笔："博士，这次的展示想要证明什么？"

佩里回答："测试对象被要求计量穿白衣服的人传了多少次球。"

哈迪按下播放键。

六位年轻姑娘穿着运动装站成一排，三人身着黑色衣服，三人身着白色衣服，两队各有一个球。接着姑娘们开始拍球或者向队友传球。视频大约播放二十五秒后，屏幕变黑。哈迪问："博士，正确答案是多少？"

佩里回答："正确答案是十六次传球，但展示这段视频的目的与你提问的内容无关，而是用来证明测试对象被要求注意某一事件时，他们常常会忽视其他非常明显的信息。"

"这段视频能怎样证明这个论点呢？博士？"

"因为大多数人都没有看到这段视频中有大猩猩出现。"

倒吸凉气之声在法庭里回荡，接着是轻声地交头接耳的声音和紧张的笑声。

哈迪说道："大猩猩？博士，你在开玩笑吗？"

"不，哈迪先生，我没有。这不是个玩笑。这段视频流传甚广，不光出现在心理学课堂上，也出现在公众媒体或是 Youtube 上。我们已经花了一整天讲述们目击证人的证词，以及他们的观察多么不可靠。你也刚刚证明了你们自己的目击结果有多么不可靠，尤其在思维注意于某一细节时，比如注意于武器或是穿白色衣服的姑娘传了多少次球的时候。"

"现在，"佩里继续，"让我们再重放一遍视频，从另一个角度看看我们刚才看到的东西。这次注意大猩猩，同时注意背景的幕布改变了颜色，以及在大猩猩出现的同时，一名黑衣姑娘离开游戏现场。"

哈迪再次按下播放键，佩里陈述说，大约有百分之五十的观众看第一遍的时候没有注意到有大猩猩。随着第二遍播放，随着大猩猩在屏幕上出现，法庭内爆发出一阵笑声——毫无疑问，哈迪想，大家终于第一次看到了那该死的东西。

当视频再次结束的时候，佩里说："当你关注于大猩猩时，你常常忽视其他没有预料到的事件。"

"因此，博士，如果人们的注意力转到武器上面，比如说一根棍子上，他们处理和收集观察到的信息是否就不可靠呢？比如说，他们对一个拿着棍子的人的面部特征的观察？"

"当然，"佩里回答，"研究显示，这种情况下的辨认结果是不可靠的。"

"谢谢，博士。"哈迪望向法官席，"法官大人，我的问询完毕。"

【第二十九章】

法雷尔原本打算听完陈述部分,而且他上周就是这样做的,但他对佩里阐释的目击证人的辨认百无一用的理论不感兴趣。在早期辩护律师生涯中,法雷尔也曾多次雇佣佩里博士,毫不怀疑这位不知疲倦、热情洋溢的专家证人会让他的辩护更加轻松。

幸运的是,这种熟悉也给了他一个机会:如果你知道你的对手将会说什么,就能将此转化为一种优势。拉皮尔绕过他玩了一手,让他脸上无光,因此他必须在这个案子上表现出检方正在强力追查。虽然他并不是很希望看到摩西·麦奎尔被定罪——毕竟他认识并喜欢酒保摩西已经二十多年——但能使法雷尔能够连任地方检察官的是他的工作能力,而这很大程度上依赖于他有能力让手下保持对他的忠诚和信任。瑞美授权令事件之后,这两项都受到了沉重打击。

现在,五点刚过,拉斯·甘德森坐在他对面的沙发上,看上去陌生得有些奇怪。他们正逐条整理明天斯蒂尔向佩里发难的要点。法雷尔建议甘德森找到佩里在其他庭审中所做证言的副本,将它们汇编在一起。这些文本会为他们指出一条思路,帮助他们通过提问严重削弱或者否定陪审团对佩里理论的信任。

但是首先,法雷尔必须知道另一件事:"拉斯,你今天看起的确不一样,是我有问题还是?"

年轻的检察官绽出笑容:"我把头发剪了,胡子也剃了。保罗希望对陪审团改变策略。"

"啊哈,难怪。别说是我没有敏锐的观察力。"

"不会的,长官。我从没这么想过。"

"我早年还留过好几年马尾。你知道吗?"

"我不知道。"

"我留马尾的目的是一种表态。我决定在我理解了一些事——几乎是所有事之后——才剪掉它。"

"结果怎样？"

"好几年过去了。"

"你的目标最后达成了吗？"

"你是说我理解了吗？没有。如果我继续我行我素，我就会长发及臀了。但是你也得清楚，我那时是辩护律师，我的客户会因为我的扮相对我更加亲近，我不是那种硬要把他们投入监狱的西装男。"

甘德森一时无言："冒昧地问一句，你是怎么看待麦奎尔案的？"

"你是说我认识他吗？"

"是的。"

"他犯了案，就该进监狱。"

"是吗？就这样？"

法雷尔一时未答，从沙发上站起来，捡起玩具篮球，向放法律书籍的书架顶上的篮筐投去。球被投偏了几英寸。"必然结果就是，如果他没犯罪，他无罪释放。个人而言，我希望他无罪释放。我希望他没有杀那个小子。但如果他的确……"他耸耸肩，"我没有徇私枉法。虽然某人让我看起来是如此。"

"你是说拉皮尔？"

他又耸耸肩："她有优先考虑的权利。她本可以过来和我讨价还价。但她完全没有讨论，这就是她的不对了。"

"你认为她是错的？"

"我刚刚才说了，不是吗？"

"那么麦奎尔是无辜的？"

"绝对不是那意思。我希望他是无辜的。但我认为他犯了罪，虽然我也有颗西部牛仔的心，虽然我理解他为什么这么做。别给任何人说。"

"好的,当然。"

"那我们不说这个了?回到佩里博士的问题上?怎样才能给他来点新玩意?"

甘德森点头:"回到他身上。"

与此同时,迪斯马斯·哈迪正在办公室里,与他的侦探怀尔特·亨特通电话。"目前,"他说,"我们对罗和古德曼了解甚少。除了知道杰萨普为古德曼工作以外,我们完全不知道杰萨普跟他们有什么其他关联。"

"具体地说,我到底是要调查什么?"

"杰萨普肯定抓住他们的某种把柄。"

"是我没听清还是怎么?我不是刚刚才说了'具体地说'吗?"

"我知道。很抱歉。我需要找到一个合理的理由来解释杀杰萨普的另有其人。"

"你应该知道这是相当大的理由,对吧?我的意思是,我们在谈杀人动机,这么大的事,可不容易掩盖。就目前来看,完全看不出有任何迹象。"

"好吧。"

"或是证据。"

"我们不需要证明什么,怀尔特。我们只需要一点点的可能性就行。"

"你觉得从市政主管身上能找到可能性?不要误解我,我喜欢调查工作,因为有事做总是好的,但古德曼多多少少是社区的支柱,我没说错吧?而且强奸就是动机,这不已经确立了吗?我的意思是摩西的动机。"

"如果我们相信他就是杀人犯的话,是的。但是,我们要让陪审团看到有其他可能的推论,可以做出选择。"

亨特一时无话。接着他问："还有，再说一遍罗是谁？"

"他经营着几家韩国按摩院。"

"还杀人？作为副业？"

哈迪笑起来："你的确让这听起来有些荒谬。"

亨特说："我不是故意的。我只是试着帮你省点钱，帮你排除那些不太可能的情况。"

"我需要各种建议，无论多么不可能。"

"好吧。比如说，杰萨普其他的私人生活？"

"怎么样？"

"我不知道。也许他从朋友那儿横刀夺爱。也许他贩毒做副业，而且他出卖上家。也许他有个嫉妒心强的基友。也许他轧死了某个疯女人的猫。那家伙是个强奸犯。他有迷药，不是吗？所以可能有其他受害人。万一他是被另一个受害人杀的呢？他有家人吗？

"他有母亲和一个大他十岁的姐姐。显然他跟她们都不亲近，但她们对他的去世倒是挺伤心的。"哈迪听到电话那头一声沉重的叹息，"我是不是有点太急切？"哈迪问。

"听起来有点儿。"

"你能再帮我调查二十个小时吗？"

"我调查多少个小时都可以。但我感觉我是在浪费你的钱，我不喜欢这样。"

"如果你感觉很糟，可以选择不要钱。"

"这个笑话很好，迪兹。"

"我知道。"哈迪说，"我是个笑话大王。"

苏珊站在与布丽塔妮卧室相连的卫生间门口，轻轻地敲着门："布丽塔妮，你还好吗？"

"还好。"

"你在里面半个小时了。"

"我知道,我没事。"

"我不想打扰你,但我有些担心。"

"不用担心。"

"你要出来吃饭吗?我带了中餐回来。"

"等一下。"

"好的。我在饭桌那里等你。"

苏珊心情沉重地回到饭厅。她在餐桌两边各放了一块餐垫。接着,她在餐垫上放置了一副筷子,一块餐巾,一个盘子以及一个玻璃酒杯。接着,她从冰箱里拿出半瓶白葡萄酒放在餐桌中央。最后,她从放在餐台上的纸质购物袋中依次将各个独立包装的中餐拿出来,放在桌上摆好,没有打开但触手可及:虾捞面、锅贴、烤排骨、左宗棠鸡以及蒸米饭。

苏珊退后几步,再次打量桌上的布置,叹了口气。还差酱油,她想,于是转身到食品架上去拿。

布丽塔妮出现在通向厨房的过道里,穿着他老爸的一套睡衣。她哭过,眼睛红肿,泪眼迷离,娇媚的脸庞绯红,仿佛肿了起来。正如她发过誓的那样,她脸上没有任何化妆的痕迹。

"我真的很恨自己。"她说。

苏珊从咽喉深处发出一个声音,上前把女儿抱在怀里。

布丽塔妮生硬地挣扎了几秒,然后放弃,开始抽泣。

格利特斯基坐在比尔·斯凯勒的车的副驾驶位上,车已到他家楼下。雾气弥漫,黑暗降临。斯凯勒是一位年长格利特斯基十来岁的FBI探员,从来不曾放松警惕,在这个死胡同里,他的紧张显而易见。格利特斯基邀请他上楼,但斯凯勒显然不想让这件不清不楚的事儿继续拖延。他不想见格利特斯基的家人，不想让这些事牵涉私交。

"我都不知道我们为什么要见面。"他说，"我跟你说过我跟法警没有联系。我们的司法权限不同。"

"这我懂。"

"显然不懂。"

"你想在这里辩论还是进屋再说？"

斯凯勒的态度稍缓。"你离开这行是你的幸运。"他说，"我脾气暴躁是因为我有其他的事让我烦心。这让所有人都抓狂。一个危机接着一个危机。"

"我也有这样的经历。而我只是地方执法官，联邦的事可能更棘手。"

"据我所知，你搞砸了。"

格利特斯基咳出一阵笑声："好吧，谢谢。我把它看成祝福。我可以有一个不同的人生了。"

"但你现在还在这里见我，你仍在以前的那个人生中。"

"帮朋友一个忙。在你第五次拒绝我之前，让我给你说说，我的朋友和我都没有兴趣暴露证人的身份。我们只是想知道他惹上什么麻烦了。"

"你怎么知道这些的？"

"他向他女朋友吹嘘，而后又把她甩了。"

"真是个不寻常的故事啊。你认为他说的不全是真话？"

"我们不知道。毫不奇怪，他可能是在粉饰自己，把自己描述成英雄。看到坏人做了坏事决定站出来指控他们。"

"突然决定？没有强迫？没有减刑交易？他只是站出来，不要回报？"

"显然是的。"

"好吧，以我的经验，这样的事就算有，可能性也非常小。通常是，有人能和那些人走得很近，能成为有用的证人，那他们肯定是同谋，而且绝对不是底层的马仔。他们回头是因为我们掌握了要挟他的证据，然后我们让他们人间蒸发。"

"我知道。所以我们才对这人的故事表示怀疑。他的名字可能是托尼，姓可能是S开头的。"

"瑟普拉诺？"（托尼·瑟普拉诺是美国家喻户晓的黑帮角色——译者注）

"猜得好，不过应该不是。可能不是纽约地区的，也许在新泽西州。主要线索是他在这里做酒保。你们那边某个法警负责联系他。"

"你不想要他的名字？"

"我们只是想知道他做过什么。他是不是黑帮的打手什么的。特别是他有没有杀过人。"

斯凯勒盯着他："还是把你那些退休的话放到一边去吧。你这是在做谋杀案调查吗？你说这是一个谋杀案？"

"我不记得我有用过这些字眼。但我得说，这都有可能。"

斯凯勒点点头，说："我看看能做点什么。"

哈迪八点差一刻才从办公室回到家。他没有庭审的时候，基本是和弗朗妮平均分摊家务。不过弗朗妮已经定下规矩，在有庭审的时候，她会全力让家庭琐事远离哈迪，包揽几乎全部家务。她和哈迪一起早早起床，做早餐，检查他的西装是否平整，衬衫是否已从洗衣店送回，领带上是否没有污迹，皮鞋是否已经擦亮。哈迪也定下规矩，必须八点前回家，他到家的时候，弗朗妮会给他备好一杯鸡尾酒——今晚是冰镇的干马丁尼，是用亨醉客牌杜松子酒兑的，杯沿插了一片黄瓜——她自己会喝一杯霞多丽白葡萄酒。

接下来的二十分钟，哈迪只需要等着晚餐，静候弗朗妮从厨房端上或炖或烤或以其他烹饪方法做出的菜肴。他们一般会坐在起居室的舒服椅子上，一边吃饭一边聊天，但绝对不会提到任何关于庭审的内容。这是严格遵守的规则，从他们婚后不久就开始了。那时哈迪会全神贯注于工作，一连几周除了庭审就找不到其他可聊的。他会彻夜阅读文书，之后通常会无法入眠。接着他的免疫系统就会罢工，他就会病倒。最终，弗朗妮说服了他，让他了解到他的工作习惯对他的心理生理都有害，也会让他在法庭上的表现下降。二十分钟不聊法庭的事不会让他败诉，还有可能让他胜利。

今晚他们有许多可聊的话题。他们的儿子文森特正在巴塞罗那过大二的暑假，他用 Skype 与弗朗妮聊了一天，告诉父母他最新的冒险——他前一晚有一个小时找不到背包，结果他把包落在一个西班牙酒吧里了，神奇的是，包被老板捡到，收到里屋去了。今早，他要攀登高迪设计的装饰华美、气势恢宏的圣家大教堂的弧形尖顶，他还说他可能对西班牙什锦饭上瘾了。

同日，哈迪夫妇还收到了维斯和萨姆婚礼的请帖。他们计划九月上旬在他们家街对面的布温纳维斯特公园举行婚礼。弗朗妮打电话询问萨姆，了解到他们只请了六十人左右的宾客。对于维斯这样雄心勃勃的政客来说，这的确令人想不到。

哈迪的秘书兼接待员菲莉丝今早请了病假。哈迪一直在琢磨她一连请了多少天假后，他才能名正言顺地让她离开。但她为事务所工作了四十年——实际上事务所成立之前她就在了——还苛求她的出勤似乎过于铁石心肠。不过如果她缺勤三天，他一定会做出决定的。

与此同时，贝克邀请了本·费恩斯坦出席她暑期实习的事务所举办的野餐会。两人的关系有所进展。

另外，亚伯和崔娅终于决定出去旅行，这也许是他们第一次像样的度假，就在八月下旬。他们还询问哈迪夫妇是否去过圣塔卡特利那岛，以及是否愿意与他们同行。

晚餐是弗朗妮亲手做的凯撒色拉。原材料有长叶莴苣、一颗鸡蛋和一整罐鳀鱼酱,以及大蒜和伍斯特酱、第戎芥末酱和米尔柠檬汁,与巴马干酪和初榨橄榄油充分搅拌。弗朗妮没有放炸面包片,而是放了三对大对虾进去。他们吃得一点不剩。

现在审判已不再是禁忌。他们开始回顾全部细节,从大猩猩视频开始,到佩里博士内容详尽的证言,再到苏珊关于杀手的观点,再到格利特斯基会在哈迪需要的时候做被告证人,再到怀尔特·亨特反对哈迪漫无目的地调查。

九点三十,他们上床就寝。十点,他最后一次亲吻她,又说了一遍他爱她,然后伸手关掉床头灯。

【第三十章】

次日刚开庭,保罗·斯蒂尔就像拳击运动员一般气势汹汹地从角落里走出。他在昨天的第一轮受到重创,今天他希望证明自己战力不减。之前自我介绍和引见甘德森时的彬彬有礼不见了。同时不见的,还有他昨天在法官席私下讨论时的任性和咄咄逼人。

斯蒂尔自信满满,已经无法稳坐于检方的椅子上。哈迪用眼角的余光把这一切都看在眼里。他发现,在法官欢迎陪审团再次陪审,以及召唤佩里再次出庭时,斯蒂尔都分别站起来过。昨天的斯蒂尔一次反对都没说,今天庭审还没开始,他便如此跃跃欲试,这的确让哈迪感觉有些不妙。他究竟为什么如此兴奋?

斯蒂尔对佩里的询问从攻击他的资料来源开始。虽然博士的资历如此优秀和丰富,介绍的内容如此有趣,提出的观点没有一百也有数十项研究为支撑,证明目击证人的证词实际上没有用处。但是,他能列举出证明他证词的具体研究吗?

例如:"佩里博士,您的证言曾说,一个拿着武器的矮个儿会被目击证人当成超过一米八的高个儿。这是一定会发生的吗?"

"不一定。"

"您不这么认为?您也不确定?"

"大多数时间是这样的。"

"您有个具体的百分比吗?"

"大约95%吧。"

"之外的5%,他们对携带武器的人员的辨认是正确的吗?或是把一米七看成……一米八五?"

"不,不会这样。"

"绝不?"

"我从来没听说过发生这样的事。误差——我们说的是这 5% 的误差——一般在一到二厘米之间。"

"你能把佐证此结果的研究提供给我们吗？"

"没有具体的研究。不过詹姆斯·麦克多维尔进行的多项研究……"

"谁？"

"詹姆斯·麦克多维尔，加州首位关于这方面的专家证人。他曾是一位广受赞誉且受人尊敬的法庭心理学家。"

"博士，我听到你说'曾'。麦克多维尔先生已经去世了吗？"

"是的。"

"什么时候？"

"不太清楚，六七年以前吧。"

"我想确认一下……你的意思是，关于携带武器的人看起来更高大的初步研究是他写的吗？"

"是的。"

"再问一次，这个研究的名称是？"

"现在我手上恐怕没有。"

"那么，这些七年之前的研究报告收录在哪个出版物中呢？"

哈迪站起来，试图打断这样的攻击："法官大人，我反对。律师的问题有争议，是在盘问和纠缠证人。"

哈迪看到戈麦斯摇了摇头，表情似乎有些失望。"我觉得两项都不符。"她说，"反对无效。"

斯蒂尔似乎一口气也没歇过。他提醒博士回答他的上一个问题："某份出版物上可以找到这些研究吗？"

佩里博士勉力维持着自己的友好态度，但底气稍显不足："我确信其中一些出版物和研究报告就在我的公文包中。"

"但你记不清出版物和报告的具体名称了？"

"此刻记不起来。"

哈迪小挫一局。佩里的价值在于,作为科学家,他能给出正确而且权威的答案。但斯蒂尔正在让听众们觉得他的回答可能是编造的,由此进一步推想,他说的甚至完全是无中生有。

接下来的询问中,佩里的处境仍然没有改善。

"博士,您昨天说您作为专家证人已经数百次出庭作证?"

"是的。实际是超过了一百次。也许有两三百次。"

"三百次?"

"大概吧。"

"在这三百次出庭中,有多少次是为检方作证?"

"他们没有请过我。"

"他们没有请过您?"斯蒂尔低调地说,但仍然成功地将他惊诧的情绪传达给了陪审团,"他们从来没有请过您?"

"没有。"

"因此您从来没有为检方做过证?"

哈迪起身:"反对,已问已答。这是纠缠。"

戈麦斯再次否决了他:"严格说没有纠缠,博士请回答。"

"我从没有为检方做过证。"

斯蒂尔虽然有些得意,但并不想戴上纠缠证人的帽子。因此,他继续摆出一副善解人意的模样,学了哈迪一招:清清嗓子,走回自己的桌子喝口水,然后回到陪审席前面站定,继续问。

"博士,您自称为法庭心理学家。您认为您的职业特征符合做专家证人吗?"

"是的。"

"显然,这至少是您的部分收入来源,是这样吗?"

"是的。"

"大约占多少,您能说说吗?"

哈迪推开椅子,站起来:"法官大人,问题无关紧要。且与本案无关。"

但这个问题可能并非只有斯蒂尔关注。几乎在问题问出之前,哈迪已经警觉。他在明知反对会被驳回的情况下连续反对,已经疏远了戈麦斯,给了斯蒂尔发起攻击的机会。

"法官大人,"斯蒂尔没有放过机会,"实际上,这个人靠为被告作证谋生,他有明显的动机粉饰他的证词。他是个雇佣枪手。"

戈麦斯:"够了!你们俩都一样。哈迪先生,控方的问题显然是合适的。反对无效。斯蒂尔先生,用不着你发表主观评论,把你的问询控制在适当的法律范围内。"

佩里给哈迪一个抱歉的眼神。作为一位经验丰富的证人,他知道他搞砸了,不过他也无能为力。斯蒂尔准备得很充分。"最近,"佩里说,"这类工作收入占我总收入的很大一部分。可能有80%。"

斯蒂尔这一轮胜出,没有继续追问佩里具体挣了多少,免去再次被"反对"的风险。他已经顺利地传达了他的观点:佩里的证词是拿来赚钱的,因此远不能被认为是客观的。大丑脸名副其实地把话题引到了问题的核心:"博士,您是否遇到过这样的情况:您查阅了证人证词后希望不再作证,因为你觉得证人的辨认无懈可击?"

"是的,我有过。"

"那么您准备本案都做了些什么?"

"我阅读了警察报告、目击证人证词以及一些案件卷宗。"

"那您是否阅读了安娜莎·道格拉斯、丽莎·莫瑞娜、苏珊·安塔拉米亚和弗雷德·戴尔的辨认证词?"

"阅读过。"

"这些辨认证词里谁的最有说服力?"

"我不认为任何一份特别有说服力。"

虽然清楚博士会有这样的回答,斯蒂尔还是表现得很惊讶:"一个也没有?那好,那么你能指出这四位证人证词的区别吗?"

"好的。显然,他们是四个不同的人,而且他们与目标人,即预期被辨认出来的人的交互也是不同的。"

"他们四个人都各自犯错,使辨认有误?"

"检方律师,实际上四位证人都是因为同样的理由各自犯了一部分错。看起来他们受到了警方不当的影响。由此,他们辨认失误的理由是相同的。"

斯蒂尔站直身子,显然被这次反击扎疼了。但他立刻还以颜色:"博士,请明确说明,四名不同的证人都选出了同一名错误的疑犯吗?"

"我不能在此说哪一位证人错误或者正确。我说的是他们的辨认并不可靠,且各自有不同的原因。我不会继续评论谁的证词更可靠,因为他们中没有谁的可靠。"

"他们没有看到他们宣称看到的人?"

"他们的证词没有证明这点。"

"博士,那我问您,在法庭上,任何人的任何辨认证词都是假的吗?您都不会承认其可靠性吗?一个儿子会认不出自己的母亲吗?丈夫会辨认不出自己的妻子吗?一位父亲……"

"法官大人,"哈迪插话,"这是纠缠,简单直接的纠缠。"

没等戈麦斯裁定,斯蒂尔就回应道:"法官大人,我收回此问题。"

戈麦斯说:"本庭决定乘此机会休庭,11点继续。"

在去休息室的路上,佩里一脸歉意,路过被告席时停下来,说:"直白的事实就是,这些证人的证词的确不准确,我还能怎么说?"

"做得对。"哈迪说,"反正最后都会走到这些细枝末节上来的。

为什么安娜莎错了？为什么福瑞德·达利错了？丽莎·莫瑞诺呢？苏珊·安塔拉米亚呢？当被问到时，我们都得一一应对，证明你说的是实话。现在就别担心了。"

佩里看上去还是很担心，哈迪也不怪他："我应该把这些研究的名字都记住，这些资料也应该信手拈来。如果你想扭转局势，我得趁休息把这些文章找出来。"

"值得一试。"哈迪说，"让我们看看接下来他还能耍什么手段，再做定夺。"

"我会再加些品评，这总是能让陪审员们印象深刻。"

哈迪希望佩里在法庭上能带着这样乐观的心态，并且更加用心地关注细节，于是给他一个鼓励的微笑。"我们没被他们压死。算上昨天，我们还是占有优势。"他说，"只要在庭上保持友好和自然，不要让他扰乱你就行。关键在于可信度，你比斯蒂尔好多了。只要你保持放松的心情，我们就像金刚一般不坏。"哈迪觉得他的幽默能让事情有所缓和。

"现在忙你的去吧，我们都不想看到你在证人席上局促不安的样子。"

成功地让陪审员明白佩里只是个受雇出庭，在关于证人证言的事实上信口雌黄的枪手之后，斯蒂尔原本可以放过佩里——他在让佩里失去可信度方面已经做得很好，至少哈迪认为他已经造成了相当的损害。但是这一次，斯蒂尔再次上场询问，而且还是那样咄咄逼人。这位拳手上轮已经将对手击倒，这轮打算直接结束比赛。

哈迪对此毫无准备。

"佩里博士，"斯蒂尔开口道，"昨天早上，我在这间法庭内向您作了自我介绍，是这样的吗？"

"是的。"佩里想起哈迪的提示，补充道，"我还需要补充的是，您非常有礼貌。"

"谢谢。"斯蒂尔退开几步,半转身体,向听众席做着手势,"那您还记得当时我也介绍了我的助手拉斯·甘德森吗?"

"记得。"

"他就是坐在您面前的这位绅士,对吗?"

"是的。"

"他就是您昨天在法庭栏杆内见到的,与我站在一起的人吗?"

"是的。"

"你确认就是他?"

佩里一时有些窘迫,面露愠色,然后又恢复了他一如既往的和善:"是的,就是他。"

"博士,您如此确信?您确定他就是您昨天遇见的甘德森先生吗?"

佩里对于询问驾轻就熟,认为这只不过是开玩笑。他停了停,看看陪审团又看看哈迪。哈迪模棱两可地竖起眉毛。佩里得不到提示,只能自己应付。

"我确信就是他。百分之九十九到一百地确信。"

"百分之九十九地确信。这表明非常确定。也就是说,您曾有机会在良好的光照下近距离观察他,而且百分之九十九地自信这里的拉斯就是您昨天遇到的人。"

"实际上,"佩里开始上钩,"我百分之百确信。除非他有个双胞胎。"

"不,他没有双胞胎。"

佩里一直盯着甘德森:"就是他。"

"非常好,佩里先生。您曾说此案的证人不可靠是因为,先不说其他,他们对衣着的描述相互矛盾,甚至完全无法描述出衣着来。是这样的吗?"

"是的。"

"您能记起您昨天见到甘德森先生时他的衣着吗？"

长久的沉默："不能，我猜他穿着某种职业服装。我没太注意。感觉是得体的出庭衣着。"

"他系着领带吗？"

"我想，是的。"

"可能是领结吗？"

沉默："也许吧。"

"你能说说颜色吗？"

"我只能猜猜。"

"那他戴了眼镜吗？"

佩里又瞟了甘德森一眼："我不记得了。"

哈迪知道这于事无补，但他必须做点什么来拖延一下大丑脸。于是，他站起来提出反对。

"理由呢？哈迪先生？"

"过分浪费时间，法官大人。斯蒂尔先生的观点已经很清楚。"

戈麦斯点点头，若有所思。"斯蒂尔先生，"她问，"你表明你的观点了吗？"

"法官大人，远远没有。我才刚刚开始。"

戈麦斯开心地笑着说："我也这么觉得。再一次，哈迪先生，反对无效。"

哈迪不知道自己怎么会败得这么快，这样惨。他突然想到，戈麦斯可能就是那种讨厌"反对"和提出"反对"律师的法官。斯蒂尔也是昨天才开始受到她青睐的，因为他在哈迪询问佩里的时候一次也没有"反对"。然而从今早开始，哈迪总是拿细枝末节做文章，试图减缓庭审进度，干扰庭审节奏，反对反对再反对，结果几乎是全被驳回。现在，他再次站在了戈麦斯的对立面。

而斯蒂尔赢得了青睐。他的兴奋和快意溢于言表。"佩里博士，"他说，"您说您没有100%也有99%的把握确信这位就是甘德森先生，您是依据什么做出这样的结论的？您能想起其他直接观察到的细节来吗？任何都行！"

佩里再次望了甘德森几秒，气氛森然："没有了。"

"你仍然确信这位就是你昨天见到的拉斯·甘德森？"

这个问题已经被问答了多次，但这次哈迪没开口反对。

佩里答："是的。"

斯蒂尔深吸一口气，走到证人席前面，展开一张电影海报大小的彩色照片。

"法官大人，"他说，"我将把这张照片作为检方证物1号，并询问证人，看他是否能辨认出照片中的人的身份。"

照片正是昨天斯蒂尔用手机拍的。拉斯·甘德森浓须长发，打着领结，正与专家证人握手。

哈迪无地自容。他怎么会如此愚蠢地认为斯蒂尔拍照没有其他动机？是啊，这是个计策，而且是非常精妙的计策。现在被告方要为哈迪的愚蠢付出代价了。

佩里顿时慌了神。他确认照片上是自己和拉斯·甘德森的时候，声音几不可闻。

"我们来看看，博士。你百分之百确认拉斯·甘德森就是你昨天遇到的那个人，然而你昨天与他见面时，他长发浓须，戴着红色的领结，身穿粉红色衬衫，还戴着眼镜，而不是他通常戴的隐形眼镜。虽然这些细节有如此大的不同，你却没有发现和区别出来。然而底线是：你仍然将这位你只接触过一两分钟的人准确地辨认出来了。是这样吧？"

佩里点点头。不过斯蒂尔需要一针见血，要求他大声回答。

最终博士说："是的。"

"现在,博士,我正作为地区检察官和法庭的官员在询问您,是这样的吗?"

"是的。"

"先前您陈述您昨日见过甘德森先生。现在,是我在问您这个问题。那么,我在任何途径上影响了您的辨认判断吗?"

"没有。"

"那您在法庭上这点是否影响了您的辨认呢?因为您在法庭上,所以您就会犹豫,就不能确定他是昨天您见的那人了吗?"

"不会。"

"实际上,有些人在被要求进行辨认时,可能不会因为是被权力部门的人员询问,或是在法庭上被询问,就影响到他们的回答,是这样的吗?"

"是的,不过……"

斯蒂尔没让他说下去:"谢谢你,博士。我的问题问完了。"

佩里走回旁听席的时候,摩西靠到哈迪耳边,戳了戳他的手臂,问道:"我们给他多少钱来做这个?"

哈迪给他一个死鱼眼:"你不会想知道的。"

【第三十一章】

哈迪的侦探怀尔特·亨特正站在乔恩·罗在内河码头中心一号塔楼第十五层东北角的办公室往外望。他可以远眺横跨旧金山湾的四座大桥：金门大桥、里奇蒙德大桥、海湾大桥和圣马特奥大桥。大楼下方是渔人码头和渡轮大厦。游客人流熙熙攘攘。右边稍远，可以看到奥迪弗雷德大楼，著名的林荫大道餐厅就在那里。亨特自己的办公室也在那里的二楼。海湾中来来往往的行船显示出航海业终于有了生机：金门大桥和海湾大桥之间就有三艘集装箱货轮；索萨里托旅游渡轮穿梭在阿尔克绰兹岛和旧金山之间；三四十艘私人帆船在持续的微风中与和煦的阳光下航行，逆风时走之字，顺风时走直线。

就在这天早上，亨特自己也曾穿着潜水衣在金门大桥下玩帆板。

此刻，他穿着平整的卡其裤和宝蓝色正装衬衫，外套一件海蓝色的运动夹克。

亨特略高于常人，身体强壮，身材颀长，举手投足间自有几分潇洒。乔恩·罗的秘书，一位身高不及他的肩膀，模样可人的亚裔女士出现在他背后。她说："亨特先生，罗先生现在请你去见他。"

她引着亨特来到门前，打开门。

罗坐在一张巨大的柚木桌后面。除了一台苹果电脑以外，桌上没有任何物体。屋内的其他陈设也相当简洁——几个文件柜，三把办公椅，一张小桌，上面有一台传真／打印机，空空如也的书架下方有一个融合进墙壁的柜台，上面有一个盥洗池。数幅淡雅的亚洲风格风景画分布在墙上。亨特想，不管罗是干什么的，他都不需要做太多文书工作。

罗起身绕过桌子，热情地招呼亨特，请他落座后才回到自己的座位上。"这么说，"他问，"你是在调查瑞克·杰萨普谋杀案的相关事宜？我很愿意提供力所能及的帮助。不过我得开诚布公地说，虽然我们相互认识，我并不了解他。"

自从哈迪委托他开始这个调查以来，亨特调查了对金色梦乡按摩院的突击检查以及后续进展。哈迪本来的意思是叫他去"钓鱼"，而从罗这里入手，似乎是唯一可能有鱼咬钩的地方。"我想也许我们能从你和杰萨普的认识开始。"

罗看上去似乎在斟酌这个问题："嗯，他是我朋友利亚姆·古德曼的秘书长。我不记得我们初次见面的地点了，不过他几乎参与了利亚姆业务的每个方面，特别是筹集资金。因此我们一同出席过几次活动。我与他的关联基本就是如此。"

"你的员工呢？"

罗礼貌地笑了："你已经见过我的秘书李苏。我相信她从来没见过杰萨普先生。"

"我的意思是你在按摩院的员工。我听说你在这些地方都安排了保镖来保护你的姑娘们。"

罗的笑容冷了几分："抱歉，亨特先生。我恐怕不太明白你问这些问题的原因。谁杀了杰萨普先生不是有定论了吗？"

"不，还有些疑问。我是为被告方办事的。"

"明白了。你是在尝试找寻其他疑犯？"

"没错。我们正在更深入地调查杰萨普先生的私生活，希望能找到某些利益冲突，让他树敌的地方。"

"从我的员工里？他怎么会认识我的员工？"

"我想的是，您和古德曼先生之间有联系，你们的员工之间可能也有联系。"

一声阴沉的冷哼："他们没有联系的必要。我几乎不了解杰萨普先生，也对我的雇员中有人见过他表示怀疑。此外，我记得你的被告有非常强烈的杀人动机。"

"的确。杰萨普强奸了他的女儿。"

"既然这样,谁能责怪他呢?恐怕我还是无法理解你为什么要找我问话。"

亨特回忆起他也对哈迪表达过同样的意思——这个任务很荒谬。想到这里,他耷拉下脑袋,一阵懊恼:"我本身也不能给你一个像样的理由。我想你也许听说了什么,某些流言……"

"如果那样,我肯定向警方反映了。"

"是的,当然。"亨特站起身,"抱歉浪费你的时间了。"

"其实没啥。留下你的名片吧。如果我想起什么,我会联系你的。"

亨特感觉自己像个白痴。他乘电梯回到大厅,打算联系哈迪,再次要求结束这一无所获的调查。他决定这次不收钱,因为这调查毫无意义。他不喜欢接到没有结果的委托。这样的任务多了,就没人会来给他任务了。他要硬起心肠直接回绝这个任务。没有什么可调查的,就是麦奎尔杀了杰萨普,而且理由充分。

走到人行道上后,亨特联系了自己的办公室,了解到市政主管古德曼在他不在的时候回复了他,表示如果亨特能在12点正到他在市政厅的办公室,他有空见面。挂上电话后,亨特咒骂自己是个笨蛋,犹豫了一会儿,最后叫了一辆出租车。

亨特意识到,有些时候你不得不处于手足无措之中。你不必一定有计划。你不得不待在游戏中,疲于应付。当他到达古德曼的办公室时,得知主管先生已被市长招去下面的大会堂开紧急会议,大约半个小时之后才可能回来。古德曼特意要求黛安请亨特先生等一下——如果为了瑞克,他愿意尽全力帮忙。

于是亨特坐在秘书桌对面,看着黛安在电脑前忙碌,时不时接个电话。大约十分钟后,她停止打字,询问亨特需要喝点什么。亨特说他希望要一杯咖啡。稍后,她拿着两杯咖啡回来:"你是为了瑞克而来的吗?"她一边把杯子递给亨特一边问。

"是的。"亨特回答,"这人至少有些神秘。我们希望对他有更多的了解。"

"他已经死了,你们了解有什么用?"

"这有助于我们了解他为何而死。"

她喝着自己的咖啡:"那么你是……被告方的?"

亨特露出一个抱歉的微笑:"是的,法庭外的替补。"

"我们不是已经知道他为何而死了吗?他强奸了那姑娘,她的父亲就……"

"这里有些问题。"

"什么问题?强奸?"

"谋杀、强奸,整个事情都有问题。"

"真的?"

亨特直视着黛安的眼睛:"这让你很惊讶吗?"

"我一直觉得强奸是确证无疑的。其他也是。从我了解的各种资讯看,我还以为这已经是铁证如山了。"

她的语气让亨特一愣。他凑上前去:"黛安,您叫黛安,对吗?"

"是的。"

"你为什么以为是铁证如山了?"

诘问让她一时无言:"你知道的……强奸还有动机,一切的一切。"

"这么说,你听说你们的秘书长强奸了某人时,你不吃惊?你觉得他本来就是那样的人?"

她一下倒在人体工学椅子上。这一诘问让她开了窍。她畏畏缩缩地瞟了亨特一眼,转身看看四周,确认无人后,她放下咖啡杯,压低声音:

"他非常傲慢。我觉得他看不起女性。你在他周围必须小心翼翼。几个月前他跟那女的约会过。"

"是的,这个我们知道。"

"他不是个好男人。我不该说逝者的坏话,但实话实说,办公室没有了他,气氛好多了,至少不再感觉充满毒素。对于一个到处都是政客的地方,这已经是好得不能再好的事。"

"他让这里充满毒素?他怎么做到的?"

"你没听说过吗?没人谈起他以前的事?"

亨特摇摇头:"黛安,他是受害者,已经死了。人们甚至不相信他强奸了那女人。正如你所说,人不会再说他的闲话。这还有什么意义吗?他已经受到应得的惩罚,不是吗?至少从法律角度来看,强奸的具体事实并不重要。重要的是我们的客户是否认为强奸发生了。重点从来不是杰萨普,因为他过去是谁,是什么样的人无关紧要。"

黛安哼了一声:"在这里有关紧要。"

亨特凑得更近一些:"黛安,你刚刚问我是不是听说过什么。具体是什么把这儿的气氛搞糟的?"

黛安紧张兮兮地再次四顾:"你知道乔恩·罗吗?"

亨特不动声色地回答说:"有所耳闻。据我所知,他是你老板的大金主。"

"是的。他还是……"她把她所知的和盘托出。罗来找古德曼,接着主管先生冷酷地查问所有的男性实习生,所有人最后都确信那事儿是杰萨普干的——虽然没有证据证明。重点是杰萨普的行为威胁到了办公里所有的男性雇员。他遭到所有人的痛恨,因此也觉得受到所有人的威胁。于是他傲慢无礼,反复无常,脾气暴躁。甚至古德曼好像也转变了态度,开始相信是杰萨普威胁并殴打了罗的姑娘们——不管怎么说,他已经开始物色其他人选来代替杰萨普。黛安已经定下了一些面试预约。

"怎么可能?"亨特问,"怎么没人提到过此事?"

黛安看上去有些委屈:"为什么要提?就像你说的,这有什么关系吗?瑞克死了。我们都很高兴不用再跟他打交道。这是你没法想象的。"

大门打开了,黛安闭上嘴。亨特站起身,与利亚姆·古德曼握手:"看来宝石一般的黛安把你招待得很好。抱歉,让你久等了,但是市长打电话……"

刚开始时,与古德曼的谈话和与罗的谈话相差无几。但亨特心中已有成竹,知道古德曼与杰萨普之间有深交,所以逻辑上可以得知主管先生一定对他的秘书长的私生活有相当了解。古德曼谈话时没有离开他的座位,而是侧身坐在他的斜对面。他的姿态放松,但神情黯然,仿佛还沉浸在失去副手的悲痛中。

听完古德曼关于杰萨普是多么优秀、忠诚、能干之类的场面话之后,亨特决定单刀直入。"既然他如此优秀,我想您并不相信他会强奸那姑娘?您认为她是在捏造事实诬陷他?"

正如希望的那样,这个问题让古德曼的脸色冷峻下来。他的肩膀一起一伏,一起一伏。"这是非常严重的指控,"他说,"并且让他丧了命。"

"您不认为他做过?"

"我想我们永远不会知道了。我们没法知道。"

"我们能从他的行为中看出端倪。"亨特暗示道,"看他是否有过这样的前科。"

古德曼眼睛一眨一眨地看着亨特:"我不知道有这样的情况。他没有任何前科。至少没有任何会显示性侵的前科。"

亨特靠到椅背上,跷起二郎腿,用歉意的口吻陈述了一段事实:"先生,我来见您之前,去找乔恩·罗聊了聊。"

古德曼咀嚼着这话的含义。他转过椅子面对亨特,肩膀松弛下来。"我不知道他到底发生过什么事。"古德曼的嘴角抽动起来,表情悲伤,"我们赢得选举之后,我任命他为我的秘书长,我想他有些忘乎所以。当我们有机会更进一步,在我们的数步计划都顺利展开时,他好像相信不管他干过什么,都没人能动他了。于是,他开始利用职务之便占些便宜。"

"那您为什么没有炒了他?"

"首先,我没有证据。此外,我们共事了很长时间,我希望他能浪子回头。我欣赏他,把他当做心腹,至少以前是如此。我希望他能回到过去那样。"

"您最后拿到证据了吗?"

古德曼点点头:"乔恩把瑞克的照片拿给姑娘们看了,六个姑娘认出了他。"

"六个?"

"据我们所知就有六个。"他丧气地耸耸肩,"也许有20人,25人,甚至更多。这我们没法知道。看起来,他完全失去了控制。"

"然而您没有让他走人。"

"我是个政治家,亨特先生。我想在有候补的情况下平稳交接,这样才不会在竞选中有不稳的迹象。随便问问,你见过布莱德了吗?他去吃午饭了,应该随时会回来。"

"如果有机会,下次我会见他的。"

说完这个有些尴尬的话题后,主管先生的情绪有些好转:"不过——这对你可能不是好消息——我看不出这些对你的客户有什么帮助。事实仍然是瑞克强奸了那可怜的姑娘,她的父亲为此杀了他。我的意思是,瑞克的过去没有改变这一事实。"

"的确,事实如此。"亨特站起来,"感谢您见我。"

亨特钻出出租车时,正好看见自己的目标吃完午饭独自转过街角返回。等到他们几乎肩并肩时，亨特突然站到他面前。"罗先生，"他说着展开双手，"怀尔特·亨特，我们今早在您的办公室见过面。"

罗停步，在阳光下眯着眼。然后，他也张开双臂，面露轻松的笑容。"你一直在我办公楼外面的步道上溜达？"

"其实没有。我去找利亚姆·古德曼了。不知道您是否能再给我几分钟时间？"

罗脸上的笑容完全消失。他夸张地看了看自己的表，一脸的抱歉："恐怕我得去参加几个会议，我已经迟到了。也许改天吧，多少时间我都乐意。"

亨特心想，也许这辈子都等不到了。他不会给罗机会与古德曼串供，凑出一个连贯的解释。他绝不会放弃这个机会逼迫罗说出真相：为什么古德曼没有在听说杰萨普的不端行为之后立即炒了他？亨特手拿铁证同时又有出其不意的优势，他不会冒险失去它们。

"我只需要几分钟，先生。"他说，"我跟您一起上电梯，这就够了。"

罗挤出一个笑容，看看他的办公楼，再看看亨特，点点头："如果你确信我们能这么快解决的话。"

"闪电一般。"亨特说。但两人都没有开始挪步。

亨特说："今早我们谈话时，您说你只在几次筹款宴会上见过他，此外没有联系。你也说过，就你所知，杰萨普先生与你的任何员工都没有联系。现在知道我从古德曼先生那儿过来后，您对这些陈述有什么补充吗？"

"利亚姆说了什么？"

"杰萨普和您姑娘们的故事。"亨特顿了顿，以渲染效果，然后继续道，"当然，这给了您一个让杰萨普消失的理由，您的一位保镖就可以把这事儿做了。"

"太荒谬了。利亚姆这样说的吗？他跟其他人一样有理由让杰萨普死。不,他有超过所有人的理由。知道瑞克为了保住工作要挟过他吗?他告诉你他的'军队业务'了吗?"

亨特很享受恶棍之间的攀咬。罗甚至不清楚古德曼跟亨特到底说了什么,就已经开始往对方身上吐脏水。

"我没听说过任何被称为'军队业务'的事儿。"

"精心策划、利润丰厚、精妙而且非法的事儿。"

"听起来很有趣。"亨特评论道,"不过我不想让您错过会议。"

罗的眼睛眯成两条缝:"亨特,别和我玩花样。我可能看上去人畜无害,但你会发现我是一个非常严肃的人。"

听着这平静的语句,亨特心中一颤,知道这不是玩笑话,"也许我们应该到您的办公室里去。"他说。

那天早上,小三叶草前窗的新玻璃装好了,不过现在实际负责运营的托尼·索拉亚把营业时间改到从下午四点到凌晨一点。一点十二分,美国法警弗兰克·拉度敲响前门,躲藏在双人椅后面的托尼出来打开门。

"喝点啤酒吗?"托尼一边问一边引他坐在小吧台尽头的阴影里,自己则绕过吧台,走到啤酒龙头处。"或者其他什么?"

拉度摇摇头:"不行。我在执行公务。"

"当然。你总是在执行公务,对吧?"

"很多时候。"拉度嚼着牙签,穿着牛仔皮靴,一脚踩在吧凳的横杠上。他穿着黑色的丁尼布休闲裤,身披 REI(美国也是全球最大的户外用品连锁零售组织——译者注)夹克,完全掩盖不了他腰间携带的枪械。他随意地将手肘搭在吧凳的靠背上,疲惫地对托尼笑笑:"谢谢你见我。我觉得我们得当面谈谈。"

"只要你没被跟踪就没问题。"

"不太可能被跟踪。有人在四处打探你。你知道我们对这样的情况很不喜欢。"

托尼低声咒骂几句。

弗兰克点点头:"我猜你就会这么说。但既然你在底线边徘徊,我也不知道你还能期望有其他结果。"

"这些、那些都不是我的错。"

"我也没说是你的错。我是指过去几个月发生的事情。首先,燃烧罗马遭遇突检。那么多酒保被抓,就你偏偏跟那些该死的俄国佬搞上了法庭……"

"是乌克兰人。"

"随便。反正你的名字差点就白字黑字上了法律文书。与此同时,你又到了这个酒吧,老板又因为谋杀指控而受审,你上了检方的证人名录。你似乎还觉得不够爽,又开始勾搭那知名度堪比美国小姐的妞,接着又是狗仔队为了拍她的照片在你的酒吧大打出手。说不定拍她的时候把你也拍上了。我的意思是,你他妈这是咋回事?这叫低调吗?"

"我喜欢她。"

"好吧。不过谁又不呢?"

托尼盯着他:"那你要我怎么做,弗兰克?再次搬迁?"

"这样最好。总比让你把自己弄死要好。"弗兰克把牙签挪到另一边,"我知道让我们法警傲然的百分之百的安全率吗?我们从来没有失去一个受保护的证人。"

"你们是世界一流的保镖?"

"也算是。另一个原因是,如果有人把自己的身份暴露了,他会被踢出证人保护计划。"

托尼摇摇头,看着对方一阵冷笑:"少来这套,弗兰克。你不会把我踢出任何计划。你需要我作证。如果我不作证,两百个律师花三年时间的准备就都白费了。你不会让这样的情况发生的。"

"这不是我能决定的。我今天来这里，也不是为了怀念我们的别样友情。你很重要，但还不是无价之宝。有消息说，在你卷入的这个案子里，按计划你最早明天就要出庭作证。"

托尼打断他："他们不会召我出庭的。我没有什么可说的。到底谁在跟进这事儿？"

"我的上司。这你就不要再问了。你在公众场合抛头露面让他们忧心忡忡，他们担心你作为证人的价值可能会受到损坏。"

"怎么可能？"

"比如说你做伪证，这可是重罪。你也知道，保护计划的一条规矩就是，如果你在计划中又犯新的重罪，你就失去了计划的保护。我提醒你吧，你如果失去受保护证人的身份，你的可以预见的结局是：被敌人发现，然后很快就被一颗子弹击中头部，了结性命。"

"好吧，那……"

弗兰克抬起手，笑着要他噤言。他的表情友好，没有一丝威胁的神色。"好了。我只想指出，作伪证会给我们带来非常大的麻烦，因为这样会让你作为证人的可信度大受影响，而这正是你的价值所在。如果你可以在发誓之后在一场庭审中撒谎，还有什么能阻止你在另一场庭审中撒谎呢？"

"是什么让你觉得我会撒谎？"

弗兰克又用舌头把牙签顶到另一边。"让我们回忆一下。"他说，"上次你来找我，说你跟斯蒂勒先生谈过，他想让你作为这个案子的证人。因为担心你的身份会在这个高曝光度的案子中暴露，你告知了我会面的详情。我问你他想要你为什么作证。这或多或少能让你想起点什么吧？"

"当然。"

"很好。那么你就会记得，你告诉我说，你几天都跟布丽塔妮在一起，她向你透露说，你那天午夜送她回家之后，她就把强奸的事告诉了她父亲。"

"是的。"

"她认为是他的父亲杀了杰萨普。"

"是的。她是这么想的。"

"你现在跟她是一对了?"

托尼耸耸肩表示承认:"是的。"

"是的?这下哪怕不是天才的人也知道接下来会发生什么了。斯蒂尔会问布丽塔妮是否告诉了她父亲,她会说'没有'。因为如果她说'是',她爹就得蹲监狱,而她不会让这事发生。接着斯蒂尔会召你出庭,而你也会说'没有',但那就是作伪证;不过她又是你的女朋友,如果你说'是',你们的关系也就到头了。"弗兰克在吧凳的靠背上撑了撑双肘。"你看到了吧,这两难的局面让我也很难办。"

托尼想了一两秒。"你可以装作什么都不知道。"他说,"没有其他人需要知道这些。"

弗兰克无奈地笑了笑:"也许有太多的不可能,我都不知从何说起。首先,你知道真相这件事可能从她那儿以什么形式走漏了风声。或者,外界得知我知道真相,但和你商量后却保持缄默,这会让我立即丢掉饭碗。不,最明摆的事实是你必须说实话,因为如果你撒谎,我将不得不去找斯蒂尔先生,告诉他你做了伪证。你会不再受计划的保护,以你的真名入狱。托尼,在他们找到你之前,你觉得还能在监狱里活多久?"

【第三十二章】

午饭后，哈迪把九十分钟休庭时间的大部分都花在与专家证人重新准备证词上了。在这个相当无趣而且令人昏昏欲睡的过程中，佩里毫无差错地背出了他之前引述的所有资料的具体章节、段落和来源。这样的话，在一定程度上可以重塑他的可信度。

此外，哈迪还试图把佩里辨认拉斯·甘德森的证词反转过来，支持他们关于目击证人辨认的理论：即使对佩里博士这样训练有素、经验丰富的专家，辨认也是非常困难的。

是的，在搞错了大多数甘德森外貌细节的前提下，佩里还是正确辨认出了他。但这只能无可争辩地表明目击证人的辨认多么不可靠。这也正是佩里一贯的观点。哈迪不敢奢望让陪审团相信这套理论，只是希望佩里能在他们心中种下一颗怀疑的种子，在目击证人作证的时候发芽生长。

听到佩里收尾的证词，哈迪很欣慰，虽然这意味重头戏即将上演。

布丽塔妮·麦奎尔的证词将会是检方指控的核心证据。这让她处在一个非常被动的位置：如果她提供动机证据，这证据就会让她的父亲坐牢。从斯蒂尔把布丽塔妮的名字列入检方证人名录开始，她在每一步程序上都全力反抗。她绝不会让她的父亲因为她的证词而处于危险之中。根据哈迪的建议，布丽塔妮雇佣了自己的律师翠西·爱德华兹为她出庭。

在陪审员就职之前，有一场非常激烈的预审听证会。爱德华兹竭尽全力游说法官布丽塔妮不应该出庭作证：首先，爱德华兹坚称强奸受害人有隐私特权；因此她的客户有权拒绝出庭作性侵以及与性侵有关的任何陈词。如果有人被指控性侵布丽塔妮，她也有权拒绝作证，斯蒂尔对此无能为力。关于隐私特权，立法机关已经有成文法。而判例法也非常清晰。这本来就该了结此事的。

然而斯蒂尔发起反击,称他不会问关于强奸的任何问题,不会谈起布丽塔妮的遭遇,不会问是谁干的,也不问她是否曾经被性侵过。他只会问她是否把"瑞克·杰萨普强奸了她"这个消息告诉了她的父亲,以及麦奎尔听到之后的反应。

戈麦斯支持了斯蒂尔的请求。对于哈迪和爱德华兹来说,这是他们预审中的最低点。布丽塔妮必须出庭并回答问题:她对父亲说了什么,父亲有什么反应。布丽塔妮通过爱德华兹知会法庭,称她没有跟她父亲提及过有关那次所谓的"强奸"的任何事情,因此辩称她的证词与本案无关。

戈麦斯不相信她的话。"斯蒂尔先生的证据相当有说服力,证明事实恰恰相反。麦奎尔小姐,你得发誓并作证。我的建议是,相信你的律师也是这样建议你的,如果你没有说实话,会有非常严重的后果。我无需多言。"

法官做出决定后,哈迪意识到布丽塔妮别无选择——除非她故意做伪证,否则她必须坦陈她在什么时候向她父亲说过什么。至今为止,在翠西·爱德华兹的辩解无效之后,哈迪已经花了几个小时,试图说服布丽塔妮作伪证不是个好主意。

在这个案子中尤其如此,布丽塔妮已经决心说谎,如果她坚持己见,一切都将于事无补。事实上,斯蒂尔会传唤数名证人出庭,其中包括托尼·索拉亚。他们的证词都会反驳布丽塔妮。毫无疑问,这会给陪审员们留下麦奎尔知晓强奸事实的印象——而且是布丽塔妮在周日凌晨亲口承认的。撒谎没有任何意义。

虽然好话已经说尽,哈迪清楚他没有什么正面的进展。布丽塔妮理解他的意思,但她绝不会向陪审团供出她父亲杀掉强奸犯的动机。让她的朋友和熟人反驳她吧。她不在乎。如果必须如此,就让她因伪证罪坐牢吧,她无论如何也不会背叛父亲。

现在，哈迪突然不能确定布丽塔妮到底会怎么说，觉得需要更多时间劝说她放弃撒谎——法高于情，在这个案子中，说实话并不是背叛。

斯蒂尔也把他的证人名单作为凶悍的武器，几乎把与布丽塔妮有哪怕一点关系的人都列为证人，不过因为某些原因（很可能因为他是哈迪的女儿），瑞贝卡没有入选。在这些朋友和熟人中，斯蒂尔已经找到反驳布丽塔妮证词的证人，可以佐证摩西的杀人动机。

现在动机已经不再是猜测。斯蒂尔把布丽塔妮列为首位证人。这样他可以首先引出动机。哈迪认为这是理所当然的战略，而且也不差。没有动机，对摩西的指控就没有理由。

哈迪在椅子上转过身，看着法警护送布丽塔妮从大厅的等待处走进来。他一眼没有认出她来。在他一旁，摩西一把抓住他的手臂，低声惊呼道："圣母啊！"与此同时，他听到艾米·吴不由自主地痛苦呻吟一声，整个法庭仿佛都回荡着她的呻吟声。

布丽塔妮把她一头美丽的长发全部剪掉了。

没有口红，没有任何妆容。她穿着一双布朗曼磨砂面皮鞋，一条棕色休闲裤，一件泛白的黄色套头毛衣，肩上披着一条白色披肩。

虽然斯蒂尔在预审中先下一城，哈迪知道检方必须非常小心。布丽塔妮是一位有敌意的检方证人。她出庭指控自己的父亲，处境非常糟糕和令人难受。虽然这也许无关紧要，但哈迪确信斯蒂尔认为她是强奸受害者；即使不是全部，至少也有大部分陪审员会这样认为。他们会同情她的遭遇。斯蒂尔恐怕也不会铁石心肠；至少他会试着表现出同情心，这样才不会被陪审团认为是个没有感情的混蛋。

还有一个直接事实是，布丽塔妮要作伪证。尽管大丑脸会对布丽塔妮表示同情，对她所处的困境表示理解，他也会引导陪审团做出那明显而且不可避免的结论——尽管与他的证人所言相反。

最后，哈迪还知道，斯蒂尔像其他人一样，也被布丽塔妮的外貌震撼了。

布丽塔妮发完誓后，站在证人席上，隔着法庭，向她在被告席上的父亲投去一个勇敢的眼神，试着给他一点安心的笑容，然后落座。斯蒂尔缓缓地站起身，一步一停地走到证人席前，与之前询问佩里博士时急不可耐地冲出自己占据的一角时完全相反。

"麦奎尔小姐，下午好。"刚开始时，斯蒂尔按照需要表达出了足够的敬意。他让布丽塔妮向陪审团做自我介绍，陈述与摩西的关系，并承认她对出庭的不情愿。他语气平和，如唠家常，不让她感到过于不适。

最后他终于切入正题："你认识本案的受害者瑞克·杰萨普吗？"

这是一个微妙的节点。哈迪、吉娜和艾米花了很长时间讨论这点。从一方面看，哈迪认为戈麦斯很有可能坚持她自己的裁定：斯蒂尔只能询问布丽塔妮是否把强奸的事告诉了父亲以及摩西的反应。其他关于布丽塔妮和杰萨普的关系，他们应该都能让法官宣布为与此案无关，或是受强奸受害人隐私特权保护的内容。从另一方面看，这可能会让陪审团觉得这所谓的强奸根本不存在，这起谋杀是某个疯魔女人和她有暴力倾向的父亲引起的，那位英俊潇洒、年轻有为的政治新星成了这俩疯子的牺牲品。

最后，当他们知道斯蒂尔会在陪审团面前亮出此案的杀人动机时，决定最好让陪审团了解强奸的确发生过。

"是的，我认识瑞克·杰萨普。"

"你怎么认识他的？"

"我们约会过一次。我们不合拍，就没再见面。"

"这些发生在什么时候？"

"我记不清具体日期了。我想是二月上旬。"

"你说没再见面的意思是不再是恋人关系吗？"

"是的。"

"但你后来又见到他了?还是在二月?"

"是的。"

"那次见面是怎么回事?"

"他到我工作的地方,皮特咖啡馆。他说他想再跟我见面,我说我不感兴趣。"

"你们发生了争吵?"

"实际上没有,就是一点争执。我进了里屋,我的经理要求他离开。"

哈迪捕捉到他的侄女——也是教女——的目光,微微向她点了一下头,告诉她做得很好。她给陪审团的印象是言语恳切,举止得体,情绪稳定。

"在皮特的这次见面后,二月中你还与杰萨普先生见过面吗?"

"是的。另一天下班后,在我去公交站准备回家的路上,在一条小巷里遇到他。"

"你们这次发生了争吵吗?"

"是的。我告诉他我不想再见到他。我要他离我远点。"

"然后发生了什么?"

"我试图绕过去,他抓住了我。"

"他用手抓住了你?"

"是的。他摇晃我,把我推到墙上。我的脸出血了,他立刻又百般道歉。我很害怕,我试着再次绕开他,但他再次抓住我,把我摔到地上。"

哈迪拍着摩西的手臂,向艾米做了一个诡秘的眼色。布丽塔妮陈述着她与杰萨普早期的交往。这是经过哈迪的游说之后,她才同意在斯蒂尔询问时提起的。这与强奸那晚没有必然的联系,但是很有力的陈述,让杰萨普的形象大损。尽管如此,哈迪揣测斯蒂尔也希望看到布丽塔妮这么说,因为这可以引出摩西对杰萨普的殴打,以此证明摩西脾气暴躁,有暴力倾向，不过从哈迪的角度来看，更重要的是，这可以表明布丽塔妮没在受伤后跑回家告诉她父亲。这一点哈迪打算在询问阶段好好利用——斯蒂尔不会太高兴的。

斯蒂尔照着自己的计划，继续询问："伤得重吗？"

"我去了急症室，不过我主要是受了震荡，身上有多处擦伤和瘀血。"

"你告诉你父亲杰萨普先生对你的攻击了吗？"

"不，我没有。"

"从没有过？"

"从没有过。"

斯蒂尔有两手准备。他会主张布丽塔妮告诉了父亲强奸的事，这就是谋杀动机。即使陪审团并不赞同，他还可以辩称尽管布丽塔妮没说是杰萨普，麦奎尔还是设法知道了，并去殴打了这位年轻人。由此可知，即使布丽塔妮没有告诉父亲强奸之事，麦奎尔同样可以像之前那样查出伤害女儿的凶手。斯蒂尔同样可以获得他的指控所需的动机。

斯蒂尔表面上对布丽塔妮的痛苦感同身受，暂停了询问，走回自己的桌子，装模作样地看了看他的记事簿，然后才走回到布丽塔妮面前。"这也不是你最后一次与杰萨普会面，是吗？"

"不是。"

"什么时候再次见面的？"

"两个月之后。"

"他怎么联系你的？"

"他发短信给我，称我父亲攻击了他，说如果我不去见他，他就告我父亲伤害罪。"

斯蒂尔佯装惊讶地望向陪审团，然后继续询问证人："你是如何回应这条消息的？"

"我同意接下来的周六晚见他。"

"为什么你不顾你们的前事,以及他对你的暴力前科,同意去见他?"

"我想知道他说的是否如实。如果可能,说服他不再骚扰我的家庭。"

"你的意思是,你不相信你父亲攻击了他?"

"我不知道。那是我第一次听说这件事。瑞克有政治人脉。我想他会找我们的麻烦。我父亲有一间酒吧,小三叶草,瑞克的老板是市政主管古德曼,他在过去数月中在全城到处查抄酒吧。这是我同意与他见面的原因。"

"麦奎尔小姐。听到你父亲承认在杰萨普先生伤害你之后不久就攻击了他,你感到吃惊吗?"

"我已经听说了。是的,我很吃惊。但我在佩里见到杰萨普先生时,并不清楚这些。"

"你的意思是说,你那时不知道你的父亲攻击了杰萨普先生?"

"是的,先生,我就是这个意思。"

斯蒂尔知道这就是她坚持的证词,不过他需要让陪审团听到这话,并让他们觉得这个回答完全不可信。斯蒂尔犹豫一番,似乎在思索接下来该问什么,然后他继续道:"麦奎尔小姐。让我们回溯一点。当你被杰萨普先生攻击之后躺在急症室里时,你有联系谁吗?"

"是的。我打电话叫我妈妈来接我。"

"你告诉她你的遭遇了吗?"

"没有。"

"为什么不?"

"我不想让瑞克惹上麻烦。我不认为这样的事会有第二次。他只是情绪失控,我不想再追究。"

"离开医院后,你母亲带你去了哪里?"

"回到她的公寓。我的意思是她和爸爸的。"

"你见到你父亲了吗?"

"是的。"

"你告诉他你的遭遇了吗?"

"没有,我对他说的跟我对妈妈说的一样:我在急急忙忙追巴士的时候滑倒了。"

"你父亲相信了吗?"

"显然没有。"

这让全神贯注的人们在气氛紧张的法庭里发出阵阵窃笑。等到笑声平息后,斯蒂尔才继续提问。"那好。然后,你在工会街的佩里酒吧见到了杰萨普先生。"斯蒂尔小心翼翼地引导她述说那糟糕的夜晚,让布丽塔妮渐渐说到她在杰萨普的床上醒来,知道自己被迷奸了,"接下来你是怎么做的?"

"瑞克在睡觉,我拿上我的衣服离开那里,离开他的公寓。我在工会街找到我的车,然后开到三叶草。"

"你为什么去那儿?"

"我的第一反应是去找我的父亲。我以为他在那儿侍酒,可是他不在。"

"你想见你父亲?"

"是的。"

"告诉他你的遭遇?"

"我不知道我会不会说。我只想安全回家。我不敢相信发生了什么。"她擦着眼泪。

"但你父亲不在那儿?"

"不在。另一位酒保,我的朋友托尼·索拉亚在上班。那个时候,我已经快要崩溃。关门时间到了,我告诉他发生了什么,他开车带我去了父母家。"

"你告诉托尼你被强奸了?"

"是的。"

"然后托尼陪你到了你父母家?"

"是的。我妈妈开的门,然后他离开了。"

"你父亲呢?他在场吗?"

"他在睡觉。那时是凌晨两点。"

"那么你没见到你父亲?"

"没有。"

"你告诉你母亲你被强奸了吗?"

"没有。"

"为什么不?既然你都告诉托尼了。"

"我不知道。我只是认为……我不想让她伤心。"

布丽塔妮满脸的泪珠闪闪发光。斯蒂尔转开眼光,看向陪审团,再看向法官。

"法官大人,"他说,"我还有许多问题询问证人,但如果反方律师不反对的话,或许我们可以短暂休庭,让麦奎尔小姐平复一下心情?"

吉娜·柔克首先站起,拿着一摞纸巾上前。布丽塔妮将双肘枕着证人席的栏杆上,双手放在额头上。显然,她没想到斯蒂尔会请求休息,她情绪激荡,全身颤抖,不知出于感激还是在释放压力。

吉娜把她抱住:"嘿~嘿~嘿。没事儿。你做得很好。"

布丽塔妮抽了张纸巾擦脸:"抱歉,我真是不像样子。"

"不要在意。真的。都是这样子的。"吉娜探身轻吻她的头顶,"顺便说一下,你做得很好,说得很好。"

布丽塔妮在泪水中挤出一丝苦笑:"我受够这一切了。"

被告席上的人在窃窃私语。

摩西说:"我要过去抱抱她。"

"离开这桌子,法警就会毙了你。"哈迪说。

"看着她我的心都碎了。"

"我也是。但她做得很好。很坚强。"

"我不想让她坚强。她已经经历了太多。你不这样想吗?"

"够多了,但她还有很长的路要走。大丑脸才开始说明他的观点。为了向陪审团表明他是个好心人,他才给她一点喘息时间。他回来时就会来真的了。你等着瞧吧。"

摩西隔着法庭看向女儿。吉娜还抱着她,两个女人头挨着头,正在轻声交谈。"我从来没想过让她做这事。"他说,"我们都不想。"

哈迪本想说现在这样多愁善感已经晚了,如果摩西在事情还有转圜余地的时候早点想通这些,就可以让大家免受这份伤痛。但最后,他还是没说。现在说教又有什么用呢?

他们每个人都在自己的位置上犯了错。他们都没有其他办法了。

"麦奎尔小姐。"斯蒂尔语气温和,不过他的耐心已经快用完了。实际上,他对布丽塔妮的询问已经顺利地进入第二个小时,从她抵达苏珊和摩西家里开始。她只告诉苏珊她喝得太多,次日清晨再走去三叶草去取她的车。七点十五,她到了性侵危机咨询中心。根据她的证词,她在那个周日上午十点半回到父母家,一家人在厨房一起吃了早餐。斯蒂尔显然觉得是时候加大强度了:"你想对陪审团表达的意思是,你那天上午回到家后,你父亲没有询问你去过哪儿,以及前一晚发生了什么?"

"是的。"

"你经常回父母家过夜吗?"

"不是很频繁,偶尔这样。"

"那天早上,就在你刚刚报告了你被杰萨普先生性侵之后,你却对你父母缄口不言?"

"是的。"

"你没有说？"

"没有。"

"为了确认，我得要求你对陪审团明示：你是否告诉过你父亲，谋杀被害人在佩里酒吧的饮料中放了迷药？"

艾米·吴像炮弹一般站起来："法官大人，反对！证人已回答此问题。"

"驳回。"

斯蒂尔："麦奎尔小姐？"

布丽塔妮："不，我没有。"

"你告诉他你在杰萨普的公寓醒来，知道自己被奸污了？"

"反对！"

"驳回。"

布里塔妮："没有。"

"你是否告诉你父亲杰萨普性侵了你？"

这时哈迪再也忍受不住："法官大人，恳请法庭……"他能感觉到背后听众对他表达出的不满，但他不在乎。

戈麦斯敲响法槌，先盯了他一眼，接着望向他后面的旁听席："法庭不会接受你的陈情，哈迪先生。律师请上前。"

哈迪和吴起身从两边绕过被告桌。斯蒂尔也跟着站到法官席的高台前。戈麦斯探身前倾，让他们都能听清她严厉的低声训话。

"我不会容忍这种一唱一和的做派。吴小姐你，或者哈迪先生你，可以对任何证人的证词向法庭表示反对，但我不会容许你们同时……"

"法官大人，"哈迪说，"我无意冒犯……"

戈麦斯竖起食指，打断他。"我建议你以最为慎重的态度斟酌你接下来的言语，哈——迪——先——生。以我的经验，当律师以'无意冒犯'开头时,接下来的话通常是相当冒犯的。如果这样,后果将是直接且严重的。我表达清楚了吗?"

哈迪压下怒火,说:"是的,法官大人。但是,斯蒂尔先生明摆着在无理纠缠证人,而且她还是位受害人。她已经说了她没有告诉她父亲她被强奸了。"

"他是让证人表明立场,这样陪审团才能清楚地知道她做过什么没做什么。我已经明确表明允许斯蒂尔先生询问她对她父亲说的内容。你和麦奎尔小姐的律师都已清楚表明,她已经做好为整件事作证的准备。现在,所有人各就各位,让这场庭审回到正轨。"

哈迪和吴回到被告席。他们刚站好,斯蒂尔就要求法庭书记员重复他之前的问题。

"你是否告诉你父亲杰萨普性侵了你?"

布丽塔妮抿着嘴唇,摇摇头:"没有。"

斯蒂尔继续问:"你是否告诉你父亲你被杰萨普侵犯了,表达了你对他的怨恨,之后你父亲就发怒了?"

"没有。"

"实际上,他了解到你的情况后反应非常激烈,以至于让你担心他会有过激行为,对吗?"

"没有!这正是我不能告诉他的原因。我前一晚才听瑞克说起我爸爸与他之间因为二月他攻击我而发生的'事实'。我不知道我能不能相信瑞克;他是个大骗子。但是我不想再惹麻烦。于是,在和托尼去我父母家的路上,我考虑了这事。我知道不能告诉爸爸,就算我希望告诉他,我也不能。我不敢说。"

"你没有告诉他?"

艾米无惧各种因素,推开椅子站起来:"反对,法官大人。已多次问答。"

戈麦斯终于觉得斯蒂尔沿着这条脉络走得够远了；她选择了支持。

斯蒂尔像在表演话剧一般，重重地叹口气，似乎很失望。但是，他还没推进到他一直酝酿的关键点。现在，他直指核心："麦奎尔小姐，你向其他人提到过你与父亲的谈话中提到了事情的所有细节：迷药、强奸本身，以及你对被害人的畏惧和憎恨吗？"

吴偏头绕开摩西，望向哈迪。该再次反对吗？哈迪摇头。虽然他也厌烦这样的询问，但这的确不是同样的问题，完全不同。斯蒂尔在不停地变换问题形式。

布丽塔妮也察觉到了这些不同。她看看法官，然后转回斯蒂尔："您的问题是：我是否给其他人说过我给我父亲说了我被性侵的事？"

"是的。"

"如果我没对爸爸说过，为什么我会给其他人说我说过？"

"法官大人，"斯蒂尔回应道，"您能要求证人回答此问题吗？"

戈麦斯俯身要求布丽塔妮回答。

布丽塔妮一时无语。最后，她撒了谎："没有。"

"你没有告诉任何人，你在你父亲家的第一天里对你父亲说过关于强奸的事，是这样的吗？"

"是的。"

斯蒂尔盯着她看了半晌，眼神既严厉又失望。

"没有更多问题了。"他说着转过身，"哈迪先生，请询问证人。"

戈麦斯敲响法槌，说："我们都经历了一天漫长的证词陈述，明天看起来也是如此。反正还有十五分钟就到休庭时间了。哈迪先生，如果你不介意推迟你对麦奎尔小姐的询问至明早，我建议我们今天到此为止。"

"我没有异议，法官大人。"

"斯蒂尔先生呢？很好。各位，那就明天九点半准时再见。"她再次敲响法槌，法庭休庭。

【第三十三章】

"二十五个姑娘?"吉娜·柔克停止从公文包中拿出文件,隔着大圆桌看着他们的私人侦探,"真的?你在开玩笑吧?"

现在是布丽塔妮·麦奎尔出庭当天的下午5:30。怀尔特·亨特坐在椅子上伸懒腰。他们现在身处弗里曼＆哈迪＆柔克法律事务所的"日光浴室"中。

"古德曼就是这么说的。虽然他只有确凿证据证明其中六人的指认。"

"六个人指认谁?"迪斯马斯·哈迪从他的办公室出来,穿过大厅问道,"顺便说一下,这所有的指认恐怕都不准确。不信去问问佩里博士。他的回答值一万美元。"

亨特看着吉娜:"他在说什么?"

"有时很难说清楚。"她望向哈迪,"乔恩·罗的按摩院。"

"按摩院怎么了?"

"怀尔特告诉我说,瑞克·杰萨普是罗这些按摩院的常客。而且他自认为他的工作让他有权不付钱。噢,对了,有时候他还会打人。"

哈迪看着亨特:"有时候?"

"也许是大多数时候。看来这哥们的脑子有大问题。"

"是曾经有。"哈迪说,"感谢上帝。我还以为我们已经了解他了呢。你是从古德曼那儿搞到这些信息的?"

亨特点点头:"而且罗和古德曼知晓这些情况已经很久,除非他们又改口。就在杰萨普先生自掘坟墓的时候,古德曼已经开始物色新的秘书长。很可能罗觉得古德曼动作不够快,或是惩罚力度不够。"

"你一天就搞到这么多信息?"哈迪抽把椅子坐下。

"这还是保守谨慎的结果。"亨特说,"我的每一击都是全垒打。"

"还有什么消息？"吉娜问。

"还有一点，你知道古德曼先生当上市政主管之前做过什么吗？"

"我知道他做过律师。"柔克说。

"是的，不过他可不是在座各位一般富有爱心、维护正义的律师。"他简单介绍了那项被称作"军队业务"的买卖。最后，他总结道："不管怎样，这本来是皆大欢喜的好事，把愿意做代孕的母亲介绍给富裕的不孕夫妇。这本可以是合情合法的，只是……知道有趣之处在哪儿吗？古德曼打起了女性军人的主意。这些女军人因为怀孕而回国产子。可惜生产后很快，太快了，她们就得重新到海外前线去。让人'意外'的是，她们很多不想再去。于是，古德曼收十万美元做中介，给她们两万美元做报酬。与此同时，这些代孕军人的医疗费用都由政府支付；而且，她们还是带薪的。"

柔克一阵冷笑："真是个极品人渣。"

"等等，"亨特说，"还没到高潮部分呢，至少对我们而言，杰萨普才是。"

"让我猜猜，"哈迪接口道，"杰萨普帮助找寻和确认这些代孕母亲。"

"没错。每个人三千的佣金。"会议桌旁众人一时无言。亨特说："提个醒，为什么古德曼没在发现杰萨普动罗的姑娘的第一时间开了他？"

哈迪的双眼本来已被整天的忙碌搞得黯淡无光，现在突然精光四射："他不能，杰萨普会把这些事公诸于众的。"

"你认为杰萨普要挟了古德曼？"吉娜问，"甚至面对面叫板？"

"不是没有可能。"亨特回答道，"就算没有，也让古德曼一时拿他没办法。"

"怀尔特，你怎么搞到这些的？"

亨特咧嘴笑笑："这可能是最精彩的部分。"

哈迪后来才意识到，让怀尔特与吉娜同处一屋有些令人尴尬。虽然两人年纪相差较大——十五六岁，但他们谈过数年的恋爱。因此，当哈迪送走亨特回到温室的时候，他直接把这事说了出来。"我希望刚才没让你太难堪。我叫怀尔特过来的时候，没想到……"

吉娜打断了他的道歉："迪兹，我是个大姑娘了。他是个好男人。我们之间没有怨气。"

"你很酷。"哈迪说，"你们都很酷。我喜欢与成熟的人合作。"他叹了口气，"特别是看了布丽塔妮一下午之后。可怜的姑娘完全乱了分寸。你问过她为什么把头发剪了吗？"

"她不想再漂亮。她认为这是让她陷入如此境地的原因。"

"也没完全说错。"

"不是因为美丽，"吉娜说，"而是如何掌控美丽。她总有一天会想明白的。"

"这是经验之谈啊！"

吉娜看他一眼，绽放出灿烂的笑容。"虽然是恭维之辞，"她说，"但你马屁拍得恰到好处。"她打开面前的文件包。"现在，你是想帮艾米准备对布丽塔妮的询问呢，还是想聊聊这些新情报？"

哈迪思索片刻："我很高兴我们有了两个新的疑犯和两个新的杀人动机。"

"你真的认为这可能吗？如果你提及他们中任何一个，实际上就是把他们两人一同拉到 SODDIT 里。"SODDIT 的意思是"干这事的另有其人"，是一个常用的辩护策略。柔克继续说道："我觉得理论上可行，不过要让陪审团相信，哪怕相信一分钟这两人中有一人雇凶要了杰萨普的命，都不是容易的事，尽管他们都有理由这么做。尤其古德曼这边……我的意思是，他可是市政主管。你这是在捅马蜂窝。那你就得做好被叮的准备。更不用说我们现在坐在这儿，一点一片一丝的证据都没有。"

"这我倒不担心。我们是有先例的,记得吗?丹·怀特曾经就是市政主管。"

"丹·怀特是个疯子。"可能的确如此。但1978年怀特的确在市政厅射杀了市长乔治·莫斯寇恩和市政主管哈维·米尔克,"前例也不能让古德曼在那个周日出现在被害者的公寓呀。"

"也许他是雇凶杀人。"

柔克皱起眉头:"好吧,有可能。不管怎样,你还是去查查他那天做了什么吧。如果那天他正好在,比如说夏威夷或是塔霍湖,那就不好看了。"

"那好。不过罗呢?他显然有一大帮打手和保镖。这些人让他的姑娘不敢造次,也许也让他的敌人,或是敢动他的人不敢妄动。"

吉娜沉默片刻:"别误会。这事很有趣,我们需要给陪审团找点事情想,让他们别老想着摩西是凶手。但是,如果我们要走这条路,我们必须思量怎么走更好,而不是随便找些杰萨普的熟人,因为现在我们都知道,他几乎把所有的人都得罪了。同时,我重申,我们需要一些证据来支撑我们的计划。"

"你觉得将杰萨普的人渣本质公诸于众没什么意义?"

柔克耸耸肩:"现在陪审团已经没人怀疑他是强奸犯。你还能让他们怎么恨他?"

"要他们全心全意地恨他。不过我懂你的意思。我们没法让他死得更透了。真遗憾。"他突然又想到一个点子,"嘿,也许是罗的某个姑娘动的手。被杰萨普打过的某个姑娘。"

"迪兹,真有你的。杰萨普还可能是大脚怪杀的呢。你简直开始天马行空了。还是说现实点吧,你猜怎么着?"

"怎么?"

"也许就是摩西干的。"

因为某种神秘的原因，哈迪人生中最美好的时刻有两次都发生在亚伯·格利特斯基的复式公寓门前。

有一次，格利特斯基打开门时，一边肩上还坐着他的女儿瑞秋。瑞秋已经将尿布扯下挂在他的肩膀上，她的一瓣粉嘟嘟的屁股蹭到他的耳朵上。至少这样半分钟后，亚伯才反应过来，将小屁股拨开。现在只要想到这个情景，哈迪就会哈哈大笑。

还有一次，那时哈迪还非常年轻，像个不成熟的大男孩。那天他和亚伯回到公寓时，正下着瓢泼大雨。

格利特斯基把钥匙丢给哈迪——可能因为那时哈迪上楼喜欢一步两级——哈迪开门进去。接着，这个恶作剧之王转身关门，抢在格利特斯基到来前把门反锁上了（充分证明恶魔撒旦还在世间诱人作恶）。

"迪兹，你疯啦，你在干吗？开门。"

"说'请'。"

"我才不说'请'呢。快开门。"

"自觉点，亚伯。就说声'请'。"

透过猫眼，他看到格利特斯基坚韧地负着重物，雨水冲刷着他的头，大滴大滴的雨水顺着他的脸廓往下淌。大约撑了三十多秒后，格利特斯基叹口气，终于屈服。"好吧，"他咬牙切齿地说，"请。"

"去你的。"心情大好的哈迪一字一顿地说，"说'求求你'。"

这些年来，格利特斯基一直试图报这一"请"之辱。虽然他用了无数种方法，做过无数次尝试，然而无论他表现得多么凶狠和不屈，还是无法像哈迪那样狠心。不过，每次哈迪到格利特斯基家门口，都可能面临一丝冒险、报复和报应。

哈迪今晚的到访不是命运的召唤。格利特斯基发短信说他六点到家，现在已经七点，哈迪踏上十二级台阶上到门前平台，按响门铃。

没人应门。

哈迪再按，听到了门后的铃声。但还是没人。

他敲敲门，然后把耳朵贴到门上。没人在家。

哈迪暗骂浪费他宝贵的时间，尤其现在还是开庭阶段，然后转身下楼。

亚伯通常不会约好时间却不出现。哈迪希望他没事。希望孩子们和崔娅都很好。带着年幼孩子的生活有无穷无尽的不确定因素。他想，不管是什么，亚伯都应该在电话里提到的，也许他们该在上午找个地方见面。实际上……

他在阶梯底部停下，掏出手机，找出亚伯的手机号。就在此时，突然门开了。瑞秋和扎卡里欢地叫着："迪兹叔叔，迪兹叔叔！"

"嗨，孩子们。"哈迪奇怪他们刚才去哪儿了，猜想他们或许在后院里。他摇手示意，重新走上台阶，来到平台上，看到门是锁上的。于是，他敲敲门："孩子们！"

他听到孩子们在门后齐声叫道："说'请'。"接着传来嚎叫声与笑声……

此刻，哈迪和亚伯坐在台阶上，看着俩小鬼在后院里打闹。

"没什么，真的。"哈迪说，"非常好。我很享受，尤其因为我在庭审阶段，我的时间没啥要事可做。"

"你的时间。"格利特斯基开心地笑了，"最多花了你一分半钟。"

"如果我是温斯顿·佩里，"哈迪回答，"那就得花你差不多十块钱了。"

"谁是温斯顿·佩里？"

哈迪告诉他，之后又谈到布丽塔妮和她的证词。

格利特斯基听完后问道："这么说进展不顺？"

"我不会这么说。"

"不会？我觉得你字里行间都是这意思。"

"实际上，"哈迪说，"我们可能已经有一点突破。怀尔特·亨特找到几个人……你知道的，古德曼和罗——他们都怨恨杰萨普，有伤害他的动机。"

"他们有机会动手吗？"

"我们正在查。你们的人有提到过这两人的事儿吗？"

"我们的人？"

"你的人。警察，重案组的。"

"你忘了，我早就被开了。"

"我没忘，我从来不忘事儿。我想，在你在被绕开之前，应该听说过什么吧。"

"也许应该，但答案是没有。"

"我只是觉得该问问。"哈迪偷偷端详了一下老朋友：下巴清爽，衣着随意却得体，脚上穿着警用皮鞋，鞋带也一丝不苟地系上了。总的来说，短时间内精气神有很大的改善："不过，你应该有什么事要给我说吧？或者，这都是为了给孩子一个在门口开玩笑的机会？"

"不，这是两回事。"格利特斯基顿了顿，"比尔·斯凯勒给我回话了。"

"看来今天真是收获不小。"哈迪说，"他知道什么？"

"他认识你要找的人。准确说，他认识负责你那人的法警。"

"知道他的真名吗？"

"不，他只说叫托尼。"

"托尼也行。"哈迪说，"他以前是做什么的？"

"显然是警察，就像我们怀疑的那样。不过他还有副业，"格利特斯基吸了口气，"是个雇佣杀手。"

在布丽塔妮狭小的起居室内,托尼坐在沙发上,手里拿着一瓶内华达山牌淡啤酒。布丽塔妮坐在他对面,穿着睡衣蜷缩着,头上用毛巾包成印度式样的头饰,一杯白葡萄酒放在玻璃面的咖啡桌上。温和的牙买加风格乐曲从隐藏的音响中飘出。

"今天我早退了。"他说,"这周的其他时间我都让莱妮顶我的班。她很高兴这样。"

"你要去哪儿?"

"我不知道我要去哪里。不过他们希望我明天出庭,我也不知道要持续多久。我想我得做好准备。还有,我想看看你今天怎么样了。在酒吧的时候,我都在想你。"

"最近我不能去酒吧。自从那晚的骚乱以后……"

"别去。我懂你的意思。当然,我也没想让你来。你介意我来这儿吗?"

"一点都不。你介意我现在不是特别性感吗?"

"不。"

"如果你看到我的头,就会介意了。"

他看着她,咧嘴笑笑:"我猜我不会。这没有关系。我挺喜欢你现在盘个头巾的样子。不过我来的目的不是这个。"

"很明显不是。"

"如果注定要发生,就会发生。"他说。

"那你来这里究竟是为什么?"

他顿了顿,捕捉到她的目光:"我想,是为了你。只为你。"

"你可能认为我一直都在玩弄你。"

"我想的是你受到了伤害,这才是我该想的。这点都想不明白的人,不配拥有你。"

"好吧,不过等上三个月?"

他靠在背后的垫子上："嘿，如果你想说服自己相信什么，你不会听到我的反对意见。不过我很好。我是成年人。我能为了一件超级值得的事而等待。"

"也许不值得。"

"我还是愿意尝试。"他喝了一口啤酒，"今天怎么样？"

"相当糟糕。感觉再次经历了那晚。我姑父想让我轻松一点，不过没有效果。"

"他是个好人，"托尼说，"虽然他最近看我不怎么顺眼。"

"哦，的确。他太忙。他全神贯注时就会这样。"

"也许吧。"他顿了顿，"看上去他不信任我。"

"为什么他不信任你？"

"好吧，首先是贝克的事。虽然我跟她没有未来，但我做得的确不地道。那时我还没有遇到你。"

"你不必道歉。我懂。我跟你一样内疚。我想她已经想通了。本很适合她。"

他说："但他毕竟是她的父亲。"

"是啊。"她叹口气，"也许我终于觉得有点性感了。"

托尼全身赤裸地躺在布丽塔妮的床上，双手枕着头，床单一片狼藉："我不是说过这超级值得吗？"

她蜷缩在他一旁，把头枕在他的胸膛上："是的，你说过。"音响里传出鲍勃·马利的歌曲"动起来"。

"这听起来有点怪。"她说，"不过我很高兴我们能等到现在。"

"一点不奇怪。这正好。我喜欢这歌。"

"我也是。"

"三个和弦，五个词语。挺容易理解。"

"就是。"她用一只胳膊支起身子,"你真的不介意我的头发?"

"说到点子上了。"他说,"你没头发。但我喜欢。如果你有头发,我也喜欢。如果你有一层厚厚的皮毛……"

她笑着用手挡住他的双唇。"好了,好了,我懂了。"她又重新躺到他的胸膛上,"他们发传票要你明天出庭吗?"

"是的。"

"那么他们会问你,我是不是告诉过你。"

"我知道。我想清楚了。"

她长时间无言:"我们要谈谈这事吗?"

"我想是的。"

"你会怎么说?"

他呼吸数次。"记得我给你说过我曾经是警察吗?我得说实话。要我发过誓后再撒谎,我会感觉不自然。"

她僵在一旁。

"我希望你好好想想。"他说。

"什么?"

"是否真的是你爸爸干的。"

"我都想过一千遍了。"

"结果呢?"

"我猜是他。我想不出其他解释。"

"你觉得陪审团会怎么判决?"

"我不知道。我姑父说这没法预测。"

"如果你猜呢?"

"如果我是陪审员,我想我会说他是有罪的。"

"但他的动机呢?"

"我们都知道。"

"你觉得陪审团知道吗?"

"我看不出他们为什么会不知道。"

"你今天说的证词不能改变什么吗?"

"大概没改变。"

"我明天说的能改变什么吗?"

她靠着他吸了口气:"我懂你的意思了。"

他小心地斟酌着用词:"你说告诉过父亲就是背叛他。如果我说你告诉过我你告诉了他,这是二手的转述。因此属于传闻。这不会改变判决。除非你认为这可以改变。"

"我不知道。"

"没人知道,布丽塔妮。如果你不想让我说,我就不说。我不想成为让你父亲入狱的人。但你知道我已经跟警察说了。如果我改变口供,他们会播放录音带,陪审团就知道我撒谎了,他们也会认为你撒谎了。这会越来越糟。我觉得无论如何,你父亲入狱几成定局,但我不能因为几句话就让我们之间有了隔阂。特别是今晚之后。你要我撒谎我就撒。我愿意做你要我做的任何事情。"

布丽塔妮说:"我不知道。我不知道怎么办。"

他说:"也许我们该先睡一觉,明早再谈。"

布丽塔妮犹豫了一下,小声说:"也许我们可以这样。"

【第三十四章】

如果布丽塔妮以为任性地把头发剃光就能让她远离摄影记者和电视台的拍摄团队，那她就大错特错了。本地和全国其他媒体的报道车占了布里恩特大街两条车道，记者和摄影师里三层外三层把法院门前的台阶围得严严实实，内部大厅也人满为患。前一天，媒体还不清楚布丽塔妮会到场，更不知道她还是第一证人，所以对她的追捧没有具体化，布丽塔妮才能在母亲的陪伴下披着披肩，低调进入大楼，没有引起特别的关注。

今晨，她和托尼同骑一辆摩托车。托尼先到自己的公寓换衣之后，他们一起来到距离法院两个街区的地方，停好车，步行过来。此刻，他们就站在街对面的拐角处。

看着熙熙攘攘的人群，托尼说："恐怕这些都是为你而来。"

她叹口气："上帝啊，这太烦人了。"她的穿着与昨日相仿——男鞋，棕色休闲裤，大号黑色皮夹克。她没像昨天那样披着白色披肩，而是戴了一顶大帽子，帽檐拉得很低。

"后面还有个入口。"她说。

"你想试试？可能也不保险。走吧。"托尼说。

他们从距离法院半个街区的布里恩特大街和第七大道的十字路口穿过，看上去就像两个忙着自己事情的路人。

然后，他们加快脚步，进入法院后面的雇员和工作人员停车场，绕过阴森的监狱，走上通往后门的步道，经过监狱大门和法医办公室。没人在他们前面走动，不过有人在法院后门口排着队。所谓后门其实只有一扇玻璃门、一张办公桌和一台金属探测器。

托尼伸出手臂揽过布丽塔妮，凑到她耳边说："这真是个好主意。"

布丽塔妮靠向托尼。托尼吻了吻她的头。

这可不是个好主意。由于托尼搂着布丽塔妮，这让他们看上去不再像两个男人在踱步，而像一对恋人。蹲守在后门的数名狗仔队拿起相机猛拍，逼得他们倒退数步。托尼举手遮挡。

"离她远点！拜托了，保持点风度吧。让她过去，让我们进去。"他把布丽塔妮拉到身旁，用手掌挡住她的脸，挤过这些人，进入法院。

法警在金属探测器后挥舞着手臂，将狗仔队们挡住，让他们跑向台阶。

哈迪亲自对布丽塔妮进行了询问，他解释说艾米接待其他证人去了。这让斯蒂尔举臂表示不满。戈麦斯虽然脸色不善，还是同意了。对她而言，只要庭审能顺利继续，所有请求无不应允。

"麦奎尔小姐，"哈迪说，"我们相互很熟，是吧？"

"是的。"

"请你告诉陪审团我们之间的关系。"

哈迪希望布丽塔妮能带着微笑回答。昨天她几乎完全处于悲痛之中，虽然可能会让一些陪审员心生同情，但她过激地剪掉长发，男性化的衣着，以及充满防备的语气，都让她看起来——即使是在非常包容的旧金山——也是个愤世嫉俗的角色，不是个"正常"的年轻姑娘。哈迪希望她更有亲和力，尽可能让陪审员们对她多点好感。

她也没让哈迪失望。她先略显尴尬又有些抱歉地向他笑笑，然后看向陪审团。"他是我的姑父，"她说，接着又做了点加分的补充，"我最喜欢的姑父。"

实际上，哈迪是她唯一的姑父，不过这不重要——这只是家族里的小笑话——她的回答很得体。多名陪审员对她报以微笑。哈迪也停了停，等气氛酝酿一番之后，才转回布丽塔妮。

"布丽塔妮，"他说，"你介意告诉我们你多大了吗？"

"二十三。"

"你与父母住在一起吗？"

"没有。"

"你离开父母多久了？"

"我想有五年了吧。我读大学时就离开了。"

"你毕业了吗？"

"是的。"

"你是独居吗？"

"是的。我在城里有一间公寓。"

斯蒂尔站起来："法官大人，反对！这些与本案有关联吗？"

法官偏过头："哈迪先生？"

"法官大人，这些是证人的基本背景信息，我想证明麦奎尔小姐是独立自主，不依赖父母的。"

"好吧。允许。反对无效。"

询问沿着这个脉络继续进行了几分钟。你的公寓租金是自己付的吗？电费呢？煤气呢？你有车吗？你自己花钱买的吗？油费谁付？车险呢？医疗保险呢？有工作吗？你父母对你有任何形式的经济资助吗？

证明了布丽塔妮已完全独立于父母之后，哈迪换了个话题。"让我们回到你昨天的证词上，你说杰萨普先生把你推到墙上，让你脸上留下伤口和瘀血，然后他又把你摔到地上，后果严重到你得去急救室查验伤情。是这样的吗？"

"是的。"

哈迪踱回被告桌旁，拿起几页纸张："现在，布丽塔妮，我这儿有一份你在圣弗朗西斯医院的入院证明。"他递给布丽塔妮，"表格下方的签名是你的吗？"

"是的。"

哈迪将文件上交，作为证据，接着继续询问："你能读下你签名的这份文本，说说你那天受伤的原因吗？"

布丽塔妮几乎不用看，因为这些她都准备过："病人在追巴士的时候不小心滑倒。头部、双手和腿部多处擦伤和瘀伤。"

"换句话说，布丽塔妮，你没有向急诊医生说出你受伤的真正原因，是这样的吗？"

"是的。"

"你是怎么从医院回到家里的？"

"我通常搭巴士上班，所以我打电话给我妈妈，叫她来接我。"

"你是怎么给她解释你的伤口的？"

"跟向医生说的一样。我摔倒了。"

"你为什么没有给她说实话？"

布丽塔妮长长地叹了口气："我不想让任何人惹上麻烦。"

"你的意思是你不想让瑞克·杰萨普惹上麻烦？"

"是的。"

"为什么？"

"我不知道。我不认为他是个坏人。我不认为他是故意的。他生气了。但他也没有对我拳打脚踢。我不认为这样的事还会再次发生。"

"好吧。离开医院后，你母亲带你去了哪里？"

"她和爸爸的住处。"

"你见到你父亲了吗？"

"是的。当天稍晚的时候。"

"你给他讲的与你跟医生以及你母亲说的一样吗？"

"是的。"

"同样的理由？"

"是的。"

"布丽塔妮,你之后给你父亲讲过杰萨普先生伤过你吗?"

"没有。"

"从来没有?"

"没有,我的意思是,瑞克活着的时候没有。当然,他现在听到了。"

"当然,谢谢。"

哈迪半转向陪审团,这不是在取悦他们,因为那样会惹恼戈麦斯。他只是在表达他对布丽塔妮回答的满意。她给人的感觉是一位独立、得体的青年女性,在逆境中第一反应不是去找父母,而是相反——独立解决,掩盖她被人伤害的事实。

哈迪回到被告席,坐下来喝了点水,等着这些信息稍稍发酵之后,才回到证人席前面,更加温柔地问:"布丽塔妮,你在杰萨普先生的公寓里醒来,意识到你被他奸污之后,开车去了小三叶草酒吧。你为什么这么做?"

"我不清楚,我很害怕,情绪也不稳定。我想找个肩膀哭泣,向某人倾诉发生的事情。"

"这个'某人',是指你的父亲吗?"

"是的。我以为他在那儿上班。"

"他在吗?"

"没有,那一晚是另一位酒保在,托尼·索拉亚。"

"你告诉索拉亚先生你的遭遇了吗?"

"是的。我必须告诉某人才行。"

"接着呢?"

"托尼立刻关门,然后带我去了父母的住处。"

"他为什么这么做?"

"我告诉他我想回家。"

"你到达父母住处时是什么时候?"

"两点左右。"

"你叫醒他们了吗?"

"我妈妈醒了。"

"你父亲呢?"

"没有。"

"你告诉你母亲发生的事了吗?"

布丽塔妮的目光从哈迪转移到陪审团身上:"没有。"

"但那时你肯定很伤心,大半夜的,要求进屋,你母亲就没问你发生了什么吗?"

"问了。"

"你说出实情了吗?"

"没有。"

"你怎么说的?"

"我说我喝得太多,想在离三叶草近点的地方过夜,第二天可以步行去取车。"

"换句话说,你告诉了托尼·索拉亚,却没有告诉你的母亲,是这样的吗?"

"是的。"

"为什么?"

"我不知道。我告诉托尼,就宣泄了这事。但就在我告诉他的过程中,我意识到这事不能外传。我需要思量一番,想清楚该怎么办,想清楚所以的后果。我要求托尼不要告诉任何人。"

"你接着做了什么?"

"我一夜没睡。天一亮,我就起床去了海特区的性侵危机咨询中心,报告了强奸。"

"你一个人?"

"是的。那里距离我父母的住处不远。就几个街区。"

"接着呢？"

"他们让我在那儿待了几个钟头，询问我事情的经过，做了些检查并验了血，然后就让我离开了。"

"然后你去了哪里？"

"我走回父母家，吃了早饭，之后我去取车，开回我的公寓。"

"你那天告诉你父亲强奸的事了吗？"

"没有，之后几天我都没有见过我爸爸。"

"我想确认一下，你从来没有告诉过你的父母你被强奸了吗？"

"没有，我想这会让他们心碎的，我不想他们这样，因此我没有告诉他们。"

哈迪顿了顿，让布丽塔妮话中的人情味在陪审团中间引起共鸣。接着，他躬身说道："谢谢你，布丽塔妮。我的问题问完了。"

在之后的休息期间，哈迪一时感觉有了希望。虽然坐在一旁的摩西和吉娜表现得很内敛，仍然掩饰不住心里的乐观。两件相互独立的事情——推撞事件和强奸事件，虽然严重程度不同，但对比起来还是有一种打动人心的力量。布丽塔妮不会把父母卷进自己的问题中，不管问题有多大。这就是她的行事作风。

"我几乎认为他们得不到杀人动机了。"吉娜评论道，"对他们而言，情况岌岌可危，你觉得呢？"

"没了动机，我就可以无罪释放了。"麦奎尔窃窃私语。

"希望如此吧。"哈迪回答。战略上，他自认为做得很好，不过想到这都是谎言，他内心的喜悦又少了几分。他知道事实并不像布丽塔妮的证言那般。她在那个周日一早就告诉了摩西她被强奸的事，傍晚摩西拿着希莱拉去了杰萨普家里，打算揍他，甚至可能杀了他。

到了午餐时间，所有的自信都化作苍白的记忆。休息之后，斯蒂尔叫出的第一证人就是托尼·索拉亚。作为一位前警官，他谈吐得体，冷静地描述了与布丽塔妮的关系。是的，她被强暴后来到三叶草，并告诉了他事情的经过。接下来数天，他去了她的公寓数次，确保她安然无恙，其中一次，她明确地告诉他，就在那个周日上午，她从性侵危机咨询中心回来后，就把自己的遭遇告诉了父亲。据她描述，她父亲的反应是"暴跳如雷"。

现在，哈迪、吉娜和摩西正在吃苏珊带来的德式外卖。他们身处一间拘留室内，就在24号法庭后面过道的一侧。

面对急转的局势，摩西一肚子怨气，喋喋不休地说："他就是这样回报我几个月来对他的照顾吗？他丢了工作，我给他一份新工作，现在他竟然转过来捅我一刀。与此同时，他还勾搭我女儿。"

"想知道我会怎么做吗？"哈迪一脸严肃。

"怎么做？"

"我会杀了他。噢，不。我会用希莱拉打他的头。"

"你可真会开玩笑。"麦奎尔说，"这下我完蛋了。"

"如果这个官司解决不了问题，我就得自己上台表演了。现在看上去可能会这样发展。反正跟这个案子无关了。"

吉娜抬起头，眉头紧锁："你们两个都不要扯了。不过迪兹，你不询问托尼吗？一句也不？我得承认，我有些意外。"

"我保留召他出庭的权利。如果你能告诉我，我可以问他点什么，我立即叫他出庭。你一直就不相信他吗？"

"不，曾经相信过。"

"这就对了。除了实话，我还能从他那里得到什么？"

麦奎尔摇着头："可是为什么？我不明白。他为什么要说实话害我？"

"如果你待在监狱里，"哈迪面无表情地说，"他就不会因为勾搭布丽塔妮而被你杀了。"

"上帝啊，"吉娜叹道，"你们俩正经点行不行？"

哈迪喝了一口苏打水："总有人会说出实情的。只是托尼首先说出来罢了。"哈迪并没有因为更了解托尼·索拉亚的过去和现在而厌恶他。但他需要让他的客户明白，现在的情况并不是他和艾米的错。"摩西，你看过斯蒂尔的证人名单——包括了过去三个月与布丽塔妮说过话的所有人：工作的同事，三叶草的酒保和酒客，瑜伽课的同学——你也看了他们的证词。猜猜怎么样？他压低声音："她告诉过你，摩西。她还告诉了好几个朋友。他们都知道她告诉了你。这早晚都会露馅的。"

"好吧，我们得在别的地方找到什么来转移注意力。这不用我来教你。"

"我们正在努力。"哈迪说，"我们正在努力。"

下午的庭审证明哈迪说得没错：真相是藏不住的。在一个人们不停地做出妥协的时代，作为充斥在各种社交媒体应用中的一代人，所谓秘密的不可侵犯性和无人知晓性已经无从谈起。下午的法庭里就上了现实的一课。

除了托尼和贝克（哈迪这才意识到他的女儿为什么没有在证人名单上——大丑脸不需要她），布丽塔妮还告诉了三个朋友。他们都一一作证说，布丽塔妮曾经告诉他们：她周日离家回自己公寓之前，告知了父亲她的遭遇。没有什么可反驳的，当天庭审结束时，斯蒂尔已经敲定了杀人动机。哈迪知道，不管陪审团中是否有人已经相信被告杀了瑞克·杰萨普，他们都已经一致相信他有杀人的理由。

【第三十五章】

因为哈迪的庭审安排，约会之夜成了泡影。不过哈迪还是在午餐后约弗朗妮晚上与他见面。他告诉弗朗妮，他需要见她是因为她是他的参谋和顾问，同时也是他的客户的妹妹。

弗朗妮搭出租车出门，七点在费尔摩街的精英咖啡馆与哈迪见面。这是他们最喜欢的地方之一，有美味的秋葵肉汤和类似山姆会员店包间那样带门帘的小隔间。

这是哈迪午饭后预订下来的。当他点了一杯卡加马丁尼后，苏珊有些意外，略有愠色。侍者离开后，他说："你在家里就常常给我做这个。"

"他们这儿的可比家里的烈多了。"

"这里的尝起来很冲，是因为多放了胡椒。"

"我想是因为酒精的缘故吧？"

"有些时候，男人就需要多些酒精。"

"话是这么说。不过你往常都不这样，特别是在庭审期间。明天休庭？"

哈迪以笑作答："不是。如果那样就好了。我猜明天要么是更多布丽塔妮的不靠谱朋友出庭——他们对斯蒂尔其实没用；要么斯蒂尔直接召目击证人。我想，我也就听只能听他们问答了，尤其经过好心人佩里博士的作证之后。底线是，没人见你哥除了在街上散步以外做过任何事情。"

"别忘了希莱拉手杖。"

"我不会忘的。不过，一个人拿着棍子的确不同寻常。但那又怎么样？"

"可惜不是钓鱼竿。"

哈迪耸耸肩："没有证据能证明他在杰萨普的住处出现过。"

侍者返回，推开幕帘，放下饮料。当他放下幕帘离开之后，弗朗妮拿起她的霞多丽白葡萄酒，说："如果你不担心目击证人，为什么你需要喝更烈的酒？"

哈迪抿了一小口马丁尼，顿了顿："他们今天确认了动机。布丽塔妮的朋友们排着队说他们听说布丽塔妮把那事告诉了摩西，而且摩西非常生气，几乎无法自控，把她和苏珊吓得够呛。"

"他们都那样说？"

"是的，还添油加醋。"

弗朗妮放下一口没喝的酒。哈迪看到她的手臂一阵颤抖："你的意思是，他们会得出他有罪的结论？"

"直到法槌最后一锤定音之前，我都不会作出预测。我们知道，陪审团什么事情都可能做出。不过我得说，经过今天，事情变得更棘手了。摩西也清楚这点。"哈迪犹豫了一下，"我想，你也许能跟他谈一下。"

"谈什么？"

哈迪叹口气："往常那些。他得自控一点，不要放松警惕，尤其在他遇到意外和生气的时候。他已经厌烦了我们的劝告，不过你可能还得提醒他，对那事保持沉默的重要性。这不单单关系到我、他、吉娜和亚伯，也关系到你，他最爱的妹妹的福祉。"

"迪斯马斯，这些他都知道。他真的铭记于心。"

"好吧。不过你得承认，他发起脾气来时，会做蠢事，而后又忘得一干二净。"

"你觉得我能帮到他？"弗朗妮靠到椅背上，瞟一眼丈夫，把目光移开，然后又继续看着，"你觉得我说什么会让事情有所不同？"

"嗯，我说的是另一件事。"

"什么？"

哈迪晃着马丁尼酒杯："我们都知道，他目前的说法是他没有杀杰萨普。如果这是实话，他自然不该坐牢。这没什么好说的。"

"但是……？"

"但是，如果人是他杀的——"

"他却说他没有杀。"

哈迪看着弗朗妮，接着说下去："如果是他杀的，陪审团定了他的罪，你可能得让他知道，这是他自己的责任，是他自找的。这与码头那事毫无关联。但因为他的个性，他会想说那事，把这两件事情拿来做道德上的类比。然而这两事没有可比性。摩西清楚，一旦他去找杰萨普算账，他就有可能为此受到惩罚，而且可能性很大。杰萨普完全可能发起反击，反而把他给杀了。他冒险单干，所以事情的后果也该由他自己承担。这很残酷，他会不愿听，但事实就是如此。"他张开双臂表示无奈。"你了解他，弗朗妮。他想法很多。但我说的也有道理。"

"你想让我来说这些？"

"不止如此，弗朗妮，"哈迪回答，"我认为只有你能说这些。"

沉重的话题还没有结束。哈迪翻动着盘子里的油炸牡蛎，甘宝汤还没上，但他的胃口已经没了。"我最担心的还是布丽塔妮，"他继续说，"如果那事是真的，我尤其担心。"

"你认为亚伯的FBI朋友说的不是实情？"

"不，至少不是故意的。不过这并不意味着他没有被骗，没有向我们传达错误的信息。美国法警是有名的反调查高手，让人无法追踪。他们显然与美国大多数三十岁以下的年轻人不同，非常小心地保护着自己的秘密。"

"如果是真的，我们得告诉布丽塔妮。"

"弗朗妮，这正是我斟酌的原因。这样有什么益处？她可能，甚至很可能已经知道了。他们已经约会三个月。托尼三分钟就告诉了贝克。"

"但没说关键部分。"

"他是职业杀手的那部分?"

"要是布丽塔妮不知道呢?"弗朗妮问。

"那知道对她又有什么用?"

"好吧,即使没有任何其他作用,她也知道他是个非常危险的家伙了。"

"你不觉得她早就知道了吗?你不觉得这就是他的部分魅力所在?她不会相信托尼对她有危险的。"哈迪用一只手掌抚了一下脸颊,"我非常好奇的是,如果——当然只是猜测——如果托尼听说布丽塔妮被强奸,然后去把瑞克·杰萨普杀了,这可能吗?因为,你已经知道,他就是干这个的。"

弗朗妮靠在椅背上,眼睛瞪得溜圆。

"让我们沿着这个思路走下去,"他继续道,"如果托尼爱上了布丽塔妮,甚至对她神魂颠倒,他会让她的父亲受到起诉,甚至为此入狱吗?"

"当然。为什么不?反正又不是他。实际上,如果摩西真的入狱,布丽塔妮就会更加脆弱,不是吗?那样托尼就成了她生活中唯一的男人。你真的认为这有可能?"

"我不知道。亚伯昨晚给我说了之后,这种可能就一直啃噬着我的心。托尼是第一个知道强奸的人。有什么能阻止他在送布丽塔妮回到父母家后,立刻或是次日大早或是下午到杰萨普的住处去呢?"

"但他没有希莱拉手杖。"弗朗妮反驳说,"摩西才有希莱拉。"

"谁说必须是希莱拉?可以是枪托。可以是酒瓶。或者自行车座包里的一把扳手,甚至公园里的一块石头。看在上帝的分上,任何坚硬的钝物都行。"

弗朗妮摇着头:"不对,不对。如果某人有枪,尤其是一个很可能杀过人的前警察，你不觉得他会用枪解决吗？如果他习惯用枪——你得承认这是职业杀手的首选——那他不会在杀心涌动的时候使用其他武器。"

"有可能。但如果他怒火冲天呢？如果杀戮的行为让他失去控制了呢？如果他随手挥起什么物体击打杰萨普的头，并发现感觉很好，他就继续了呢？如果他一时没枪，而杀心已生，就随便拿个称手的物体杀人呢？我昨天以前怎么一次也没想到过这种可能？怎么没有其他人想到过这种可能？"

"因为大家一直认为是摩西干的。没有人，包括警察在内，去考虑其他可能，不是吗？我的意思是，这个不符常规的逮捕令不就是因为这个原因吗？去抓摩西，一刻不能耽误！"

"我得召托尼出庭。"

两人呆坐在那里，面面相觑。侍者进来，把几乎没有动过的开胃菜端走了。侍者离开隔间后，弗朗妮说："你不会想让他上证人席的，迪斯马斯，至少不能指控他干了什么。你不能让他觉得你对他有任何戒心。你听懂我说的了吗？"

哈迪的目光聚焦在弗朗妮身后的什么地方。

"迪兹，你听见了吗？"弗朗妮问。

"听得一清二楚。"他回答。

布丽塔妮公寓的卧室里，落日的余晖洒落下来。

托尼一丝不挂地起身从冰箱里拿出一盒冰淇淋。布丽塔妮拉过被单在身上绕了一圈，把被角塞到腋下，遮住胸部。她从卧室门望出去，看到托尼在厨房里忙来忙去，把冰淇淋放到微波炉里转了转，又从厨具抽屉里拿了两把勺子。

她想：感谢上帝，出庭结束了。托尼也不用再出庭。也许从现在开始，她的生活可以在某种程度上回归正常。她意识到父亲的境况不是很乐观，不过她对姑父迪斯马斯很有信心。据她了解，姑父的职业生涯中还没在大案上失手过。当然，万事都有第一次，但他也不是徒有虚名。在陪审团做出有罪判决之前，她都不会担心父亲。即使父亲被判有罪，他们还可以上诉。最重要的是知道父亲没杀杰萨普。在迪兹姑父的介绍中，她已经清楚利亚姆·古德曼和乔恩·罗都与瑞克有严重的矛盾，都有理由让他去死——也许比她更有理由。他们还没有制定出如何推进此事的时间表，但姑父的私人侦探正在调查，她相信他们定能查出什么来。

另外一件好事是托尼的证词，正如他说服她的那样，他的证词没有用处。如果只有托尼说出与她的证言相抵触的证词，就算她坚称自己说的是实话，这也会严重破坏他们之间的关系。然而事实上，除了托尼还有三人。她自己都不相信告诉过这么多人。她觉得自己非常愚蠢和不负责任。不过她也学到了教训。尽管人们都说他们不会把你的秘密告诉别人，然后他们却告诉了他们最亲密的三个朋友。她也是如此。但以后她不会这样。绝对不会。

"你在想什么？"

"我在想今天。"她答道，"事情已经过去。我再也不想去法庭。真不知道你做警察的时候怎么受得了。"

"我已经不再当警察。你现在知道原因了吧。"

她拿过冰淇淋盒子，刮了一大勺，吃下去。"还有，"她说，"我怀疑我姑父让我爸爸脱罪的主意是否有效。"

"什么主意？"

"让陪审团相信其他人也有动机。"

"提到名字了吗？"

"有一位是你的老朋友，市政主管先生。"她开始向托尼讲述哈迪调查的细节。突然，她放在桌上的手机响了。她把冰淇淋盒子递给托尼，伸手拿过手机,看了看屏幕,然后按下接听键,把电话放到耳边。

"嘿,贝克。"

两分钟以后,布丽塔妮再次泪流满面地看着床上的笔记本电脑。屏幕上是《纪事报》的主页,主页上是一张今早布丽塔妮和托尼在法院后门门口的照片。图片描述:"布丽塔妮·麦奎尔在光头上扣了一顶巨大的帽子,在新保镖的护卫下……"

她哀叹道:"这永远不会停止了,永远。"

托尼仿佛无法将目光从电脑屏幕上移开。

"贝克说这图还出现在《每日人物》的网页,他们把你称为我的'壮硕新保镖'。我不明白他们为什么不能让我们清静一下。"

托尼没有答话,他下巴上的一块肌肉抽动了一下。

"托尼?"

"嗯。"他沉默了一分钟后,说,"这家伙把我们拍得很清晰,不是吗?"

"我们该去找到他,把他那该死的东西砸了。"

最后,托尼伸手把笔记本电脑合上:"这个明天会上报?"

"看起来是这样。"

托尼的脸色阴沉下来,眼神黯淡,点了好几次头。

"你在想什么?"布丽塔妮问。

"什么也没想。"他说,"我脑子里一片空白。"

【第三十六章】

在将摩西·麦奎尔指认为疑犯的过程中,目击证人的证词起着关键作用。因此,哈迪用了大量时间和心血做准备,意欲推翻这些证词。但是,周四一早,当第一位证人上台作证时,哈迪就发现,她几乎没有任何实在的证据可以佐证公诉方的指控。

苏珊·安塔拉米亚是杰萨普楼上的邻居,她在周日晚间听到楼下疑似打斗的声响,并且从窗户看到一位男子离开她所在的建筑物,男子穿着牛仔裤、登山鞋和橙黑相间巨人队夹克衫。斯蒂尔花了令人崩溃的二十分钟引导她说完了整个陈述,只有上帝知道他有何打算。陈述结束时,哈迪几乎没有掩饰他对这些无用废话的不耐。他只用了不到五分钟,就把证人问住了:

她能辨认出那人就是坐在被告席上的摩西·麦奎尔吗?她不能。

她在大楼里面看到过这个男子吗?没有。

她看到该男子进入或离开杰萨普先生的公寓吗?没有。

当该男子离开大楼时,她是否下楼去查看了杰萨普先生的状况?没有。

的确,安塔拉米亚的证词完全无法让人信服。戈麦斯把双方律师召到法官席下面:"斯蒂尔先生,我不想干涉你如何办案,但如果你想继续按照当前的脉络来询问你的证人,我希望证人们能提出一些更契合指控的证词。"

"……这是我做律师以来,在法庭上度过的最乏味的六小时。"回到自己的办公室后,哈迪在窗户和咖啡机之间来回踱步。怀尔特·亨特半躺在哈迪一旁的皮质扶手椅上。

哈迪继续说道:"正如我预料的那样。'是啊,就是他。''是啊,那个周日晚我在街上碰到他了。''是啊,我从六人一组照片中认出他,后来又在一排嫌犯中找出他。''就是他。''是的,他就坐在被告席上。''好的,我会指出他的。''是的,就是被告摩西·麦奎尔。'我的神啊!

"我得一一指出每一处矛盾,每一处不确定,或是每一处不同证人间不一致的地方。就算他们见过,又他妈怎么着?他们见到摩西跟被害人在一起吗?他们见到摩西在公寓附近吗?没有!那么他们在其他地方见到过他,又有他妈什么意义?"

哈迪停下来:"你看,搞得我现在又在这里向你长篇大论,让今天更难过,不是吗?"

"我受得了。"亨特说,"你若还想诉苦,请继续。"

哈迪走到柜台前,拿起咖啡杯,转过身来:"我应该高兴,我们今天没有失分。我应该从这个角度看。不过今天是我成年后最漫长的一天。我和摩西都开始在桌上玩猜字游戏了……我知道,这很不像话。如果被陪审团看到……不过他们看不到,因为他们都睡着了。"他靠到办公桌角上,喝着咖啡,扮了个鬼脸,"好了,我说完了。你今天怎么样?"

"不错。但因为那天的原因,古德曼先生不想见我,不过我对这俩人——古德曼和罗——未来的关系表示悲观。你还记得罗说的,即使在知道杰萨普对罗的姑娘的恶行之后,古德曼也没有炒掉他的原因吗?那是因为杰萨普以'军队业务'要挟他。"

"记得。"

"但是除了罗的话,我找不到证据或其他相关信息来佐证杰萨普的要挟确有其事。因此,我觉得直接去问古德曼可能会有收获。于是,我就去向他询问'军队业务'的事。"

"他什么反应?"

"他自然会说不知道我在说什么。在他的律师生涯中,他有幸帮助许多无子的夫妇找到代孕母亲。我为什么认为杰萨普会要挟他？"

"究竟是为什么？"哈迪问。

"我告诉他，我之所以这么认为，是因为杰萨普所说的'军队业务'。所有的代孕母亲，或者至少大部分是现役军人。杰萨普的工作是找到她们并与她们保持联系，也为此获得了丰厚的佣金。但这是对美国政府彻彻底底的欺诈，因为政府支付了这些女性的工资和医疗费用。"

"他相信你掌握了这些信息吗？"

亨特笑了："我想古德曼已经知道我的立场。他提出做交易，如果我们不提起'军队业务'，他愿意在罗否认的情况下作证，证明罗告诉过他杰萨普打过他的姑娘。因此，罗有我们需要的杀人动机。噢，你愿意打一美元的赌，赌我可以让罗反咬古德曼一口吗？也就是让罗证明古德曼曾被杰萨普要挟。当然，前提是我们选择要这样做。"

哈迪微微一笑："干得好。就这么干。"

"谢谢，还有呢。"亨特坐直身子，"为了周全，我还问了古德曼，杰萨普被杀当天他在干什么。他表现得像往常一般傲慢——笑着问我是不是在开玩笑。他拿出他的日程，那天是圣枝主日，他全天都有政治活动。他没有作案机会。"

"前提是他没有雇凶。"

亨特耸耸肩："这并不像你想象的那样容易和普遍。此外，古德曼是个人渣，伪君子，不过他不像乔恩·罗那样在城里有打手可以随叫随到。即使说到打手……我也不清楚，迪兹。杀手跟打手不是一个概念。他们找帮会中的人动手，第二天就回去，不留一点痕迹。我想韩国人也是这般。但像古德曼这样的人，你想都不用想。至少我认为他不会。"

哈迪已经把咖啡杯放到一边，抱起双臂，看着亨特后面的墙壁。

亨特说："如果你可以亲眼看到，你也会认为这流程干净利索，严丝合缝。你又想到什么了？"

哈迪犹豫了一下："你刚刚描述的，跟布丽塔妮告诉我的雇佣刺客的模式一模一样。她是从我们的朋友托尼·索拉亚那里听来的，就是两个月前我要你调查的那个受保护证人。"

"当然。我记得。不过没啥进展。"

"没关系。我已经决定从另外一个角度考虑他。我要格利特斯基从FBI的联系人那里尝试联系负责托尼的法警。"

"进展如何？"

"比预想的好。"

听到索拉亚曾经是个雇佣杀手，亨特把屁股挪到椅子前部。

哈迪还在继续说："这家伙为什么要告诉我侄女这些亚洲杀手是如何行事的？因为他知道她会告诉我，让我按照这个思路想下去，想到乔恩·罗就是另外一个有谋杀杰萨普动机的人。他同时还是布丽塔妮的男朋友，他与布丽塔妮相抵触的证词最后让法庭锁定了我们客户的杀人动机。"

"我不太懂你想表达什么意思。"

"我们有两个理由充分的嫌疑人，但都不是他。"

"你的意思是，托尼杀了杰萨普？"

哈迪点点头："昨晚，当我意识到他是第一个知道强奸的人，也是有杀人动机时，突然开始喜欢起他来。我今天更喜欢他了。"

"这么说，摩西被折腾成这样，但实际上他什么也没干？"

"有可能。"哈迪古怪地笑笑，"那样岂不是很奇妙？"

亨特已经离开一个小时。夜幕降临，办公室里非常安静。哈迪坐在桌前，面前摆着一个记事本。时间已不早，可以花些时间为最终陈述打打草稿了。他的中心思想是"另有其人"——另外的人也有杀死瑞克·杰萨普的动机，除了古德曼和罗外，还有被杰萨普殴打的罗的姑娘们，或是她们的男朋友，如果她们有男朋友的话。

他担心自己把托尼·索拉亚也当做嫌疑犯是想多了。但转念一想，这也有可能。从一开始，他也确信是摩西干的，各种证据也是如此证明。因此，他一时觉得托尼涉及了这场谋杀也未可知，尽管他拿不出证据，也无从查找任何可能的佐证，就算这些佐证存在。但他提醒自己，他不需要证据。他需要的是提出合理的嫌疑让陪审团考虑。如果把托尼带进这个罪案中，无论这看起来有多么离谱，甚至哈迪自己也一时心存疑虑，但这也是影响哪怕一位陪审员的想法的绝佳机会，对摩西的辩护有益无害。

他确定的另一个辩护方向，是攻击瑞美授权令和维·拉皮尔接管案件的调查。她显然是出于政治因素。此外，利亚姆·古德曼这条线也很有希望。

他思量，这一切都是好的方面。

他放下笔，自问那个最重大的问题：如果他是陪审员，他会怎么想？

被告是一位有暴力倾向且知道女儿不久前被强奸的人——这些都已经确证，无可辩驳——拿着一件称手的武器，开车到了施暴者的住处，将他击打至死。

哈迪会相信吗？证据支持这一指控吗？除此之外，还有任何其他可能的情况能解释这些事实，并有哪怕一丁点儿证据来支撑吗？

哈迪曾在很多个这样的夜晚，想出了最终制胜的方案。在大多数案子里——在他还能记起的案子里，制定方案的前提是对案件进行透彻的分析，哪些事实是实在的、毫无疑点的。

今晚他还少了点什么吗？他忽略了什么？漏掉了什么细节？又有哪些是自欺欺人的臆想？

他正要起身绕过桌子，准备去玩几轮飞镖理清头绪时，他的手机响了。他按下接听键，说："我在回来的路上，正在出门。"

"我不是为这打电话。"弗朗妮回答,"我刚刚跟苏珊通了电话。布丽塔妮跟她在一起。"

"她还好吧?"

"不太好。"

"托尼伤害她了?"

"不是。不过托尼的确出了问题。"

"什么问题?"

"他人间蒸发了。"

哈迪那晚打了很多电话。打完最后一通时,时间已经很晚。

哈迪告诉格利特斯基,若有消息,随时知会他。晚上 11:15,厨房的电话响了。"怎么样?"

"我刚刚跟斯凯勒谈了。托尼离开了。"

"我们知道他离开了。他出了什么事?"

"没人知道。"

"负责他的法警也不知道?"

"显然不知道。"

"这话你信吗??"

"我想斯凯勒也不信,但他就是这么给我说的。你看到今早报纸上的照片了吗?"

"谁没看到?"

"显然无人不知。斯凯勒说托尼的身份暴露了。我也同意这点。他要么已经失去证人计划的保护,要么被他们掩饰成那样了。"

"那我们怎么找到他?"

"我得说实话,我们找不到了。"

"他就这样离开了?"

"他们就是如此行事的,迪兹。没有再见。呼的一声,就消失了。"

【第三十七章】

　　如果一名检察官在一起谋杀案的审判过程中，没有以无可辩驳的证据证明被害人的死亡过程，那他就不能算是合格的检察官。

　　为了达成这点，斯蒂尔传唤了旧金山77岁的验尸官约翰·斯特罗特。他年事已高，但宝刀未老。通常，斯特罗特的证词无可辩驳，在向陪审团陈述的过程中完全没有律师会提出"反对"。由于托尼的失踪造成的心理冲击，哈迪也乐于坐在法庭上袖手旁观。反正他也没什么好说的。

　　斯特罗特的身板消瘦得可以称之为瘦弱，头顶一小撮白发，身穿一件大了两号的外套。他用浓重缓慢的南方口音将他的尸检结果娓娓道来。

　　"……死亡原因没有疑问。"他回答斯蒂尔的提问，"头部受钝器击打致死。唯一真正的问题在于，是哪一次或是哪几次击打致命的。"

　　"大夫，你能确认杰萨普先生受到过多少次击打吗？"

　　"不能。根据颅骨上的印痕，我只能估计大约是八次。"

　　"对于凶器，你能提供你的专业观点吗？"

　　"没有什么特别之处。我只能说那是一件坚硬的钝器。不管是什么，它上面都有一些特别的隆起，而且表面应该比较光滑。"

　　"为什么你会有这样的判断？"

　　"如果表面粗糙，在被击打的伤痕边缘，皮肤会有擦痕。但事实上，这样的痕迹或者没有，或者非常微弱。"

　　"这些击打中有没有某些特别用力，在被害人的头骨上留下印记？"

　　"有。有三次击碎了颅骨，有五次在颅骨上留下了印痕。此外头皮上还有两处瘀伤，一处在额头的左上方，另一处在左耳上方。"

　　"你在被害人的身体上还找到其他值得注意的伤痕了吗？"

　　"是的。被害人的左前臂有严重的瘀伤和轻微的骨折，可能是在遭攻击时的防御伤。至少符合这种推想。"

"大夫，你提到这个钝器的光滑表面没在受害人的皮肤上留下太多擦伤。这是不是意味着伤口没有流血？"

"不，不是这样的。头部伤不需要太大的伤口就能流出大量的血液。"

哈迪注意到，随着问询的进行，他身旁的摩西愈发紧张起来。艾米偷偷地把手轻轻放在摩西的手上，然后又缩了回去。摩西似乎无法自控，呼吸急促，仿佛回到了杀人现场。至少哈迪是这样理解的，他很担心陪审团看到摩西的表现也会如此猜想，便斜靠向摩西，说："放松，想些其他事。找个陪审员做些目光接触。冷静。"

接下来的一个小时里，斯特罗特平铺直叙地详述了伤痕，斯蒂尔则通过一系列在现场和验尸间解剖台上拍下的、让人惊恐的彩色照片强化他的描述。在五十张用来做证据的照片中，戈麦斯允许斯蒂尔展示十张。已经足够。

最后，该哈迪上场了。

哈迪对斯特罗特很熟悉。他早年就在这栋大楼里做检察官，与验尸官打过很多交道，没有和谁结怨。

斯特罗特的办公室就像一个小博物馆，里面放置着各种凶器。他用一个据说是没有解除引信的手雷做镇纸。从各式杀人武器到各种中世纪的残酷刑具，他那儿应有尽有。

哈迪没有什么特别犀利的问题要问他，不过他也有些小问题。他的准则是绝不放过任何机会，积少成多，一点点把检方逼死。好的辩护就是最大化地利用检方最小的瑕疵、最不起眼的口误、最无心的疏忽，以及不够细致的工作来发起反击。

哈迪起身，捏了捏摩西的臂膀，让他宽心——表露一点自然而然的兄弟情谊，给陪审团一种印象：这是好人与好人之间的友谊。接着，他绕过桌子，走到证人席前。

"斯特罗特大夫。下午好。"哈迪友好而亲切，在法庭上彬彬有礼，对检方证人也不例外,"你没法确定杰萨普先生确切的死亡时间,是这样吗?"

"是的,先生,从医疗角度没有方法可以做到。"

"测量尸体的温度也没有可能吗?那样不是能确定死亡时间吗?"

"其实不然。变量太多——室温是可以变化的。据我所知,那个房间里有一个开着的窗户。尸体冷却的速率会因体脂量的不同而不同。在这个案子中,被害人被发现的时候已经死去数小时,身体已经是环境温度。现在关于这方面的公式和经验准则非常多。几乎每本病理学书上都有不少,但没有哪种是万能的,完全有可能是错的。"

"那么我重复一下,具体到这个案子,你没有方法知道具体的死亡时间吗?"

"从医学角度没有。当然,他肯定死在有人看到他活着到有人发现他死了这个时间范围内。也许你能用其他现场的证据来缩小这个时间范围,但我只能说可能的结果,此外我也帮不上什么忙。"

"大夫,你能确认一下杰萨普先生受了这样的伤需要多久才会死亡吗?"

"不能,我能确认的是,这伤非常非常严重。"

"如果攻击发生在五点以前,他能撑一段时间吗?"

"是的。"

"你能说说多长时间吗?最长多久?"

"难说。"

"一个小时可能吗?杰萨普先生受伤后又活了一个小时,可能吗?"

"是的,理论上是可以的。"

"实际上,大夫,你能估计被害人遭到攻击至被害人死亡之间的起止时段吗?"

"好吧,要我说,我猜要从他最后一次被人看到活着开始算。"

"那么他的死亡可能发生在那之后很短的时间里,对吗?数分钟到一两个小时,对吗?"

"我无法排除这种可能。"

"谢谢,大夫。我没有更多的问题了。"

下一位出庭的是负责罪案现场调查的警官莱纳德·法罗。他和斯特罗特一样,做这行很长时间了,是个老手。法罗衣着光鲜,在警察局里鲜有敌手。他唇下留着一小撮胡须,头发向后梳得整整齐齐。今天,他全身肃黑——黑裤、黑衫、黑领带、黑外套——不过看不出来这是为了对被害人表示哀悼或只是他的个人风格。

趁着法罗作证的机会,斯蒂尔又向陪审团展示了不少罪案现场的彩色照片。在暴力谋杀案中,这些图片通常会给人以强烈的视觉冲击,让人在诉讼过程中感到一种身临其境的戏剧氛围。现在,已经没有一位陪审员会觉得这是一起抽象事件。你可以大谈特谈"合理嫌疑"或是"举证责任"这些概念,但在一位青年才俊惨遭残酷谋杀的可怕现场照片面前,这些概念的意义不再空洞。

摩西再次抑制不住内心的悸动。他盯着辩护席前的天花板发呆,眼神呆滞;他放在桌上的双手紧紧握成拳。哈迪试图让他放松一点。但事实上,那些照片的确可以让人发呕,摩西如此强烈的反应,也许有助于让陪审团了解他人性的一面。

最后,在这些照片被列为检方证据后,斯蒂尔迈步走向证人。就像对斯特罗特那样,他引导法罗将罪案现场的细节一一道来。正如陪审团看到的那样,被害人头部下面以及周边的硬木地板上有大摊的血迹。公寓里没有其他搏斗的痕迹。他倒在距离门口数步的地方,即他的毙命之处。警察到达时,前门没有锁,因为清洁女工当天早上开了门,发现了尸体,然后报警。

前门没有强行进入的痕迹。这一点宝贵的线索给了哈迪发挥的空间。他再次一点一点地啃噬检方的可信度，而且他觉得略有收获。

"法罗警官，你说前门没有强行进入的痕迹，是这样吗？"

"是的。"

"那么门上有猫眼吗？"

"有的。"

"你有检查它能用吗？是否被物体遮盖？"

"没有，工作正常。我为了确认专门看了看。"

"那么杰萨普先生能从里面通过猫眼确认门外的人是谁吗？"

"如果他看了，是可以的。"

"那门是向内打开的，是吗？"

"是的。"

哈迪很想在此辩护几句。如果杰萨普明知自己前一晚强奸了布丽塔妮，还记得自己两个月前被麦奎尔揍过，看到麦奎尔站在门外，他还会愚蠢地开门吗？不过哈迪还不能这么说，也不能做任何辩护。至少时机未到。

除了这个，他另有一个小而合理的论点："警官，照片显示地板上有大量血迹，是这样的吧？"

"是的，不少。"

"你们罪案现场侦探的标准程序是不是尽量不破坏罪案现场？"

"是的。"

"现场有任何被破坏的痕迹吗？特别是血迹。你有发现这方面被破坏的痕迹吗？"

"没有。"

"血迹下面有任何可辨认的脚印吗？我的意思是，可以跟一双鞋子比对的脚印，有吗？"

"没有。"

哈迪还得继续施压,把这点钉牢:"现场有未辨认出的足迹吗?即鞋留下的痕迹,即使印记微弱到已经无法拿来跟一只鞋比对?有吗?"

"没有。"

"血迹中有被破坏的地方,可能是个脚印的地方吗?你有这样的发现吗?"

"没有。"

"是否有某人触碰、扰动或是踩踏血迹的迹象?"

"没有。"

"如果你看到这样的迹象,我们在细节照片上也能看到,是吗?"

"是的。"

"作为一位经验丰富的罪案现场侦探,你很清楚这种痕迹的重要性,如果看到会记录下来,是吗?"

"是的,先生。我会。"

"因此,你非常仔细地检查了证物,没有发现任何痕迹,是这样的吗?"

"是的。"

"你是现场的唯一侦探吗?"

"不是,还有数人。"

"他们都受到过与你相当的培训,经历过不同程度的实践,是吗?"

"是的。"

"那么我们可以假定,即使你不可思议地漏掉这样的证据,你的团队的其他人也会发现并记录下来,是吗?"

"嗯,虽然我负责血迹,不过是的,如果其他侦探看到这样的痕迹,他们也会提醒我。"

"这么说,警官,我们能确信没有一点证据显示本案的凶手踩到或触碰到了血迹？"

"没有这样的证据。"

"谢谢你。我没有更多问题了。"

看着斯蒂尔为了反驳他的论点而思考了15秒钟，哈迪有些快意。

"法罗警官，"斯蒂尔开口道，"如果凶手在搏斗过程中踩在血泊里，稍后血液的流动是否会掩盖凶手的脚印？"

"是的，会的。"

"而且，你是否需要踩到血中才会把血迹弄到身上？"

"不需要。本案中，证据明确显示击打的伤口有血液喷溅出来，因此凶手就算没有踩到血泊也会沾上血液。"

斯蒂尔松了口气，觉得这就足够了，于是请证人离开。

接下来的证人不过是走流程。斯蒂尔只是想显示罪案现场调查团队的工作非常细致。哈迪马上指出，这些细致的工作没有得出任何有用的证据。他们查了指纹吗？是的。找到了吗？没有。衣料纤维分析做了吗？是的。但没有有价值的检测结果。罪案现场重现和血液喷溅实验呢？当然做了。证明了什么？没有新的发现。一切证据都只能证明有人把瑞克·杰萨普打死了，这点大家早都知道。

【第三十八章】

这天过得飞快，斯蒂尔很快就确立了现场血迹的重要性。证人们证明在麦奎尔的衣橱里找到的登山鞋上有血迹，通过检测，DNA技术员下了定论：这些血液是瑞克·杰萨普的。之后斯蒂尔对摩西的巨人队夹克和汽车走了同样的流程。证据确凿无疑。这些上面都有杰萨普的血液。

哈迪能做的就是提醒陪审团，这些物品上有杰萨普的血并不能证明摩西就是凶手。毕竟，他们都知道摩西与杰萨普之前有过打斗。血液完全可能是那次斗殴留下的。

哈迪站起来，开始对娜塔莉·摩根警官进行询问。她是警察实验室的血液专家。"摩根警官，"他开口道，"你已经作证说，你对取自汽车、巨人队夹克和登山鞋上的血样进行了DNA测试，并与从解剖室获得的杰萨普先生的样品匹配，是这样的吗？"

"是的。"

"登山鞋上的血样有多久了？"

"我不懂你的意思。"

"登山鞋上的血，沾在上面有多长时间了？"

"我不知道。"

"没有办法分辨吗？"

"没有，除非时间过长，血液已经开始降解。"

"那这所谓的'时间过长'是多长？"

"依条件而定——比如说，在极端天气下，数周就会降解，如果在普通条件下，至少在数月之后，血迹都还可以辨认。"

"至少数月？"哈迪立即开始发挥，"那本案的血迹降解了吗？"

"没有。"

"夹克上的血迹也没有降解，是这样的吗？"

"是的。"

"车内的呢？降解了吗？"

"没有。"

"警官，我确认一下，出现在麦奎尔先生登山鞋上、夹克上以及他车里的血迹有可能在这些上面数月了？是这样的吗？"

"是的，我得承认有这种可能。"

"那好，这些血液是直接从杰萨普先生身上转移到这些物体上的吗？"

"我不太明白你的意思。"

"好吧，假设这种情况：麦奎尔先生因为某种原因手上沾到了杰萨普先生的血液，那他能把这些血液转移到巨人队的夹克上吗？"

"能。"

"如果他上车，他手上的血液会弄到车里吗？"

"会。"

"如果他脱下鞋子，他手上的血液会沾到鞋子上吗？"

"会。"

"那好，假如麦奎尔先生用拳头击打了杰萨普先生的鼻子，而且打出血了，这能解释本案这些物体上的血液的来源，是吗？"

"我自己不知道这些血液的来源。我在实验室里，只知道这些样品交到了我的手上。不过，是的，血液能如此传播。如果你的问题是血液是否能从某人的手上传到这人随后触碰的物体上，答案是肯定的。"

哈迪继续问道："你的测试灵敏度非常高，是吗？"

"是的，非常灵敏。"

"从一小点，几乎看不见的微小血滴上，也可以得到足以拿来作证的结果。是这样吗？"

"是的。即使肉眼看不到的血样，也可以测出结果。不过我们的样品都来自看得见的血液散布点。"

最后，终于到了斯蒂尔发起致命一击的时候。罪案实验室的克雷·布里托警官出庭作证。他看上去五十上下，头发灰白，气血灰败，如果要说他有什么特点，那就是他那死气沉沉的表情。

"布里托警官，"斯蒂尔开口道，"你在罪案实验室的职责是什么？"

"我是火器和工具痕迹检验员。"

"那你具体做什么？"

"正如我的职位显示的那样，我辨认两个物体在力的影响下相互作用后留下的痕迹。这包括伤痕形状和弹道测试——从特定的枪中射出的子弹都会留下特别的细微凹口，每支火器各有不同。同样，我也查看枪械击针和抛壳的痕迹，以及弹壳上留下的对应痕迹，当然这些都只能在显微镜下才看到。多年来，我致力于分析各种工具和武器与不同类型的表面接触后留下的印记。例如锤子、指节铜环、戒指等在皮肤、皮革、塑料、木材上造成的痕迹。实际上，无论是什么材质，只要两个物体相碰，就会在一个或两个表面上留下痕迹，具体要依照它们的相对硬度、密度等属性来判断。所有的物体，从插入黏土的钥匙到皮肤上的靴子印，都是如此。"

"皮肤上的靴子印吗，警官？人的皮肤也能保留冲击痕迹吗？如伤痕形状？"

"是的，千真万确。最常见的可能就是咬痕，不过即使皮肤没有破口，仍然可以留下击打武器可以辨认的特征。"

斯蒂尔走到证据桌前，拿起一张电影海报大小的扩印照片。他先声明这是检方证物，然后拿来一个画架，把照片放好，让布里托警官和陪审团都可以看到。

哈迪也能看到，而且对这张照片很熟悉，但他不喜欢照片的内容。

照片来自小三叶草的"耻辱墙",拍于两年前。照片上,满脸笑容的摩西·麦奎尔举起希莱拉,仿佛是一个原始人,他的棍子似乎正要敲破某人的头颅。显然,原图是由高分辨率相机拍摄的,因此即使扩印到海报大小,希莱拉上面的木纹和树节上的小突起仍然清晰可见。

"布里托警官,"斯蒂尔开口问道,"你见过该照片,检方证物15号吗?"

"是的。"

"你能为陪审团辨认一下被告拿的物体是什么吗?"

"那是一根硬木棍棒。根据木纹,应该是白杨木材质。一端锯断,另一端明显保留了自然形成的树节。"

"警官,你能介绍一下有关这根通常被称为希莱拉的棍棒的其他信息吗?"

"是的。通过比较照片中附近其他物体的尺寸,特别是啤酒龙头,也包括被告的头部——我们确信该物体有20英寸长,细部有1.5英寸宽,粗部树节处有3.25英寸宽。如果材质是白杨木,重量应该在2.5到3磅之间。"

"警官,你在这根希莱拉上找到什么特别的痕迹了吗?"

"是的。有四处。从图上看,这些是树节上的深色斑点。"

看来斯蒂尔准备充分。他又去证物桌上取来了另外两张海报大小的照片:检方证物16和17号。他把这三张照片分别放在三个画架上并排展示。

哈迪眯着眼,知道关键时刻即将到来。这令人毛骨悚然,动人心魄。

"警官,你能为大家辨认一下这两张照片显示了什么吗?"

布里托语气平淡地说:"左边一张是我们已经见过的照片上的希莱拉的放大图,注意树节和那四个特征点,我标注为A、B、C和D。"

哈迪了解这几个点。即使经过多年的磨损,这些突出仍然可以感觉出来。没人会忽略。

"另外一张，"布里托继续说，"是被害人剃过头发的头部特写。"

斯蒂尔把这张照片与希莱拉的照片并排投影到屏幕上。陪审团在斯特罗特作证时已经看过。这是众多解剖照片中的一张。但第二次看并不能让人感觉好受些。

旁听席传来一声低沉的呻吟。戈麦斯拿起法槌，但没有敲下去。

"警官，你对右边照片上的伤痕形状有什么专业的看法吗？"

布里托拿出一根激光笔。"是的。我们能清楚地在头皮上看到A、B、C、D四点的印记。整体上看来，它们之间的相对位置和形状跟希莱拉完全相符。就我看来，照片上的希莱拉就是造成解剖照片上这些伤痕的物体。"

"有什么依据吗？"

"希莱拉不是工业品，没有千斤顶、撬胎棒或是锤子那样的标准形状。这样的伤口一定是由这根或是另一根一模一样的希莱拉造成的。"

"谢谢，警官。"斯蒂尔自信满满地转过身，"哈迪先生，轮到你来询问证人了。"

布里托证词产生的破坏作用是没法避免的。哈迪知道他可以在技术细节上纠缠到底，但是他怀疑这也不能让哪怕一位陪审员相信那根希莱拉不是谋杀凶器。

不过这并不意味着他什么也不需要做。

哈迪站起来，先花了点儿时间看看记事簿，虽然他并不需要任何提醒来展开接下来的问询。

然后，他走到证人面前，开口道："布里托警官，你之所以说这根或另外一根与它一模一样的希莱拉是凶器，是因为照片里的那根希莱拉有四个突出部位，似乎与被害人头部的四处伤痕吻合，但你又如何知道这四处伤痕是来自于一次击打呢？"

"好吧,我不知道。"

"任何有突起的物体都可以用来连续击打被害人四次,得到同样的结果,是这样的吗?"

"就我看来,这样的可能性非常低。首先,这四处伤痕并不完全一致,就像希莱拉那四处突出并不完全一样。因此你要分别使用四个有与希莱拉四处突起相同的物体,并击打出与希莱拉的四处突起的相对距离相同的伤痕,才能打出希莱拉那样的伤痕图案。"

"也就是说,虽然每个突起都是圆形的,但它们并不完全一样,是这样的吗?"

"是的。"

"如果一个有如此圆形突起的物体被用来击打被害人四次,会留下这样的伤痕吗?有没有可能?"

"我无法否认这种可能性。万事难说绝对。就我看来,凶器就是那根希莱拉。"

哈迪知道进展有限,但他已经尽力,他私下咨询的专家也告诉过他同样的答案:凶器要么就是那根希莱拉,要么就是一根与它非常相似的希莱拉。

哈迪向陪审团望了望,走回自己的桌子——今天没人昏昏欲睡了。接着,他仿佛是想起什么重要的事情,转过身来,举起一只手指说:"那根希莱拉。"他重新来到证人面前,又变得神采奕奕,"警官,你对检方证物15和16号上的希莱拉做了详细的描述。尺寸、重量、特殊的突起,诸如此类。请告诉我,罪案现场侦探是在哪里找到这根希莱拉,并拿给你分析的?"

"他们没有。"

"对不起,你能重复一遍吗?"

"他们没有。"

"他们没有找到希莱拉？"

"据我所知没有。即使他们找到了，他们也没有拿给我分析。"

"那么，警官，你是拿什么来进行分析的呢？"

布里托有些犹豫，尝试从哈迪身后的斯蒂尔处获得提示。但他一无所获。

"我是利用可以根据照片得出的合理推测来进行分析的。"

"但你没有见过希莱拉实物？"

"没有。"

"警官，这张麦奎尔先生拿着希莱拉的照片拍摄时，你在场吗？"

这个问题引来旁听席的一阵窃笑，甚至证人也觉得这很滑稽。

"没有，"他说，"当然没有。"

"也就是说，你从来没有拿过或是亲眼看过照片上的希莱拉？"

"是的。"

"那么警官，你怎么知道这是真的？"

"你的意思是？"

"你一直称照片中的物体为希莱拉，那应该是一根沉重的木质棍棒，是吗？"

"是的。"

"那你是如何知道照片中物体的材质的？"

哈迪知道这样的问题会让斯蒂尔怒气冲天。警察虽然全力以赴，仍然没有从小三叶草找到哪怕一个证人承认碰过摩西放在酒吧后面的希莱拉。他们都说希莱拉一直在那儿，看起来是个真家伙，但对于其他关于希莱拉的问题，他们都只是漠然地耸肩。

布里托说："从照片上看，这根希莱拉是真的，是由沉重的硬木制成。"

有些时候，法庭如舞台，哈迪非常喜欢这种感觉。现在，他悠悠走回被告桌，上面放着他那巨大的律师公文包。他面朝旁听席把包打开。在庭内的一阵吸气声中，他抽出一根长二十英寸，一段细，另一端有一个特殊树节的棍棒，看上去是肯塔基白杨木材质。

在预审听证会上，哈迪曾向斯蒂尔展示过这根棍棒。检察官气坏了，当庭向戈麦斯申述这是明明白白的欺诈，是藐视法庭，是试图蒙蔽陪审团。哈迪辩称不是这样的；他们不会宣称这是凶器或是照片上的物体。他只想证明没有人可以仅凭照片就认定摩西·麦奎尔可能接触到杀人凶器。戈麦斯同意这个观点。

哈迪走向前去，将手中棍棒作为证物展示。他后面人群的交头接耳声越来越大。戈麦斯举起法槌。砰砰砰。"请恢复法庭秩序。"最后，哈迪站到布里托面前，一直等到议论声逐渐平息。

"警官，"他说，"你能认出我拿着的棍棒，被告证物B吗？"

"看起来像是那根希莱拉，即杀人凶器。"

"我想让你假定这既不是凶器也不是照片上的那个物体，你会同意这看上去的确很像，是吗？"

"是的。"

"那么根据目测分析，你能估计这根希莱拉的重量吗？"

"我估计在2.5到3磅之间。"

哈迪将棍棒递给了证人。"警官,拿着这根希莱拉,再估计一下重量。"

布里托对于事情的发展并不高兴，他看哈迪的眼神充满不屑。"2～3盎司，"他回答说，"这是假的。"

"这可不是假的。"哈迪说，"它就是它。警官，你同意一个由苯乙烯泡沫制成的物体可以看着像一根希莱拉吗？"他从证人手中接过泡沫希莱拉，把它放在证物桌上。"对不起，我没听到你的回答。"

"是的。这是一个由苯乙烯泡沫制成的，看着像希莱拉的物体。"

"我没有进一步的问题了。"哈迪说。然后，他又对斯蒂尔说："你接着问?"

大丑脸站起身,语气森然地说:"布里托警官,参考检方证据17号,即被害人剃掉头发的头皮照片,你是否在验尸官办公室亲眼看过这些伤痕图案?"

"是的。"

"检方证据17号上的这些图案,你是否拍有照片?"

"是的。"

"你是否对照片进行了任何编辑修改?"

"没有。"

"就像你之前描述的那样,这实实在在的伤痕是由一个实实在在的物体造成的,是这样的吗?"

"是的。"

"谢谢你,警官。"斯蒂尔说,并向哈迪投来一道瘆人的目光,"你可以下来了。"

【第三十九章】

直到午餐时间结束，哈迪对于托尼·索拉亚失踪的细节仍然知之甚少。怀尔特·亨特已经在腾德尔洛茵区找到了托尼的公寓，并且进去调查了一番。管理员证实，托尼曾和另一位牛仔打扮的人一起进屋，拿了些简单的行李，并在那天下午三四点离开了。他们租了一辆U–Haul公司的小卡车，把托尼的摩托车也装了进去。他没有留下邮件转发地址。虽然管理员建议亨特去问问邮局，不过还是一无所获。

一切迹象都表明，托尼·索拉亚的确走了。

回到法庭，哈迪表示对布里托警官关于希莱拉的证词没有疑问。因此，斯蒂尔召戴维·威克斯（戴夫的全称）出庭。这位三叶草酒吧的常客紧张而缓慢地穿过升起的栅栏挡板。他的齐肩头发今天整齐地梳向后面，在后脑扎了个马尾。他的发色还有一丝原本的金色，映衬着他的黄眉毛和灰蓝色眼睛。他穿着斯佩里牌帆船鞋，没有穿袜子，下身是一条棕色的码头工人牌休闲裤，上身是紫色衬衫配黑色皮领带，外面是一件棕色灯芯绒运动外套。

斯蒂尔一刻也没有浪费。"威克斯先生，"他开口道，"你自认为是本庭被告摩西·麦奎尔的小三叶草酒吧的常客吗？"

"我猜是的。多数时间我都在那里。"

"你是那里的常客有多久了？"

一声轻笑。"至少从我能记起的那天就是了。"他转向陪审团，又笑起来，"我能记起的就是昨天。"

戈麦斯挥动锤子，平息听众的笑声。"威克斯先生，"她说，"这里不是开玩笑的地方，这里是法庭，不是酒吧。"

威克斯忏悔地低下头："抱歉，我想我是有点儿紧张。"

"好吧。但请认真回答斯蒂尔先生的询问，明白吗？"

"明白,女士。对不起。"

"威克斯先生,你还记得问题吗?"斯蒂尔问。

"不太记得了。"

又是一阵笑声。

"我重复一遍。你是小三叶草酒吧的常客多久了?"

"我得说有七八年了。"

"大体来说,你一周会有几天去那里?" 戴夫皱眉思考一番,拉拉衣领和领带,"只要没生病,我几乎天天去,有时生病也去。"

"那么几乎就是天天去了,是这样吗?"

"是的,可以这么说。"

"在你待在那儿的日子里,你是否注意到被告拥有一根棍棒,有时被称为希莱拉?"

"当然。一直都挂在吧台下面。"

戴夫对希莱拉的描述非常准确,并确证它就是麦奎尔在检方证物15号照片里拿着的棍子或是武器。

"你拿过那根希莱拉吗?"斯蒂尔问。

"没有。"

"尽管如此,根据你的观察到麦奎尔先生拿着它时的样子,你能向陪审团估计一下它的重量吗?"

"我不知道。看起来挺沉的。可能3到4磅重吧。"

斯蒂尔停顿了相当长的一段时间,接着意识到他已经得到希望获得的信息,于是转身,让哈迪继续询问。

因为知道一些斯蒂尔不知道的事情,哈迪仿佛年轻了许多,从椅子上一跃而起。

"威克斯先生,"哈迪开始询问,"你说你是小三叶草的常客,你是不是有固定座位?"

"当然，人人都知道。"

"是在哪里呢？"

"吧台前角靠近窗户的一张凳子。"

"吧台是 L 型的，是这样的吗？"

"是啊。"

"你是坐在'L'短边的角上，面向'L'长边，就在吧台拐角处，是吗？"

"是的。"

"那么，我确认一下，如果你坐在你的固定位置，你就在 L 底部，面对着 L 的长边，是这样的吗？"

戴夫闭上眼，然后点头确认："是的。"

哈迪顿了顿，让听众也想象一下位置关系。然后，他走回被告桌，拿起记事簿。这一次，这本子是真的有用了。

"你刚才作证说希莱拉，我引述你的原话'一直都挂在吧台下面'，这没错吧？"

"听起来是这样的。它就在那儿。"

"吧台下面？它在吧台下面？"

"是的，就在啤酒龙头下面。"

"那些啤酒龙头是在 L 型吧台的长边上，是吗？"

"当然。"

"换句话说，这样酒保就不需要转身装啤酒？"

"是的。"

"希莱拉就在啤酒龙头处的吧台下面，你确定吗？"

戴夫翻了下白眼："得了吧，我还得说多少遍？"

"这是'是'的意思吗？希莱拉就在啤酒龙头处的吧台下面吗？"

戴夫无奈地叹口气："是的。好了吧。是的。"

"那好，威克斯先生，请告诉我。你是如何从你坐着的凳子处看到吧台下面的希莱拉的？"

一时间，哈迪发现威克斯愣住了，像是只聪明的狗在尝试理解"去捡球！"这样难懂短语的意义。

最后，他说："我不太懂你的意思。"

"我的意思是说，你坐在L的底部，看着L吧台的长边的上面。你怎能看到L的下面？"

"哦，那东西一直都在那儿。"

"威克斯先生，它现在不在那里了，是吗？"

"我不知道。我想应该不在了。大家都在说它不见了。"

"那么上次你看到希莱拉挂在啤酒龙头下面是什么时候？几个月以前？一年以前？"

"我不认为有那么长时间。"

"你能记得最后一次亲眼看到那根希莱拉挂在吧台下面是什么时候吗？"

威克斯再次闭眼，呼吸数次，拉了拉衣领和领带，然后睁开眼，耸耸肩："抱歉，我说不出来。不记得了。"

斯蒂尔的下一个证人将证明警察搜查酒吧的时候，没有找到那根希莱拉。

戈麦斯宣布下午暂时休庭后，艾米探身隔着摩西问哈迪："你今早的燕麦片里放的是什么呀？你今天要在这里上演好戏。"

哈迪看看四周，然后悄声对她说："对戴夫来说，这几乎就是在作弊。"

"你知道真正的悲哀是什么吗？"麦奎尔插话说，"过去五年里，我一周五天，每天都跟他聊上两个钟头。"

"这五年可真够长的。"哈迪说道。

"那两小时也够长。"艾米接话。

"五年里每周五次。如果我知道那家伙会每天都来——算了,别提了。我们聊过什么,我一件也记不起来。"

"摩西,我想这些时间你可能都虚度了。"艾米回到正题,"你认为下面一个证人会是谁?"

摩西问:"休庭的意思不是让我们休息几分钟,不再谈论庭审的事儿吗?我的意思是,戴夫好不容易才给我们带了点笑料来。"

"笑料?"哈迪一脸严肃地看着艾米说,"他是在开玩笑吧?"

下面出庭的是警探李·希尔。

她身着制服,给人感觉清爽专业。她站上证人席,带着期待坐下来。之后,斯蒂尔开始介绍证据,包括录音带和希尔做的案件报告。哈迪读过这些卷宗,知道自己将不得不面对一场恶战,这也是他与摩西在这场艰难跋涉中最重大的一战。因为,当时微醉的摩西没有听从他非常明确的指示,基本上是对着两位逮捕他的警官直抒胸臆。两位警官也非常明智地在警车后座下面放了录音设备。

哈迪毫不怀疑,摩西这灾难性的决定,会在后面反噬他们。

"希尔警探,"斯蒂尔开始询问,"请告知法庭你与本案的关联。"

"当瑞克·杰萨普的死亡上报到重案组时,我和我的搭档保罗·布莱迪被指派负责调查。在接下来的几天里,我们锁定了嫌疑人,并以谋杀杰萨普先生为由逮捕了嫌疑人。"

"逮捕发生在什么地方?"

"在被告的酒吧,小三叶草酒吧,林肯大街上,靠近第九大道。"

"警探,你们逮捕疑犯的程序是怎样的?"

"首先我们告知嫌疑人,他被捕了,接着我们向他宣读米兰达权利告诫。"

"那是什么?"

"大意是告知嫌疑人他被捕了,他有权雇佣律师,有权保持沉默,但如果他不选择沉默,他所说的所有内容都会作为呈堂证供。"

"那么你在逮捕被告麦奎尔时是否宣读了米兰达权利?"

"是的,我们读了。"

"接下来你们怎么做的?"

"嗯,如果嫌疑人没有反抗或是没有健康问题,我们会给他戴上手铐,将他放入警车后座,接着我们载着他到市中心的法院办理相关手续。"

"那么本案中,你们也是这样对待被告的吗?"

"是的。"

"谢谢。"斯蒂尔走到证据桌前,"警官,我要播放一段录音,听完后,我会要你确认录音的完整和准确,确认这是被告在你们逮捕他后载他去警局的路上所说的话。"

在令人痛苦的半个小时里,哈迪听着显然微醉的麦奎尔说着哈迪明确叫他不要说的内容,尽力控制自己不失态。

录音播放完后,斯蒂尔问希尔:"你告知被告他被录音了吗?"

"没有。"

"你和布莱迪警探问了任何问题吗?"

"没有,我们只是让他说。"

"因此,在到警局的路上,麦奎尔先生说过'他需要被杀,我很高兴他死了'。"

为了博取法官的好感,哈迪一直尽量少反对。但现在斯蒂尔的询问实在太过分。他站起来:"录音已经说得很清楚,法官大人,而且这也在证据之中。再要证人离开语境重复这些细枝末节的内容,是不恰当的。"

"反对有效,斯蒂尔先生。陪审团已经听了录音,如果需要,他们还可以去证物室再听。"

这让哈迪略感欣慰。戈麦斯说得非常对。陪审团已经听过,而且肯定还会去听摩西的酒后胡话:"你们俩有孩子吗?没有?如果你有个女儿,发现某个小流氓先殴打她,接着还强暴了她,你们会是什么感受?你们觉得你们会坐着扭扭手腕就算了吗?拜托,你们是警察。你们会去解决问题的,不是吗?告诉我你们不会袖手旁观。因为有些时候,法律并不能解决问题。"

哈迪决定让希尔继续说。

当希尔离开法庭之后,法官说:"斯蒂尔先生,你的下一位证人呢?"

斯蒂尔回答:"法官大人,检方没有后续证人了。"

第五部分

【第四十章】

周末的大部分时间，哈迪都与艾米·吴和吉娜·柔克待在办公室里。他们把大部分的希望都寄托在如何进行"SODDIT"辩护上。

周五下午庭审快结束的时候，斯蒂尔向法庭提交了一项提案，标题是：《检方请求排除第三方犯罪的臆测证据的提案》。哈迪他们正在办公室起草对这份提案的回应文书。

大致浏览了一遍这篇提案之后，哈迪觉得这敲响了他们所有希望的丧钟。斯蒂尔可不是傻瓜，他已经预见到哈迪会如何使用他的证人，因此先下手为强。

古德曼和罗都在证人名单上，且被法庭发了传票，因此周一都可以出庭作证。他们俩都不喜欢甚至痛恨瑞克·杰萨普，古德曼曾被杰萨普威胁；罗也有惩罚杰萨普的强烈欲望，因此也有可能的杀人动机。同样，六位罗的姑娘遭到了杰萨普的殴打，以及可能的其他形式的羞辱；她们或者她们的保护人，也有可能的杀人动机。

比这些可能性更高的是，消失的托尼·索拉亚或许在本案中扮演着非常重要的角色。严格地说，在法官允许的前提下，对陪审团而言，托尼也许是最有可能的备选嫌疑人。毕竟，他是听说强奸的第一人。即使托尼算不上布丽塔妮的爱人，至少也是布丽塔妮的男性朋友。他可以在周六晚拿到希莱拉，而且在次日的任何时段，他都没有不在场证明。外加那惊人的发现——他是证人保护计划中的证人。他作证指控罪案同党，以换取自己免遭指控，这些指控中显然包括作雇佣杀手。因此，托尼·索拉亚很可能就是谋杀瑞克·杰萨普的凶手。

不过在如何使用这些信息上，辩护团队中产生了巨大分歧。艾米和吉娜认为他们应该申请法庭驳回上诉，然后宣布审判无效。显然，检方没有呈上足以开脱罪责的证据：他们的一个主要证人是一位拿着联邦政府的钱，受联邦政府保护的杀人犯。即使斯蒂尔本人并不清楚这点——哈迪也无从知道这点——检方也有义务知道。底线是，即使戈麦斯认为没有人应该为此负责，然而一个有严重问题的证人做了证，而且辩方还没来得及质询他，挖出他过去的污点，这样的庭审也是不公的。

与此同时，还有一个问题：虽然辩方有权召托尼出庭，但因托尼已经离去，而且很可能是在联邦政府的帮助下消失的，因此辩方无法召他出庭。因此，政府的直接干预使被告受到公平公正判决的权利受到侵害。即使戈麦斯不怪罪斯蒂尔，哈迪靠这个强有力的理由，也可以获得重审。

吉娜曾直言不讳地告诉哈迪，她不认为这次审判进展顺利。也许哈迪的确智谋超群，但是大丑脸在所有重大问题和每一个证人身上都料敌机先。在吉娜看来，情况已经糟到不能再糟了。不管他们还有什么手段，都该用上，然后祈求圣母保佑。他们笑谈一番各种可能手段。实际上，艾米还补充道，支持"审判无效"的事实非常明显，而且理由充分。如果哈迪和艾米没有申请，上诉法院肯定会认为是他们的失职。艾米不知道哈迪怎么想，但她还想在未来相当长的时间里继续做律师，因此她可不愿意把一位客户送到上诉法院去昭示她的失职。

哈迪则确信申请"审判无效"对他们没有好处。反正摩西不能取保候审,起诉也不能够撤销,不过是在六十天内重来一遍。根据当前的不利形势,他也想不出什么方法来扭转局面。

最后,他们仍然没有达成共识。摩西直接否决了"审判无效"的点子。他不愿重来一遍,不愿承受更长时间的羁押,也不愿支付更多庭审准备产生的律师费用。

此外他们还有最后一个问题:正式称谓是"第三方犯罪"辩护。哈迪、吉娜和艾米一直都知道这个问题尽管不是不可克服的,却是实实在在的:要想让任何指向其他疑犯的证据被法庭采纳,只有一个动机是不够的,即使那是一个非常合理的动机。即使有动机和谋杀机会也不够。不够!被告方不但要给出具体的杀人动机和谋杀机会,还必须展示直接或间接证据,将第三方与罪案的执行联系起来。

这道门槛非常高,尤其针对古德曼和罗这两人。古德曼周六一大早就知会哈迪说,周一上午的庭审他会带着自己的律师到法庭,如果要他作证,他会向法官申请他的证词不应该在本案中被采纳。利亚姆·古德曼不打算站上证人席承认他与杰萨普有隔阂并欺诈了美国政府这种没有证据的指控。哈迪真的以为他这么好糊弄吗?他能证明自己在杰萨普被杀的周日每分钟在何处,而且也没有任何直接或间接证据证明他与谋杀有关——这是他的原话,这说明他准备充分。这也不奇怪,他原本就是律师。

罗那个周末在洛杉矶,因此他本人不可能作案。不管罗是否知道,戈麦斯也知道她不会允许对罗进行问询,除非哈迪能拿出令人信服的证据。

这就只剩下托尼了。哈迪保留了召他出庭的权利,前提是能找到他。亨特成功地根据那辆U-Haul卡车追查下去,但在盐湖城追丢了踪迹。

哈迪只得叫亨特放弃。

因此，他们的三个"其他人"，两个多半会被戈麦斯裁定为"证据不充分"；第三个同样可能是"证据不充分"，而且还找不到人。

哈迪以前也以"第三方犯罪"为由辩护且胜利过，但这次他不像过去在成功案例中那般，他不能找到一个具体的嫌疑人实施犯罪。同样的，哈迪感觉他的"散弹枪策略"——找三个而不是一个备用疑犯的策略开始反噬他了。

如果陪审团不愿意听取其他疑犯的陈述，摩西又怎么办？哈迪给检方的指控以有力的反驳了吗？

动机？手段？机会？——一项他也没能给予有力地反驳。

哈迪已经到达惊慌失措的边缘，这是他从未体验过的。这就是为什么你绝不能听你从客户的主意尽快开庭的原因。哈迪好不容易发现了古德曼和罗有杀人动机，却没有时间将动机与两人中的某一人具体地联系起来，或者与其他那个特定的人联系起来。他没时间发掘更多托尼参与的其他案子的细节。一句话，他没有时间做好必要的准备。

弗朗妮走进起居室，看见哈迪坐在椅子上，面前摆满文件却没有阅读。她走过去，坐在哈迪面前的奥斯曼软凳上："你得睡一觉。"

他摇摇头："我抓狂了，觉得整个该死的案子都建立在糟糕的基础之上。"

"你总是有这样的感觉。"

"但这并不意味着这次的感觉不对。"

弗朗妮摩挲着哈迪的大腿："来，到床上睡睡，到早上你就会感觉好些的。"

"如果我的第三方犯罪的提案被戈麦斯否决，"他说，"我剩下能做的就只有开始攻击拉皮尔对案件的干预。问题是，尽管有O.J.的先例（O.J.辛普森案：1994年6月12日，辛普森的前妻与其好友被杀，辛普森被指控为凶手。后来辛普森的律师以警方取证有严重失误为由穷追猛打，最后陪审团宣布辛普森无罪——译者注），这也不能算真正的法律辩护。法官会看着我问：'那好，哈迪先生，我们为什么要去在意警察做职责范围内的事？他们没有违法，他们的逮捕合理合法。证据指向被告。这有什么问题吗？'"

"她不会那样说的。"

"她会的。她会说得一字不差。除非我有办法让她改变主意。"

"历史证明，你能的。就像你说的，O.J.案就是这样的。"

哈迪叫道："哈，好像那个先例想学就可以学一般。"他叹口气，"你意识到没有，审判可能很快就要结束。"他犹豫了一番，接着压低声音，"你应该做好准备，明后两天找时间去跟他聊聊。"

"我会的。"

"最好在判决之前。"

"谢谢，我会记住的。"

"对不起，我不是故意要唠叨，我累了。"

"所以我才过来叫你上床睡觉。"

【第四十一章】

周一早上，戈麦斯刚刚进入法庭，哈迪就尝试申请撤销指控，依据是托尼·索拉亚的失踪和新发现的证据。不出所料，法官拒绝驳回指控，建议审判无效，但摩西公开拒绝，宣称绝不接受。

经过四十五分钟的休庭，阅读完哈迪对斯蒂尔关于"第三方犯罪"提案的回文后，戈麦斯回到法庭。显然，她已经心里有数。法庭里座无虚席。她比平时更轻快地入席，为她的耽搁向所有人表示歉意。接着，她礼貌地请陪审员们到休息室稍歇，以便就之前一个周末新出现的一些问题举行一次听证。

陪审团离开以后，戈麦斯一刻也没耽搁。"哈迪先生，之前法庭允许你将古德曼先生和罗先生加入你的证人名单。他们都认识杰萨普先生，而且今天他们两人应该都在法庭外分别回应了你的传讯。法庭审查了你对于《检方请求排除第三方犯罪的臆测证据的提案》的回应，对于你希望从这些证人口中获得的信息，法庭有几个问题需要询问。"

哈迪站起身："我希望我的回答能让您满意，法官大人。"

"我们分别讨论你的证人，从古德曼先生开始。你空泛地辩称古德曼先生有谋杀杰萨普先生的动机，却没有具体细节来支持你的猜测。哈迪先生，假设你猜测的所有细节都是真的，假设古德曼先生的动机强烈而且合理，你还有任何其他直接或间接的证据能将古德曼先生与杰萨普先生的被害实际地联系起来吗？"

"法官大人，尽管我写得不多，但是……"

戈麦斯举手示意："那就还是不够。你有任何证据证明古德曼先生有谋杀杰萨普先生的机会吗？"

"法官大人，我没有。"

戈麦斯点点头，看上去似乎很失望。然后，她重新看着哈迪："我猜你已经看过斯蒂尔先生的提案了,是这样的吗?"

"是的,法官大人。"

"文中提到了十六个相互独立的案件,因为只有猜测,缺乏直接或间接证据将第三方嫌疑人与实际的犯罪行为联系起来,因而未被法庭接受,你注意到了吗?"

"是的,法官大人。"听到法官逐字逐句引述最高法院的权威判例"检方指控霍尔案"的判决原文,哈迪感觉大事不妙。

"你有什么样的新证据可以让你不以这样权威的先例为鉴吗?"

"法官大人,我认为我的侦探会发现一些有效的证据,可以将古德曼先生与罪案联系起来,我们只是还需要些时间。"

"你的侦探还没有找到吗?"

"没有,但我希望通过问询古德曼先生来了解更多他可能的犯罪机会。"

"即使有了动机和机会,这些也不能达到被法庭采纳为证据的程度。你清楚吗?"

"是的,法官大人。我提到过希望获得更多时间来发现直接或间接证据。"

"就通过在证人席上问询古德曼先生吗?你希望会有佩里·曼森(美国家喻户晓的律师电视剧的主人公,剧中的庭审常常在最后一刻反转——译者注)那样的时刻吗?我猜,你将罗先生列为证人的理由也是大体类似吧?"

哈迪可以厚着脸皮继续辩解理由有所不同,不过戈麦斯已经明显地表示了她的不快,甚至是厌恶。如果哈迪还想活着再战下一场——至少还有两场战斗——他不敢冒险惹来更多的怒火。

"如果您的意思是我是否有直接或间接证据将罗先生与杰萨普先生的谋杀联系起来的话,法官大人,我没有。"

"这正是我的意思，哈迪先生。"她敲了一下法槌，"鉴于此情况，我同意斯蒂尔先生的提案，排除这两位证人的证词。"

她转向法警："知会罗先生和古德曼先生，他们不用出庭了。"

法庭再次休庭。困顿焦虑到精神涣散的吉娜从旁听席迅速凑到被告席后的栅栏边。戈麦斯如此迅速且坚决地做出了裁定，她需要些时间来消化这个毁灭性的失败，分析其中的细节。面对庭审前十分钟几乎彻底的失败，她转向他们的下一个可能的辩护理由，他们的下一个策略。"我们有托尼的证据吗？"她问哈迪，"任何着点边际的？"

上个周五晚，读过斯蒂尔的提案之后，他们已开始怀疑自己胜诉的可能。由此，哈迪、吉娜和艾米决定不在"第三方犯罪"回文中提及关于托尼的任何内容，因为如果他们那样做，戈麦斯会像对待前两人一般将托尼也排除出证人名单。但实际上，托尼的情况与前两者有相当大的不同。这意味着如果他们最终决定走托尼这条线，他们必须在没有提交提案知会法官和检方的情况下，在法庭上杀开一条血路。

哈迪告诉吉娜："我们有新信息，至少是法庭不了解的信息……"

"法官来了。"吉娜说，"迪兹，穿上你的舞鞋吧，你需要它们帮你跳舞。"

"哈迪先生，"戈麦斯开口道，"准备好传唤你的证人了吗？我可以请陪审团回来了吗？"

哈迪站起来："还没有，法官大人。我们另有第三方人员——我们也是刚刚得知该情况——我们认为他的行为和个人情况符合法庭采纳的标准。"

斯蒂尔不会让这条线发展下去。他推开椅子站起来："法官大人，检方表示强烈抗议。辩方律师没有提交关于该最新证人的提案，因此检方没有时间准备提案回文。与此同时,我们没有任何事实和证据,没有任何可被法庭采纳的实在依据。"

"法官大人,"哈迪反驳道,"正如我所说,我们也是刚刚知道这些事实,我打算现在提交到法庭上,我相信法庭会发现这些内容并不是空洞的。"

虽然戈麦斯一点都不喜欢这个主意,但她不想因为没让哈迪展示手上所有的证据而落下让哈迪上诉的口实。

"好吧,斯蒂尔先生,你的反对法庭已经知晓,不过法庭仍然倾向于听辩方律师陈述新情况,然后再做裁定。哈迪先生,这位最新的第三方是谁?"

"法官大人,他已经作为检方证人出过庭,我也保留了唤他出庭的权利。他就是托尼·索拉亚。"

戈麦斯皱着眉头回忆着:"据我回忆,他的证词与被告女儿的证词相反,即她在杰萨普先生被害之前,告诉了被告强奸之事。我没有记错吧?"

"是的,法官大人。"

"那我有什么理由不把索拉亚先生排除在我之前裁定的'第三方犯罪'提案之外呢?"

"法官大人,理由有数条。首先,古德曼先生和罗先生在罪案发生时段都有不在场证明——因此不可能实施犯罪。与此不同的是,索拉亚先生没有不在场证明。其次,他与布丽塔妮·麦奎尔是情侣关系,而且在强奸发生之后,索拉亚先生当即就听说了此事,因此他的杀人动机跟被告被指控的杀人动机一样令人信服。第三,作为小三叶草的酒保,他有手段获取检方指认为谋杀凶器的希莱拉手杖。"

"这一切都合情合理,哈迪先生。但我想我已经明确表示,你必须有证据,而不是某个第三方谋杀了杰萨普先生的可能性。鉴于没有实在证据……"戈麦斯举起法槌。

"法官大人,我们有达到证据标准的消息,陪审团需要知晓的消息。"

"是什么?"

"法官大人,我们讨论的'托尼·索拉亚'不是他的真名。辩方不知道他的真实姓名。他是联邦证人保护计划的证人,将要出庭指控他之前罪案同党的人口走私罪行,用以换取他所犯的罪行不被起诉,其中包括做雇佣杀手。"

"噢,以上帝之名……"斯蒂尔顿时爆发,拍着桌子站起来,差点把椅子撞翻,"法官大人,在您以为已经听完所有的花言巧语时,却发现哈迪先生的想象力简直无边无际。法庭怎么可能相信他这样的胡言乱语?"

"法官大人,我认为法庭不能相信的应该是检方胆敢公然违反宪法义务,没有提交如此明显的、由关键证人提供的、可以让被告脱罪的证据。这是对我客户受到公平公正审判之基本权利的公然侵犯。如果斯蒂尔先生之前不知道这事,这就是他的失职。"

"你们俩都给我闭嘴。我们已经讨论过此事。哈迪先生,我已经告诉过你,我不会接受驳回指控的申请,你和你的客户也表达了不愿重新审判的意愿。你有任何可以在陪审团面前展示的,可以直接将索拉亚先生——不管他的真名是什么,与杰萨普先生的谋杀联系起来的证据吗?"

"他的潜逃已经清楚表明他有罪恶感,可以作为间接证据。虽然这些事看起来不常见,但都是事实,我能够,也会召唤证人证明这些事的真实性。"

戈麦斯摇着头,不知出于失望还是好奇:"我赞赏你的顽强,哈迪先生,我真心赞赏。暂且不说你是否能找到证人来佐证你提到的部分或全部事实,我都还没有听到任何证明索拉亚先生实施犯罪的具体内容。"

"法官大人,索拉亚先生是一名雇佣杀手,有动机有机会谋杀杰萨普先生。陪审团需要了解这些信息。"

戈麦斯点了几次头,也许正在心中组织回应的语句。

最后她说:"哈迪先生,抱歉,判例法并不支持你的请求,我也不赞同。本庭不支持包含此条证词线索的提案。"

午饭时,哈迪完全无法咽下一口卢的特色菜,无论那是什么。他只剩下最后一颗子弹。他感到一种无法抗拒的、一切都是白忙活的感觉。

饭后,他让旧金山警察局的局长坐上了证人席。

维·拉皮尔严肃、凶悍、一丝不苟、表达清晰,给人以权威与正直之感,令人印象深刻。她靠在椅子上,跷着二郎腿,把双臂放在扶手上,身体放松,毫无不适的样子。

虽然上午遭到重创,哈迪还是勉强积蓄了一些自信。他要证明拉皮尔干预了本案,破坏了检方指控的正当性。但是,如果检方的确缺乏正当性,他为什么会如此担心呢?另外一方面,如果摩西最后被判有罪,他就是在批评拉皮尔和警探们以最快的速度、最合法的途径和最彻底的手段完成取证工作。是这样吗?

他走向证人席的时候,他心中的这些问题如潮水般涌来:他能从问询中达成什么?他原以为事情发展到这一刻时,他的思路会水到渠成般清晰,然而转眼之间,他一直以为清晰明白的策略成了一团糨糊。

更糟的是,任何暗示古德曼和拉皮尔阻碍司法公正的共谋,都会让人自然而然地联想到他和格利特斯基。这可能会引发一场关于他们串通的争论,关于他们长期的友谊的争论,关于他们过去涉及案件的争论。哈迪知道,长久以来,各种谣言一直在法律界私下流传。正是由于这些原因,在问询拉皮尔的时候,哈迪暗中决定不再召亚伯出庭作证。

一旦有人指指点点,事情就不好办了。

现在,在所有办法都一一失败的情况下,哈迪感觉自己的精神落到了危险的最低点,他要开始向拉皮尔发难。但这又有什么用呢?然而他已经站在这里,他必须开始。

"拉皮尔局长,"哈迪开口道,"你是不是直接参与重案组的领导工作?"

"通常不。"

"但是在本案中,你的确直接参与了,是这样吗?"

"是的。"

"你能大体介绍一下为什么会这样吗?"

拉皮尔看上去态度非常积极。她说:"当然。一天下午,我接到市政主管古德曼的电话,他是本案受害人瑞克·杰萨普的雇主。他有些担心调查久拖不决,因此向我提供了关于被告麦奎尔先生的信息,即麦奎尔先生数月前到过古德曼先生的办公室,并殴打了杰萨普先生。这看上去与调查相关,因此我将这些情况反馈给当时的重案组负责人格利特斯基警督。他召来了调查本案的两位警探希尔和布莱迪,并向他们传达了该信息。"

"你给希尔和布莱迪的信息,他们是否已经知晓?"

"是的。的确知道。他们已经确认被告为嫌疑人。"

"他们正积极开展本案的调查,是这样的吗?"

"是的,所有的迹象都如此显示。"

"他们已经做出六人一组照片给目击证人来辨认,是这样的吗?"

"是的。"

"麦奎尔先生的照片在这六人一组中吗?"

拉皮尔点点头:"这就是我们的工作流程。"

哈迪听到身后斯蒂尔的椅子吱嘎一响,然后是他那熟悉的声音:"反对。这种询问与本案有什么相关性吗?"

"哈迪先生,你的论点是?"戈麦斯问。

"法官大人,我的论点是,由于拉皮尔局长的干预,本案所有目击证人的辨认都受到严重破坏。"

"那好。反对无效。你能继续按照你的思路走，但是请注意措辞。"

"好的，法官大人，谢谢。"

哈迪慢条斯理地走回自己的桌子，假装阅读记事簿上的内容。他瞟了一眼摩西的脸，又看了一眼艾米·吴期待的双眼。在那一瞬间，他仍然没法摆脱事情已经支离破碎的无力感。他走回证人面前，再次开始。

"你曾提到你参与本案的原因是古德曼主管的一个电话，他有告诉你他如此关注本案，以至于联系警察局局长的原因吗？"

"我揣测是因为被害人是他的雇员，他希望确保调查正在推进。"

"难道他不可以直接将这些信息告知布莱迪和希尔警探吗？"

"是的，我猜他可以。"

"然而古德曼选择绕开警探直接找你？"

"显然是这样。"

"这个电话后，你亲自去了重案组传达消息，是这样的吗？"

"是的。"

"你具体谈到了被告摩西·麦奎尔了吗？"

"是的。"

"由于古德曼先生要求你取得实际结果，你便催促警探们将麦奎尔先生作为头号嫌犯来进行调查，是这样吗？"

"那时，他是唯一的嫌犯。"

"请回答'是'或'否'，局长。你是否告诉警探们你想得到指认麦奎尔的结果，而且越快越好？"

拉皮尔一时无言，显然是在希望等来一声"反对"，但却没有听到。她在椅子上挪了挪，点点头："是的。"

哈迪感觉到自己有望获得坚实的辩论阵地，希望拉皮尔能以顺畅的节奏说出一连串"是的"。"拉皮尔局长，你是否认为你将你希望指认麦奎尔先生的紧迫感传达给你的两位警探了？"

"是的。"

"排除所有其他疑犯?请回答'是'或'否'。"

拉皮尔皱起眉头,看一眼斯蒂尔,叹了口气。

"是的,但是……"

"因此,你的警探们拿着六张一组照片给那些所谓的目击证人看时,他们清楚地知道麦奎尔先生是唯一正确和可接受的答案。是这样的吗?"

"反对。"

"反对有效。"

哈迪说:"那我们换种说法。局长,你刚刚提到麦奎尔先生是唯一的疑犯,是吗?并且你告诉警探们你希望看到他们逮捕他,是吗?"

"我不是这样说的。"

她虽然没有直接回答,但哈迪没有再追究。

"也就是说,当警探们拿着麦奎尔先生的照片去找目击证人时,他们知道你希望他们得到对麦奎尔先生的指认。"

"反对。臆测。"

"反对有效。"

"那好,法官大人,我想我已经证明了我的观点。"

哈迪知道自己不必再提醒陪审团佩里博士关于当下话题的证词:警察能在测试中通过暗示"正确"答案来影响证人,罗织各种证据,不管是看上去可靠的六人一组照片,或是让疑犯站成一排来辨认。

哈迪基本上从拉皮尔身上获得了他想要的信息。但他还想要更多——尤其经历了上午灾难般的庭审之后——他还需要更多。

于是他吸了一口气,问道:"局长,你认识旧金山商人乔恩·罗吗?"

"反对!"斯蒂尔几乎是用咆哮语气表达出他的厌恶和愤怒,"法庭已经裁定排除这些问题。"

"法官大人,不包括在这样的语境之下。"哈迪反击。

"已经很接近了。"戈麦斯说,"反对有效。"

哈迪又碰了个钉子："局长，你知道如何获得一张逮捕授权令吗？"

"是的。"

"一般来说，这需要警方将案件发给地区检察官，由他确认证据充足，足以发起诉讼，然后向法官发出申请，获得逮捕令逮捕被告。流程是这样吗？"

"有时是。"

"而所谓'有时'，局长，你的意思是大于百分之九十九的时候，是这样吗？"

"我不知道具体数字。"

"在旧金山，每年签发的数百份逮捕令中，只有屈指可数的几件案子没有走这个流程，你知道吗？"

拉皮尔不得不承认她知道。

"但是本案的逮捕流程不是这样的，是吗？你绕开了地区检察官，让警探们直接去找一位法官授权，并以此逮捕了麦奎尔先生。可是，以你们当时收集到的证据，你们完全无法保证能让地检官对麦奎尔先生发起指控，是这样的吗？"

"你可以这样说。"

"是的，局长，我可以。除了让你的名字出现在报纸上，让本市有权的政客不找你麻烦，让麦奎尔先生到牢里蹲几天外，你没有其他理由来做这事，对吗？"

"反对。强词夺理。"

"反对有效。哈迪先生，你能询问这些领域，但请注意措辞。"

哈迪逆流而上，继续沿着这条思路询问了五六分钟。问询结束的时候，他仍旧没法撼动证据的可靠性——包括血液、目击证人、动机以及希莱拉等组成的斯蒂尔控诉的核心证据。不管怎样，他至少有理由相信，没有陪审员会怀疑拉皮尔因为政治原因向警探们施压实施了逮捕。

也许，哈迪告诉自己，也许这不会毫无用处。

【第四十二章】

哈迪刚刚结束对拉皮尔的问询，法官就宣布休庭。吉娜·柔克从法庭后面的座位站起身来。她沿着中央过道走到第一排，来到苏珊·魏斯的座位旁。从庭审第一天挑选陪审员开始，苏珊就坐在这里，展示了一位坚强妻子寸步不移地支持丈夫的图景。

摩西现在正在与他的两位律师进行着热烈的讨论。经过哈迪对警察局长的穷追猛打后，他们的活力显然又回来了。

吉娜本人对哈迪能做到这种程度表示由衷的赞叹。她与哈迪和艾米整个周末都待在瑟特尔街的办公室里。自从收到斯蒂尔关于"排除第三方犯罪"问询的提案后，他们都知道今早的开庭将困难重重。

哈迪一直绝望地幻想怀尔特·亨特，或者什么说不清道不明的命运能像帽子里抽出兔子的魔术一般，让他们的SODDIT辩护取得成功。

也许他们能在罗的跟班里面找到某个保镖作为可靠的谋杀疑犯。也许古德曼——已经在哈迪和亨特的压力下给自己雇了律师——会崩溃，主动承认罪行。也许托尼·索拉亚会被找到，并被带回法庭作证，并被认定为有罪。

当然，这些都没有发生。

今早，吉娜原本以为法官会像之前否决罗和古德曼出庭那样，拒绝哈迪召拉皮尔出庭的请求。

然而哈迪不但把拉皮尔弄上了证人席，而且非常成功地证明拉皮尔受到来自古德曼的压力，并且将这些压力传递给了警探们。由此，哈迪给了陪审团一个明显的理由相信证人证词是被破坏了的。虽然希望渺茫，但哈迪的辩护活跃而富有创造性。

但吉娜心里知道他们已经完全没有机会胜诉。现在他们只剩下终结陈述。除了摩西，陪审团没有其他嫌疑人可以考虑，他很可能会被判决有罪。

前一天下午较晚的时候，吴已经回家，吉娜和哈迪在"日光浴室"里喝着奥班苏格兰威士忌，斟酌着他们的选择。最后，哈迪靠着椅背，把双脚放到大圆桌上，将杯中的酒一饮而尽，开着玩笑说，如果明天斯蒂尔的提议获得通过，他们无法进行像样的辩护，他们只有一个办法可以脱困。他们还就这个办法开了阵玩笑。

然而之后回到家中，吉娜仔细考虑了这个疯狂而且罪大恶极的办法的瑕疵。这让她一夜无眠。此刻，她站在旁听席第一排的过道上，苏珊就在一旁，双眼平视，十指交叉放在大腿上。吉娜轻轻拍了几下苏珊的肩膀，觉得有必要再次自我介绍一番，毕竟，她们几乎没见过面。接着，吉娜压低声音说："我们能去外面谈谈吗？"

即使参与了像杰萨普案这般引人关注的案件，重案组的警探们也从来不会没有其他任务。现在，保罗·布莱迪正坐在重案组办公室附近一个没有空调的审讯室里，问询一个名叫里昂·布莱斯的疑犯。里昂十九岁，一般的业务是偷手机，不过他运气不好，碰上了被害人——二十三岁的斯坦福机械工程博士杰森·埃奇勒。实际上，运气更糟的应该是杰森——他死了。里昂的前途看上去也不光明。他被逮捕的时候，从他身上搜出了至少六部手机，其中一部属于杰森的女朋友莉莉·法拉第。

根据莉莉的口供，事情是这样的：周六晚，她和杰森在燃烧罗马酒吧。莉莉把刚买的价值400美元的手机放在桌上，转身去点酒水，当她回过头来时，发现手机不见了。当天晚些时候，杰森通过GPS应用找到了手机，并发短信表示愿意赎回手机。

昨天上午大约十一点，杰森接到一个从莉莉手机打来的电话，询问赎金的数量。杰森回答一百美元，电话中的声音这样描述他自己："黑人，蓬松发型，一米七八，七十二千克，戴着耀眼的牙套，脚上是黑色的网球鞋，下穿迷彩裤，上穿黑色T恤，站在莱温芙丝街和艾利斯街交叉路口的街角。到时候你就看到我了。"

杰森没有像莉莉想的那样报警，他说："就为了个手机？没必要。"尽管杰森脑子聪明，做事却毫无头绪，他很有骑士风度地开着车载着莉莉到了碰面地点——旧金山最险恶的十字路口之一。看到里昂与一帮人站在一起，他们在路边把车停下。

杰森告诉莉莉，如果有异常情况，立刻开车离开。然后他下车，等莉莉坐到驾驶位后，才穿过马路进行交易。

里昂拿出手机，杰森说给钱之前要先确保手机工作正常。于是，他就站在那儿，被帮派分子围在中间。他开始使用手机应用和发短信，等着朋友们的回应，其中包括莉莉。而莉莉此时却在尖叫着要他赶快把该死的钱给了，然后离开那个鬼地方。

莉莉把车窗摇下来，听到了所有的对话——杰森觉得既然手机已经到手，而且手机本就是里昂偷的，因此他应该讨价还价。于是杰森掏出钱包，抽出一张二十的纸币。

里昂的一个同伙一把抓过钱包。事情顿时失控，双方开始动手，手机纷纷落地。

杰森是铁人三项运动员，而且格斗经验丰富。他拳打脚踢，连续击倒数人，然后俯身去捡自己被抢后又在斗殴中落地的钱包。

里昂也同时冲向钱包，杰森一把将他推倒，凑上去就是数拳。

接着一声、两声枪响，勇敢而愚蠢的埃奇勒先生永远地倒下。

根据杰森先前的指令，莉莉猛踩油门，歪歪扭扭地开着宝马离开了现场。

现在，里昂正得意洋洋地向布莱迪描述着："我走在街上，自顾自的事儿，突然看到地上有六七八部手机躺在那儿。我就是这么得到它们的。我会怎么做？让它们继续躺在那儿？我可不这么认为。里昂·布莱斯他妈才不会养个傻逼呢。"

"手机旁边没有尸体?那么多手机就那样躺在街上?"

"我从没看见死尸。"

"如果证人能描述你的外貌和穿着,用的还是你的原话,并且还从一排疑犯中把你认出来,你怎么说?"

"什么?她是白人。我是黑人。这不靠谱。"

"那你被逮捕时身上的枪又怎么解释?也是在街上捡到的?"

"还真是。"

"里昂,那是你扔到街上的。逮捕你的警官亲眼看到的。"

"那不是真的。我从来不带家伙。你可以问问,谁都知道。"

布莱迪知道,要想从里昂口中得到点实在的东西,可能还需要漫长的数小时,就让这位疑犯在闷热的小房间里发发汗也没什么坏处。与此同时,李·希尔领着一位与她同龄的美艳女子出现在观察窗的另一边,暗示布莱迪出去。

"你好好想想,里昂,该说些什么才能让我相信。"布莱迪说,"我过会儿再过来。"

"嘿,"里昂说,"要不来罐可乐吧?我想来罐冰镇可乐。"

"我看我能做点什么吧。"布莱迪开门,进入凉爽的大厅,转身把门锁好。

"保罗,"希尔看上去似乎有点想吐,"这位是吉娜·柔克,迪斯马斯·哈迪的律师事务所的合伙人之一。关于麦奎尔案,她要做一项声明。"

希尔关上录音机后很长一段时间,坐在背对背办公桌前的两位警探都没说一句话。最后,希尔开口道:"柔克女士,我很吃惊,这也太站不住脚了吧。"

布莱迪点头同意："你认为我们会相信吗？"

"我不在乎你们是否相信，这是事实。"

"我可不这么认为。"布莱迪回应。

"你有这样的反应，我可以理解。"现在柔克已经陈述完毕，一阵疲劳感袭来，几乎让她站立不稳。她撑着希尔办公桌的边沿站起来，"不管你们相信与否，你们都有义务将此事传达给地区检察官。"

"我可不这么认为。"希尔回答。

布莱迪补充道："发现得太迟，审判几乎都要结束了。"

"'几乎'是个表示正在进行的词，警探。我刚刚从法庭过来，他们甚至还没做最终陈述，很可能明天才会做。你们已经获得关于本案的新证据。不用我教你们怎么做，你们跟我一样清楚，你们必须传达给地检官，然后由地检官传达给被告。根据'布莱迪案'，"吉娜微微一笑，"根据你的名字，我知道你肯定熟悉'布莱迪案'，你没有选择。"

吉娜指的是"布莱迪起诉马里兰州案"（此案中的布莱迪是谋杀从犯，但检方藏匿证据，将布莱迪定为主犯，后上诉，法院要求对布莱迪重新量刑——译者注）。此后最高法院宣布被告有权知晓检方任何可能让疑犯脱罪的证据。地检官必须上交所有信息——证据、证词、背景信息、问询口供——一切有可能帮助被告洗脱罪名的信息。

"你知道吗，"布莱迪的语气温和了许多，希望能跟她讲道理，"如果你出庭作证，就是作伪证，女士。你会坐牢的。"

"这不是做伪证。"吉娜的语气冷静坚决，"这不是作伪证，"她重复道，"因为这是事实。"

希尔靠近吉娜："为什么你到现在才提这事？作为律师，你怎么能这样做？"

"作为一个人，"吉娜回答，"我一直希望这事不用曝光，但今天被告辩护几乎是一败涂地。至于我为什么不愿意曝光此事，这不是很明显吗?这会给他的家人带来巨大的痛苦,他们本来已经承受了很多。"

希尔转向布莱迪:"难以置信。"

他点点头:"你意识到我们会去查验你那天的通话记录。还有麦奎尔的。我们会知道你们俩那个下午和晚上在哪儿。"

"我已经说了我们在哪儿。"吉娜说,"你们是在浪费时间。"

崔娅·格利特斯基坐在维斯·法雷尔办公室外面她的座位上,戴着耳麦偷偷地打电话:"亚伯,我不知道是什么事,不过他们在里面叫'嗜血凶手',这应该是在说摩西。"

"谁在吼?"

"主要是布莱迪。"

她仿佛看到丈夫咧开嘴笑笑:"老天,多糟糕啊,如果他们不得不急急忙忙去调查摩西,他们不是要耽搁其他重要的事吗?"

"看起来就是这样。哇哦!"崔娅查看一下紧闭的大门,"刚才有人击打或是扔东西。"

"有人在呼痛吗?"

"还没。"

"你说吉娜也在里面?"

"是啊。她气色很糟。当然是跟她平时比。但她还是比我们好看。"

"对此我表示怀疑,老婆。"亚伯回答,"不过你觉得她说了些什么?"

"不知道。不过肯定非常重要。"

"楼下庭审还在继续吗?"

"我猜还在。我可以去看看,五分钟后给你回复。你在考虑过来?"

"说不定有好戏看。"

"你现在在哪儿?"

"信不信由你,我与比尔·斯凯勒在联邦调查局大楼。我正与怀尔特·亨特合作，尝试找出一些关于托尼·索拉亚的线索。"

"有了这个，也许你不需要找他了。"

"这话你去跟上帝说吧。与此同时，如果你能去看看庭审是不是还在进行……"

"我会知会你的。"

哈迪觉得自己剩下的弹药里面即使没有一支利箭，至少也还有几颗飞镖。他对麦奎尔鞋上的血液有合理的解释，而且陪审团也听过了。这种可能非常合理：二月摩西在杰萨普市政厅办公室外面的走廊上殴打了他，并无意中踩到他的血滴上，血液已经渗到鞋内和纤维中就是明证——这也是发现血液的地方。当然，斯蒂尔也确立了殴打事件可以证明摩西对杰萨普怀有的敌意，以及进一步施暴的可能性。不过鉴于血液证据的重要性，哈迪还是打算再次强调这点。唯一的问题是，他的证人是利亚姆·古德曼的员工约瑟夫·第本涅迪托，他根本没有目击殴打事件。哈迪不光需要证明殴打发生，还得证明摩西把杰萨普打出血了。为了得到这样的佐证，哈迪不得不在道听途说的海洋里跋涉，承受斯蒂尔一浪又一浪的"反对"，其中多数是合理有效的。约瑟夫在证人席上被问了大约四十五分钟后，哈迪决定放过他，把火力转移到古德曼的秘书黛安身上。黛安至少见过摩西，目击了导致摩西和麦奎尔斗殴的最初几分钟谈话。突然，旁听席上传来窃窃私语声，哈迪停止询问。哈迪转过身来，看到维斯·法雷尔正沿着中央过道走来，后面跟着希尔警探，接着是面无表情的吉娜·柔克，再后面是布莱迪。

"法官大人，"法雷尔一边说一边作手势要求打开栏杆上的矮门，"请原谅我的打扰。我请求得到允许进入庭审区域。"

戈麦斯看着哈迪，因为从技术角度来说，他还在问询证人的过程中。

哈迪回答："法官大人，我不反对。实际上，我正准备请该证人离席。"

"法雷尔先生，"戈麦斯说，"你可以进入了。"

法雷尔满眼怒火地打开栏杆上的矮门，走到与哈迪肩并肩时，他放慢脚步，狠狠地瞪了他一眼，然后转身背对陪审团，凑到哈迪的耳边，低声说道："你的狗屁办法真下作。"

法官办公室里，混乱与愤怒成了今天的主题。戈麦斯别无选择——吉娜·柔克的证词必须要陈述。人人都知道，如果证据被发现或是走漏，法雷尔会毫不留情地对吉娜的伪证罪行穷追到底。大多数时间里，哈迪都目瞪口呆地站在那里。无论如何，这都像是个灾难。他知道前一晚他曾开着玩笑把这个计划说给吉娜听，但他绝没想到吉娜会把这个故事说出来。最后，当法官办公室的会议结束后，参与庭审的主要人员开始返回法庭。庭审会在十五分后继续进行。

哈迪在女卫生间门口等着吉娜出来。她紧张地颤抖着冲他笑笑。

"我们玩得开心吗？"她问。

哈迪完全不知该如何回答。他用头示意，吉娜走到他身旁。他们都对法院后面的房间非常熟悉。突然，哈迪抓住吉娜的臂膀，迅速将她拽进电梯旁的一间审讯室。他反身关上门，用脚把门卡住，让别人不能从外面打开门。

他转过身，说："现在怎么办？"

"你让我上证人席，让我说我的故事。"

"吉娜……上帝啊。"他用双手抓着头发，"这不行，这太疯狂了。"

"什么疯狂？"

"拜托，你究竟要干吗？"

"我说的是实话。"

"你不能……"

"我能。我肯定能。你败了，迪兹。斯蒂尔在每个证人上都把你吃得死死的。如果摩西进了监狱，你、亚伯和我很快就会步他的后尘。难道你没有意识到吗？你愿意冒这个险吗？你会不在乎吗？"

"当然，但是……"

"没有'但是'，迪兹。他们否定了每一项确定辩护。这是翻盘的唯一机会。"

"但这是作伪证。这是撒谎。"

"这不是撒谎。这是真相。"

"你知道不是。这是我们昨晚说笑的主意。没有实际发生过。"

"我告诉你，这发生过。"

哈迪摇摇头："吉娜，拜托。你不能这么去打赢官司。"

"如果别无选择，你能。我们都输不起。"

"我们不知道我们是否输得起。我们没有……"

"我们冒不起这险。"

"这不是风险。陪审团不会相信的。"

"他们会的。我会让他们相信的。"

"然后我心安理得地做最终陈述？"

"你做你需要做的。我也是如此。你常常说：我们都是船上的成年人。"吉娜径直站到他面前，两腿分开，双臂交叉，"迪兹，接下来会这样：你问询我，我在证人席上说出我的故事。"

"我不能。"

"你必须这么做。我向你发誓，这都是事实，每一个字都是。让陪审团来决定。"她看看手表，"我们还有三分钟。我不会改变主意。已经发生的事情没法改变。"她上前一步。"我们走。"她的语气突然变得温柔起来，"不用担心。"

哈迪却觉得，从许多方面看，所有事情都不会"不用担心"。律师们、法官、法庭书记员以及地区检察官都回到了法庭。吉娜·柔克举起右手，宣誓她将说的证词是实话，全是实话，绝对是实话。

哈迪茫然地站到吉娜面前。他是摩西·麦奎尔的律师，宣誓在法律框架下为客户提供最好的辩护。而他现在正在问询，他得出的证词很可能说服陪审团对摩西进行无罪判决。

但他知道这是谎言。

吉娜能一辈子发誓说这是实话，但哈迪也一辈子知道这是谎言。

但直白无误的事实是：吉娜告诉哈迪这是实话，而且愿意在法庭上立誓为证。揭发吉娜证词的漏洞既不是哈迪的职业责任，也不是他的道德义务。相反，哈迪应该去确认吉娜说的内容是事实。哈迪在心里对自己说，他没法证明吉娜在撒谎，即使他能，这也不是他的责任。

他厌恶这个推理结果，知道这是个伪命题。但不管怎样，他没法改变什么。就像对待他其他客户那样，哈迪有义务将这证据公示出来。

"柔克女士，你与麦奎尔先生的关系是什么？"

"我们是六七年的老朋友。"

"你们的关系包括亲密的身体接触吗？"

吉娜的眼光离开哈迪，望向摩西，再望向旁听席的苏珊："是的。"

旁听席发出嗡嗡的议论声。有人说："老天！"苏珊双手掩口。与此同时，摩西低头掩目。尽管已经知晓会听到某些重大真相，但数名陪审员还是相互交换眼神，往前挪了挪。被告席上，艾米·吴靠在麦奎尔的耳边对他窃窃私语。她的手一直放在他的前臂上。

"柔克女士，"哈迪继续问道，"你最近是否向警察反映了关于本案的信息？"

"是的。"

"今年四月的第一个星期日，也就是瑞克·杰萨普死亡的那个下午，你在哪里？"

吉娜深深地吸了口气，她眼睛下方的眼影看上去如同瘀血。哈迪用一系列的问答让吉娜在陪审团的面前将事情娓娓道来：

"那天下午，我在我的公寓写作，大约四五点，摩西——麦奎尔先生——敲响了我家的门。他非常伤心。他告诉我他女儿前一晚上被强奸了。他感到愤怒与无助。他不知道该怎么办。他知道伤害女儿的凶手是谁，住在哪里，因为之前为了找到杰萨普先生并殴打他，就已经调查过这些。当时他打算去杰萨普的公寓杀了他。我尝试劝他放弃这个想法，并让他稍稍冷静了一些。过了一会儿，他因为无助，开始哭泣。我走到他一旁坐下，希望能安慰他。"她叹口气，看了一眼陪审团，然后把目光迅速移开。"不管怎样，"她继续说道，"从一事到另一事，我们就……就变得很亲密。几个小时后，我们起床，他洗了个澡，天亮的时候，他离开了。"

法庭里面一片死寂。苏珊·魏斯站起来，转身从旁听席中间的过道走了出去，离开了法庭和她的丈夫。

哈迪呆呆地站着。最后，他点点头："谢谢，柔克女士。"接着，他对斯蒂尔说："你来问询吧。"

检察官不慌不忙地站起身来，走到法庭中央，站在吉娜前面。在直面吉娜之前，他面对陪审团定了定神，尽管看不出他是喜是悲，但他仍旧把他的怀疑和对这种手段的蔑视传达给了陪审团成员。不过他也知道大势已去。

就哈迪对大丑脸的了解，这一刻他几乎觉得斯蒂尔有些可怜。他似乎晕头转向，举止失措，接下来的行为更是对他的诉讼工作害多益少。

他转身九十度，面向证人，开口问道："柔克女士，你的职业是什么？"

"我是一名律师和作家。"

"你是写小说的，是吗？"

哈迪起立反对。有点让他惊奇的是，戈麦斯表示支持。

"那好，让我们聊聊你的律师职业。你从属于任何律师事务所吗？"

"我是弗里曼＆哈迪＆柔克律师事务所的合伙人。"

"那事务所名字中的'哈迪'就是本庭的哈迪律师吗？"

"是的。迪斯马斯·哈迪是麦奎尔先生的律师。"

现场听众大哗。戈麦斯挥舞着法槌，要求肃静。法庭秩序最终恢复。

"换句话说，你是哈迪先生的合伙人，是这样的吗？"

"是的。"

"那好，柔克女士，我们现在能假定你是站在哈迪先生一边的，你希望不择手段地帮助他的客户免除罪责，是这样吗？"

吉娜摇摇头："我站在哈迪先生一边，但我对他的支持不会多于法雷尔先生。他也是曾是我们事务所的合伙人，而他现在是你的老板，不是吗？"

哈迪捕捉到吉娜的目光，郑重地向她点了点头。因为急于驳倒吉娜，斯蒂尔犯了一个不由自主的错误，后果也许相当严重。

斯蒂尔清清喉咙，换了个方向："柔克女士，作为律师，我相信你清楚你几乎是最后一刻才出来陈述证词。为什么你要等如此之久才将如此明显而关键的证据公之于众？"

"理由很明显，我希望我不需要公布，希望我们不需要把麦奎尔先生的妻子和孩子牵涉进来，希望靠麦奎尔先生的其他辩护选择已经可以胜出。但是今早法官将这些选择几乎全部排除，这让陪审团几乎没有任何备选可以考虑。如果我不站出来说，麦奎尔先生很可能被定罪，这样就太荒唐了。"

"好吧。"这条线也回天乏术，斯蒂尔似乎也意识到了这一点。

"让我们看看其他要点。"他说，"你家在哪儿？"

"在纳布山的布里新特街。"

"那里距离马瑞娜区很远,是这样的吗?"

"其实不远。也就两三英里。"

"柔克女士,我们有三位证人出庭证明,四月第一个周日下午,他们看到被告在马瑞娜区走动,手里拿着一根棍棒形状的物体。你有任何办法解释他们与你证词的抵触吗?"

"有。他们看到的肯定是另一人。因为从两点或三点开始直到次日凌晨,麦奎尔都与我在一起。这就是我发誓是实话的证词,这就是事实。"

斯蒂尔摇着头,耷拉下肩膀,表达他对吉娜和对整个人类的失望。"我对这位证人的询问结束。"他说。

哈迪站起来。"法官大人,"他说,"辩方也没有其他问题了。"

【第四十三章】

尽管庭审过程中检辩双方曾激烈争吵和夸大言辞，周二一早终结陈述时，双方或多或少都表现出有条不紊和从容淡定。

斯蒂尔首先做陈述。他列出了他的所有证据——目击证人、血液检验结果、希莱拉印记、麦奎尔与杰萨普之前的恩怨，还有那个周日谋杀案的直接动机。对于吉娜·柔克的证词，他驳斥说这只是辩方绝望下的垂死挣扎，妄图以此混淆视听，误导陪审团。

哈迪陈述的时候，花了大部分时间谈麦奎尔鞋上、外套和车上的血液，因为这是他必须应付的。接着，他马不停蹄地开始了佩里博士关于辨认问题的冗长陈述，再次强调——这已经是陪审团第三次听到了——如果负责疑犯辨认的警官已经知道或认为他们知道"正确"答案，他们不仅可能，也会无意识地提示证人从六张疑犯照片中猜出"正确"的一人来。

显然，本案中的警察们受到局长的压力去指认麦奎尔，而且把麦奎尔作为唯一的首要嫌疑人。警方急迫和武断地认为摩西是凶手的想法毫无疑问传达给了目击证人们，严重破坏了他们证词的可靠性。哈迪接着提到检方没有提供的实物证据：没有指纹、没有DNA证据、没有纤维证据、没有什么可以证明摩西到过杰萨普的公寓。这不是细枝末节，这些证据应该有，尤其考虑到那天下午的凶案的暴烈程度。

最后，他亮出王牌："柔克女士承受着巨大压力站了出来，她知道她的证词，特别是最后一刻才站出来作证这一特殊情况，会让她饱受诟病甚至嘲弄。但受到法庭形势的逼迫，她不情愿地站出来，尽管她清楚这对她、对被告的家庭都可能造成严重伤害。然而，她愿意付出这样的代价，以免一位无辜的人被冤枉定罪。

"摩西自己也是他自己罪恶的受害者。但这罪恶不是谋杀。如果你相信柔克女士发誓后的证词，那这是通奸。他下定决心宁愿坐牢，也不愿意让妻子承受他背叛的痛苦，或让女儿在被强奸的基础上再痛苦地发现男人的前后不一，甚至邪恶的本性。

"我相信斯蒂尔先生试图让你们相信这是一场冷酷而精心策划的庭审策略，然而实际上柔克女士的决定对她自己的伤害远超其他受影响的人，而且她将不得不在余生中承受这样的后果。但她仍旧对四月的那个周日下午摩西·麦奎尔的所在和活动作出了解释。明确无误的事实就是，如果你们相信柔克女士的陈述——请注意，这是发誓后的证词——就证明摩西·麦奎尔没有杀掉瑞克·杰萨普。"

哈迪考虑坐下，但他又觉得还有几个论点需要给陪审团讲讲。"那么谁杀了杰萨普？"他问。

"我们不知道。我们知道的是，杰萨普先生是个可耻的人，想要他命的人有很多。你们真的认为布丽塔妮·麦奎尔是唯一的受害人，唯一被他殴打的女性吗？如果一个男人能在兜里揣着迷药，引诱布丽塔妮到酒吧，冷酷地进行最阴险的罪恶计划。难道会没有其他受害人？难道没有可能是这些受害人杀了他？她们的爱人呢？她们的兄弟呢？她们的男朋友呢？难道就没有另一位父亲可能会愤怒、痛心、变得暴力，就像检方指控的摩西·麦奎尔那样？

"那样的反应很自然。我们中的任何人，你们中的任何人，都可能做出这样的事。但本案的检方从来没有试图找寻其他有杀掉这个恶人的动机的人，虽然他们的动机可能不合法却是合理的。

"这位执行私刑正义，杀死瑞克·杰萨普的人不是，也不可能是摩西·麦奎尔。谋杀发生的时候，摩西·麦奎尔在别处，现在你们已经知道那是在哪里。让我再一次提醒各位，没有实际证据证明麦奎尔先生出现在杰萨普先生的公寓里。

"那么，这些目击证人在马瑞娜街道上看到的手拿被称作棍棒的男子是谁呢？

"答案是，他们看到的是一位普通身高普通体重穿着巨人队外套、牛仔裤和登山鞋的男子。毫无疑问，你们已经注意到，一直与你们坐在同一间屋子里的麦奎尔先生就是一位普通身高普通体重的人。他有棕色的眼睛，有些发白的棕色头发，脸上没有像文身或是疤痕这样明显的印记。因此本案证人们看到的不过是一位长得与麦奎尔先生的面貌相似，穿着旧金山最常见外套的男子。我们不需要知道这个男子是谁。我们只需要知道那不是摩西·麦奎尔。他不可能是。他那时不在那里。

"请记住，我们已经准确地证明了麦奎尔先生不是杀人犯，虽然这个责任不在我们辩护方。相反，检方需要以超过'合理怀疑'的程度来证明，在杰萨普先生其他受害人以及她们的男友、父亲中没有任何人是普通身高、普通体重、穿着城里最普通的巨人队夹克、有着同样的动机，甚至可能就是实施了这一罪行的人。但他们没有做到。

"很遗憾，由于政治因素，本案的各个环节都被污染了，因此检方完全没有尝试做这方面的工作。但正因为如此，鉴于以上不可否认的理由，以及所有这些合理的怀疑，你们有义务依法和依你们作为陪审员的誓言来裁定摩西·麦奎尔无罪。谢谢。"

大约四十分钟后，哈迪和格利特斯基坐在山姆烤肉店大厅外面。哈迪从吧台上端起他的马丁尼，斯蒂芬诺刚刚给他端来一杯红葡萄酒和一盘外包培根的小牛排。由于心脏病，格利特斯基需要吃低胆固醇食物，要了一份烤比目鱼配蒸菠菜以及冰茶。

"你得粗放点，"哈迪说，"叫斯蒂芬诺给你来杯柠檬鸡尾酒。"

"我不需要。"

"谁说需要？我们是来享受的，美味珍馐。柠檬配菠菜正好，配冰茶也不错。配比目鱼也很棒。你盘子里没什么提味的。"

"我不需要提味,无论是菜品还是生活。我过得很好。这谁都知道。"

"我赌一美元你想要。我让你尝尝我的马丁尼。"

"我不想尝。我们做朋友多久了,你还这样献媚?"

"朋友?我们是朋友?"

格利特斯基喝了点冰茶:"我猜你和我的关系要比你和法雷尔的好。"

"维斯会原谅我的。他拿我有什么办法?"

"我不知道。比如说把你扔监狱里。让戈麦斯判你藐视法庭或是做伪证什么的。"

哈迪喝口酒:"吉娜是个很严肃的女人,这是我给她的评价。"

"应该说是她或者与她共事的某人。"

"你的意思是我让她说出那样的证词?你不觉得她说的是事实?"

格利特斯基抬起头,眼神充满恶意:"拜托了。"

"我是认真的。"

格利特斯基拿着叉子戳了几下他的食物,然后放下:"我担心的是这个,而且这很现实。你认为他们会放过这事,但他们不会。这事让希尔和布莱迪看起来像傻瓜。你差不多等于是说他们是拖泥带水的懒散警察。他们不会放过你的。更不用说维·拉皮尔了。他们会找到证据证明吉娜在撒谎。"

"她的电话那一下午都关机。"哈迪说,"她确认过。"

"就是!这就是我的意思,这样的小细节。比如你知道她确认过这些的事实。她为什么会确认手机?摩西的手机呢?我保证他们会查他那天的 GPS 轨迹。"

哈迪摇摇头:"他那天去吉娜家时没有带手机,手机一直在他自己家里。"

"你还要固执己见?真的吗?"

哈迪猛咬一口小牛排:"必须是真的。据我所知,这是事实。"

"当吉娜承认他们在一起的时候,场面很微妙……"

"我想她说的是他们变得亲密起来。"

"对,就在那时苏珊起身离开法庭,同时摩西低下头,一脸的愧疚。这简直就像编排过的一样。对你有利的是,我想陪审团也注意到了。"

"编排?"

"哦,难道这是情感的真实表露?"

哈迪耸耸肩,说:"这是自然反应。我希望摩西和苏珊不要为此分手。"

"为了好玩,我会一直关注此事,直到找出漏洞。然而希尔、布莱迪和斯蒂尔,他们会全力追查,直到停止呼吸的那一天。"

"好吧,我祝你好运。也祝他们好运。我也会关注此事的。不过你如何争得过事实?"

"你不会承认的,是吧?"

哈迪又喝了点酒:"应该不会。没有什么可承认的,就算有,我也不会承认。"

哈迪关上了办公室的门,脱掉外套,在门后玩飞镖。在陪审团做出判决前,他没有必要再假装考虑,甚至认真考虑案子。该来的就会来——今天、后天、一周以后。

他在玩一种单人游戏,从二十开始,现在是十一,他只扔了四轮三,这意味着他漏了两次。他全神贯注,一丝肾上腺素在身体里循环,让他精力集中,反应迅速。

就在他拔出板上的飞镖时,他桌上直连菲莉斯的电话响了。他过去拿起听筒:"呦。"菲莉斯非常讨厌哈迪这样,这也是他为什么总这样说的原因。

"麦奎尔先生的妻子和女儿们在外面要见你。"

"等一下,我马上出来。"哈迪理理领带,穿上西装,把飞镖和靶盘藏在樱桃木质橱柜后面。他打开门,走到大厅区域,来到他的舅嫂和侄女面前,依次同她们拥抱,适宜地寒暄,然后领着她们进到他的办公室,并让苏珊、布丽塔妮以及从庭审开始就没见过的小侄女艾丽卡坐下、放松。

当她们坐定后,哈迪询问她们需要喝点什么,水、咖啡、茶、葡萄酒,等等——她们一一拒绝。接着,他坐到办公桌后。"你们能来我很高兴。看到你们三个在一起很好。现在这段时间的确很难熬。"他说,"等待。"

"这没啥。"苏珊说,"困难的部分是前面三个月。现在看来,不管结果如何,我们都会再次处于更多的争议之中了,迪兹。"

"你们不需要。"他依次看过去,"你们谁都不需要。你们被记者骚扰了吗?"

布丽塔妮开口:"几分钟一次,每天。"

"我们刚才想在卢吃午饭,"苏珊说,"最后我们决定需要到这儿躲躲。我希望你不会介意。外面像是疯了一样。"

"我一点儿也不介意。"哈迪回答,"你们做得对,不过最终判决还需要些时间才会出来。如果久拖不决,你们可以搬过来跟我和弗朗妮同住,或者明天再到这里躲躲,这都没问题。"

"好吧,"苏珊说,"实际上……"

她的小女儿打断她:"重要的不是这个。重要的是爸爸是不是真的跟那女的睡过。"

苏珊清清嗓子,等着众人都注意到她:"迪兹,我已经告诉姑娘们不需要担心这个。吉娜把我叫出法庭,告诉了我她要说的话,并告知我这些都是谎言。"

哈迪的眉毛扬起来:"她这样说过?"

苏珊点点头："她想让我好过一点。"

"好吧。"布丽塔妮说，"不过你知道有些人告诉你他们在撒谎时的问题在哪里吗？"

哈迪知道，他点点头："也许他们说在撒谎这本身也是谎言。"

"那么真相到底是什么？"布丽塔妮问哈迪，"你知道吗？"

"迪兹姑父，你怎么想的？"艾丽卡问，"爸爸告诉你了吗？你能确认吗？"

"我相信我知道的，但我也不能确认，艾丽卡。"

"那是什么？"她追问，"你相信的是什么？"

哈迪可不想卷入这样的讨论中。他说："重点不是我相信的是什么，而是你们不需要说任何事。"

"但他们不停地追问……"艾丽卡继续说。

哈迪点点头，知道媒体的炒作有多恶俗，理解她们承受的流言蜚语。

"让他们问吧。"他回答，"那是他们的工作。你们一概不回应。"他把双肘放在膝盖上，交叉十指。"恐怕你们需要自己决定你们会相信什么。"

"但是，"艾丽卡说，"如果他与这个女人没有外遇，就意味着他去杀了杰萨普。"

"不一定。"哈迪说，"也许杀他的另有其人。不过听好。你们都受到巨大的压力，感觉你们必须说点什么，必须解释事情，甚至发表评论。可是，还有一个简单的答案：你们不需要向这些人说任何话。你们只需要说'无可奉告'。不论他们问什么，都说'无可奉告'、'我不知道'或'我没法猜到'，任何其他话都不用说。只需要'无可奉告'。"哈迪不由露齿一笑，"你们需要练习吗？相信我，这需要练习。这很古怪，不自然，但你们必须这样做。如果愿意，我可以整个下午问你们各种各样的问题，你们只能回答我'无可奉告'。"

"不过那样看起来我们是在掩盖什么。"艾丽卡说。

"比如什么？"哈迪问。

"比如我们在掩盖这个谎言。吉娜的谎言。"

"你怎么知道这是谎言？或其中的某个部分是谎言？"

"迪斯马斯，"苏珊说，"不要这样。我应该对我的朋友说我知道我的丈夫没有杀人是因为他那时正在搞外遇吗？而且我还接受这样的事实？'嘿，这没啥大不了的？'"

"不。"哈迪说，"你应该说这不关你们的事儿。他们怎么想怎么猜，那是他们的事儿。这是家事，你和摩西还有姑娘们正在尽力处理。如果他们能给你一些隐私空间，你会表示感谢。不过最好还是对所有人都说'无可奉告'。如果他们真的是你的密友，我能给你一句特别的话：'对不起，不过真的，无可奉告。'但不要觉得你必须这么说。我知道现在'隐私'不流行，不过这却是个实实在在的概念。"

"但真相是什么？"布丽塔妮问。

"如果让我说，真相就是吉娜告诉你们的妈妈的话。她与你们的爸爸没有她在法庭上说的那种事情。"

"如果那是事实，"艾丽卡含着眼泪说，"那爸爸就是杀人犯。"

哈迪顿了顿才回应说："你爸爸在越南打过仗，亲爱的。他在那里杀过人，我也是。那并没有让我们成为杀人犯。杀人并不一定让人成为杀人犯。有些时候杀人是正当的。"

"你认为，"布丽塔妮问，"即使真是他杀的，他也是正当的？"

"除了你的父亲，没有人能回答，布丽塔妮。"

长时间的沉默。最后，布丽塔妮重重地叹了口气，说："迪兹姑父，我有个你应该能回答的问题，你知道托尼怎么了吗？"

哈迪再次顿了顿："我们只知道他打点行装离开旧金山了。"

"但是为什么？你知道吗？"

"我知道。"哈迪告诉了她们。最后他总结道,"布丽塔妮,他是个有魅力的男人。但他本质上是在逃难,因此那张你们俩在一起的照片暴露了他的身份。他不得不离开。他并不像我们所有人认为的那么好,也许这对你们有一些安慰作用。"

"我能帮助他的,如果他更加相信我的话。"

"有些人,"哈迪说,"也许大多数人,你没法改变。我真的相信你不能拯救任何人。因此选择与不需要改变或拯救的人在一起,应该是个更好的主意。"

苏珊苦笑着向女儿们说:"不过这些年来,你们都看着我忍受你们的父亲,他常常需要改变和拯救。但不管怎样,我还是爱着他,帮助他克服这一切。但并不意味着这应该忍受。"

"你的选择没有错,苏珊。"哈迪说,"你的女儿们也很勇敢。我们度过这最后的难关后,事情会好起来的。我们只需要耐心等待。"

他还没说完,就听到有人急急忙忙地敲门。艾米·吴推开门,上气不接下气,眼里闪烁着兴奋。"法庭来电话了,"她说,"判决出来了!"

下午3:22,陪审团鱼贯进入法庭。庭内塞满记者、旁听群众以及各类法律界人士。哈迪看到维斯·法雷尔在旁听席里,一脸的严峻和不屈。崔娅也从法雷尔的办公室来了,不过她与亚伯坐在被告方的另一排座位上。怀尔特·亨特也来了,还有一些他的员工,麦奎尔家的女人们都在。让哈迪有些意外的是,他的妻子(她一个小时之前在监狱里给摩西做了"小心和闭嘴"的提醒,但哈迪不知道这点)和他们的女儿瑞贝卡也来了。吉娜·柔克没来。所有目击证人和杰萨普的母亲坐在斯蒂尔和甘德森所在的检方席正后面的第二排。第一排坐着拉皮尔、布莱迪和希尔,以及罪案现场主管莱纳德·法罗。

哈迪、艾米和摩西坐上被告席。陪审员们依次落座时,现场的紧张感几乎令人无法忍受——太慢了！这是哈迪的感觉。太慢了！

哈迪双手冒汗，胃拧成了一团。他松松领带，因为它开始令他窒息。他拿起水杯，发现水面的晃动反映出他的手在颤抖。他又把杯子放下。

面无表情的陪审员们逐一落座。没有人与哈迪进行目光接触，或是看向被告席。

哈迪一旁，摩西面无血色，眼里布满血丝，呼吸沉重。艾米·吴坐在他的左边，握着他的手，轻轻摩挲着。

终于，法警站起身："加利福尼亚州高等法院第二十四号法庭现在开庭，由卡罗·戈麦斯法官主持。全体起立！"

戈麦斯穿着宽大长袍，从法庭的后门进入，坐上法官席。

"请落座。"

哈迪想，还好，至少她看上去准备让事情继续发展。他发现自己的一只手放在了摩西的臂膀上。

戈麦斯转过头，向陪审团说："陪审团对加州公民的检方指控摩西·麦奎尔一案做出判决了吗？"

陪审团主席飞利浦·瓦克斯曼，陪审团中多名有女儿的父亲之一，站起来回答："法官大人，我们做出判决了。"

"判决是一致通过的吗？"

"是的，法官大人。"

"请将判决表格呈递给法警。"

法警将表格转给法官。她逐一检查填写是否恰当、完整，然后签名，写上日期。接着，戈麦斯把表格交给法庭书记员。"书记员女士，麻烦您宣读判决结果。"

书记员从案件标题开始读，包括被告姓名，案件编号，法庭编号，接着终于……

"最终，陪审团依照上述原因，认为被告人摩西·麦奎尔……"

【第四十四章】

摩西第一次开始戒酒的时候，听了很多遍科林·雷伊的歌《小石城》。歌词中提到，歌手已经有十九天没喝酒。听上去似乎没什么了不起，时间不长。但摩西觉得其中的精神跟永远不喝一样。

我今天不会喝酒。

我今天不会喝酒。

我今天不会喝酒。

每次坚持一天。直到永远。至少先坚持十九天。

实际上，他没喝酒的时间已经远远超过十九天，从他被捕之后就没有喝过。监狱里送的饭菜自然没有酒。但是，自从被判无罪之后，自从他回到吧台之后，他随手就可以拿到酒，但他仍然滴酒不沾。这就有所不同了。因此今天算是他的个人里程碑。他回到酒吧已有十九天。他每天都在日历上打叉。现在，他记上了神奇的数字：19。他觉得他可以相信自己这次能永远戒酒了。

此刻是一个相对舒适的夏暮周二傍晚 5:30，生活几乎恢复了正常。小三叶草生意不错。常客戴夫回到了他的固定座位，从四点开始，他已经喝了三瓶啤酒。一个飞镖协会在里屋举行比赛，有二十个左右的参赛选手。他们大呼小叫，抛洒酒水，也让吧台变得熙熙攘攘。

四对男女将吧台前的十张凳子占去八张。在卫生间一旁，有六到八个大学生年纪的孩子——摩西专门确认他们到了合法喝酒年龄——正喝着他们的第一轮，喝的都是一流佳酿。如果摩西能让他们喝满意，他们以后会成为一个盈利点。

这让他对未来有了点期望。只有一点儿，因为他的偿债能力已不如往前。

他把 24% 的酒吧股份让渡给他妹夫，以偿还哈迪的律师费。他毫无怨言，因为他又自由了，这是哈迪的功劳。但是，这非常肯定地冷却了他们的友谊，不过哈迪是个好人，而且他们的约定没变：摩西仍然是大股东——49%～51%的股权。此外，哈迪坚持说，当分红可以抵偿摩西的律师费用时，他会把那24%退还给摩西。他们握手确认。

但在家里，事情没有这么顺利，虽然摩西怀着希望，相信他和苏珊会像过去那样和睦融洽。显然，她，不，他们都正在向这个方向努力。他们下周就会正式接受心理辅导。与此同时，由于他的所作所为，苏珊还没法去理解他。虽然苏珊相信摩西没有背叛她，也从未直接要他否认，摩西也没主动否认。因为否认外遇等于承认另一种结果：他完全有可能如同证据显示的那样杀了瑞克·杰萨普。那也是她不能接受的。因此她——他们都活在模棱两可和痛苦的中间地带。

总之，摩西开始相信，就像生活中的其他事那样，这需要时间，也许需要很多时间。他能做的就是不喝酒而且保持忠诚，希望他们能够重归于好。

他给吧台尽头的戴夫开了第四瓶啤酒，为那几对男女重新将鸡尾酒杯倒满，拿下一个结实的健力士酒杯，往里面加冰和一片柠檬，然后用饮料喷枪灌了一杯苏打水。

他拿着苏打水巡视自己的酒吧，在自动点唱机里放了一美元硬币，选了《小石城》和其他三首老歌。

歌曲开始播放。他看看手表。

现在，托尼的替补——摩西干得最久的酒保——莱恩负责大多数的晚班。她接下摩西给她的所有任务，很高兴能够多挣点。二十分钟后就轮到她上班，摩西就可以回到家，与他家的三个女人在屋顶烤肉。

他到家时，还会宣布这是他的第十九天。她们都知道这是一个重要的精神瓶颈。她们会知道他已经走上正轨，按大家的期望那样坚持着。

回到吧台后面，他抽出几瓶巴斯品脱啤酒。摩西右边一个带着女友的男子问他:"嘿,摩西。英语里面哪个单词去掉最后四个字母发音不变?我不认为有这样的单词。"

"有的。"他的女友说。

前门洞开,一位灰发中年妇女独自进来。虽然今晚相当热,她仍然穿着一件长及膝盖的厚风衣。她站了数秒,让自己的眼睛适应酒吧里面的昏暗。她看到摩西面前有一个空凳子,于是走过来,坐上去。接着,她将肩上的大挎包放到吧台上,很熟络地向摩西点了点头。她让摩西有种熟悉的感觉,但摩西又不知道那到底是什么。摩西仔细看看她,心想她是一位美貌的女人,与自己年纪相仿,比一般在三叶草出现的酒客的年龄要大一些。

"摩西·麦奎尔。"她说。

虽然吧台很光亮,麦奎尔还是习惯性地将她面前的台面擦了擦,完全没有注意到吧台上他数月前用希莱拉敲出的凹痕。他将一张餐巾放在这位新顾客的面前,说:"我就是。我能给你倒点什么吗?"

在她一旁,那位男子的女友说:"'Queue'(队列,排队),去掉最后四个字母是'Q',发音不变。"

麦奎尔指着她说:"说得对。"然后,他举起一只手,准备和他们击掌。就在他侧过头去的那一刹那,灰发女人将手伸入挎包中。

现在,摩西转回头来,女人的手正从包中抽出。

她说:"我是潘妮·杰萨普。"

当她的手抽出包时,手里拿着一支体积硕大的银色手枪。她毫不犹豫地双手握枪,对着麦奎尔的胸膛连开三枪。

周五,在圣依纳爵教堂举行完葬礼,并在科尔马镇举行下葬仪式之后,哈迪一家邀请亲友在他们家举行一场非正式的聚会,缅怀摩西的一生。虽然有大约两百人参加了葬礼,但哈迪他们以为只会有三十到四十人参加这个聚会。然而与会的人数至少有两倍之多——维斯和萨姆、亚伯和崔娅、吉娜、怀尔特·亨特、艾米·吴,许多三叶草的常客,还有哈迪不认识的几位摩西戒酒会的朋友。最让他吃惊的是,数名三叶草酒吧所在社区的巡警以及两位麦奎尔案陪审员也前来参加聚会。

哈迪被客人们围在中间。正当他从厨房冰箱里抽出一瓶冰镇贝克啤酒时,维斯·法雷尔出现在他一旁。

"如果你不介意,我也来一瓶。"他说。

当哈迪把啤酒递给他之后,他继续说道:"来的人可真多啊。"

"摩西很受欢迎。"

"我声明,我只是来表示哀悼的。"

哈迪点点头,"有人应该想到,应该警惕一点,至少我应该想到她会在外面准备复仇。"

"你为什么会想得到?她儿子已经死了。"法雷尔犹豫了一下,"我猜她不信吉娜的话。"

"应该是这样吧。"哈迪喝了一口啤酒,"我声明,还是那句话,没有人能证明她撒了谎。"

"如果你不介意,"法雷尔回答,"我不愿意再在这上面纠缠。庭审程序公正,而且你赢了。还有,萨姆告诉我说,你没有回复她的婚礼请帖。"

"我们以为你会后悔向我们发了请帖。"

"你在开玩笑吧?我在城里只有三个真正的朋友。如果他们能参加我的婚礼,我会很高兴的。"

"我听说就连萨姆都对我非常不满。"

法雷尔哈哈大笑:"崔娅把我卖了。"

"也许是吧。"

"你知道好笑的是什么吗?记得我们对那些道德问题争论时,萨姆一直努力站在我这一边吗？只要她能，她都从我的角度看问题。那是她做出的第一步努力。"

"现在怎么样了？"

"她现在反过来认为你做得对。摩西应该杀了那家伙，因为强奸犯就该杀。这就是我的自由主义未婚妻。"

"陪审团说摩西没有杀他。"哈迪说，"不过我对她的思维方式表示赞赏。地检官的妻子就应该支持死刑，你觉得呢？"

"她不喜欢'刑'那部分，只要去弄'死'强奸犯就行。"

"她是你自己的私刑正义者。"

"我知道。"法雷尔说，"太特别了。"他瞟了一眼人群。"简直不敢相信。"

哈迪看过去："怎么啦？"接着惊叹道，"哇哦。"

法雷尔用手肘推推他的手臂："这事还是你自己搞定吧。"他说着走向后门，到外面去了。

下一刻，保罗·斯蒂尔正在与哈迪握手："抱歉擅闯你的聚会，但你说欢迎每位访客。"

"当然。"哈迪说，"我能给你拿点什么吗？"

"不用，我自己来。"

"你参加了葬礼吗？"

"在后面。我不想太惹人注意。你清楚，我觉得这太糟了。我是说发生的事。"

"法雷尔刚刚也这么说。"哈迪觉得这对话很不自在，叹了口气，"用剑之人，死于剑下。如果是他杀的，这是理所当然。"

"你到现在还怀疑这点？"

哈迪对他笑笑："我的回答是'无可奉告'。"

斯蒂尔有点吃惊地说："你认为我想诈你？"

"我得说,这也不是不可能的。"

"唉。"斯蒂尔一边说一边摇头表示遗憾,"有时候我们恶言相向。但我来这里的确是为了表达敬意。"

"那好。但我得提醒你,如果你赢了,他此刻就在牢房里。"

"那也比他现在所在的地方好,你说不是吗?我起诉他是因为那是纳税人养我的理由。"

"什么意思?"

"意思是我根据手上的证据办事,我有道德义务依靠这些证据打赢官司。"他顿了顿,靠近哈迪,"同时,我总是选出一个公平的陪审团。一个公平公正的陪审团。"

起初,哈迪没有理解他的话的含义。一个公平的……

然后,他明白了。五位有女儿的父亲。上帝啊,哈迪想,他是故意的。

斯蒂尔叹口气。"迪兹,我也有个女儿。她今年十二岁。她喜欢足球、棒球、音乐和舞蹈。她是我人生的光芒。如果任何人胆敢伤害她,毫无疑问,我会毫不犹豫地杀了他。"他再次伸出手,"不管怎么样,与你'合作'很愉快。让我们下次再见。"

说罢,他转身穿过人群,离开了。

【第四十五章】

哈迪打开灯,站在他家后部女儿以前的卧室里。瑞贝卡去读大学以后,他们一直没有改变这里的陈设。最近,弗朗妮一直在说要把这里改造成家庭办公室,这样她就可以在这里开展她的婚姻和家庭咨询服务,省下在巴波亚街办公室的房租。但直到此时,房间仍然没有变化。

贝克有一块软木板,上面订满了各种照片,朋友的、她弟弟文森特的、她的堂表姐妹的,有些还是她幼年时照的。这里有她在金门公园骑马的照片;与文森特在圣克鲁斯划水的照片;与布丽塔妮在某个河岸边玩得满身是泥的照片;还有小学时候她表演的灰驴子屹耳中的一个角色;以及她背着背包,与女童子军同伴们一同徒步的照片;在天工谷里与母亲一同滑雪的照片;在窗前阅读的照片;打扮好参加她第一次正式舞会的照片。

哈迪从腰间拿出手机,看看时间,意识到这时候打电话已经太晚。他不想太多地打扰她的生活。她很忙,一直在学习,或是做其他不需要他知道的事。反正他对她也没有什么特别要讲的话,只有他爱她。这可以等到明天再讲。如果他还记得打电话给她的话。

噢,对了——他想——这就是有人发明短信的原因。

他再次拿出手机,输入一条短信:"想你。143"——我爱你的代码——"爸爸"。

他意识到在末尾写个"爸爸"是对自己善意的嘲讽。当然是爸爸了。从老爸的手机发出的短信,还会是谁?不管怎样,他没删,按下了发送键。

楼梯上传来弗朗妮的脚步声,接着她出现在门口,光着脚,穿着端庄的棉质睡衣:"我想你说的是到楼上去五分钟。"

"是啊。"

"是啊,但那已是十五分钟前的事了。"她满脸疑惑地伸手摸摸他的手臂,"你哭了?没事吧?"

"我不知道。"他沉默片刻。

"怎么啦?"弗朗妮问。

又是几秒钟的沉默。然后,哈迪说:"我在想摩西,然后又想到布丽塔妮和贝克。我不知道我该怎么做。"

"但愿我们永远不知道。"

他看看软木板,然后看向妻子:"我不知道是什么在啃噬我的心,我只知道,如果我不是这么聪明,他就还活着。"

"怎么会那样?"

"如果他在监狱里,她是没法杀掉他的。"

"好吧……那是事实。不过他不想在监狱里。迪斯马斯,没人怪你。你把他弄出来了,这也是他所希望的。"

哈迪抿着嘴唇。

"还有,"弗朗妮说,"据我所知,是因为吉娜很聪明。"

哈迪犹豫一番:"不全是。"

"是你想出来的?"

"我说的时候,没把它当做一个主意,但的确是我想出来的。"

"而她执行了。"

"好吧。我得补充说,是非常巧妙地执行了。但我不停地问我自己……我的意思是,这伪证做得太大了,但没有其他办法可扭转局势。要么欺诈。要么一起完蛋。你说怎么办。这是对我的自我定位的大破坏——我一直努力坚持做正确的事。"

"大多数时候,你是。"

他耸耸肩:"'大多数'不说明我做得全对,不是吗?如果做正确的事很简单,人人都可以做。这件事不容易,我也没做好。如果摩西入狱,他会把我、亚伯和吉娜都供出来。我用油滑的玩笑话说服吉娜我们不能让那种情况发生,不计一切代价。因为我说服了她,摩西才会无罪释放,因为他被释放,他才被杀。你明白这为什么让我感到内疚了吧?接着我又发现他本来就可能无罪释放的……"

"那怎么可能?"

哈迪顿了顿,最后终于说道:"斯蒂尔在陪审团里面塞了五个有女儿的父亲。我只需要照章办事,我也能赢,或至少不会输。但是我没有。摩西现在却死了。好吧,我不是说这是我的责任。我做了我能做的所有事情,但没法控制结果。不过我与他的死还是有些关联,弗朗妮,这是我要一辈子背负的大事。"

"但是你刚刚也说了,他无论如何都会被无罪释放然后被杀。不是你做的什么事让他被杀的。这都是摩西的所作所为造成的。这就是所有事情的最终真相。迪兹,这让我的心都碎了,真的。我爱他,但他就是那样的人。你不是常常说性格决定命运吗?"

"那是安德烈·马尔罗说的,不过我常常引述他的话。"

"那么?"

"那么,好吧。"哈迪说,"事实证明他说得对。"

【尾声】

布丽塔妮被安置在刚刚装修过的贝尔艾尔酒店。

这整件事都有一种超现实的感觉，但是走到这儿的每一个步都如此的合理。和她打交道的男男女女可不是一群骗子。

丹尼尔，一位完美无缺的绅士，三十二岁，婚后育有两子，专程到旧金山见了苏珊，确保每个人对他们的建议都满意。这是个大制作。一个电视台已经预订了这部电视剧的第一季，他们希望有个新面孔来扮演奥菲莉亚，剧中一位受过心灵创伤的妖姬。丹尼尔想到花边新闻里关于那场审判的报道，派人调查并找到了布丽塔妮。

布丽塔妮和苏珊都觉得这个角色不错；作家充满智慧，情节跌宕起伏。前一天，丹尼尔再次来到旧金山，陪布丽塔妮乘机去洛杉矶，然后又陪她一路乘豪华长轿车到了酒店。这里的点点滴滴都像她想象的那样奢华与宁静。因为某些原因，泻湖中的天鹅几乎让她落下眼泪。

她真的在这里做演员了吗？

上午九点，九月末的天气晴朗，柔风微熏，他们一起吃着早饭，屋外庭院中有一位竖琴师在弹奏着乐曲。突然，丹尼尔用一个微微的暗示动作，半指着一旁的一个餐桌。布丽塔妮看过去，发现好莱坞著名演员弗朗西丝·麦克多曼德正全神贯注地阅读着剧本，准备台词。布丽塔妮意识到她将面对的竞争——真正的专业演员，有着多年的表演经验和一生的表演浸润。突然，不安全感潮水般铺天盖地而来。

她拿起餐巾擦擦嘴，又小心地把它放回大腿上。"丹尼尔……，"她停下来，摇摇头，再次开口说，"你不会喜欢听到这话的。"

"我打赌我会。我们试试。"

布丽塔妮看了看庭院，把所有的陈设都看在眼里："我非常感谢你们能给我这样的机会，但我不确定我是否能做到。"

丹尼尔把头偏向一边，看上去既同情又好笑："你当然能。看看你自己。你属于这里。"

"我不属于，我今早看了我自己。"她把双手举至头顶，"我的意思是……"

"你的头发？"

布丽塔妮点点头："我没啥头发。"

他继续笑着耐心地说："你注意到了吗？只要我们出现，所有的对话都会停止。给你个提示。那不是因为我。"

"那是因为我看起来像个怪物。"

"也许是奇怪得可人。但实际上是完美得可人。"他靠近一点，"把手递给我。"丹尼尔把布丽塔妮的双手都带到桌上，说："你真的没有意识到你的脸有多完美吗？真希望我是个雕塑家，能捕捉其神韵，无时无刻不带在身边。"

"你是在说傻话。"

"完全不是，一点也不是。就我看来，六个月以后，美国一半的年轻姑娘都会是短发，这是在向你致敬。奥菲利亚的伤痕。"

她感觉到手上一紧，低头看一眼，不由自主地回应了一下。

"还有一件事。"他说。

"不。"布丽塔妮摇着头，"不要说了。"

"我不能不说。"他继续道，"你现在也还在这样做。你现在都还在发散你的脆弱，那种受过伤害的无辜。美国所有的男人都会想保护你，靠近你，进入你自带的魔法中去。"

"你让我很难堪，真的。"

"我不是故意的。我说的是实话，只是你自己还没有意识到。如果你想要我停止，我有个条件。"

"告诉我。"

"给我一个真心的微笑。"

他看着她,盯着她的双眼,托着她的手。他的表情从几近愤怒慢慢地,慢慢地,变成有些阴险,有些玩世不恭,有些私密,又有些玩世不恭的微笑。她一直皱着眉头,直到再也无法抗拒这种魅力的强攻,松开眉头,绽放出动人心魄的微笑,伴随着可爱悦耳的笑声。

"这就对了。"他说,"这就是美丽。天赐的美丽。"紧接着,丹尼尔严肃地托起布丽塔妮的手,吻了吻。"你会成为明星的,布丽塔妮,超级巨星。你什么也不用担心。一切都会好起来。如果有问题出现,我也会一路保护你。"

他的言语之中透出的言外之意让布丽塔妮有些担忧,意识边缘感觉到一丝刺痛。这让她的笑容凝固了。

不管怎样,他们是在贝尔艾尔酒店。那天是如此地温柔和甜蜜,丹尼尔是如此地强大与英俊。布丽塔妮会非常成功和快乐。竖琴奏出的乐曲充满庭院,她心中的不和谐音符渐渐消失在史诗一般的旋律之中。

她的笑容重新点燃。她把他的手拿到唇边,圣洁地吻了吻:"那好,"她说,"我就相信你吧。"

鸣　谢

书不可能无中生有，这本也不例外。本书开始时完全是另外一个故事。后来意识到这条情节线索并不好，我开始将一群朋友、同事的观点和建议加进来，希望能完善我的作品。

我要感谢我的经纪人巴尼·卡普芬格，我最好的朋友和合著者艾尔·吉安尼尼，才华横溢的小说家麦克斯·伯德，多年的好友唐·马斯森，还有作家兼律师兼鉴赏家约翰·博思沃，感谢他们在我的写作过程中表现出的幽默、灵活、反馈和耐心。我还要感谢我的助手安妮塔·波恩，特别感谢她每天把乐天的态度融入到这个有时令人抓狂的环境中。

我没有律师经历，却创作了这本有许多律政内容和法庭活动的小说。为此，我要双倍感谢前面提到的艾尔·吉安尼尼，他作为我的第一"编辑"，从旧金山警方办案程序到具体的法庭辩论细节，都帮我一一理顺。

虽然我们没有直接对过话，我仍然要感谢罗伯特·威廉姆·西欧摩尔博士，他是目击证人辨认方面的专家证人，他在某真实案件中的证词对本书的某些部分有巨大的启示作用，并提供了大量信息。

同样，一个由玛莉提丝·梅在《旧金山纪事报》上面长篇连载的关于性人口走私的报道，为本书提供了关键的背景信息。

乔治·Q.冯提供了关于美国法警和受保护证人的相关信息，卓越的专家和友人罗宾·博瑟尔给我提供了关于法证绘画方面的关键信息。我的朋友约翰博士和莱斯利·查克为我提供了一个重要的情节。

最后，我要感谢伊利诺伊大学视觉认知和人类行为教授丹尼尔·J.西门斯提供了本书中提到的令人感兴趣的视频内容。

多名慈善人士慷慨地捐赠慈善组织，从而获得了本书人物的冠名权。这些人士和他们各自捐赠的组织如下：

怀恩和莱斯利·费恩斯坦（胃癌基金）

维克·希尔（旧金山犹太社区中心）和保罗·布莱迪（优洛县）

我还要感谢 Eager Mondays 网页设计公司的安迪·琼斯布莱尼·吉伽顿和玛丽·斯图尔特为我的所有社交网络地址付出的劳动：我的主页：www.johnlescroart.com，博客和推特：www.twitter.com/johnlescroart，还有我的脸书。

我真心希望与我的读者交流，欢迎大家来这些网址，参与有趣的在线对话。

我的两位编辑道格·凯利和佩吉·诺茨不停地找出和纠正我书中出现的各种错误。感谢他们敏锐的眼光和批评性的智慧。

我非常荣幸地与心房图书出版集团合作出书，我对我的新出版负责人朱迪斯·克尔以及编辑主管（我的私人编辑！）彼得·柏兰德感激不尽。感谢他们的热情以及他们把我加入付印登记表。

同时感谢不知疲倦的市场营销团队，特别是戴维·布朗。

我把这本书献给我的贤妻丽莎和我的好孩子贾斯丁和杰克。我在这里想再次感谢他们——你们让这一切都有了意义。谢谢你们做好自己，并且继续与我分享你们的人生。